천사학 ⑵

ANGELOLOGY
by Danielle Trussoni

이 도서의 국립중앙도서관 출판시도서목록(CIP)은
서지정보유통지원시스템 홈페이지(http://soeji.nl.go.kr)와
국가자료공동목록시스템(http://www.nl.go.kr/kolisnet)에서 이용하실 수 있습니다.
(CIP제어번호: CIP2013021927)

천사학

ANGELOLOGY

2

대니얼 트루소니 장편소설 | **남명성** 옮김

문학동네

차례

불가리아, 로도피 산맥, 악마의 목구멍 동굴

1943년 11월

우리는 깎아지른 듯 높은 절벽 사이의 좁은 산길을 따라 안개를 뚫고 달렸다. 탐사를 떠나기 전에 지질학적 특징을 공부해두었지만 로도피 산맥 주변 경관은 내가 마음속으로 그리던 모습과는 전혀 달랐다. 할머니의 말이나 아버지의 어렸을 적 이야기를 듣고 떠올린 광경은 끝없이 여름이 이어지는 산속 마을을 과일나무와 덩굴, 햇볕에 달궈진 바위들이 둘러싸고 있는 모습이었다. 어렸을 때 나는 로도피 산맥이 밀려오는 파도에 맞서는 모래성 같을 거라고 상상했다. 허옇고 부드러운 표면에 세로로 홈이 패고 물길이 생겨 부서져내리는 사암 덩어리 같은 산. 하지만 안개를 뚫고 올라가 직접 보니 화강암으로 이루어진 단단하고 험악해 보이는 산줄기가 잿빛 하늘을 배경으로 썩은 이처럼 겹겹이 서 있었다. 멀리 눈 쌓인 계곡 위로 얼음 덮인 산봉우리들이 솟았고, 작은 바위들은 옅은 파란색 하늘에 박힌 모습이었다. 로도피 산맥은 점점 위풍당당하고 음울한 모습을 내 앞에 드러냈다.

라파엘 박사는 파리에 남아 탐사대가 보물을 찾아올 경우 필요한 절차를 준비해야 했기 때문에 탐사대를 이끄는 역할은 세라피나 박사에게 넘어갔다. 놀랍게도 내가 세라피나 박사에게 모든 것을 털어놓은 후에도 두 사람의 결혼생활에는 아무 변화가 없었다. 적어도 전쟁이 파리를 뒤덮을 때까지 발코 부부를 열심히 관찰한 내가 보기에는. 전쟁이 몰고 올 혼란에 마음의 준비를 하기는 했으나 이렇게 독일이 프랑스를 점령하자마자 인생이 바뀔 줄은 몰랐다. 라파엘 박사의 요구에 따라 나는 알자스의 가족과 함께 지내면서, 학교에서 가져온 몇 권의 책을 읽고 또 읽으며 소식을 기다렸다. 연락을 주고받기가 어려워져 몇 달 동안 천사학 관련 소식은 전혀 들을 수 없었다. 시급한 임무였지만 모든 탐사 계획은 1943년 말까지 연기되었다.

세라피나 박사는 밴의 앞자리에 앉아 블라디미르와 이야기를 나누고 있었다. 블라디미르는 처음 만난 날부터 감탄을 자아냈던 젊은 천사학자로, 두 사람은 서로 유창하지 않은 러시아어와 프랑스어로 대화했다. 블라디미르가 벼랑 끄트머리를 따라 매우 빠른 속도로 차를 모는 바람에 금방이라도 미끄러운 절벽 아래로 굴러떨어져 다시는 올라올 수 없을 것만 같았다. 산을 오를수록 바위와 빽빽한 숲 사이로 난 길은 점점 더 좁아지고 구불구불해졌다. 가끔 길 아래로 마을이 보이기도 했다. 계곡 깊은 곳에 자리잡은 오두막집들은 척박한 환경에 뿌리내린 버섯처럼 보였다. 잔해만 남은 로마 시대의 돌벽이 눈에 절반쯤 덮인 채 멀리서 모습을 드러냈다. 삭막하고 불길한 예감을 안겨주는 아름다운 주변 경치는 할머니와 아버지가 나고 자란 곳에 대한 경외감을 불러일으켰다.

가끔 타이어가 눈밭에 빠지면 모두 내려 차를 밀어야 했다. 두꺼운 모직 외투와 튼튼한 양가죽 신발만 보면 우리는 꼭 눈보라 속에서 길을 잃은 지역 주민처럼 보였다. 발코 부부를 후원하는 미국인이 선물한 고가의 미제 K-51 밴과 그 안에 삼베 포대에 넣어 밧줄로 단단히 고정한 장비들만이 우리 정체를 말해주었다.

클레마티스 신부가 우리 이동 속도를 알면 부러워했을 것이다. 그는 짐만 노새에 싣고 걸어다녔다. 나는 늘 제2차 천사 탐사가 제1차 탐사에 비해 더 위험할 거라고 생각했다. 전쟁이 한창인 가운데, 그것도 한겨울에 동굴로 들어가려는 거니까. 하지만 클레마티스 신부는 우리와는 다른 위험에 맞닥뜨렸었다. 천사학의 창시자들은 자기가 하는 일을 숨겨야 했다. 그들이 살던 획일적인 시대에는 모든 활동에 엄밀한 감시의 눈이 따라다녔다. 결과적으로 일들이 더디게 진행되었고, 현대 천사학으로 이어질 돌파구를 전혀 찾아내지 못했다. 그러나 그들의 연구는 수백 년 동안 고된 방식으로 진보를 이루어 지금의 내가 배우는 천사학의 기반을 닦았다. 만일 중간에 발각되었더라면 이단자로 몰려 교회에서 축출당하거나 더 심하면 감옥에 갇히는 신세가 되었으리라. 박해를 받을지언정 그들이 임무를 저버리지 않았으리라는 걸 나는 잘 안다. 초기 천사학자들은 사명을 위해 많은 걸 희생했지만, 핍박은 임무 수행에 큰 차질을 불렀을 것이다. 그들은 보다 높은 분으로부터 명령을 받았다고 생각했다. 내가 이 임무를 내 사명이라고 믿듯이.

클레마티스 신부가 도적과 지역 주민들의 적의를 두려워했다면 우리는 적들에게 들키는 것이 가장 두려웠다. 1940년 파리가 점령당하자 우리는 어쩔 수 없이 지하로 숨어야 했고 탐사는 연기되었다. 대신 몇 년간 비밀리에 물자를 모으고 탐사 지역의 정보를 수집했다. 그러는 동안 연락 대상은 믿을 수 있는 학자들과 위원회 사람들로만 제한했다. 그들은 오랜 희생과 헌신으로 충성심이 확인된 이들이었다. 하지만 그런 보안 환경은 라파엘 박사가 부유한 미국인 여자를 후원자로 맞이하면서 달라졌다. 그녀는 우리가 하는 일에 존경심을 표하면서 돕겠다고 나섰다. 외부인의 도움을 받으면서 우리는 적에게 노출될 위험을 안게 되었다. 후원자의 돈과 영향력 덕분에 계획은 착착 추진되었지만 동시에 두려움도 커졌다. 네피림이 우리 계획을 이미 알아차렸는지도 모른다. 우리를 뒤따라와 이 산속에 있을 수도 있다.

몸이 부르르 떨렸다. 눈 쌓인 울퉁불퉁한 길을 거칠게 달리느라 멀미가 났다. 난방도 안 되는 자동차 안에서 꽁꽁 얼어붙어야 당연했지만 기대감으로 온몸이 따끔따끔했다. 나를 제외한 베테랑 천사학자 셋은 바짝 붙어 앉아 눈앞으로 다가온 임무에 관해 이야기하고 있었다. 그들과 달리 나는 왠지 자신이 없었다. 그들은 나보다 훨씬 나이가 많고 내가 태어나기도 전부터 함께 연구해온 사람들이었다. 하지만 나는 동굴 위치에 관한 수수께끼를 풀었고 그 결과 탐사단에서 특별한 위치를 차지했다. 한때 이 자리를 두고 나와 경쟁했던 가브리엘라는 1940년 작별 인사도 없이 학교를 떠나 자취를 감추었다. 아파트에서 물건만 챙겨 사라진 것이다. 당시 나는 그녀가 무슨 이유로 크게 질책을 받거나 퇴학을 당해 부끄럽게도 조용히 떠나야 했던 거라고 생각했다. 외국으로 가버린 건지 아니면 어디 숨은 건지 알 수 없었다. 탐사단에 낄 수 있게 된 것이 내 노력으로 얻은 결과라는 걸 알면서도 마음은 여전히 불안했다. 혹시 사라진 가브리엘라 대신 뽑힌 건 아닌지 남몰래 의심하곤 했다.

세라피나 박사와 블라디미르는 동굴 아래로 내려갈 계획을 상세하게 검토했다. 하지만 나는 앞으로 펼쳐질 여행에 대한 불안에 휩싸여 대화에 끼지 않았다. 무슨 일이 벌어질지 예상할 수 없다는 것을 너무도 잘 알고 있었다. 갑자기 모든 가능성이 내 앞에 펼쳐졌다. 어쩌면 동굴에 들어가 쉽게 임무를 완수할 수도 있고, 아니면 살아서 세상으로 돌아오지 못할 수도 있다. 한 가지는 확실했다. 앞으로 몇 시간 후면 모든 것을 얻거나 모든 것을 잃게 될 거라는 것.

멀리서 바람이 휘몰아치고 머리 위에서 비행기 엔진 소리가 희미하게 들렸다. 하릴없이 클레마티스 신부의 끔찍한 죽음이 떠올랐다. 나는 프란시스 신부가 품었던 의구심에 대해 생각해보았다. 그는 탐사대를 '꿈꾸는 사제들'이라 불렀다. 얼음 덮인 화강암 위를 지나 마침내 산꼭대기에 다다른 순간, 나는 프란시스 신부의 생각이 수백 년이 지난 지금의 우리에게도 들어맞는 게 아닐까 고민스러웠다. 혹시 우리는 실체 없는 보물을 찾고 있는 건 아닐까? 아무 성과도 없는 일에 목숨을 희생하는 건 아닐까? 세라피나 박사의 믿음대로 이 탐사 여행을 통해 그간의 천사학자들의 노고가 결실을 맺을 수도 있다. 그러나 반대로 프란시스 신부가 그토록 두려워하던 상황, 즉 갈 길을 잃은 몽상가들의 집단 환상으로 마무리될 수도 있는 것이다.

라파엘 박사와 세라피나 박사는 클레마티스 신부의 일지 내용을 철저하게 이해하겠다는 열정 때문에 내용 외적인 사실 하나를 간과했었다. 그것은 바로 데오푸스 신부가 교회에서 언어 교육을 받은 덕에 클레마티스 신부의 말을 라틴어로 받아적긴 했지만 본래는 트라키아 지방 출신의 불가리아 사람이라는 점이다. 성 키릴과 성 메토디오스가 9세기에 고대 키릴문자를 바탕으로 초기 불가리아어를 변형해 만든 트라키아 언어가 그의 모국어였다. 클레마티스 신부 역시 로도피 산맥에서 태어나고 공부했기 때문에 고대 불가리아어를 능숙하게 구사했다. 사 년 전 운명의 날 밤, 나는 라파엘 박사가 번역한 책자를 읽고 또 읽으며 생각했다. 혹시 동굴에서의 끔찍한 기억을 꺼내놓을 때는 클레마티스 신부가 훨씬 편하고 쉬운 모국어로 회귀하지는 않았을까 하고. 클레마티스 신부와 데오푸스 신부는 라틴어로 쉽게 번역할 수 없는 전통적인 내용을 말할 때는 분명 모국어로 대화했을 터였다. 어쩌면 데오푸스 신부는 초고에서는 키릴문자로 고대 불가리아어 단어를 기록했을 수도 있다. 그러나 당시 배운 사람들은 라틴어를 썼기 때문에 자신의 우아하지 못한 언어가 부끄러워 후에 라틴어로 고쳐쓴 것이다. 만일 정말로 그랬다면 고쳐쓰기 전의 원본이 있지 않을까. 라파엘 박사가 번역하며 데오푸스 신부의 초고도 참고했다면, 라틴어를 다시 현대 프랑스어로 번역하는 과정에서 실수가 없는지 확인할 수 있을 터였다.

이런 결론을 내린 나는 라파엘 박사가 첨가한 각주 중 일지 원본에 희미한 핏자국이 있는데 동굴에서 상처를 입은 클레마티스 신부의 것으로 추정된다는 내용을 떠올렸다. 정말 그렇다면 데오푸스 신부가 쓴 최초의 원고가 아직 남아 있을 수도 있다. 그 원고를 볼 수만 있다면 나는 여기저기 섞인 키릴문자를 찾아낼 자신이 있었다. 내 할머니 바바 슬라프카는 책을 좋아해서 러시아 소설을 원어로 읽고 모국어인 불가리아어로 꽤 많은 시를 썼으며 내게 키릴문자를 가르치셨다. 원본만 있다면 키릴문자로 쓴 내용을 찾아낸 다음 할머니의 도움을 받아 고대 불가리아어를 라틴어로 제대로 번역하고 프랑스어로도 옮길 수 있을 터였다. 단지 현대어에서 고대 언어로 되돌아가는 간단한 작업에 불과하지만 동굴 위치에 관한 비밀을 밝혀낼 수도 있었다. 문제는 원본을 볼 수 있는지 여부였다.

내가 어떻게 이런 결론에 이르렀는지 설명하자 세라피나 박사—그녀는 내 말이 이어질수록 점점 더 흥분하는 것 같았다—는 나를 즉시 라파엘 박사에게 데려가 다시 설명해보라고 했다. 세라피나 박사와 마찬가지로 라파엘 박사도 내 가설이 그럴듯하다고 인정했지만 자신은 데오푸스 신부의 원고를 매우 주의깊게 번역했으며 원본에 키릴문자는 없었다고 했다. 그래도 두 사람은 나를 원본을 보관해둔 도서관 지하로 데려가주었다. 둘은 흰 면장갑을 끼고 내게도 한 켤레를 건네주었다. 라파엘 박사가 선반에서 원고를 꺼냈다. 두껍고 흰 천을 걷어내 내 앞에 내려놓았다. 옆으로 한 걸음 비켜서는 라파엘 박사와 눈이 마주쳤다. 이른 새벽 가브리엘라와 함께 있던 그의 모습을 떠올리지 않을 수 없었다. 그리고 그가 모든 사람에게, 심지어 아내에게까지 숨기고 있는 비밀이 무엇인지 몹시 궁금했다. 하지만 라파엘 박사는 다른 때와 마찬가지로 멋지고 박식해 보이기만 할 뿐 표정을 읽을 수가 없었다.

나는 눈앞에 놓인 원고에 곧장 빠져들었다. 종이가 너무 약해서 손만 닿아도 바스러질 것 같았다. 잉크 위로 땀이 떨어진 흔적이 보이고 여러 장에 시커먼 핏자국이 남아 있었다. 생각했던 대로 데오푸스 신부의 라틴어는 완벽하지 않았다. 철자법도 가끔 틀리고 단어 변화형도 혼동하기 일쑤였다. 하지만 무엇보다 실망스러운 건 라파엘 박사의 말이 옳았다는 점이었다. 원고에 키릴문자는 없었다. 데오푸스 신부는 문서 전체를 라틴어로 작성했다.

이때 라파엘 박사가 천재성을 발휘하지 않았더라면 교수들에게 깊은 인상을 심어주고 탐사대에서 확실한 자리를 차지하고 싶었던 나는 크게 실망했을 것이다. 내가 희망을 포기하려 할 때 라파엘 박사는 오히려 더 분발해 다른 의견을 내놓았다. 그는 데오푸스 신부의 원고를 라틴어에서 프랑스어로 번역하는 동안 익숙지 않은 단어들을 상당수 보았다고 했다. 짐작하기로는 미친 사람처럼 뱉어대는 클레마티스 신부의 말을 제대로 옮겨야 한다는 중압감에 모국어를 라틴어처럼 표현한 것 같다고 했다. 매우 자연스러운 현상이었다. 키릴문자는 데오푸스 신부가 태어나기 백여 년 전에야 겨우 체계화되었을 만큼 역사가 오래되지 않은 문자였기 때문이다. 라파엘 박사는 문제의 단어들이 무엇인지, 원고 어디쯤 있는지 또렷이 기억하고 있었다. 그는 주머니에서 종이 한 장을 꺼내더니 그 위에 만년필로 라틴문자로 쓴 불가리아어 단어들을 써내려갔다. '금' '세계' '영혼' 등 모두 열다섯 개쯤 되었다.

라파엘 박사는 여러 사전에 의존해 그 단어들을 불가리아어에서 라틴어로 바꾸고 다시 프랑스어로 옮겼다고 했다. 수많은 고대 슬라브어 문헌을 참고해보니 실제로 그 라틴어 단어들과 발음이 유사한 단어가 있었다. 결국 앞뒤가 안 맞는 내용을 조금씩 다듬어가며 제대로 된 라틴어 단어들로 바꾸어 문맥상 말이 되도록 했다. 정확히 번역할 수 없는 것이 유감이기는 했지만 당시로서는 어쩔 수 없는 일이었다. 고대 문서를 해석하다보면 이렇게 추측으로 해결해야 하는 일이 다반사였다. 하지만 이 때문에 전체 언어의 통일성이 깨졌을 테고, 최악의 경우 끔찍한 오류를 저질렀을 수도 있었다.

함께 단어 목록을 훑어보던 우리는 곧 잘못 고쳐진 고대 불가리아어를 골라낼 수 있었다. 아주 기초적인 단어들이라 나는 바로 라파엘 박사의 만년필을 집어들고 오류를 수정했다. 데오푸스 신부가 'Злото(악마)'라고 적은 걸 라파엘 박사는 'Злато(금)'이라고 생각해 결국 '온통 악으로 가득찬'이라는 말을 '온통 금빛으로 빛나는'으로 번역했다. 비슷한 방식으로 데오푸스 신부가 'Дух(영혼)'이라고 쓴 것을 라파엘 박사는 'Дъх(호흡)'이라고 생각해 '영혼이 죽는다'를 '호흡이 멎는다'로 해석했다. 무엇보다 가장 관심이 간 문제는 클레마티스 신부가 언급한 동굴 이름인 '갸우르스코토 부를로'가 고대 불가리아어 지명인지, 아니면 어떤 식으로든 잘못 쓰인 것인지의 여부였다. 나는 라파엘 박사의 만년필로 각각 키릴문자와 라틴문자로 그 단어를 적어보았다.

Гяурското Бърло

GYAURSKOTO BURLO

나는 글자가 깨지면서 속에 품은 뜻이 종이 위로 배어나오기라도 할 것처럼 글자를 노려보았다. 아무리 애써봐도 단어가 어떻게 잘못 쓰인 것인지 알 도리가 없었다. 갸우르스코토 부를로라는 이름에 담긴 어원을 알아내는 건 내 능력 밖이었지만, 그 이름의 역사와 그것이 번역이라는 과정을 거치며 어떻게 잘못 표현되었는지 이해할 수 있는 유일한 사람이 누군지는 알고 있었다. 라파엘 박사는 원고를 가죽 케이스에 넣고 다시 천으로 감쌌다. 해질녘 발코 부부와 나는 내 할머니와 이야기를 나누기 위해 나의 고향 마을에 도착했다.

클레마티스 신부의 원고를 직접 보는 것은 차치하고 발코 부부와 의견을 교환하는 특전만 해도 오랫동안 바라온 일이었다. 몇 달 전까지만 해도 나는 두 사람의 관심 밖에 있는, 그저 자신의 능력을 증명해야 하는 학생에 불과했다. 그런데 이제는 두 사람과 함께 내가 살던 농가 입구에 들어서서 외투를 벗어 걸고 신발을 털고 있었다. 옆에서는 어머니와 아버지가 발코 부부에게 자기소개를 했다. 변함없이 예의바르고 상

낭한 라파엘 박사는 점잖은 신사의 전형 같았다. 가브리엘라와 함께 있던 그 사람이 맞는지 의심스러울 지경이었다. 눈앞에 있는 완벽한 신사와 자신이 가르치는 열다섯 살짜리 여학생을 껴안고 있던 호색한이 같은 사람이라니.

우리가 부엌의 매끄러운 나무 식탁 앞에 앉아 있는 사이 할머니는 원고를 꼼꼼히 들여다보았다. 프랑스에서 산 지 오래되었지만 할머니는 끝내 이곳에서 태어난 여자들과 비슷해지지 않았다. 머리에 화려한 면 스카프를 묶고 귀에는 커다란 은 귀고리를 달고 눈화장을 진하게 했다. 손가락에는 금과 보석들이 번쩍거렸다. 라파엘 박사가 의문점을 설명하고 원고를 펼쳐 보이고 그 옆에 단어 목록을 함께 내밀었다. 단어 목록을 훑어보고 한참 원고를 들여다보던 할머니는 일어서서 방으로 들어가더니 아무렇게나 모아둔 종이들을 가지고 돌아왔다. 한눈에 봐도 지도들이었다. 할머니가 로도피 산맥의 지도를 펼쳐 보이자 나는 키릴 문자로 쓰인 마을 이름들을 읽어보았다. 스몰랸, 케스텐, 즈레베보, 트리그라드. 모두 할머니가 태어난 곳 주변이었다.

갸우르스코토 부를로는 '불신자가 숨어 있는 곳' 또는 '불신자의 감옥'을 뜻한다고 할머니가 설명했다. 라파엘 박사가 라틴어를 제대로 번역했다는 것이다. "갸우르스코토 부를로라는 지역을 못 찾는 건 놀랄 일이 아니야. 그런 곳은 아예 존재하지 않으니까." 할머니는 트리그라드 근처에 있는 동굴 하나를 손가락으로 가리켰다. 오랜 세월 신비로운 장소로 여겨졌고, 오르페우스가 지하 세계로 떠난 곳으로 알려졌고, 지질학적으로도 특이해 마을 사람들이 경이롭게 여기던 그곳은 우리가 찾던 동굴의 특징에 딱 들어맞았다. "이 동굴이 너희가 찾는 곳일 거야. 하지만 이름은 갸우르스코토 부를로가 아니라 디아볼스코토 구를로,

악마의 목구멍이라는 뜻이지." 할머니는 지도를 짚은 채로 말했다. "여기나 다른 지도에 그렇게 나와 있지는 않지만 나도 직접 이 동굴 입구까지 가본 적이 있어. 동굴에서 흘러나오는 음악을 들은 적도 있고. 연구를 하려면 이리로 가렴, 셀레스틴."

"동굴에 가보셨다고요?" 발코 부부가 진행하던 연구의 답이 오래전부터 가까운 곳에 있었다는 사실에 놀란 내가 물었다.

할머니는 묘한 웃음을 지었다. "트리그라드의 오래된 마을 근처에 있어. 그 마을에서 할아버지를 만났지. 네 아버지는 트리그라드에서 태어났고."

나는 동굴 위치를 찾아내는 데 일조했으니 이제 파리로 돌아가 발코 부부와 탐사 준비를 하게 되리라고 기대했다. 하지만 라파엘 박사는 전운이 짙어가는 분위기라며 허락하지 않았다. 그러고는 파리에 있는 내 짐을 기차로 부치겠다고 부모님께 말하더니 세라피나 박사와 함께 떠나버렸다. 그 모습을 보자 내 꿈과 그동안 해온 모든 일이 물거품이 되는 느낌이었다. 나는 알자스에 버려진 채 곧 시작될 탐사 소식만 기다리는 신세가 되었다.

그후로 오랜 시간이 흐르고 마침내 지금 우리는 악마의 목구멍에 다가가고 있었다. 검은색 키릴문자가 쓰인 나무 표지판 앞에 차가 멈추었다. 블라디미르는 세라피나 박사의 지시에 따라 표지판이 가리키는 마을 쪽으로 차를 몰았다. 눈 덮인 좁은 길이 산 위로 이어졌다. 길이 미끄럽고 가팔라 밴이 뒤로 밀리자 블라디미르가 기어를 저속으로 바꾸었다. 기어가 힘겹게 돌아가며 중력에 맞섰다. 타이어가 잔뜩 쌓인 눈 위에서 헛바퀴를 돌더니 곧 힘을 받았는지 어두운 숲속을 향해 다시 덜컹거리며 나아갔다.

길 끝에 이르러 블라디미르가 한쪽에 차를 세웠다. 눈 덮인 광활한 황무지가 눈앞에 펼쳐졌다. 세라피나 박사가 몸을 돌려 일행에게 말했다. "여러분은 모두 클레마티스 신부의 일지를 읽었습니다. 이 탐사 계획도 숙지하고 있을 겁니다. 이제부터 우리에게 닥칠 위험은 과거에 한 번도 경험해보지 못한 것입니다. 우선 동굴 안으로 내려가는 과정만 해도 체력적으로 무척 힘들 겁니다. 신속하고 정확하게 진입해야 합니다. 실수는 용납되지 않습니다. 유용한 장비가 있지만 육체적인 위험만 감수하는 게 아닙니다. 일단 동굴 안에 들어가면 감시자들을 만날 준비가 되어 있어야 합니다."

"놈들의 힘은 가공할 만합니다." 블라디미르가 한마디를 보탰다.

조심스럽게 우리를 바라보는 세라피나 박사의 표정에 이번 임무의 무게감이 깊이 배어 있었다. "가공할 만하다는 표현으로는 부족합니다. 천사학자들은 여러 대代에 걸쳐 언젠가 땅속에 갇힌 천사들과 대면하기를 꿈꿔왔습니다. 만일 성공한다면 우리는 예전에 그 어떤 이도 못 해낸 일을 이루는 겁니다."

"혹시 실패하면요?" 그렇게 묻긴 했지만 진짜 실패할 수도 있다는 생각은 하기 어려웠다.

"그들이 가진 힘, 인간에게 미칠 파괴력과 고통의 크기는 상상을 초월합니다." 블라디미르가 말했다.

세라피나 박사는 모직 외투의 단추를 채우고 군용 가죽장갑을 끼며 차가운 산바람에 맞설 준비를 했다. 그리고 밴에서 내리며 말했다. "제대로 찾아왔다면 동굴은 이 산길 끝 꼭대기에 있을 겁니다."

나도 밴에서 내려 주변에 펼쳐진 수정처럼 맑고 기이한 세상을 둘러보았다. 위쪽으로 검은 바위가 벽처럼 하늘을 향해 치솟아 그늘을 드리웠고, 아래쪽으로는 눈 덮인 가파른 계곡이 펼쳐져 있었다. 세라피나 박사가 망설임 없이 산을 오르기 시작했다. 나는 그 뒤에 바짝 붙어서 잔뜩 쌓인 눈을 무거운 가죽 부츠로 헤치며 걸었다. 의료 장비 상자를 단단히 들고 앞으로의 일만 생각하려고 애썼다. 한 치의 실수도 없이 정확해야 했다. 동굴 아래로 내려가는 것도 힘들겠지만 어쩌면 지하강 너머, 클레마티스 신부가 천사들을 만났다는 벌집 같은 감옥까지 가야 할 수도 있었다. 실수가 용납될 여지가 없었다.

동굴 입구에 들어서자 무거운 어둠이 우리 위로 내려앉았다. 동굴 안은 춥고 황량했다. 클레마티스 신부가 말한 지하 폭포 소리가 불길한 메아리를 만들었다. 평평한 동굴 입구에는 발칸 반도의 지질 상태를 공부하면서 상상한 팬 자국이나 수직갱은 없었다. 대신 두껍게 얼음이 쌓여 있었다. 쌓인 눈과 얼음의 양이 어마어마해서 그 아래 무엇이 있는지 전혀 알 수 없었다.

세라피나 박사가 손전등을 켜 바위 동굴 안을 비추었다. 벽에는 고드름이 얼었고 반구형 천장에는 박쥐 떼가 매달려 있었다. 레이저로 깎아낸 듯한 벽을 비추던 불빛은 광물이 섞인 부분에 반사돼 번쩍거리다가 거친 바닥을 훑고 밝기를 조정하는가 싶더니 안쪽 절벽 너머 어둠 속으로 사라졌다. 나는 동굴 안을 둘러보다가 클레마티스 신부의 일지에 나왔던 물건들이 아직 남아 있을지 궁금해졌다. 항아리는 습기를 먹고 오래전에 부서져 가루가 되었을 테고 그게 아니어도 마을 사람들이 올리브유나 와인을 담아두려고 가져갔을 것이다. 역시나 항아리는 보이지 않았다. 보이는 것이라곤 바위와 두꺼운 얼음뿐이었다.

나는 양손으로 의료 장비 상자를 든 채 절벽 끝으로 갔다. 한 걸음씩 내디딜 때마다 물 떨어지는 소리가 점점 커졌다. 세라피나 박사가 손전등으로 앞쪽을 비추자 뭔가 작고 빛나는 물체가 눈에 들어왔다. 바닥에 쪼그리고 앉아 얼어붙은 바위를 더듬자 차가운 대못 머리가 만져졌다. 대못은 머리가 잘 보이지 않을 만큼 동굴 바닥 깊숙이 박혀 있었다. "1차 탐사 때 박은 거로군." 박사님이 내 옆에 무릎을 꿇고 앉아 대못을 살펴보며 말했다. 손끝으로 대못 머리를 만지자 엄청난 경이감이 밀려들었다. 클레마티스 신부가 사용했다는 사다리, 내가 공부한 것이 사실이었다.

하지만 그런 생각에 빠져 있을 때가 아니었다. 세라피나 박사는 서둘러 벼랑 끝으로 가 무릎을 꿇고 아래를 자세히 살폈다. 빛이라고는 없는 수직갱이 똑바로 아래를 향하고 있었다. 박사님이 배낭에서 밧줄 사다리를 꺼내자 가슴이 마구 뛰기 시작했다. 이 벼랑 끝에서 걸음을 떼어 어두운 공기와 중력의 세계로 몸을 던져야 한다는 생각 때문이었다. 사다리는 인조섬유 밧줄 두 개에 가로대들이 단단히 묶인 것으로, 전쟁에 대비해 만든 다른 첨단장비와 마찬가지로 처음 보는 물건이었다. 나는 쪼그리고 앉아 절벽 아래로 사다리를 내려뜨리는 박사님을 지켜보았다.

블라디미르는 망치로 바위에 쇠못을 박고는 쇠고리를 걸어 사다리를 고정했다. 세라피나 박사는 그 옆에 서서 블라디미르의 동작을 주의깊게 지켜보았다. 그리고 사다리가 단단히 고정되었는지 세게 흔들어보고는 만족했는지 사람들에게 각각 20킬로그램씩 되는 장비를 잘 챙겨 따라오라고 지시했다.

멀리 아래를 향해 귀기울여 뭐가 있는지 가늠해보았다. 동굴의 뱃속을 가로지르는 물살이 바위를 때리며 흐르는 소리가 났다. 벼랑 아래를 보고 있자니 발아래 땅이 흔들리는 건지 내 몸이 떨리는 건지 분간이 되지 않았다. 박사님의 어깨를 잡고 동굴이 거는 악독한 주문을 피하려고 애썼다.

박사님이 불안해하는 내 손을 잡고 말했다. "내려가기 전에 마음을 가라앉혀야 해. 심호흡하고, 얼마나 내려가야 할지는 미리 생각하지 마. 나만 따라와. 한 손으로는 가로대를 잡고 다른 손으로는 밧줄을 잡아야 혹시 한 손이 미끄러져도 버틸 수 있어. 떨어져도 내가 바로 밑에서 잡을 수 있고." 세라피나 박사는 말을 마치자마자 내려가기 시작했다.

나도 차가운 금속 가로대를 맨손으로 붙잡고 그 뒤를 따랐다. 마음의 안정을 찾으려고 클레마티스 신부가 사다리에 대해 쓴 즐거운 대목을 떠올렸다. 작은 일에서 즐거움을 느끼는 모습이 인상 깊어서 자연스레 외우게 된 내용이었다. '깊은 구덩이 아래로 들어가는 입구를 찾고 우리가 얼마나 기뻐했는지 이해할 수 있는 사람은 거의 없을 것이다. 사다리 하나에 이토록 반가워하고 경탄할 사람은 꿈속에서 사다리를 오르락내리락하는 하느님의 천사들을 본 야곱밖에 없을 터였다. 우리는 성스러운 임무를 수행하기 위해 버려진 구덩이의 끔찍한 어둠 속으로 내려가기 시작했다. 하느님의 보호와 은총을 바랄 뿐이었다.'

우리는 줄줄이 암벽을 따라 어둠 속으로 내려갔다. 내려갈수록 물살 부서지는 소리가 커졌다. 땅속 깊은 곳이라서인지 공기도 더 차가워졌다. 핏속에 수은이라도 들어간 것처럼 팔다리가 무거웠다. 아무리 눈을 깜박거려도 계속 눈물이 차오르는 것 같았다. 혼란스러운 와중에 갱도는 점차 좁아졌고, 숨막힐 듯한 어둠 속에서 화강암에 끼어 죽는 게 아닐까 하는 생각마저 들었다. 손에 닿는 차갑고 축축한 금속의 느낌과 귀에 들리는 폭포 소리에 마치 소용돌이의 중심으로 빨려들어가는 것처럼 느껴졌다.

나는 중력에 몸을 맡기고 팔다리를 재빨리 움직였다. 동굴 깊이 내려갈수록 어둠은 차갑고 걸쭉한 수프처럼 짙어졌다. 사다리를 죽어라 움켜쥐어 하얘진 손마디밖에 보이지 않았다. 부츠의 나무 밑창이 미끄러지면서 아주 살짝 몸이 흔들렸다. 의료 장비 상자를 몸 쪽에 꼭 붙이고 속도를 늦춰 중심을 잡았다. 한 발 한 발 뗄 때마다 조심스럽게 움직였다. 아득한 사다리 꼭대기를 보면 피가 귀로 몰리는 느낌이었다. 허공 한가운데 매달린 신세인 내게는 축축한 어둠 속으로 계속 내려가는 것 말고 다른 길이 없었다. 갑자기 성서 구절이 머릿속에 떠올랐다. 입 밖으로 내는 순간 시끄러운 폭포 소리에 묻힐 걸 알면서도 소리내어 말하지 않을 수 없었다. "하느님께서 노아에게 말씀하셨다. 나는 모든 살덩어리들을 멸망시키기로 결정하였다. 그들로 말미암아 세상이 폭력으로 가득찼다. 나 이제 그들을 세상에서 없애버리겠다."*

발바닥이 사다리의 마지막 가로대를 떠나 단단한 바닥에 닿는 순간 세라피나 박사가 뭔가 중대한 걸 발견했음을 알아차렸다. 다른 천사학자들은 재빨리 짐을 풀고 랜턴을 여러 개 꺼내 동굴 바닥 여기저기에 설치했다. 드디어 깜박거리는 불빛이 어둠을 열었다. 클레마티스 신부가 천사들이 갇힌 감옥의 경계 같다고 표현한 강이 반짝거리는 검은 리본처럼 구불거리며 흘러가는 모습이 멀리 보였다. 앞쪽에서 세라피나 박사가 뭐라고 지시하는 모습이 보였지만 폭포의 굉음이 그 소리를 집어삼켜버렸다.

박사님께 다가갔더니 그녀의 발밑에 천사의 시체가 있었다. 옆에 서는 순간 나도 무아지경에 빠지고 말았다. 상상했던 것보다 훨씬 아름다

---

* 창세기 6장 13절.

웠다. 한참을 아무것도 하지 못하고 멍하니 바라보았다. 천사의 완벽한 외모에 압도당하는 것 같았다. 도서관 책에 나온 설명과 똑같았다. 가늘고 긴 몸, 수척한 얼굴, 커다란 손과 발. 살아 있는 것처럼 뺨에 생기가 흘렀다. 금속 재질의 실로 짠 새하얀 옷이 기품 넘치는 모습으로 그 몸을 감싸고 있었다.

"제1차 천사 탐사가 10세기의 일인데도 시체는 여전히 살아 있는 것 같군요." 블라디미르가 말하고는 허리를 굽히고 하얀 옷자락을 들어올려 손가락으로 문질러보았다.

"조심해. 방사능 수치가 아주 높아." 세라피나 박사가 말했다.

블라디미르는 천사를 자세히 살폈다. "천사는 절대 죽지 않는 존재인 줄 알았습니다."

"영원한 생명이라는 선물은 쉽게 얻은 만큼 쉽게 빼앗길 수 있는 거야. 클레마티스 신부는 하느님께서 복수를 위해 이 천사를 죽이셨다고 믿었어."

"박사님도 그렇게 생각하세요?" 내가 물었다.

"이 세상에 네피림이 태어나게 한 죄를 지었으니, 이 끔찍한 놈은 죽임을 당해 마땅하지."

"정말 믿을 수 없을 만큼 아름답네요." 나는 한 몸에 아름다움과 사악함이 동시에 존재할 수 있다는 것을 받아들이려고 애쓰며 말했다.

"하지만 여전히 이해가 안 돼요. 나머지 천사들은 죽임을 당하지 않고 살아 있잖아요." 블라디미르가 시체 너머 동굴 깊숙한 곳을 보며 말했다.

탐사단은 둘로 나뉘었다. 절반은 시체에 대한 기록을 남기고 나머지 절반은 리라를 찾아나서기로 했다. 블라디미르가 리라를 찾는 팀을 맡았고 세라피나 박사와 나는 천사의 시체 옆에 남았다. 우리는 여러 대의 카메라와 렌즈, 생체 실험 도구가 든 알루미늄 상자를 꺼냈다. 옆에서 다른 대원들이 절반쯤 땅에 묻혀 있던 백골 시신 두 구를 찾아냈다. 클레마티스 신부와 함께 왔던 동료의 것이었고 천 년 전 쓰러진 당시의 모습 그대로였다.

세라피나 박사의 지시에 따라 보호 장갑을 끼고 천사의 머리를 두 손으로 들어올렸다. 그리고 아픈 아이를 어루만지듯 윤기가 흐르는 머리칼을 손가락으로 쓸어내리고 이마를 쓰다듬었다. 장갑을 껴서 제대로 느껴지지 않았지만 살아 있는 것처럼 따뜻한 듯했다. 옷을 살살 펼쳐 쇄골 쪽의 황동 단추 두 개를 풀고 벗겨냈다. 가운이 벌어지며 평평하고 매끄러운 가슴이 드러났다. 젖꼭지는 없었다. 팽팽해 보이는 투명한 피부 위로 살짝 튀어나온 갈비뼈들이 눈에 띄었다.

머리끝부터 발끝까지 눈짐작으로 보기에도 2미터가 넘는 것 같았다. 천사학의 창시자 신부들이 사용했던 치수로 말하면 4.8큐빗*이었다. 어깨까지 내려오는 금빛 곱슬머리를 제외하면 체모는 없었다. 그리고 천사에게는 분명히 성기가 있었다. 세라피나 박사가 교수로서의 명예를 걸 정도로 중요하게 여긴 문제인 만큼 다행이 아닐 수 없었다. 천사는 남자였다. 감옥에 갇힌 감시자들도 모두 남자였다. 클레마티스 신부의 기록을 입증하듯 날개 하나가 뜯겨나가 비뚤어진 채 간신히 붙어 있었다. 가경자 클레마티스 신부가 죽인 천사의 시체가 분명했다.

세라피나 박사와 힘을 모아 시체를 옆으로 눕혔다. 옷을 완전히 벗겨내고는 랜턴으로 비춰보았다. 몸과 관절은 여전히 부드러웠다. 박사님

---

* 고대 로마에서 썼던 길이의 단위. 1큐빗은 팔꿈치에서 손끝까지의 길이로 45.72센티미터에 해당한다.

의 지휘에 따라 조심스럽게 사진 촬영을 시작했다. 상세하게 찍어야 했다. 사진 기술의 발전, 특히 컬러필름의 발명으로 매우 정밀한 사진을 기대할 수 있었다. 어쩌면 눈동자의 색깔까지 잡아낼 수 있을 듯했다. 눈동자는 진짜라고 믿기 어려울 만큼 파랬는데, 잘게 간 보석을 기름에 섞어 햇볕이 가득 비추는 창문에 칠해놓은 것 같았다. 이런 특성은 현장 기록에 남겼다가 탐사 일지에도 정리할 테지만 그보다 사진 자료를 남기는 게 더 중요했다.

연달아 몇 장의 사진을 찍은 세라피나 박사는 카메라 가방에서 줄자를 꺼내 시체 옆에 쭈그리고 앉았다. 시체에 줄자를 대고 잰 다음 수치를 큐빗으로 바꾸었다. 오래전부터 내려오는 거인들에 대한 기록과 쉽게 비교할 수 있도록 하기 위해서였다. 박사님이 암산해서 수치를 큐빗 단위로 바꾼 다음 큰 소리로 불러주면 내가 받아적었다. 수치는 아래와 같았다.

팔 길이 2.01큐빗
다리 길이 2.88큐빗
머리 둘레 1.85큐빗
가슴둘레 2.81큐빗
발 0.76큐빗
손 0.68큐빗

손이 떨렸다. 세라피나 박사가 불러주는 수치를 틀리지 않게 큰 소리로 복창하며 받아쓴 글씨를 나조차 제대로 알아볼 수 없었다. 수치로 볼 때 천사의 몸은 보통 사람보다 30퍼센트는 더 큰 것 같았다. 2미터

10센티가 넘는 키는 오늘날에도 경외감을 불러일으킨다. 그러니 오래전 그 시대에는 기적이라고 하기에 부족함이 없었을 터였다. 천사의 키가 이렇게 큰 걸 보니 거인과 관련한 고대 문화와 네피림 가운데 가장 유명한 존재였던 골리앗을 향한 두려움이 충분히 설명되었다.

동굴 안쪽에서 이상한 소리가 들려 세라피나 박사를 보았지만 그녀는 아무것도 못 들은 것 같았다. 그저 현장 기록을 하는 나를 빤히 보고 있었다. 내가 제대로 해내지 못할까봐 걱정스러운 모양이었다. 정신적인 피로감이 점점 더 겉으로 드러났다. 온몸이 떨리는데도 박사님께 들켜서는 안 된다는 생각뿐이었다. 혹시 여기까지 오는 도중에 병이라도 났더라면 어떻게 되었을까. 차를 타고 이동하는 내내 추위에 떨고 몸이 젖은데다 우리 모두 산바람을 이겨낼 만큼 든든하게 갖춰입지 못한 상태였다. 손에 쥔 연필이 떨리고 이가 딱딱 맞부딪쳤다. 여러 번 손을 멈추고 끝없이 안쪽으로 이어진 듯한 어둠 쪽을 바라보았다. 멀리서 또 무슨 소리가 들렸다. 동굴 깊은 곳에서부터 끔찍한 소리가 메아리치는 것 같았다.

"괜찮아?" 세라피나 박사가 떨리는 내 손을 보며 물었다.

"이 소리 안 들리세요?" 내가 물었다.

박사님은 하던 일을 멈추고 강가로 다가갔다. 한참 귀기울이다가 돌아와 말했다. "그냥 물 흐르는 소리야."

"뭔가 다른 소리가 들려요. 그들이 기다리고 있어요. 우리가 자기들을 풀어주길 바라는 거예요."

"그들은 수천 년을 기다렸어, 셀레스틴. 그리고 우리 일이 잘 끝난다면 수천 년을 더 기다려야겠지."

세라피나 박사는 다시 천사의 시체로 관심을 돌리며 내게도 집중하라고 채근했다. 두려움은 여전했지만 나는 금세 천사의 기이한 아름다움에 빠져들었다. 투명한 피부, 온몸에서 부드럽고 은은하게 뿜어져나오는 빛, 깎아놓은 듯 균형 잡힌 형태. 천사가 몸에서 빛을 뿜어내는 데는 여러 가설이 있었다. 가장 지배적인 이론은 천사의 몸이 방사능 물질을 품고 있어서 끝없이 빛을 발한다는 것이었다. 우리는 보호 장갑과 옷을 착용했지만 그것은 방사능에 대한 노출을 최소화할 뿐이었고, 방사능은 제1차 탐사 당시 프란시스 신부가 끔찍한 죽음을 맞고 클레마티스 신부가 병든 원인이었다.

천사의 몸과 직접적으로 접촉하는 일을 최대한 피해야 한다는 것은 익히 알고 있었다. 그건 탐사를 준비하는 사람이 맨 처음 배우는 내용이었다. 하지만 천사의 몸에 어떻게든 더 가까이 가고 싶은 마음을 억누를 길이 없었다. 장갑을 벗고 시체 옆에 무릎을 꿇고 앉아 천사의 이마에 양손을 얹었다. 차갑고 물기 어린 피부가 느껴졌다. 여전히 살아 있는 듯 탄력이 있었다. 부드럽고 무지개처럼 영롱한 뱀의 피부를 만지는 것 같았다. 천 년도 넘는 세월 동안 깊은 동굴에 박혀 있었음에도 밝은 금발은 여전히 빛났다. 처음 봤을 때 날 당황스럽게 했던 새파란 눈동자는 이제 오히려 반대 효과를 냈다. 눈동자를 들여다보고 있자니 천사가 내 곁에 앉아 나를 진정시켜주고, 두려움을 모두 거두어가고, 마약에 취한 듯한 기분 나쁜 안도감을 주는 것 같았다.

"이리 와보세요. 빨리요." 세라피나 박사에게 말했다.

내가 맨손으로 천사를 만지는 모습을 보고 박사님의 눈이 휘둥그레졌다. 나처럼 어리고 경험 없는 천사학자조차 천사와의 물리적 접촉은 우리의 안전수칙을 어기는 것임을 모르지 않았다. 하지만 천사에게 끌리기는 박사님도 마찬가지인 듯했다. 그녀는 내 옆에 앉더니 손바닥으로 천사의 이마를 짚고 손가락을 머리카락 깊숙이 집어넣었다. 세라피나 박사가 어딘가 변하는 게 한눈에 보였다. 눈을 감은 그녀의 온몸이 더할 나위 없이 행복한 감정에 휘감기는 듯했다. 바짝 긴장했던 몸이 순정한 평온 상태로 녹아내리는 듯했다.

미처 어찌해볼 겨를도 없이 손바닥에 뜨겁고 끈적거리는 물질이 스며들었다. 나는 얼른 손을 떼고 눈을 가늘게 뜬 채 무슨 일이 벌어진 건지 알아내려고 애썼다. 손을 덮은 끈끈한 금빛 막은 꿀처럼 투명하고 번들거렸다. 천사의 몸에서 나오는 빛에 손을 비춰보았다. 손바닥에 묻은 물질이 빛을 반사해 수많은 빛조각이 동굴 바닥에 흩어졌다. 마치 내 손바닥이 수백만 개의 크리스털 알갱이로 뒤덮인 것 같았다.

다른 천사학자들이 우리가 한 일을 눈치채기 전에 재빨리 손을 동굴 벽에 문질러 닦고 다시 장갑을 꼈다. "자, 셀레스틴, 얼른 일을 마쳐야지." 세라피나 박사가 말했다.

나는 의료 장비 상자를 열어 박사님 옆에 내려놓았다. 메스, 탈지면, 시료 채취용 칼날 한 묶음, 뚜껑이 달린 작은 유리병들이 상자 안쪽에 고무 밴드로 고정되어 있었다. 천사의 한 팔을 무릎 위에 올리고 손목과 팔꿈치를 잡자 세라피나 박사가 칼날 끝으로 손톱 견본을 채취했다. 손톱 조각들이 떨어져 유리병 안에 모였다. 꼭 바닷물을 건조시켜 만든 소금처럼 보였다. 이어서 세라피나 박사는 칼날을 기울여 팔뚝 안쪽의 피부를 사각형으로 절개하고는 찢어지지 않도록 조심스럽게 떼어냈다. 피부가 벗겨진 자리에 근육이 드러났다. 두 개의 유리판 사이에 눌린 피부 조각이 희미한 빛을 반사시키며 금빛으로 반짝거렸다.

겉으로 드러난 근육을 보자 속이 메스꺼워졌다. 갑자기 토하기라도 할까봐 양해를 구하고 얼른 자리를 떴다. 탐사대와 제법 떨어진 곳까지

와서는 심호흡을 하며 속을 진정시키려 애썼다. 살을 에는 듯 차갑고 축축한 공기가 폐로 밀려들었다. 눈앞에 보이는 끝없이 이어진 동굴이 나를 끌어당기는 것 같았다. 울렁거리던 속이 가라앉자 그 자리를 호기심이 채우기 시작했다. 저 너머 어둠 속에는 뭐가 있을까?

주머니에서 작은 손전등을 꺼내 동굴 안쪽을 비춰보았다. 깊숙이 비출수록 불빛은 끈적거리는 안개에 잡아먹히듯 점점 약해졌다. 가시거리가 고작 1미터나 2미터 정도밖에 되지 않았다. 뒤에서는 세라피나 박사가 큰 목소리로 다급하게 사람들에게 지시를 내리고 있었다. 앞쪽에서는 전혀 다른 목소리, 부드럽고 아름다운 선율을 이루는 목소리가 끊임없이 나를 불렀다. 잠시 멈춰 서서 주위의 어둠이 눈에 익기를 기다렸다. 앞쪽으로 강물이 흘러 감시자들과 나를 갈라놓고 있었다. 이미 일행에서 너무 멀리 떨어져 위험한 상태였다. 그러나 화강암 동굴의 심장부에서 무언가가 나를 기다리고 있었다. 그게 뭔지만 알고 싶었다.

나는 강기슭에 서 있었다. 검은 물은 빠르게 흘러 멀리 어둠 속으로 사라져갔다. 강을 따라 걷다보니 기우뚱거리는 배가 나타났다. 클레마티스 신부가 강을 건널 때 탄 것과 똑같은 모양의 배였다. 자신이 간 길을 따라오라고 손짓하는 신부의 모습이 보이는 듯했다. 심지어 희미한 목소리마저 들렸다. 배를 강둑에서 물 위로 밀어내는 사이 물에 젖은 바짓단이 땅바닥에 쓸려 더러워졌다. 배는 밧줄로 도르래에 묶여 있었다. 다른 사람들, 아마도 이 지역의 역사학자들이 강물을 건너보았다는 증거였다. 어쨌든 도르래와 밧줄 덕분에 노를 젓지 않고 강을 건널 수 있었다. 배에 앉아 상류 쪽을 보니 폭포가 있었다. 끝을 알 수 없는 동굴 아래서 자욱한 물안개가 피어올랐다. 신화에서 왜 이 강물을 죽은 자들의 강, 스틱스라고 이름 붙였는지 알 것 같았다. 밧줄을 당기며 강을 건

너는 사이 내 앞에 죽음의 존재가 내려오는 느낌이 들었다. 완벽하게 어두운 공허 속에서 인생 전체가 짓눌려 어디론가 사라지는 것 같았다.

강물은 이내 나를 건너편으로 데려다주었다. 도르래와 밧줄로 단단히 고정된 배를 그냥 버려두고 강둑을 기어올랐다. 강에서 멀어져 안쪽으로 들어갈수록 동굴 모양이 무척 다양해졌다. 바위가 뾰족하게 솟아 있기도 하고, 광물이 뭉쳐 있기도 하고, 수정 결정체와 여기저기 벌집처럼 뚫린 작은 구멍들도 있었다. 나를 세라피나 박사에게서 떼어놓고 여기로 이끈 해독 불가능한 신호가 점점 또렷해져갔다. 높아졌다 낮아졌다 하는 누군가의 목소리가 분명히 들렸다. 마치 내 발소리에 박자를 맞추는 것 같았다. 노래가 들리는 곳에 간다면 오랫동안 내 상상 속에서만 살던 존재들을 직접 볼 수 있을 터였다.

갑자기 발밑이 푹 꺼지면서 균형을 잡을 새도 없이 물에 젖어 미끄러운 화강암 바닥에 넘어지고 말았다. 손전등으로 바닥을 훑어보니 발에 걸린 건 조그만 가죽가방이었다. 가방을 집어들고 열어보았다. 너무 오래되고 삭아서 금방이라도 손안에서 바스러져버릴 것 같았다. 손전등으로 가방 안을 비춰보니 뭔가 금속성 물건이 빛을 반사했다. 낡을 대로 낡은 송아지 가죽을 들추고 그것을 잡았다. 리라는 방금까지 문질러 닦아 윤을 낸 듯 찬란한 금빛으로 빛났다. 우리가 찾아낼 수 있게 해달라고 기도했던 바로 그 물건이었다.

얼른 이것을 세라피나 박사에게 가져가야 한다는 생각뿐이었다. 리라를 다시 가방에 넣고 어둠 속을 거슬러 걷기 시작했다. 젖은 화강암 위에서 또 넘어지지 않도록 조심했다. 검은 물 위에서 흔들리는 배를 보고 강이 멀지 않다고 생각한 순간, 동굴 안쪽 깊은 곳에서 한 번 깜박하는 빛이 시야에 들어왔다. 처음엔 어디서 나온 빛인지 확실하지 않았다. 다른 탐사대원이 든 손전등 불빛이 동굴 암벽에 부딪혀 반사된 거라고 여겼다. 그러나 좀더 가까이서 보려고 몇 발짝 걸어들어가자 우리가 가져간 강한 전구 불빛과는 전혀 다르다는 빛이라는 걸 알 수 있었다. 내가 본 것이 뭔지 알아내고 싶은 욕심에 과감하게 좀더 동굴 안쪽으로 들어갔다. 그곳에는 놀라운 모습의 존재가 서 있었다. 금방 날아오를 듯 거대한 날개를 양쪽으로 펴고서. 천사가 어찌나 밝은 빛을 뿜어내는지 똑바로 바라볼 수 없었다. 눈을 진정시키기 위해 시선을 뒤로 돌렸다. 멀리 천사 무리가 서 있었다. 그들의 피부에서 나오는 부드러운 빛이 동굴 감옥의 어둠을 밝히고 있었다.

천사들에게서 눈을 뗄 수 없었다. 오십 명에서 백 명쯤 되었는데 하나같이 아름답고 위엄이 넘쳤다. 피부는 금을 바른 듯 날개는 상아를 깎아놓은 듯 눈동자는 연파란색 유릿조각인 듯 보였다. 희뿌연 구름이 금빛 머리칼 주위를 감돌았다. 그들의 외모가 장엄하다는 사실은 책을 통해 이미 알고 있었고 머릿속으로 상상도 해보았지만 내가 이렇게까지 매혹될 줄은 미처 몰랐다. 두려움도 있었지만 동시에 자석에 이끌리듯 끌렸다. 돌아서서 달아나고 싶었지만 옴짝달싹할 수가 없었다.

천사들이 입을 모아 기쁨에 찬 노래를 불렀다. 동굴에 울리는 노래는 지하에 갇힌 천사들을 악마로 여겨온 그동안의 내 생각과 전혀 어울리지 않았다. 두려움은 모두 녹아버렸다. 그들의 음악은 아름다웠고 그 아름다움은 지상의 것이 아니었다. 천국을 약속하는 듯한 목소리였다. 나는 그 음악의 주문에 걸린 듯 걸음을 옮기지 못했다. 그런데 놀랍게도 리라를 연주하고 싶은 마음이 들었다.

무릎 위에 리라를 올려놓고 팽팽한 금속 현을 튕겼다. 악기를 연주해본 것은 처음이었다. 태어나서 음악이라곤 학교에서 천상의 음악에 관해 잠시 배운 것이 전부였다. 하지만 리라는 마치 스스로 연주하듯 풍성하고 아름다운 선율을 쏟아냈다.

리라 소리를 듣고 천사들은 노래를 멈추었다. 그들은 동굴 안을 이리저리 두리번거렸다. 그들의 시선이 내게 모이는 걸 느낀 두려움은 곧 경이감으로 바뀌었다. 감시자들은 하느님의 피조물 가운데 가장 완벽한 생명체답게 빛이 났으며 바람에 날리는 꽃잎처럼 가벼워 보였다. 꼼짝없이 몸이 굳어버린 나는 이러면 천사들에 대항할 힘을 얻을 수 있기라도 한 것처럼 리라를 품에 꼭 껴안았다.

천사들이 감옥 창살에 몸을 바싹 붙이자 강렬한 빛에 눈도 제대로 뜨지 못하고 비틀거렸다. 열기가 몰려왔다. 끓는 기름 속에 빠진 것처럼 뜨겁고 끈적거렸다. 고통스러워 비명을 질렀는데 내 목소리 같지가 않았다. 땅에 쓰러지면서 가죽가방으로 얼굴을 가리는 순간 두번째 열기가 온몸을 태울 것처럼 휘감았다. 첫번째보다 훨씬 고통스러웠다. 추위를 막으려고 입은 두꺼운 털옷이 프란시스 신부의 옷처럼 녹아내릴 것 같았다. 멀리서 천사들이 다시 아름다운 목소리로 합창을 시작했다. 주문처럼 들려오는 천사들의 노래를 들으며 나는 리라를 양팔로 끌어안은 채 의식을 잃었다.

얼마나 시간이 지났을까, 정신을 차리니 세라피나 박사가 걱정스러운 얼굴로 내려다보고 있었다. 박사님이 나지막이 내 이름을 부르자 아주 잠시 내가 죽어서 다른 세상으로 온 게 아닌가 싶었다. 이승에서 잠든 사이 카론의 배에 실려 스틱스 강을 건너와 저승에서 눈을 뜬 것 같았다. 하지만 그 순간 통증이 온몸을 엄습해와 내가 다쳤다는 것을 깨달았다. 몸이 뻣뻣하고 화끈거렸다. 그제야 어쩌다 이렇게 됐는지 기억이 났다. 세라피나 박사는 내가 끌어안고 있던 리라를 가져가 너무 놀라서 말도 꺼내지 못하고 이리저리 뜯어보았다. 그러고는 리라를 한쪽 겨드랑이에 끼고 나를 일으켜세워 배로 데려갔다. 내가 늘 닮고 싶어하던 자신 있는 걸음걸이였다.

세라피나 박사가 도르래에 연결된 밧줄을 당겼고 배는 다시 강을 가로질렀다. 뱃머리가 물살에 흔들리기 시작하자 박사님이 귀에서 귀마개를 뺐다. 언제나 만반의 준비를 하던 박사님은 천사들의 음악으로부터 자신을 보호할 수 있었던 것이다.

"도대체 무슨 짓을 하고 있었던 거야?" 세라피나 박사는 나를 보지도 않고 물었다. "혼자서 돌아다니면 안 된다는 것쯤은 알잖아."

"다른 사람들은요?" 혹시라도 내가 다른 대원들을 위험에 빠뜨린 건 아닐까 걱정스러웠다. "모두 어디 있죠?"

"먼저 올라가서 기다리고 있어. 세 시간이나 널 찾아헤맸어. 영영 잃어버린 줄 알았지. 사람들이 무슨 일이 있었는지 알고 싶어할 테지만 절대 말해선 안 돼. 약속해, 셀레스틴. 강 건너에서 본 건 아무한테도 절대 말하지 마."

반대편 기슭에 도착하자 세라피나 박사는 내가 배에서 내리는 걸 부축해주었다. 고통스러워하는 나를 보고 박사님의 화가 약간 누그러졌다. "잘 기억해. 우리 일은 감시자들과 아무 관계가 없어. 우리가 해야 할 일은 반드시 돌아가서 살아갈 지상의 세계에 있어. 아주 많이. 강을 건너기로 한 네 결정이 무척 실망스럽긴 해도, 어쨌든 이 임무의 목적이었던 물건을 찾아냈으니 잘했다고 해야겠지."

한 걸음씩 내디딜 때마다 욱신거리는 몸을 끌고 천사의 유해를 지나쳐 사다리가 있는 곳으로 돌아왔다. 천사는 옷이 벗겨져 낱낱이 해부된 상태였다. 이제 껍데기만 남았는데도 여전히 흐릿한 인광을 뿜어냈다.

동굴 밖으로 나오니 사위가 어두웠다. 소중한 견본을 담은 자루를 옮기려 눈을 헤쳤다. 장비를 조심스럽게 차에 싣고 산을 내려갔다. 다들 지치고 흙투성이가 된데다 몇몇은 다치기까지 했다. 블라디미르는 사다리를 오르다 튀어나온 바위에 부딪혀 한쪽 눈가에 깊은 상처를 입었고 나는 유해한 빛에 노출되었다.

얼음이 덮인 산길을 따라 내려오면서 보니 한참 동안 눈이 온 흔적이 역력했다. 바위마다 무거운 눈을 뒤집어썼고 하늘에서는 여전히 함박눈이 펑펑 쏟아지고 있었다. 길이 온통 얼어붙어 속도를 낼 수가 없었다. 손목시계를 보고 벌써 새벽 네시가 다 되어감을 확인한 나는 깜짝 놀랐다. 악마의 목구멍 동굴에서 열다섯 시간도 넘게 머무른 것이다. 계획한 시간보다 너무 지체되어 차를 세우고 잠을 잘 수 없었다. 짐칸에 실어둔 휘발유로 연료를 보충할 때 말고는 계속해서 달렸다.

블라디미르가 애를 썼음에도 우리는 해가 뜰 무렵 원래 예정보다 몇 시간이나 늦게 비행기가 기다리는 장소에 도착했다. 엔진이 두 개 달린 록히드 사의 L-12기가 전날 우리가 떠날 때와 똑같은 모습으로 비행 준비를 마친 채 활주로에 대기중이었다. 날개에 이빨처럼 매달린 고드름이 날이 얼마나 추운지 증명해주었다. 애초에 이곳으로 비행해오는 것도 몹시 힘들었다. 자동차로 왔다면 더 힘들었을 테지만. 그리스까지 오는 동안 어쩔 수 없이 여러 곳을 경유했고, 추적을 피하기 위해 우선 튀니지로 갔다가 터키를 거쳐야 했다. 귀환을 위한 비행 역시 쉽지는 않을 터였다. 비행기는 여섯 명의 탐사대원과 장비와 물품을 모두 실을 수 있을 만큼 컸다. 짐을 실은 비행기는 금세 질풍 같은 소음을 일으키며 눈 내리는 하늘로 날아올랐다.

열두 시간 후 파리 외곽의 비행장에 내리니 멀리 파나르 르바소르 다이내믹 한 대가 기다리고 있었다. 반짝거리는 그릴에 큰 발판이 달린 고급 자동차가 어떻게 전쟁의 폐허 속에서도 남아 있는지 놀라울 뿐이었다. 나는 귀한 차량이 어디서 났을까 궁금했다. L-12기나 K-51 자동차처럼 외국 후원자에게서 얻었으리라 추측할 뿐이었다. 지난 몇 년 동안 우리는 기부금으로 살아왔다. 고급 자동차가 기다리고 있어 좋았지만, 그런 차를 어떻게 독일군에게 빼앗기지 않고 사용해왔는지는 의문이었다. 하지만 감히 물어볼 수는 없었다.

밤을 뚫고 달리는 차 안에서 나는 아무 말도 하지 않았다. 비행기에서 꽤 오래 잤지만 동굴에 다녀온 여파로 여전히 기진맥진한 상태였다. 눈을 감았다. 언제인지도 모르게 깊은 잠에 빠져들었다. 가끔 차가 팬 도로에서 덜컹거리고 다른 이들이 나누는 이야기 소리가 조금씩 들렸다. 하지만 그들이 무슨 말을 하는지는 알아들을 수 없었다. 동굴에서 본 모든 것이 뒤죽박죽 섞인 꿈을 꾸었다. 세라피나 박사와 블라디미르 그리고 다른 탐사대원들이 눈앞에 나타났다. 깊고 끔찍한 동굴이 아래로 뻥 뚫려 있었다. 빛을 뿜어내는 천사들도 보였다. 피부에서 나오는 창백한 빛이 눈앞에서 춤을 추었다.

잠에서 깨어보니 차는 휑뎅그렁한 몽파르나스의 자갈길을 달리고 있었다. 독일에 점령당한 파리에서 지금 몽파르나스는 레지스탕스의 근거지이자 찢어지게 가난한 지역이었다. 우리는 아파트 건물들과 불 꺼진 카페, 가지마다 이파리 대신 얼어붙은 눈을 매달고 도로 양쪽에 늘어선 나무들 사이를 달렸다. 운전사가 속도를 늦추더니 몽파르나스 공원묘지로 방향을 바꿔 거대한 철문 앞에 멈춰 섰다. 짧게 경적을 울리자 철문이 철컹 소리를 내며 옆으로 열리고 자동차가 천천히 안으로 들어섰다. 묘지 안쪽은 꽁꽁 언 채 고요하기만 했다. 군데군데 덮인 얼음이 전조등 불빛에 반짝거리는 모습을 보고 순간 이곳이야말로 추하고 타락한 전쟁통에서 유일하게 빛나는 장소라는 생각이 들었다. 운전사는 돌 받침대 위에 선 천사상 앞에 차를 세우고 엔진을 껐다. '영면永眠의 천사'라는 이름의 청동 조각상이 죽은 자들을 내려다보고 있었다.

나는 여전히 녹초인 채로 비틀거리며 차에서 내렸다. 맑은 밤하늘에 별들이 반짝거렸지만 묘비들 위로는 축축한 공기가 감돌고 있어 금방이라도 어디선가 엷은 안개가 몰려올 것 같았다. 천사상 뒤에서 한 남자가 걸어나왔다. 우리를 마중나온 사람인 줄 알면서도 나는 두려웠다. 남자는 사제복을 입고 있었다. 예전의 어떤 모임이나 회의에서도 전혀 본 적이 없는 사람이었다. 누구든 의심하라는 게 우리 철칙이었다. 한 달 전에도 네피림은 위원회의 고위급 학자를 찾아내 살해했다. 천상의 음악학 교수인 마이클 박사를 죽이고 연구 자료마저 모두 훔쳐간 것이다. 고위 학자도 소중한 정보를 누설할 수 있다는 걸 보여주는 사례였다. 적들은 호시탐탐 기회를 노리고 있었다.

세라피나 박사는 그를 아는 듯 얼른 따라갔다. 남자는 우리를 데리고 묘지 구석의 다 허물어져가는 석조 건물로 향했다. 오랫동안 버려진 수도원 건물 가운데 하나였다. 몇 년 전에는 발코 부부가 강의실로 쓰기도 했으나 지금은 비어 있었다. 남자가 아귀가 잘 맞지 않는 나무문을 따더니 우리를 안으로 안내했다.

위원회의 최고위급과 매우 친밀한 세라피나 박사를 포함해—심지어 남편인 라파엘 발코 박사는 레지스탕스를 이끌고 있다—그 누구도 전쟁중에 어디서 모임을 갖는지 정확히 알지 못했다. 날짜가 정해져 있는 것도 아니고 인편으로 직접 연락을 취하거나 아니면 지금처럼 조용히 모이는 식이었다. 장소는 그때그때 상황에 따라 외딴곳에 있는 카페나 파리 근교의 작은 마을, 버려진 교회 등으로 정해졌다. 이렇게 극도로 주의를 기울여도 적들은 시시각각 우리의 움직임을 감시하고 있는 듯했다.

사제는 우리를 수도원 복도로 안내하더니 어느 문 앞에 멈춰 서서 문을 세 차례 짧게 두드렸다. 문이 열리자 돌벽에 여러 개의 전구가 불을 밝힌 방으로 들어섰다. 전구는 귀한 물건이지만 미국에서 보내온 달러만 있으면 암시장에서 구할 수 있었다. 좁은 창문은 빛이 새어나가지 않게 무거운 검은색 천으로 가려놓았다. 이미 회의를 시작했는지 위원회 사람들이 둥근 나무 탁자에 둘러앉아 있었다. 안으로 들어가자 참석자 모두 일어서서 호기심 어린 표정으로 우리를 바라보았다. 지금까지 위원회에 참석한 적이 없는 나는 보통 회의가 어떤 식으로 진행되는지 몰랐지만, 이들이 탐사대가 도착하길 기다리고 있었던 것만은 틀림없어 보였다.

위원장 대행을 맡은 라파엘 발코 박사가 상석에 앉아 있었다. 나를 알자스에 있는 우리집에 유배시키고 떠난 뒤로 처음 만나는 것이었다. 그게 최선이었다는 걸 알지만 어쨌든 나를 버린 건 절대 용서할 수 없었다. 라파엘 박사의 모습은 그때와는 사뭇 달라 보였다. 관자놀이의 머리칼이 하얗게 세었고 태도에서는 전혀 다른 위엄이 흘렀다. 길거리에서 마주쳤다면 못 알아봤을 정도였다.

간단하게 인사를 한 라파엘 박사가 앉으라는 듯 빈 의자들을 가리키며 탐사 결과에 대해 질문했다. 이런 식의 질문을 앞으로도 수없이 받아야 한다는 걸 나는 알고 있었다. "보고할 게 많을 겁니다. 편하게 이야기해보세요." 라파엘 박사가 탁자 위에 양손을 얹으며 말했다.

세라피나 박사가 동굴을 상세히 묘사했다. 낭떠러지 같은 수직갱, 아래쪽에 펼쳐진 바위들, 멀리서도 분명하게 들려온 폭포 소리. 그녀는 노트를 보며 천사 시체의 치수와 외형에 관해 조목조목 설명했다. 특히 성기가 있다고 말하는 부분에서는 자부심이 느껴졌다. 사진을 현상해 보면 천사의 신체적 특징에 관한 새로운 사실을 더 많이 알아낼 수 있을 거라고도 했다. 제2차 탐사는 대성공이었다.

다른 대원들이 각자 자세히 보고하는 동안 나는 멍하니 생각에 빠졌다. 흐린 불빛에 비친 양손을 물끄러미 내려다보았다. 동굴에서 얼음에 긁히고 추위로 온통 튼데다 천사가 뿜어낸 빛에 덴 상태였다. 혼란스러운 감정이 온몸을 휘감았다. 우리가 동굴에 다녀온 지 채 몇 시간도 지나지 않았단 말인가? 손가락이 떨려 얼른 두꺼운 외투 주머니에 집어넣었다. 마음속에서 천사가 나타나 파란 눈으로 나를 응시했다. 색유리처럼 밝게 반짝이는 눈이었다. 세라피나 박사가 흡사 나뭇조각 다루듯 천사의 긴 팔과 다리를 들어 무게를 가늠하던 장면이 떠올랐다. 천사는 너무나 생기 넘치는 모습이어서 우리가 도착하기 직전까지 살아 있었던 것만 같았다. 나는 동굴에 도착하고 나서야 천사의 시체가 그곳에 있다는 사실을 스스로 믿지 않고 있었다는 걸 깨달았다. 그렇게 공부해오면서도 실제로 천사의 시체를 보고 만지고 피부에 주사기를 꽂아 체액을 뽑아낼 수 있으리라고는 생각하지 않았던 것이다. 마음 깊은 곳에서는 우리 생각이 틀렸기를 바랐는지도 모른다. 천사의 팔에서 피부를 일부 떼어내 불빛에 비춰보았을 때 나는 두려움에 압도당하고 말았다. 자꾸만 같은 장면이 떠올랐다. 칼날이 하얀 살갗을 저미고 들어올리는 모습. 흐릿한 불빛을 받아 반짝이는 피부 조직. 탐사대원들 가운데 막내였던 나는 누구보다 열심히 해야 한다는 의무감 때문에 주어진 것보다 더 많이 일했다. 늘 스스로를 몰아붙이며 다른 사람들보다 더 일하고 더 공부했다. 지난 몇 년은 내가 탐사에 쓸모가 많은 사람이라는 걸 증명하기 위한 시간이었다. 자료를 읽고 수업을 듣고 탐사에 필요한 정보를 수집했다. 하지만 그렇게 노력한 게 막상 동굴에서는 모두 허사였다. 분하게도 신출내기처럼 행동하고 말았다.

"셀레스틴?" 라파엘 박사의 목소리에 나는 퍼뜩 정신이 들었다. 다른 사람들이 내 말을 기다리는 듯한 눈길로 물끄러미 보고 있어 깜짝 놀랐다. 아마 라파엘 박사가 내게 질문을 한 모양이었다.

"죄송합니다." 속삭이듯 대답하니 얼굴에 불이 나는 기분이었다. "질문을 하셨나요?"

"세라피나 박사는 자네가 동굴에서 매우 중대한 걸 발견했다고 설명했네." 라파엘 박사가 조심스러운 눈길로 나를 살폈다. "자세히 설명해 줄 수 있겠나?"

비밀을 지키기로 했던 세라피나 박사와의 약속을 깨뜨릴까봐 두렵기도 하고 무모하게 강을 건너갔다는 걸 밝히기도 무서워 나는 아무 말도 할 수 없었다.

"셀레스틴은 영 몸이 좋지 않은 모양입니다." 세라피나 박사가 대신 나섰다. "괜찮다면 잠시 휴식을 취하도록 해주는 게 좋겠습니다. 대신 제가 설명해드리죠."

박사님이 위원회 앞에서 발견 당시의 정황을 설명했다. "셀레스틴이 낡아빠진 가방을 들고 강둑에 있는 걸 발견했습니다. 보자마자 가죽가방이 무척 오래됐다는 걸 알 수 있었죠. 기억하시겠지만 클레마티스 신부가 남긴 제1차 천사 탐사의 기록에도 가방에 대한 내용이 나옵니다."

"맞습니다." 라파엘 박사가 말했다. "그 내용은 정확히 기억합니다.

'나는 허겁지겁 천사가 놓고 간 보물을 챙겨 까맣게 탄 손으로 집어올렸다. 그리고 흠집이 나지 않도록 메고 간 가방에 넣었다'라고 했죠."

"가방을 열어서 안에 든 리라를 보고서야 저는 가방이 클레마티스 신부의 것이라고 확신할 수 있었습니다. 클레마티스 신부는 몸을 다쳐서 가방을 동굴 밖으로 가지고 나오지 못한 게 분명합니다. 바로 그것을 셀레스틴이 발견한 겁니다."

이 말에 위원회 사람들은 크게 놀랐다. 그들은 고개를 돌려 나를 보았다. 내가 좀더 자세히 설명해주길 바라는 눈치였다. 하지만 그럴 수가 없었다. 아니, 사실 나도 모두가 그토록 오랫동안 기다려온 것을 내가 발견해냈다는 게 믿어지지 않았다.

라파엘 박사는 잠시 말이 없었다. 이번 탐사가 거둔 성과가 얼마나 중요한지 생각하는 것 같았다. 그러다가 갑자기 벌떡 일어나 참석자들을 보고 섰다.

"모두 가셔도 좋습니다." 라파엘 박사는 해산을 선언했다. "아래층에 가시면 음식이 준비되어 있습니다. 세라피나와 셀레스틴은 잠시 남아 주세요."

다른 사람들이 방을 빠져나가는 사이 세라피나 박사가 나를 보며 아무 걱정 말라는 듯한 표정을 지어 보였다. 라파엘 박사는 확신에 찬 차분한 태도로 다른 이들을 내보냈다. 언제나 감정을 숨길 줄 아는 그의 성격이 존경스러웠다. "말해봐, 세라피나. 대원들이 모두 당신 기대를 만족시켰어?"

"내 생각엔, 모두 훌륭했어요." 세라피나 박사가 말했다.

"셀레스틴도?"

속이 뒤집히는 것 같았다. 그 탐사가 일종의 테스트였단 말인가?

“어린 나이치고는 상당히 인상적이었어요. 보물을 찾아낸 것만 봐도 얼마나 뛰어난지 알 수 있죠.”

“좋아.” 라파엘 박사가 나를 향해 돌아섰다. “자네 스스로도 만족스러운 수준이었나?”

어떻게 대답해야 할지 몰라 세라피나 박사와 라파엘 박사를 차례로 바라보았다. 만족했다고 하면 거짓말이 될 테고 자세히 말하자니 세라피나 박사와 한 약속을 깨뜨리게 될 터였다. 결국 작은 목소리로 말했다. “좀더 철저히 준비했더라면 좋았을 것 같습니다.”

“누구나 그런 순간을 위해 평생을 준비하지.” 라파엘 박사는 팔짱을 끼고 꾸짖는 듯한 표정으로 나를 보았다. “마침내 그런 순간이 오면 성공할 준비가 되어 있길 바라는 수밖에 없으니까.”

“아니야, 아주 잘했어. 최고였다니까.” 세라피나 박사가 다시 한번 말했다.

“동굴에서의 제 행동은 뭐라 변명할 여지가 없어요. 이번 임무는 정말 괴로웠어요. 아직까지도 회복이 안 됐을 정도니까요.” 나는 뭉뚱그려서 말했다.

라파엘 박사가 아내를 안고 뺨에 입을 맞췄다. “다른 사람들한테 가 봐, 세라피나. 나는 셀레스틴에게 보여줄 게 있어.”

세라피나 박사가 돌아서서 내 손을 잡았다. “아주 용감했어, 셀레스틴. 자네는 아주 훌륭한 천사학자가 될 거야.” 그러고는 내 뺨에 입을 맞추고 방에서 나갔다. 왠지 이대로 다시는 만날 수 없을 것 같았다.

라파엘 박사는 나를 데리고 흙냄새와 곰팡내가 풍기는 복도로 나섰다. “자, 이쪽으로 가지.” 박사가 재빨리 계단을 내려가 어둠 속으로 들어갔다. 계단 아래 이르자 이번에는 더 긴 복도가 나왔다. 경사가 급해 조심스럽게 발을 옮겨야 했다. 서둘러 앞으로 나아가는 사이 공기가 차가워지고 불쾌한 냄새는 점점 더 심해졌다. 축축한 습기가 동굴에 들어갈 때 입은 두꺼운 옷까지 뚫고 들어왔다. 젖은 돌벽을 손으로 짚으며 걷다가 울퉁불퉁한 표면이 돌이 아니라 구멍에 쌓인 뼈라는 걸 깨달았다. 그제야 여기가 어딘지 알 수 있었다. 우리는 카타콤을 통해 몽파르나스 아래를 나아가고 있었다.

다시 오르막이 된 복도를 따라 걷다 계단을 통해 위층으로 나와보니 다른 건물이었다. 라파엘 박사는 여러 개의 문을 열쇠로 열며 차례차례 통과했다. 마지막 문을 열고 나가니 상쾌하고 차가운 바람이 부는 골목이 나왔다. 쥐들이 음식 찌꺼기를 먹다 말고 사방으로 흩어졌다. 썩은 감자 껍질과 전쟁중 커피 대용이었던 치커리가 나뒹굴었다. 라파엘 박사는 내 팔을 잡고 모퉁이를 돌아 거리로 나섰다. 묘지에서 몇 구역 떨어진 곳에 파나르 르바소르가 시동을 켠 채 우리를 기다리고 있었다. 다가서서 보니 독일어가 쓰인 네모난 종이 한 장이 차창에 붙어 있었다. 추측건대 시내 곳곳의 검문소를 통과할 수 있는 독일군의 허가증이나 증명서인 것 같았다. 그제야 우리가 어떻게 그런 고급 자동차를 굴리고 연료를 구할 수 있었는지 알아차렸다. 그 차는 독일군의 것이었다. 라파엘 박사가 우리 조직에 속한 독일군에게서 요령껏 얻어내 오늘만 사용하는 모양이었다.

운전사가 문을 열었다. 따뜻한 뒷좌석으로 들어가자 라파엘 박사가 내 옆자리에 앉았다. "나 좀 봐." 그는 몸을 돌리더니 차가운 두 손으로 내 얼굴을 잡고 뭔가 특이한 것을 찾는 사람처럼 유심히 들여다보았다. 처음으로 라파엘 박사의 얼굴을 가까이서 보았다. 나이가 적어도 쉰 살은 된 것 같았다. 얼굴에 주름이 졌고 방금 전에 본 것보다 흰머리가 훨씬 많았다. 얼굴이 너무 가까이 있어 깜짝 놀랐다. 남자와 이렇게 가까이 있어보긴 처음이었다.

"눈이 파란색인가?"

"적갈색이에요." 나는 엉뚱한 질문에 혼란스러워하면서 대답했다.

"좋아." 그는 조그만 여행 가방을 열어 우리 사이에 놓았다. 그리고 가방 안에서 새틴 드레스와 실크 스타킹, 가터벨트, 구두 한 켤레를 꺼냈다. 한눈에 어떤 옷인지 알 수 있었다. 몇 년 전 가브리엘라가 입었던 빨간 드레스였다.

"입어." 라파엘 박사가 말했다. 깜짝 놀란 내 표정을 봤는지 곧 덧붙였다. "이유는 금방 알게 될 거야."

"하지만 이건 가브리엘라 옷이잖아요." 신중하게 생각할 틈도 없이 말이 나왔다. 내가 가브리엘라에게 무슨 짓을 했는지 생각하면 도저히 옷에 손을 댈 수 없었다. 라파엘 박사와 가브리엘라가 함께 있던 장면이 떠올랐다. 아무 말도 하지 말 걸 그랬다는 생각이 들었다.

"그래서?" 라파엘 박사가 물었다.

"가브리엘라가 이걸 입었던 날 밤에, 박사님과 함께 있는 걸 봤어요." 라파엘 박사의 눈을 똑바로 볼 수 없었다. "아파트 앞 길가에서요."

"어떻게 된 상황인지 전부 안다고 생각하는 모양이군." 라파엘 박사가 말했다.

"오해할 여지가 있나요?" 나는 작은 소리로 말하며 창밖으로 흘러가는 칙칙한 잿빛 건물들과 길을 따라 늘어선 가로등을 바라보았다. 파리의 우울한 겨울 얼굴이었다. "무슨 일인지 뻔하죠."

"드레스 입어." 라파엘 박사의 목소리는 단호했다. "가브리엘라의 행동에 믿음을 가져. 공연히 의심하기보다는 우정을 믿으라는 거야. 이런 시절에는 우리끼리 서로 믿어야 해. 자네는 아직 모르는 게 많아. 이제 곧 가브리엘라가 무슨 위험을 안고 사는지 알 수 있을 거야."

나는 천천히 두꺼운 옷을 벗었다. 얼음장 같은 산바람을 견디기 위해 입었던 바지 단추를 풀고 묵직한 스웨터도 머리 위로 올려 벗었다. 그리고 드레스가 찢어지지 않도록 몸을 비틀며 입기 시작했다. 드레스는 너무 컸다. 입자마자 알 수 있었다. 사 년 전 가브리엘라가 입었을 때만 해도 내게는 너무 작아 보였지만, 전쟁중 몸무게가 10킬로그램이나 줄어 뼈와 가죽만 남은 상태였기 때문이다.

내가 옷을 입는 사이 라파엘 발코 박사도 옷을 갈아입었다. 그는 가방에서 나치 친위대 군복인 검은 재킷과 바지를, 좌석 아래서 검은색 광택이 도는 빳빳한 가죽 부츠를 꺼냈다. 군복은 암시장에서 산 물건처럼 닳거나 퀴퀴하지 않고 깔끔했다. 아마도 나치 친위대에서 활동하는 우리 쪽 스파이가 넘겨준 것 같았다. 군복만 봐도 섬뜩했다. 옷을 갈아입자 라파엘 박사는 전혀 다른 사람처럼 보였다. 그는 투명한 액체를 입술 쪽에 바르고 가느다란 수염을 붙였다. 이어 머리에 포마드를 발라 매끄럽게 빗어넘기고는 옷깃에 친위대를 상징하는 배지를 달았다. 조그만 물건에 불과했지만 위장에 꼭 필요한 것이었다. 그리고 내 역겨움을 자아내기에도 충분했다.

라파엘 박사는 실눈을 뜨고 조심스럽게 내 모습을 살폈다. 나는 몸을 숨기고 싶어 팔짱을 꼈다. 그는 내 변신이 그리 만족스럽지 않은지 어릴 때 교회에 데려가기 전 어머니가 그랬던 것처럼 내 머리와 드레스를 매만져주었다. 몹시 부끄러웠다.

자동차는 빠른 속도로 달려 센 강에서 멈췄다. 다리를 막고 선 군인 한 명이 루거 권총 손잡이로 창문을 톡톡 두드렸다. 운전사가 창문을 내리고 군인에게 독일어로 말을 건네더니 서류 한 뭉치를 내밀었다. 군인이 뒷좌석을 흘깃 보더니 라파엘 박사를 유심히 살펴보았다.

"구텐 아벤트."* 라파엘 박사가 인사를 건넸다. 완벽한 독일어 발음이었다.

"구텐 아벤트." 군인도 작은 소리로 인사하고 서류를 들여다보더니 가도 좋다고 손짓했다.

도착한 곳은 기둥이 늘어선 고풍스러운 건물이었다. 연회장으로 통하는 넓은 돌계단을 올라가면서 아름다운 여인들을 에스코트하는 야회복 차림의 사내들을 지나쳤다. 출입구에는 독일 군인들이 보초를 서고 있었다. 우아하게 차려입은 다른 여자들과 달리 너무 마르고 창백한 나는 아프고 지친 사람처럼 보일 게 뻔했다. 머리를 틀어올리고 라파엘 박사에게서 받은 립스틱을 바르기는 했지만, 다른 여자들의 예쁘게 모양을 살린 머리와 생기 도는 얼굴과는 천지 차이였다. 따뜻한 목욕, 화장, 향수, 새 옷은 나뿐 아니라 점령된 프랑스의 어느 누구에게도 허락되지 않았다. 가브리엘라는 크리스털 병에 담긴 샬리마 향수를 남기고 떠났다. 즐거웠던 시간이 떠오르는 소중한 물건이라 가브리엘라가 사라진 후로 늘 지니고 다녔지만 금세 다 써버릴까 염려되어 단 한 방울도 사용하진 않았다. 내게 안락함이란 어릴 적에나 느꼈던 일생 단 한 번의 경험, 젖니와도 같은 것이었다. 다른 여자들과 비슷해 보일 리 없었지만 그래도 나는 라파엘 박사의 팔을 꼭 잡고 차분하게 행동하려고 애썼다. 라파엘 박사는 자신감 넘치는 걸음으로 빨리 걸었다. 보초를 서던 군인들은 놀랍게도 아무 문제 없이 우리를 통과시켰다. 곧 따뜻하고

---

* Guten Abend. 독일어 저녁인사.

시끄럽고 사치스럽게 꾸민 연회장 안에 들어섰다.

라파엘 박사는 나를 연회장 한쪽으로 데려가더니 계단을 올라 발코니에 있는 전용 탁자로 향했다. 시끄러운 소리와 기묘한 조명에 가까스로 적응되자 실내가 제대로 보였다. 길쭉한 형태의 연회장은 천장이 높고 벽마다 거울이 붙어 있었다. 거기에 여자들의 목덜미와 반짝이는 시곗줄이 비쳤다. 검은색 나치 문장이 찍힌 붉은 깃발들이 연회장 전체에 일정한 간격으로 걸려 있고, 탁자 위에는 하얀 식탁보에 잘 어울리는 도자기 그릇과 꽃 장식이 놓여 있었다. 겨울, 그것도 한창 전쟁중인 때 장미를 볼 수 있다는 것쯤은 그리 놀랍지도 않았다. 크리스털 샹들리에가 검은색 타일이 깔린 바닥에 빛을 뿌리고 그 빛을 받은 새틴 구두가 반짝였다. 샴페인, 보석, 아름다운 사람들이 촛불 아래 모여 있었다. 연회장은 와인 잔을 들어올리는 손으로 부산스러웠다. 춤 볼! 춤 볼!* 와인이 연회장에 있는 모든 사람이 마시고도 남을 양이라는 데 놀라움을 금치 못했다. 일반 식료품도 구하기 어려운 상황이라 점령군에 연줄이 있는 사람이 아니면 품질 좋은 와인을 구하는 일은 불가능에 가까웠다. 독일군이 샴페인 수천 병을 징발했다는 소문도 있었고, 우리 시골 집 지하 창고도 텅 빈 지 오래였다. 내게는 와인 한 병도 더할 나위 없는 사치였다. 그런데 이곳에는 와인이 물처럼 흘러넘쳤다. 승리한 자들과 정복당한 자들의 삶이 얼마나 다른지 한눈에 알 수 있었다.

높은 발코니에 앉아 흥청망청 즐기는 사람들을 자세히 살펴보았다. 처음에는 다른 고상한 모임과 비슷해 보였다. 하지만 좀더 자세히 보니 외모가 특이한 사람이 많았다. 마치 하나의 틀로 찍어낸 듯 마르고 각

* Zum Wohl. 독일어로 '건배'를 외치는 소리.

진 얼굴에 광대뼈가 발달하고 눈이 고양이처럼 길게 찢어졌다. 금발에 투명한 피부, 비정상적일 만큼 큰 키가 그들이 네피림임을 말해주었다.

사람들 사이로 웨이터들이 움직이고 유리잔을 부딪치는 소리와 함께 목소리들이 커졌다.

"이게 바로 자네에게 보여주고 싶었던 광경이야." 라파엘 박사가 아래로 보이는 수백 명의 사람들을 가리키며 말했다.

나는 다시 한번 사람들을 내려다보며 역겨움을 느꼈다. "온 프랑스가 굶어 죽어가는데 이렇게 흥청망청할 수 있다니요."

"유럽 전체가 굶고 있지." 라파엘 박사가 고쳐 말했다.

"어떻게 이렇게 음식이 많죠? 어떻게 와인도 넘쳐나고 옷과 신발도 저렇게 고급일 수 있어요?" 내가 물었다.

"이제 이해하는군." 라파엘 박사가 살짝 웃으며 말했다. "우리가 뭘 위해 싸우는지 알려주고 싶었어. 자넨 어려. 어떤 적과 싸우고 있는지 완벽하게 이해하기 어려울 테지."

거울처럼 반짝거리는 황동 난간에 몸을 기대자 차가운 금속이 닿은 팔에 불이 붙은 것 같았다.

"천사학은 그저 머릿속으로 두는 체스 게임이 아니야. 공부를 막 시작하고 보나벤투라*나 아우구스티누스에 빠져 있을 땐 단순한 이론 싸움으로만 보이지. 하지만 우리 일은 질료형상론에 관한 토론에서 이기거나 수호천사들을 분류하는 데 그치지 않아." 라파엘 박사는 아래쪽 사람들을 가리켰다. "자네 일은 바로 여기, 진짜 세상에 있어."

라파엘 박사의 말에서 열정이 느껴졌다. 그리고 그것은 악마의 목구

---

* 이탈리아의 중세 스콜라 신학자이자 철학자.

멍 동굴에서 세라피나 박사가 내게 한 말과 흡사했다. 우리가 해야 할 일은 반드시 돌아가서 살아갈 지상의 세계에 있어.

"이게 그저 몇 안 되는 레지스탕스와 점령군의 싸움이 아니라는 건 알겠지. 지금까지 우리는 소모전을 치렀어. 태초부터 계속돼온 투쟁이지. 성 토마스 아퀴나스는 천지가 창조되고 이십 초 후 타락천사들이 땅속으로 떨어졌다고 했어. 그들의 사악한 천성이 갓 생겨난 우주의 완벽함을 깨뜨리고 선과 악 사이에 끔찍한 균열을 만든 거야. 이십 초 동안 우주는 순수하고 완벽하고 온전했어. 그동안에 존재했다면 어땠을지 상상해봐. 죽음에 대한 두려움도, 고통도, 의심도 없이 사는 거지. 상상해봐."

나는 눈을 감고 그런 우주를 그려보려고 애썼다. 도무지 상상이 되지 않았다.

"완벽한 우주가 단 이십 초간 존재했어." 라파엘 박사가 웨이터한테서 샴페인 두 잔을 받아들며 말했다. "우리는 그 나머지 시간을 살고 있는 거고."

차갑고 달지 않은 샴페인을 한 모금 마셨다. 혀가 움찔할 정도로 놀라운 맛이었다.

라파엘 박사가 말을 이었다. "이 시대에는 악이 선을 압도하고 있어. 하지만 우리는 계속 맞서 싸우고 있지. 전 세계에 우리 편은 수천 명이 넘어. 적 또한 수천이 넘지. 아니, 어쩌면 수십만이 넘을지도."

"저들의 세력이 정말 강력해졌군요." 나는 연회장의 넘치는 부유함을 살펴보며 말했다. "늘 이랬다고 생각하긴 싫은데요."

"천사학을 창시한 사람들은 적을 모조리 소탕하겠다는 계획을 세우며 즐거워하곤 했지. 하지만 그들이 스스로의 능력을 과대평가했다는 건 여러 연구에서 밝혀졌어. 그들은 전쟁이 금방 끝날 거라고 생각했어. 감시자와 그 자손들이 얼마나 사악한지, 속임수와 폭력, 파괴를 얼마나 즐기는지 몰랐던 거야. 감시자들은 천사 태생으로 본래의 타고난 천상의 아름다움을 지켜왔지만 그 자손들은 폭력에 물들었어. 그리고 놈들은 손대는 모든 것을 차례차례 물들이고 있지."

라파엘 박사는 수수께끼를 푸는 사람처럼 잠시 말을 멈추었다가 한참 후에 다시 이었다.

"인류를 멸하면서 조물주가 느끼셨을 괴로움을 생각해봐. 아버지가 자기 자식들을 죽이는 슬픔을, 그것이 얼마나 극단적인 선택이었는지를. 수백만 생명이 물에 빠져 죽고 문명이 사라졌어. 하지만 네피림은 여전히 기세등등해. 경제적 탐욕, 사회적 불의, 전쟁, 이것들 모두 세상에 존재하는 악의 징후야. 지구의 모든 생명을 말살하는 것으로도 악을 없애지는 못했어. 그렇게 현명했던 가경자 신부들도 그런 사실을 파악하지 못했지. 싸울 준비도 제대로 못 했고. 아무리 평생을 연구에 바친 천사학자라 해도 역사를 간과하면 실수를 범할 수 있다는 예야.

중세 종교재판을 거치면서 우리는 상당한 피해를 입었어. 곧 복구하기는 했지만. 19세기 역시 걱정스러웠어. 스펜서*와 다윈, 마르크스의 이론을 왜곡해 사회를 조종하려는 시대였지. 그나마 그전까지는 잃었던 영역을 늘 되찾아왔지만 지금 상황은 점점 걱정스러워지고 있어. 우리 힘은 줄고 있어. 죽음의 수용소에는 우리 편이 넘쳐나. 네피림은 독일과 합세해 대단히 큰 승리를 거뒀어. 그들은 이런 식의 발판을 마련하려고 오랫동안 기회를 엿보고 있었지."

---

* 사회 발전을 진화론적으로 설명한 영국 철학자이자 사회학자.

오랫동안 마음 한구석에 담아두었던 질문을 꺼낼 기회였다. "나치가 네피림이라고 생각하세요?"

"그렇지는 않아. 네피림은 인간 사회에 빌붙어 기생하는 존재야. 어차피 몸의 일부는 천사고 일부는 사람이니 자유자재로 인간들 사이에 들어왔다가 빠져나갈 수 있지. 역사를 거슬러올라가보면 그들은 늘 나치 같은 무리에 붙어 사람들을 부추겼어. 재정적, 군사적 지원을 하면서 성공하게 만들었지. 아주 오래전부터 써온 방식이야. 일단 승리하고 나면 네피림은 그 대가를 톡톡히 챙기고, 조용히 전리품을 나누곤 다시 사람들 눈 뒤로 숨어버리지." 라파엘 박사가 말했다.

"하지만 그들은 '이름난 자들'이라고 불렸잖아요."

"그랬지. 실제로 놈들 가운데 유명한 자가 많고. 하지만 그들도 재산을 이용해 스스로를 보호하고 비밀을 유지했어. 여기도 그런 놈이 많아. 사실은 오늘 영향력이 매우 큰 사람을 자네한테 소개해주고 싶어."

라파엘 박사는 자리에서 일어서더니 멋진 실크 턱시도를 입은 키 큰 금발의 신사와 악수를 나누었다. 이유는 알 수 없었지만 이상하리만치 낯이 익었다. 어쩌면 예전에 만났던 사이인지도 몰랐다. 남자도 낯이 익은지 내 드레스에서 눈을 떼지 못했다.

"라이머 선생." 남자가 말했다. 친근한 말투며 라파엘 박사를 가짜 이름으로 부르는 걸로 보아 우리 정체를 모르는 것 같았다. 오히려 라파엘 박사를 동료라고 생각하는 말투였다. "이달에는 파리에서 자주 못 만난 것 같군요. 전쟁 때문에 정신없는 건가요?"

라파엘 박사는 웃음짓더니 침착한 목소리로 대답했다. "아닙니다. 그냥 여기 사랑스러운 아가씨랑 시간을 좀 보냈죠. 제 조카 크리스티나입니다. 크리스티나, 이분은 퍼시벌 그리고리 씨야."

나는 일어서서 손을 내밀었다. 남자가 손에 입을 맞추었다. 차가운 입술이 내 따뜻한 피부에 닿았다.

"아름다우세요." 말은 그렇게 했지만 그는 내 얼굴에는 눈길 한 번 주지 않고 드레스에만 잔뜩 관심이 쏠려 있었다.

남자는 주머니에서 담뱃갑을 꺼내 라파엘 박사에게 한 개비 권하더니 놀랍게도 사 년 전 가브리엘라가 갖고 있던 바로 그 라이터를 켰다. 남자가 누구인지 떠오르는 끔찍한 순간이었다. 퍼시벌 그리고리는 가브리엘라를 안고 있던 그녀의 애인이었다. 나는 깜짝 놀라 그를 바라보기만 했다. 라파엘 박사와 그는 정치와 연극 그리고 최근 전쟁 상황에서 주목할 만한 일에 대해 가벼운 담소를 나누었다. 잠시 후 퍼시벌 그리고리는 고개를 까딱하고 어디론가 사라졌다.

의자에 앉아 아무리 생각해도 라파엘 박사가 어떻게 그를 아는지, 애초에 가브리엘라가 어쩌다 그와 관계를 맺게 되었는지 알 수 없었다. 혼란스러웠지만 좀더 신중해지기로 하고 말을 아꼈다.

"좀 나아졌나?" 라파엘 박사가 물었다.

"나아져요?"

"탐사중에 아팠다면서?"

"네." 나는 심한 화상을 입은 것처럼 벌게진 팔뚝을 내려다보며 말했다. "피부는 곧 괜찮아질 거예요. 상처가 낫는 데는 시간이 좀 걸리겠지만요." 화제를 바꾸고 싶어 좀 전의 이야기를 다시 꺼냈다. "아까 나치 이야기를 하시다 말았잖아요. 나치는 네피림의 지시를 받는 건가요? 만일 그렇다면 그들을 어떻게 이기죠?"

"네피림은 아주 강해. 하지만 지금까지 늘 패배했고 그 순간 재빨리 모습을 감추지. 자신들이 붙어 있던 인간 숙주가 대신 벌을 받도록 두고서 말이야. 잔혹한 짓은 다 인간들이 저질렀다는 식이지. 나치에는 네피림이 득실거려. 하지만 권력을 잡고 있는 건 100퍼센트 인간들이지. 그래서 놈들을 전멸시키기가 어려운 거야. 인간은 악을 잘 알고, 심지어 원해. 우리 본성에는 악에 유혹당하는 성질이 있어. 그래서 쉽사리 넘어가지."

"조종당하는 거죠." 내가 말했다.

"그래, 어쩌면 그 말이 더 정확하겠지. 좀 관대한 표현이기는 하지만."

나는 벨벳 의자에 몸을 깊숙이 묻었다. 부드러운 촉감이 등의 맨살을 진정시켜주었다. 그렇게 따뜻한 느낌은 몇 년 만에 처음인 것 같았다. 음악이 시작되자 남녀가 짝을 지어 연회장 중앙으로 나와 춤을 추었다.

"라파엘 박사님, 뭐 하나 여쭤봐도 될까요?" 샴페인 기운에 용감해진 내가 물었다.

"물론이지."

"왜 제 눈이 파란색이냐고 물어보셨어요?"

라파엘 박사가 나를 보았다. 잠시 그가 어쩌면 속내를 드러낼지도 모른다는 생각이 들었다. 그러나 그는 그저 부드럽게 말했다. "내 수업을 들었다면 잘 알 텐데. 네피림이 어떻게 생겼다고 했는지 기억해? 유전적인 특성 말이야."

라파엘 교수의 수업 내용을 떠올린 나는 창피해서 얼굴이 달아올랐다. 물론 기억하고 있었다. 네피림은 파란 눈에서 빛이 나고 머리는 금발에 키가 보통 사람보다 크다. "아, 네. 기억나요."

"자네는 꽤 키가 크지. 그리고 말랐고. 눈이 파란색이라면 검문을 더 쉽게 통과할 거라고 생각했던 거야."

나는 잔에 남은 샴페인을 단번에 들이켰다. 멍청한 사람으로 보이고 싶지 않았다. 라파엘 박사 앞에서는 특히 더 그랬다.

"왜 자네를 동굴에 보냈는지 아나?" 라파엘 박사가 물었다.

"과학적인 조사를 위해서죠. 천사를 관찰하고 실제 증거를 채취하는 일 말이에요. 시체를 보존해 기록을 남겨야 하고, 클레마티스 신부가 남긴 귀중한 물건도 찾아내야 했죠."

"물론이야. 탐사에서 가장 중요한 건 리라였지. 하지만 왜 자네처럼 경험 없는 사람을 이런 중요한 탐사에 동행시켰을까? 위원회의 나이 많은 사람들을 제쳐두고 왜 겨우 마흔 살밖에 안 된 세라피나가 탐사대장이 되었을까?"

나는 고개를 저었다. 세라피나 박사가 학문적으로 큰 야망을 품고 있다는 건 알았지만 원래부터 클레마티스 신부를 연구했던 라파엘 박사가 직접 탐사를 떠나지 않은 것이 이상하긴 했다. 내가 탐사대에 포함된 것은 동굴 위치를 알아낸 데 대한 포상이라고 생각했는데, 뭔가 다른 이유가 있는 모양이었다.

"세라피나와 나는 동굴에 젊은 학자를 보내고 싶었어." 라파엘 박사가 내 눈을 똑바로 보며 말했다. "자네는 이 분야의 관습에 많이 노출되지 않아 탐사에 대해 예단을 내리지 않을 사람이었지."

"무슨 말씀이신지 잘 모르겠어요." 나는 빈 샴페인 잔을 탁자 위에 내려놓았다.

"내가 직접 갔다면, 나는 보고 싶어하던 것만 봤을 거야. 하지만 자네는 그곳에 실제로 무엇이 있는지를 봤지. 결국 다른 사람들이 못 본 걸 발견했고 말이야. 솔직히 말해봐. 어떻게 찾았지? 동굴에서 무슨 일이 있었던 거야?"

"세라피나 박사님이 모두 보고하셨을 텐데요?" 문득 라파엘 박사가 왜 나를 이런 곳으로 데려왔는지 알 것 같아 긴장했다.

"그 사람은 물리적인 것만 설명했어. 자네가 얼마나 많은 사진을 찍었는지, 동굴 바닥까지 내려가는 데 시간이 얼마나 걸렸는지, 이런 것들은 하나도 빠짐없이 말했지. 하지만 그게 전부는 아니야. 뭔가 더 있었어. 뭔가에 두려움을 느꼈잖아."

"죄송해요. 무슨 말씀이신지 못 알아듣겠어요."

라파엘 박사는 담배에 불을 붙이더니 의자에 등을 기댔다. 재미있다는 표정이었다. 아직도 그가 잘생겼다는 생각이나 하고 있는 나 자신이 불안했다. "이제 안전한 파리로 돌아왔는데도 여전히 두려워하고 있군."

나는 새틴 드레스의 매무새를 고치며 대답했다. "정확히 어떻게 표현해야 할지 모르겠어요. 동굴에는 사람을 큰 두려움에 빠뜨리는 뭔가가 있었어요. 아래로 내려갈수록 모든 게 아주…… 어두워졌어요."

"당연히 그렇겠지. 동굴은 산 아래 깊이 있으니까." 라파엘 박사가 말했다.

"물리적인 어둠이 아니었어요." 어차피 시작해버렸지만 너무 많이 말하는 건 아닌지 걱정되었다. "전혀 달랐다고요. 근본적이고 순수한 어둠, 한밤중에 춥고 텅 빈 방에서 잠을 깼을 때 멀리서 들리는 폭탄 소리와 함께 느끼는 어둠. 마음 깊숙한 곳에 자리잡은 악몽 같은 어둠이었어요. 온 세상이 타락했다는 걸 확인해주는 듯한 어둠."

라파엘 박사는 나를 물끄러미 보며 다음 이야기를 기다렸다.

"악마의 목구멍에는 우리만 있는 게 아니었어요. 감시자들이 우리를 기다리고 있었어요."

라파엘 박사는 계속 나를 평가하는 눈치였다. 그의 표정이 놀라움인지 두려움인지 아니면 바라건대 감탄인지 알 수 없었다. "이런 얘긴 다른 대원들도 보고했겠지." 라파엘 박사가 말했다.

"저는 혼자였어요." 나는 세라피나 박사와 했던 약속을 깨뜨리고 말았다. "일행과 떨어져 강을 건넜어요. 어디가 어딘지 알 수 없었고 정확히 무슨 일이 있었는지 기억도 안 나요. 확실히 아는 건 그들을 봤다는 거예요. 그들은 어두컴컴한 감옥 안에 서 있었어요. 클레마티스 신부가 본 것과 똑같았죠. 그중 하나가 저를 똑바로 바라봤어요. 풀려나고 싶어한다는 걸, 인간들 사이에 섞여 경애받고 싶어한다는 걸 느낄 수 있었어요. 그 천사는 거기서 수천 년 동안 우리가 도착하길 기다리고 있었던 거예요."

라파엘 발코 박사와 나는 새벽에 열린 긴급회의에 참석했다. 새로운 장소가 급히 정해져 사람들은 공원묘지에서 몽파르나스 천사학 아카데미 건물의 중심, 도서관으로 이동했다. 웅장했던 도서관은 독일에 점령당한 몇 년 동안 버려진 상태였다. 한때 많은 책과 학생들로 넘치고 책장 넘기는 소리와 사서들의 속삭임이 가득했던 곳이 이제는 텅 빈 책장에 거미줄만 잔뜩 늘어진 모습이었다. 나도 지난 몇 년 동안 도서관에 발을 들여놓지 않았다. 몰라보게 변한 모습을 마주하니 공부 말고는 아무 걱정도 없던 시절이 못내 그리웠다.

회의 장소를 옮긴 이유는 그저 안전조치일 뿐이었다. 하지만 바뀐 회의장을 찾아가기까지는 시간이 제법 걸렸다. 연회장을 나서는데 자전거를 탄 어린 군인이 회의가 있으니 즉시 참석하라는 소식을 전해주었다. 지정된 장소에 도착하니 발각되지 않은 다른 장소로 오라는 내용이 암호로 적힌 두번째 메시지가 있었다. 좁은 탁자 양쪽으로 등받이가 높은 의자들이 놓인 두번째 회의 장소에 도착한 것은 거의 새벽 두시가

다 되어서였다.

탁자 중앙의 조그만 등잔 두 개가 희미한 불빛으로 참석자들의 얼굴을 비추었다. 실내에서 느껴지는 긴장감과 에너지 때문에 뭔가 중대한 일이 터졌다는 걸 감지했다. 위원회 사람들이 엄숙한 태도로 우리를 맞는 모습을 보고 내 생각이 옳다는 걸 확인했다. 장례식 도중에 끼어든 기분이 들 정도였다.

라파엘 박사가 상석에 앉으며 내게 옆에 있는 긴 의자에 앉으라고 손짓했다. 반대쪽 끝에 가브리엘라 레비 프란체가 앉아 있는 것을 보고 나는 소스라치게 놀랐다. 사 년 만이었다. 겉모습은 내 기억과 다르지 않았다. 짧은 단발의 검은 머리와 화사한 붉은색으로 칠한 입술, 주의 깊고 차분한 표정도 여전했다. 하지만 전쟁에 지쳐 빈혈 환자처럼 보이는 대부분의 사람들과 달리 가브리엘라는 애지중지 각별한 보호를 받은 여자 같았다. 그녀는 도서관에 모인 그 누구보다도 좋은 옷을 입고 좋은 음식을 먹으며 지내고 있었다.

내가 라파엘 박사와 함께 들어서는 모습을 본 가브리엘라가 눈썹을 치켜세웠다. 녹색 눈동자에서 왠지 비난하는 듯한 감정이 읽혔다. 우리의 경쟁은 아직 끝나지 않은 것이었다. 내가 그녀를 경계하듯이 가브리엘라도 나를 경계했다.

“전부 말해보세요. 정확히 무슨 일이 있었는지 알아야겠습니다.” 감정이 격해졌는지 라파엘 박사의 목소리가 갈라졌다.

“생미셸 검문소에서 검문을 당했습니다.” 나이 많은 천사학자가 대답했다. 몇 년 전에 본 적이 있는 수녀였다. 실내가 어두운데다 검은색 베일을 쓰고 있어서 어두운 방의 일부 같았다. 매끄러운 탁자 위에 겹쳐놓은 주름진 양손만 보였다. “경비병들이 차에 탄 사람들을 모두 내

리라고 하더니 몸수색을 했어요. 그리고 잡아갔습니다."

"잡아가? 어디로요?" 라파엘 박사가 물었다.

"모릅니다." 가브리엘라의 삼촌인 레비 프란체 박사가 말했다. 조그맣고 동그란 알이 달린 안경을 코에 걸친 모습이었다. "시내 모든 조직에 비상을 걸었습니다만 아무도 그들을 목격하지 못했습니다. 어디 있는지 도무지 찾을 수가 없습니다."

"그럼 물건은?" 라파엘 박사가 물었다.

가브리엘라가 일어서더니 탁자에 묵직한 가죽가방을 올려놓았다. "리라는 제가 갖고 있어요." 그녀는 작은 손을 갈색 가죽가방에 얹으며 말했다. "저는 세라피나 박사님이 탄 차를 뒤따라가고 있었어요. 앞에 가던 사람들이 체포당하는 걸 보고 운전사에게 차를 돌려 몽파르나스로 가자고 했죠. 다행히 귀중한 물건이 든 가방은 제가 갖고 있었고요."

라파엘 박사의 어깨에서 힘이 빠졌다. 적잖이 마음이 놓이는 모양이었다. "가방은 안전하군. 하지만 놈들이 우리 요원들을 잡고 있어."

"그렇습니다. 인질들이 중요한 인물인 만큼 그에 상응하는 걸 받아내기 전에는 절대 풀어주지 않을 겁니다." 수녀가 말했다.

"조건이 뭡니까?"

"교환이죠. 보물과 천사학자들을 맞바꾸자는 겁니다."

"놈들이 말하는 '보물'이 정확히 뭡니까?" 라파엘 박사가 조용히 물었다.

"정확하게 말하지는 않았습니다. 하지만 어떻게 알았는지는 몰라도 우리가 로도피 산맥에서 뭔가 중요한 것을 찾아냈다는 걸 알고 있습니다. 어쩔 수 없이 요구를 들어줘야 할 것 같습니다." 수녀가 말했다.

"말도 안 되는 소리입니다." 레비 프란체 박사가 말했다.

"제 생각에 적들은 탐사대가 정확히 산에서 뭘 찾았는지 몰라요. 뭔가 귀중한 물건이라는 것 말고는 말이죠." 가브리엘라가 허리를 세우며 말했다.

"그건 붙잡힌 이들이 말했을지도 모릅니다. 협박을 당하면 말하지 않을 수 없을 테죠." 수녀가 말했다.

"천사학자들이라면 우리 규칙을 지킬 거라고 믿습니다." 라파엘 박사의 말에서 분노가 느껴졌다. "내가 아는 세라피나라면 다른 사람들까지도 입을 못 열게 할 겁니다." 그는 고개를 돌렸다. 이마에 맺힌 땀방울이 보였다. "놈들이 끔찍하리만큼 잔인하다는 건 알지만, 세라피나는 심문을 견뎌낼 겁니다."

분위기가 침울해졌다. 모두 네피림이 우리 측 요원들을 얼마나 잔인하게 다루는지 잘 알고 있었다. 특히 원하는 게 있을 때는 더욱 잔혹해졌다. 그들이 사용하는 고문 방법에 대해서는 나도 들은 적이 있었다. 놈들이 내 동료로부터 정보를 빼내려고 무슨 짓을 할지 상상이 갔다. 눈을 감고 기도를 올렸다. 앞으로 무슨 일이 벌어질지는 몰라도 오늘밤이 얼마나 중요한지는 충분히 알 수 있었다. 만일 동굴에서 찾아온 물건을 잃는다면 지금까지 한 일이 모두 수포로 돌아갈 것이다. 그만큼 소중한 물건이지만, 그렇다고 그걸 위해 천사학자 여러 명을 희생해야 할까?

"한 가지는 확실합니다." 수녀가 손목시계를 보며 말했다. "그들은 아직 살아 있어요. 전화가 온 것은 이십 분쯤 전이었습니다. 세라피나와 직접 대화도 했습니다."

"자유롭게 말하던가요?" 라파엘 박사가 말했다.

"교환을 받아들이라고 했습니다. 반드시 라파엘 박사가 진행해달라는 말도 했고요." 수녀가 말했다.

라파엘 박사는 양손을 맞잡았다. 마치 탁자 위에 있는 뭔가를 자세히 살펴보는 것 같았다. "교환에 대해서 어떻게들 생각하십니까?" 이윽고 그가 위원회 사람들에게 물었다.

"선택의 여지가 별로 없습니다." 레비 프란체 박사였다. "거래는 우리 규칙에 어긋납니다. 전례가 없는 일이에요. 아무리 세라피나 박사가 붙잡혔다 해도 예외를 만들어선 안 된다고 생각합니다. 동굴에서 확보한 것들은 절대 그들에게 넘길 수 없습니다. 그걸 찾기 위해 고생한 세월이 수백 년이에요."

가브리엘라의 삼촌이 세라피나 박사에 대해 차갑게 말하는 걸 듣자 끔찍한 생각이 들었다. 가브리엘라가 삼촌을 노려보는 모습에 그나마 분노가 조금 누그러졌다. 한때 나를 향해 짓던 표정이었다.

"하지만 우리가 성공할 수 있었던 것은 세라피나 박사의 지식 덕분입니다. 그녀를 잃는다면 앞으로 뭘 할 수 있겠습니까?" 수녀가 말했다.

"거래란 있을 수 없습니다. 아직 동굴에서 작성한 자료를 검토하지도 못했고 사진 현상도 못 했습니다. 모든 걸 넘겨주면 이번 탐사는 아무 짝에도 쓸모없는 일이 되고 맙니다." 레비 프란체 박사가 말했다.

블라디미르도 거들고 나섰다. "리라도 그렇습니다. 리라가 놈들에게 넘어간다면 무슨 일이 벌어질지 상상도 할 수 없습니다. 전 세계가 위험에 처할 겁니다."

"맞습니다. 무슨 일이 있어도 리라가 그들 손에 들어가는 건 막아야 합니다. 뭔가 대안이 있을 겁니다." 라파엘 박사가 말했다.

"제 의견에 동의할 분이 적다는 건 압니다. 하지만 아무리 리라라 해도 인간의 생명을 희생할 가치는 없습니다. 반드시 거래를 해야 합니다." 수녀가 말했다.

"하지만 우리는 그 보물을 찾아내느라 어마어마한 노력을 기울였습니다." 블라디미르가 러시아어 억양이 강한 말투로 반대했다. 눈 위의 상처를 소독하고 꿰맨 실이 드러나 소름 끼쳤다. "설마 우리가 그렇게 힘들게 찾아낸 걸 없애버리자는 건 아니겠죠?"

"바로 그겁니다." 수녀가 말했다. "이런 문제에 관한 한 인간이 어쩔 도리가 없다는 걸 깨닫는 순간이 있습니다. 우리가 어떻게 할 수 있는 일이 아닙니다. 하느님께 맡겨야 합니다."

"말도 안 됩니다." 블라디미르가 말했다.

다른 사람들이 논쟁을 벌이는 동안 나는 라파엘 박사를 유심히 보고 있었다. 바로 옆에 앉아 있어서 몇 시간 전에 함께 마신 새콤달콤한 샴페인 향이 풍겼다. 내 눈에는 이미 결론을 내려놓고 다른 사람들이 논쟁에 지치길 기다리는 것으로 보였다. 마침내 라파엘 박사가 일어서더니 조용히 하라고 손짓했다. 그리고 지금까지 들어본 적 없는 강한 목소리로 말했다. "그만!"

위원회 사람들은 갑작스럽게 튀어나온 강압적인 목소리에 놀라 그를 바라보았다. 라파엘 박사가 위원회의 수장이자 가장 명망 높은 학자이긴 했지만 이런 식으로 권위를 드러낸 적은 없었다.

라파엘 박사가 말했다. "저녁에 젊은 천사학자를 데리고 모임에 갔었습니다. 적들이 벌인 무도회였습니다. 아주 휘황찬란하더군요. 그렇지 않았나, 셀레스틴?"

할말을 잃은 나는 그저 고개만 끄덕였다.

라파엘 박사가 말을 이었다. "매우 현실적인 이유에서였습니다. 이 친구에게 적들을 가까이서 보여주고 싶었죠. 우리가 맞서 싸우는 적들이 이 도시 안에 우리와 함께 살면서 눈앞에서 훔치고 죽이고 약탈하는 데도 우린 그저 체념하고 지켜보고만 있다는 걸 이 친구가 이해하길 바랐습니다. 내가 보기엔 꽤 충격을 받은 것 같습니다. 하지만 지금 보니 여기 여러분도 셀레스틴처럼 충격을 받아야겠다는 생각이 드는군요. 우리 사명이 무엇인지 잊은 사람이 많은 것 같습니다."

라파엘 박사는 탁자 가운데 놓인 가죽가방을 가리켰다.

"우리는 져서는 안 되는 싸움을 하고 있습니다. 창립자 신부들은 이단으로 몰릴 위험을 무릅쓰고 이 일을 시작했습니다. 교회가 자행한 숙청과 화형을 견디며 문서를 보존했고, 에녹의 예언을 필사했고, 목숨을 바쳐 자료와 활동 자금을 물려주셨습니다. 우리는 그분들의 싸움을 이어가는 것입니다. 보나벤투라는 『성서 주석』에서 천사학의 창립 기반이 된 형이상학을 대단히 논리적으로 증명했습니다. 천사들은 물질적인 존재인 동시에 영적 존재라는 것입니다. 스콜라학파의 신부들. 던스 스코터스. 수백 수천의 사람들이 악한 자들의 책략에 맞서 싸웠습니다. 얼마나 많은 사람이 우리가 세운 뜻을 위해 목숨을 희생했습니까? 앞으로 또 얼마나 많은 사람이 기꺼이 그렇게 하겠습니까? 이건 그들의 싸움입니다. 하지만 그 수백 년의 세월은 선택을 해야만 하는 바로 이 순간으로 이어졌습니다. 어찌된 일인지 우리 어깨에 무거운 짐이 올려졌습니다. 우리에게 미래를 결정할 권리가 주어졌습니다. 우리는 싸움을 계속할 수도 포기할 수도 있습니다." 라파엘 박사가 일어나 앞으로 걸어가더니 가죽가방을 들어올렸다. "하지만 결정을 서둘러야 합니다. 바로 투표를 하죠."

라파엘 박사가 문제를 위원회 투표에 부치자 위원들이 손을 들어 의견을 표시했다. 정말 놀라운 건 과거 위원회의 의사 결정 과정에 참여하기는커녕 위원회에 참석한 적도 없는 가브리엘라가 투표권을 갖고 있다는 점이었다. 그에 반해 몇 년 동안이나 탐사를 준비하고 동굴에서 목숨을 건 나는 투표에 참여할 수 없었다. 가브리엘라는 정식 천사학자였고 나는 아직 풋내기였다. 패배감과 분노의 눈물이 차올라 시야가 흐려지는 바람에 투표하는 모습을 제대로 볼 수 없었다. 가브리엘라와 라파엘 박사 그리고 수녀는 교환하자는 쪽에 투표했다. 하지만 다른 많은 이들은 우리의 규칙을 지키길 원했다. 투표를 마무리하고 보니 교환에 찬성하는 사람과 반대하는 사람의 수가 같았다.

"양쪽 수가 같군요." 라파엘 박사가 말했다.

위원회 사람들은 누가 생각을 바꿔 균형을 깨뜨릴 것인지 서로의 얼굴만 바라보았다.

"제안을 하나 하겠습니다." 마침내 가브리엘라가 희망에 찬 눈빛으로 나를 보며 말했다. "셀레스틴에게 투표할 기회를 주는 게 좋겠습니다. 탐사에도 참여했으니 투표할 자격은 충분하지 않나요?"

모두 라파엘 박사 뒤에 조용히 앉아 있던 나를 보았다. 위원들은 가브리엘라의 의견을 받아들였다. 내 뜻으로 최종 결정이 나는 것이다. 나는 곰곰이 생각했다. 이번 결정이 천사학자들 사이에서 내 자리를 만들어줄 터였다.

위원회는 내 결정을 기다렸다.

투표를 한 뒤 나는 위원회 사람들에게 양해를 구하고 텅 빈 복도로 나와 있는 힘껏 뛰었다. 복도를 지나고 넓은 돌계단을 내려가 문밖의 어둠 속으로 내처 달렸다. 심장이 바닥에 깔린 돌을 박차는 발소리처럼 빨리 뛰었다. 학교 뒷마당으로 나가면 혼자가 될 수 있었다. 가브리엘라와 가끔 가던 곳이고, 아까 저녁 내 눈앞에서 네피림 괴물이 사용했던 금 라이터를 처음 본 곳이기도 했다. 마당은 환한 낮에도 늘 비어 있었다. 나는 혼자 있고 싶었다. 눈물이 흘러 시야가 뿌예졌다. 오래된 건물을 둘러싼 쇠 울타리도, 껍질이 코끼리 가죽 같은 거대한 너도밤나무도 녹아내렸다. 낫처럼 날카로운 초승달마저 내 머리 위에서 후광처럼 뭉개졌다.

뒤따라온 사람이 없는지 확인한 나는 벽 아래 쪼그리고 앉아 양손으로 얼굴을 가리고 흐느껴 울었다. 내가 배반한 세라피나 박사와 다른 탐사대원들을 위해 울었다. 내 한 표의 중대함이 무겁게 짓누른 양심 때문에 울었다. 내 결정이 옳다는 건 알지만 누군가 희생해야 한다는 사실에 충격을 받았고, 내 안에서 나 자신과 동료, 우리 사명에 대한 믿음이 산산조각 났다. 나는 선생님이자 훌륭한 조언자를 배신했다. 친어머니처럼 따랐던 사람과의 관계를 끊어버렸다. 나는 투표할 수 있는 특권을 받았지만 그걸 행사함과 동시에 천사학에 대한 믿음을 잃고 말았다.

동굴에서 축축하고 차가운 바람을 막기 위해 입었던 두꺼운 모직 재킷을 걸치고 있었지만 그 속에 입은 것이라곤 라파엘 박사가 파티에서 입으라고 준 새틴 드레스뿐이었다. 손등으로 눈물을 닦아내는데 몸이 부르르 떨렸다. 고요하고 조용한 밤은 몹시 추웠다. 몇 시간 전보다 더 추워진 것 같았다. 감정을 추스르려고 깊이 심호흡한 다음 회의실로 돌아가려는데 건물 옆문 어디선가 나지막한 속삭임이 들렸다.

어두운 그림자 속으로 뒷걸음쳐 몸을 숨기고 기다렸다. 잘 쓰지 않는 옆문으로 건물을 빠져나온 사람이 누구인지 궁금했다. 잠시 후 가브리엘라가 들릭락 말락 낮은 목소리로 블라디미르에게 이야기하며 뒷마당으로 들어섰다. 블라디미르는 대단히 중요한 이야기를 듣는 듯 잔뜩 귀기울이고 있었다.

조금이라도 더 자세히 보려고 애썼다. 달빛 아래 가브리엘라는 더욱 아름다웠다. 검은 머리칼에서는 빛이 났고 붉은 립스틱은 하얀 피부와 극적인 대조를 이루었다. 허리에 벨트가 달린 호화로운 낙타색 외투를 입었는데 편안하게 잘 맞는 걸 보니 따로 맞춘 게 분명했다. 전쟁중 그렇게 고급스러운 옷은 어떻게 찾아냈으며 돈은 어디서 났는지 궁금했다. 가브리엘라는 늘 아름답게 잘 차려입었다. 하지만 내게는 영화에나 나오는 옷처럼 보였다.

몇 년이 흘렀지만 나는 가브리엘라의 표정을 읽을 수 있었다. 이마를 찌푸린 건 블라디미르의 질문에 대해 깊이 생각하고 있다는 뜻이었다. 이번에는 눈동자를 반짝거리며 형식적인 웃음을 지어 보였다. 언제나처럼 침착하고 재치 있게 따끔한 금언을 섞어 대답한 게 분명했다. 블라디미르는 온 신경을 집중해 귀기울였다. 그의 눈길은 잠시도 가브리엘라를 떠나지 않았다.

두 사람이 이야기를 나누는 사이 나는 숨도 제대로 쉴 수 없었다. 저녁부터 벌어진 상황에 가브리엘라 역시 나만큼이나 괴로웠을 터였다. 넷이나 되는 동료가 잡혀갔고 탐사의 결과물을 빼앗길지 모르는 상황을 생각하면 아무리 세라피나 박사와의 사이가 좋지 않았다고 해도 즐거울 수는 없을 터였다. 게다가 무슨 일이 있었다 해도 두 사람은 각별하다고 할 만큼 가까웠고, 가브리엘라가 세라피나 박사를 따랐다는 건 내가 잘 알고 있었다. 하지만 뒷마당에서 본 가브리엘라는 즐거워하고 있었다. 다른 표현은 도저히 생각해낼 수 없을 정도였다. 그녀는 몹시 힘든 싸움에서 승리한 듯한 얼굴이었다.

자동차 한 대가 멈추며 뒷마당에 전조등 불빛을 흩뿌렸다. 철문 사이

사이로 새어들어온 불빛이 촉수처럼 가지를 뻗은 커다란 너도밤나무를 환히 밝혔다. 한 남자가 차에서 내렸다. 가브리엘라가 뒤돌아보자 검은 머리칼이 종 모양으로 퍼졌다. 남자는 잘생기고 키가 컸다. 더블브레스트 재킷을 입고 잘 닦아 반짝거리는 구두를 신었다. 옷차림이 유별나게 고급스러웠다. 전쟁중에는 쉽게 볼 수 없는 모습이었다. 그리고 그날 저녁 나는 온통 그런 사람들에게 둘러싸여 있었다. 남자가 한 걸음 더 가까이 다가오자 그자가 저녁에 보았던 네피림, 퍼시벌 그리고리임을 알 수 있었다. 가브리엘라는 즉시 그를 알아보았다. 차에서 기다리라고 손짓하더니 블라디미르의 양쪽 뺨에 재빨리 입을 맞추고 돌아서서 연인을 향해 뛰어갔다.

혹시 들킬까봐 몸을 더 웅크렸다. 가브리엘라가 겨우 몇 걸음 떨어진 곳에 있었다. 내가 속삭이면 금세 알아채고 뒤돌아볼 것 같았다. 그렇게 가까운 거리에서 나는 보고 말았다. 우리가 산에서 찾아온 보물이 든 가방. 가브리엘라는 그 가방을 퍼시벌 그리고리에게 가져가고 있었다.

갑작스러운 광경에 나는 순간적으로 평정을 잃고 말았다. 달빛 아래 모습을 드러내고 나섰다. 가브리엘라가 나를 발견하고는 깜짝 놀라 멈춰 섰다. 가브리엘라와 눈이 마주치는 순간 나는 위원회의 결정은 애초에 아무 상관이 없었다는 걸 깨달았다. 처음부터 가브리엘라는 가방을 연인에게 넘겨주기로 마음먹고 있었다. 바로 그 순간 지난 몇 년 동안 가브리엘라가 보인 이상한 행동들, 즉 어디론가 사라졌던 일, 이해할 수 없을 만큼 빨리 천사학계에서 지위가 높아진 일, 세라피나 박사와 사이가 틀어진 일, 어디서 났는지 알 수 없는 돈 등이 모두 이해되었다. 세라피나 박사가 옳았다. 가브리엘라는 적을 위해 일하고 있었다.

"뭐하는 거야?" 내 목소리가 전혀 다른 사람의 것처럼 들렸다.

"안으로 들어가." 가브리엘라도 내 등장에 놀란 게 분명했다. 다른 사람이 들을까봐 목소리를 잔뜩 낮추었다.

"이러면 안 돼. 우리가 그렇게 고생했는데 어쩜 이럴 수가 있어?" 내가 속삭이듯 말했다.

"난 너를 더 큰 고통에서 구해주는 거야." 가브리엘라는 그렇게 말하고 눈길을 돌리더니 차 뒷좌석에 앉았다. 퍼시벌 그리고리가 그녀를 바짝 뒤따랐다.

가브리엘라의 행동에 순간적으로 몸이 얼어붙었다. 하지만 자동차가 복잡하게 뒤얽힌 좁은 도로들 사이로 모습을 감추자 퍼뜩 정신이 들었다. 뒷마당을 가로질러 도서관으로 뛰어들어갔다. 두려움에 채찍질당하며 넓고 서늘한 복도를 점점 더 빨리 달렸다.

갑자기 복도 끝에서 누가 내 이름을 불렀다. "셀레스틴!" 내 앞에 나타난 사람은 라파엘 박사였다. "다행이다. 넌 안 다쳤구나."

"전 괜찮아요." 나는 간신히 호흡을 가다듬으며 말했다. "그런데 가브리엘라가 가방을 가져갔어요. 뒷마당에서 봤어요. 훔쳐갔다고요."

"따라와." 라파엘 박사가 말했다. 그는 아무 설명도 하지 않고 버려져 있던 복도로 향해 삼십 분 전만 해도 회의가 열렸던 방으로 돌아갔다. 블라디미르도 돌아와 있었다. 간단하게 인사를 건네는 그의 표정에 근심이 어려 있었다. 블라디미르 뒤쪽 창문이 부서져 있었다. 잔인하리만치 차가운 바람이 밀려들어와 팔다리가 잘린 위원회 사람들의 시체 위로 세차게 불었다. 바닥에는 피가 흥건했다.

눈앞에 펼쳐진 광경에 충격을 받아 아무 반응도 할 수 없었다. 그저 믿기지 않을 뿐이었다. 나는 우리가 세라피나 박사의 목숨을 희생하기로 투표했던 탁자에 몸을 기대고 섰다. 눈앞에 펼쳐진 광경이 현실인지 아니면 사악한 환상이 내 상상력을 지배한 결과인지 알 수 없었다. 사람들은 끔찍이도 잔인하게 살해당했다. 수녀는 머리에 직격탄을 맞아 수녀복이 온통 피에 물들었다. 가브리엘라의 삼촌인 레비 프란체 박사는 대리석 바닥에 쓰러져 있었다. 마찬가지로 피투성이였고 안경은 깨진 채였다. 또다른 위원회 사람 둘도 탁자 위에 고꾸라져 있었다.

눈을 감고 끔찍한 광경에서 고개를 돌렸다. 그나마 라파엘 박사가 내 어깨를 잡아주어서 마음이 놓였다. 그에게 몸을 기대자 풍겨오는 체취에 씁쓸하면서도 달콤한 안도감이 몰려왔다. 눈을 뜨면 모든 것이 몇 년 전으로 되돌아가 있었으면 하고 상상했다. 도서관은 상자와 문서로 가득차 있고 조교들이 자료를 포장하느라 바삐 오간다. 위원회 사람들은 탁자에 둘러앉아 라파엘 박사가 전쟁 상황을 설명하며 그린 지도를 들여다보고 있다. 위원회 사람들 모두 살아 있고 학교도 정상적으로 돌아가고 있다. 하지만 눈을 떴을 때 내 앞에 펼쳐진 건 여전히 학살의 현장이었다. 현실에서 달아날 길이 없었다.

"이리 와." 라파엘 박사는 나를 끌고 방에서 나와 정문으로 이어지는 복도를 걸었다. "심호흡을 해. 충격이 크겠지."

나는 꿈이라도 꾸는 사람처럼 두리번거리며 말했다. "어떻게 된 거죠? 이해할 수가 없어요. 가브리엘라가 이랬나요?"

"가브리엘라?" 블라디미르도 복도로 따라나왔다. "말도 안 되는 소리야."

"가브리엘라는 상관없어. 저들은 첩자였어. 위원회를 감시한다는 건 오래전부터 알고 있었지. 이렇게 해치우려고 모른 척하고 있었던 거야." 라파엘 박사가 말했다.

"박사님 짓이라고요? 어떻게 이러실 수 있죠?" 놀란 내가 물었다.

라파엘 박사가 내 얼굴을 똑바로 바라보았다. 그의 얼굴에서 희미한 슬픔의 그림자가 엿보였다. 내가 그에게 환멸을 느끼는 상황이 가슴 아픈 모양이었다. "내가 해야 할 일이었어, 셀레스틴." 그는 한참 만에 말하고서 내 팔을 붙잡고 다시 걸었다. "언젠가는 이해할 수 있을 거야. 가자고. 일단 이곳을 빠져나가야 해."

중앙 현관으로 가는 동안 끔찍한 광경을 목격해 마비된 것 같던 몸이 풀리면서 욕지기가 치밀었다. 라파엘 박사는 밤공기가 차가운 바깥으로 나를 데리고 나갔다. 파나르 르바소르가 기다리고 있었다. 넓은 돌계단을 내려가면서 라파엘 박사가 가방 하나를 내 손에 쥐여주었다. 가브리엘라가 뒷마당에서 들고 있던 것과 똑같은 가방이었다. 갈색 가죽에 반짝거리는 걸쇠까지 달려 있었다.

"이거 받아. 준비는 다 끝났어. 오늘밤 이 차를 타고 국경까지 달리는 거야. 그다음에는 스페인과 포르투갈에 있는 동료들이 자네를 도와 이동할 거고."

"어디로요?"

"미국. 이 가방을 가져가. 미국에서라면 자네와 동굴에서 찾아온 보물 둘 다 안전할 거야." 라파엘 박사가 말했다.

"하지만 전 가브리엘라를 봤는걸요." 내 손에 쥐여진 가방이 환상이 아닐까 하고 유심히 들여다보며 말했다. "그애가 악기를 가져갔어요. 끝났다고요."

"그건 가짜야, 셀레스틴. 미끼라고. 가브리엘라는 자네가 빠져나가고 세라피나가 풀려날 수 있도록 적을 혼란시킨 거야. 탐사대에 참여한 일까지 포함해서 자네는 가브리엘라에게 많은 빚을 졌어. 이제 리라를 지켜야 해. 둘은 다른 길을 가지만 모든 게 하나의 사명을 위한 거야. 이

점을 꼭 명심해. 가브리엘라는 여기서, 그리고 자네는 미국에서 주어진 일을 해내는 거야."

세번째 하늘

그리고 내 앞에 두 사람이 나타났다. 그들은 이 세상 사람이 아닌 것처럼 키가 무척 컸다. 얼굴은 태양처럼 빛났고 눈은 불타는 등잔 같았고 입술 사이로 불꽃이 뿜어져 나왔다. 입은 옷은 새의 깃털 같았다. 발은 보라색이었다. 날개는 금덩이보다 밝게 빛났고 손은 눈보다 희었다.

_에녹서

뉴욕 주, 밀턴, 세인트로즈 수녀원, 에반젤린 수녀의 방

1999년 12월 24일 밤 열두시 일분

에반젤린은 창가로 가서 무거운 커튼을 젖히고 어둠 속을 멍하니 바라보았다. 4층에서는 강 건너까지 잘 보였다. 매일 밤 정해진 시간이 되면 여객을 실은 기차가 어둠을 가르고 빛의 꼬리를 남기며 지나갔다. 밤 기차를 보면 에반젤린은 마음이 편안해졌다. 기차는 수녀원의 일과처럼 항상 같은 시간에 지나갔다. 기차가 지나가면 수녀들이 기도하러 가는 발소리가 들리고 라디에이터에서 열기가 새어나오고 바람이 창문을 흔들어댔다. 우주는 규칙적으로 돌아갔다. 이제 몇 시간 후면 해가 뜰 테고, 해가 뜨면 에반젤린은 또 하루를 시작해 매일 반복되는 엄격한 일정에 따라야 할 것이다. 기도, 아침식사, 미사, 도서관 업무, 점심식사, 기도, 허드렛일, 도서관 업무, 미사, 저녁식사. 그녀의 삶은 묵주의 구슬처럼 쳇바퀴를 돌았다.

가끔 에반젤린은 지나가는 기차를 보며 좌석 사이로 비틀비틀 걷는 여행자의 모습을 상상했다. 기차와 누군지 알 수 없는 여행자는 휙 스쳐지나가고, 고철이 철컹대는 소리와 기차 불빛은 어딘지 알 수 없는 곳을 향해 달렸다. 에반젤린은 어둠 속을 응시하면서 베를렌을 실은 기차가 지나가기를 바랐다.

에반젤린의 방은 침대 시트와 식탁보를 보관하는 장롱과 비슷한 크기였고 그에 어울리게 방금 빤 천 냄새가 났다. 에반젤린은 얼마 전 나무 마루에 왁스를 발라 광을 내고 구석구석 거미줄도 치우고 바닥부터 천장과 문턱까지 깨끗하게 먼지를 떨어냈다. 빳빳하게 풀을 먹인 침대 시트가 얼른 신발을 벗고 누워 잠을 청하라고 부르는 것 같았지만 그녀는 협탁 위 물병을 집어 물을 한 잔 따라 마셨다. 그러고는 창문을 열고 심호흡을 했다. 찬 공기가 폐를 가득 채우며 상처에 얼음을 댄 것처럼 마음을 달래주었다. 너무 피곤해 생각을 하기가 어려웠다. 디지털시계의 숫자가 시간을 알려주었다. 막 자정이 지났다. 새날이 시작되었다.

에반젤린은 침대에 앉아 눈을 감고 전날 벌어진 일들을 정리해보았다. 셀레스틴 수녀에게서 받은 카드 묶음을 꺼내 헤아려보았다. 매년 한 통씩 모두 열한 통이었다. 열한 통 모두 보낸 사람 주소에는 뉴욕의 알 수 없는 곳이 적혀 있었다. 할머니는 놀라울 만큼 한결같이 보냈다. 우표에 찍힌 소인이 모두 12월 21일자였다. 카드는 1988년부터 1998년까지 매년 한 통씩 도착했다. 올해 것만 보이지 않았다.

봉투 겉면이 찢어지지 않도록 조심하며 안에 든 카드를 꺼내 자세히 살폈다. 모든 카드를 시간 순서대로 가장 옛날에 도착한 것부터 최근 것까지 침대 위에 늘어놓았다. 카드 앞면에는 펜으로 그린 두꺼운 파란색 선들이 그려져 있었는데 특별히 뭘 나타내는 건 아니었다. 손으로 직접 그린 그림이었지만 의도나 의미는 알 수 없었다. 한 카드에는 사다리를 오르는 천사가 그려져 있었는데, 천사들의 마리아 성당에 있는 천사들처럼 지나치게 장식적이지 않고 우아하고 현대적이었다.

수녀들 대부분은 그녀와 의견이 다르겠지만, 에반젤린은 예술적인 상상력이 가미된 천사들의 모습이 더 좋았다. 성서에 묘사된 모습은 상상만 해도 무서웠다. 예를 들어 에제키엘이 본 바퀴는 에메랄드를 두른 동그란 모양으로 테두리를 따라 수백 개의 눈이 달려 있다고 했다. 그 옆에 있던 지품천사는 사람, 황소, 사자, 독수리, 네 개의 얼굴을 가졌다고 했다. 에제키엘의 환시에 나타난 천사의 모습은 지금까지 천사의 이미지로 고착된 르네상스 시대 작품과 비교하면 무섭다 못해 괴기스럽기까지 했다. 천사들은 나팔을 불거나 하프를 손에 들고 등에는 작은 날개를 달고 있는 모습으로 바뀌었다. 아무리 성서에서 말하는 현실과 동떨어졌다고 해도, 에반젤린이 소중히 여기는 천사의 모습은 이런 것이었다.

에반젤린은 카드를 하나씩 살펴보았다. 1988년 12월에 보내온 첫번째 카드에는 금빛 무늬가 있는 흰색 옷을 입고 금 나팔을 부는 천사의 그림이 있었다. 카드를 펼치자 미색 속지에 진홍색 잉크로 쓴 할머니의 우아한 손글씨가 보였다.

사랑하는 에반젤린, 주의해야 할 것이 있다. 오르페우스의 리라가 중요하다는 걸 깨닫는 건 시작에 불과해. 오르페우스를 둘러싼 신화가 워낙 많다보니 우리는 그의 실제 삶이 어땠는지 정확히 파악하지 못했어. 그가 태어난 해나 혈통은 물론이고 리라를 얼마나 잘 다루었는지도 몰라. 뮤즈 칼리오페와 강의 신 오이아그로스 사이에서 태어난 것으로 알려졌지만 그것도 신화일 뿐이야. 신화를 역사와 분리하고 전설과 사실, 마법과 진실의 뒤엉킨 실타래를 푸는 게 우리 임무지. 그가 인류에게 시를 전했을까? 그가 지하 세계에서 리라를 발견했을까? 정말 역사가 전하는 것처럼 생전에도 엄청난 영향력을 발휘했을까? 기원전 6세기에 이르러 그리스 전역에서 노래와 음악의 대가로 알려졌지만 어떻게 천사들의 악기를 손에 넣었는지는 역사가들 사이에서도 의견이 분분하지. 네 엄마의 연구는 단지 리라의 중요성에 관한 오래된 이론을 확증한 것뿐이야.

에반젤린은 붉은 잉크로 쓴 글이 이어지길 바라며 종이를 넘겼다. 방금 읽은 내용은 뭔가 더 긴 이야기의 일부가 틀림없었다. 하지만 뒷면에는 아무것도 없었다.

그녀는 방안을 한 번 둘러보았다. 피곤한 탓인지 방 귀퉁이가 뭉개져 보였다. 다시 카드로 눈을 돌렸다. 다른 카드를 차례로 읽어보았다. 카드마다 똑같은 크림색 속지가 들어 있고, 모두 밑도 끝도 없는 내용이 쓰여 있었다. 열한 통의 카드 가운데 오직 하나만이, 시작인지 끝인지는 알 수 없지만 제대로 된 내용을 담고 있었다. 카드마다 번호가 매겨져 있는 것도 아니고 연도 순으로 늘어놓아도 전혀 맞지 않았다. 사실 에반젤린이 보기에는 아무렇게나 단어들을 이어놓은 것 같았다. 설상가상으로 글씨도 너무 작아 눈이 아팠다.

한참 들여다보던 에반젤린은 카드를 각각의 봉투에 도로 집어넣고는 봉투에 적힌 날짜 순서대로 정리했다. 마구 뒤섞인 듯한 내용을 이해하려고 한참 씨름했더니 머리가 지끈거렸다. 정신을 집중할 수 없고 관자놀이에 심한 통증이 느껴졌다. 잠자리에 들어야 할 시각이 벌써 몇 시간이나 지나 있었다. 카드를 한데 묶어 구부러지거나 접히지 않도록 조심하며 베개 아래 넣었다. 일단 잠을 좀 자두지 않으면 아무것도 할 수 없을 것 같았다.

에반젤린은 잠옷으로 갈아입지도 않고 신발만 벗은 채 침대 위로 쓰러졌다. 피부에 닿는 시트의 느낌이 놀랍도록 선뜩하면서도 부드러웠다. 그녀는 두툼한 이불을 턱까지 끌어올리고 양말 속 발가락을 꼼물거리며 바닥을 알 수 없는 깊은 잠 속으로 떨어졌다.

뉴욕 주, 메트로-노스 허드슨 노선 열차 안, 퍼킵시와 할렘 125번가 역 사이

베를렌은 남쪽으로 가는 마지막 기차를 잡아탈 수 있었다. 오른쪽 창밖을 내다보니 철로 옆으로 허드슨 강이 달리고 왼쪽으로는 눈 덮인 언덕이 솟아 밤하늘에 닿았다. 기차 안은 따뜻하고 환하고 텅 비어 있었다. 밀턴에 있는 술집에서 마신 코로나 맥주의 기운과 천천히 박자에 맞춰 흔들리는 기차가 마음을 진정시켜주어 만족스럽다까진 아니더라도 모든 걸 체념하게 되었다. 르노를 그냥 두고 떠나기는 싫었지만 어차피 현실적으로 차를 고칠 수 없을 것 같았다. 그 차는 2차 세계대전 직후의 초기 르노처럼 각진 차체에 간결한 디자인이었다. 물론 르노 초기 모델은 미국으로 수입된 적도 없고 베를렌이 프랑스에 가본 적도 없으니 사진으로만 보았다. 그런데 이제 그 자동차는 엉망이 되고 말았다.

차를 잃은 것보다 더 끔찍한 건 그동안 연구한 자료를 모두 뺏긴 일이었다. 박사 논문에 쓰려고 꼼꼼하게 정리해둔 화첩과 공책, 애비게일 록펠러가 뉴욕현대미술관과 함께 진행한 업무 자료도 그렇지만 지난 몇 년 동안 퍼시벌 그리고리 일을 하며 작성한 비망록과 수백 페이지나 되는 복사물이 가장 아까웠다. 완전히 새로운 건 아니었지만 어쨌든 그가 가진 전부였다. 모든 것이 뒷좌석 가방에 들어 있었는데 그리고리가 보낸 자들이 가져가버렸다. 대부분 자료를 복사해두곤 했지만 최근엔 그리고리가 채근해대서 정리할 정신이 없었다. 세인트로즈 수녀원과 록펠러에 관한 자료 가운데 얼마만큼을 복사해두었는지, 어떤 자료가 가방에 들어 있었는지, 어떤 자료가 남았는지 정확히 기억나지도 않았다. 우선 연구실에 들러 남은 자료를 살펴봐야 했다. 지금으로서는 꼼꼼한 성격 덕에 중요한 서류들은 이미 복사해두었을 거라고 믿는 수밖에 없었다. 지난 몇 시간 동안 발생한 사건들에도 불구하고 몇 가지 안심되는 일이 있었다. 이노센타 원장이 애비게일 록펠러에게 보낸 편지 원본은 연구실에 안전하게 보관되어 있다는 점이 첫째였고, 둘째는 세인트로즈 수녀원의 설계도면을 몸에 지니고 있다는 것이었다.

다친 손을 주머니 깊숙이 넣어 설계도 묶음을 꺼냈다. 센트럴파크에서 그리고리가 설계도를 보고도 쓸모없다는 듯 무시해서 그도 그렇게 생각할 뻔했다. 그런데 설계도가 아무 가치가 없다면 왜 그리고리는 괴한들을 보내 자동차를 부수고 뒤진 걸까?

무릎 위에 설계도를 늘어놓고 보던 베를렌의 눈길이 리라 모양 문장에 머물렀다. 어떻게 에반젤린도 같은 모양의 목걸이를 갖고 있는지 무척 궁금했다. 사실 그가 발견한 트라키아의 동전부터 세인트로즈 수녀원의 상징까지 리라에 관한 모든 것이 거의 신화적으로 보였다. 미술사를 연구할 때 상징과 겹겹이 쌓인 역사적인 의미를 많이 찾다보니 자연스레 그런 쪽으로 생각하게 된 것인지도 몰랐다. 관계없는 상황에 그동안 연구하면서 몸에 밴 것을 적용하고 실제로 존재하지도 않는 연관성을 찾아내며 자신이 하는 일을 부풀려 더 근사하게 묘사하는 것일 수도 있었다. 좌석 깊숙이 몸을 묻고 앉아 차분하게 하나하나 되짚어보던 베를렌은 혹시 자기가 리라 목걸이에 과잉 반응을 보인 건 아닐까 싶었다. 게다가 자동차를 습격한 자들이 그리고리와는 상관없을 가능성도 있었다. 어쩌면 오늘 벌어진 기이한 일들을 모두 설명할 수 있는 완벽한 논리가 따로 있을 수도 있었다.

베를렌은 세인트로즈 수녀원 편지지를 꺼내 설계도 위에 놓았다. 두꺼운 코튼지로 만든 분홍색 편지지 윗부분에 장미와 천사를 화려한 빅토리아 시대 스타일로 공들여 표현한 그림이 있었다. 모더니즘을 선호하는 그였지만 놀랍게도 꽤 마음에 들었다. 에반젤린이 이야기할 때는 그냥 넘어갔지만 사실 이 편지지를 이백 년 전 수녀원장이 직접 디자인했다는 그녀의 말은 틀렸다. 나무 펄프를 이용해 종이를 만드는 화학적인 방식은 우편 서비스의 바탕이 된 것은 물론, 덕분에 개인이나 단체가 고유의 편지지를 따로 만들 수 있게 되었다. 하지만 이 혁신적인 기술은 1850년대 중반에 이르러서야 발명되었다. 세인트로즈 수녀원의 편지지는 초기 수녀원장이 그려둔 그림을 이용해 19세기 후반에 만들어졌을 것이다. 사실 그런 일은 남북전쟁 이후 대호황을 누리던 시절에 비정상적으로 유행하기도 했다. 애비게일 록펠러와 같은 저명인사들은 파티의 저녁 메뉴판이나 명함, 초대장, 편지봉투와 편지지를 만드는 데 대단한 노력을 기울였다. 모두 가능한 한 최고급 종이를 구해 가문의 상징을 찍었다. 베를렌은 그런 식으로 개인이 따로 인쇄해 만든 고급 종이를 경매에서 팔아본 경험이 꽤 많았다.

하지만 그는 에반젤린이 틀렸다고 지적하지 않았다. 이제 와 생각하니 예상치 못한 그녀의 모습에 놀랐던 것 같았다. 완고하고 성질 나쁜고 지나치게 도서관 자료를 보호하려 드는 노인네는 상대할 준비가 단단히 되어 있었다. 자료를 보기 위해서라면 도서관 사람들에게 매달리는 일도 숱하게 해온 그는 사서를 상대해 이기거나 아니면 적어도 그들에게서 동정을 사는 데 도가 텄다. 하지만 에반젤린을 보고는 어쩔 도리가 없었다. 아름답고 지적인 그녀는 묘하게 편안한 느낌을 주었다. 게다가 수녀였으니 어떤 식으로든 가까워질 수 없었다. 그녀도 아주 조금은 그를 마음에 들어하는 것 같았다. 에반젤린에게 쫓겨 수녀원을 나오는 와중에도 그는 이상하게 뭔가 통하는 느낌이 들었다. 베를렌은 눈을 감고 밀턴의 술집에 앉아 있던 그녀의 모습이 어땠는지 정확히 떠올려보려 애썼다. 케케묵은 수녀 복장만 빼면 평범한 밤 외출을 나온 평범한 사람처럼 보였다. 그가 손을 잡았을 때 살짝이지만 미소지어 보이던 그녀를 잊을 수 없을 것 같았다.

베를렌은 흔들리는 객차에 앉아 멍하니 공상에 빠져들었다. 에반젤린에 대한 생각에 푹 빠져 있는데 뭔가 창문을 긁는 소리가 나 퍼뜩 정신이 들었다. 거대한 흰 손이 불가사리 모양으로 손가락을 활짝 편 채 밖에서 창문을 누르고 있었다. 깜짝 놀란 그는 몸을 뒤로 빼고 다른 각도에서 창밖을 다시 살펴보았다. 다른 손이 하나 더 나타나더니 창문을 철썩 때렸다. 두껍고 네모난 플라스틱 창문이 창틀에서 쑥 빠질 것 같았다. 붉은색 깃털이 순식간에 창문을 훑었다. 베를렌은 눈을 깜박이며 자기도 모르는 사이에 잠이 들어 이상한 꿈을 꾸는 건 아닌가 생각했다. 하지만 조금 더 자세히 살펴보다 온몸의 피가 차갑게 식어버렸다. 기차 밖에서 두 개의 거대한 생명체가 날고 있었다. 그들은 커다랗고 빨간 눈에 살기를 잔뜩 품고 그를 노려보면서 커다란 날개를 이용해 기차와 나란히 날고 있었다. 겁에 질린 베를렌은 고개를 돌리지 못하고 빤히 보았다. 혹시 내가 미치기라도 한 걸까? 그게 아니라면 왜 저 괴상한 괴물들이 르노를 엉망으로 만든 괴한들과 닮아 보이는 거지? 놀랍게도 괴물들이 괴한을 닮은 게 맞았다.

베를렌은 자리에서 벌떡 일어나 재킷을 움켜쥐고 화장실로 달려갔다. 창문도 없는 좁은 공간에서 화학약품 냄새가 진동했다. 깊이 심호흡하며 마음을 가라앉히려고 애썼다. 옷은 땀에 흠뻑 젖었고 가슴이 텅 빈 느낌이 드는 게 금방이라도 정신을 잃을 것 같았다. 이런 느낌을 경험한 건 태어나서 딱 한 번뿐이었다. 고등학교 졸업파티에서 술에 잔뜩 취했을 때.

기차가 도시 외곽에 들어서자 베를렌은 지도와 편지지를 주머니 깊숙이 집어넣었다. 화장실을 빠져나와 재빨리 기차 앞쪽으로 향했다. 밤기차를 타고 와 할렘에서 내리는 손님은 몇 명 되지 않았다. 사람 없는 한밤의 기차역은 으스스했다. 그는 플랫폼에 내려서며 생각했다. 내려야 할 곳을 지나쳤거나 애초에 엉뚱한 기차를 탄 건 아닐까. 플랫폼 끝으로 걸어간 그는 철제 계단을 내려가 어둡고 추운 도시의 거리로 나섰다. 왠지 그가 없는 사이 뉴욕에 대재앙이 일어났고 그 혼자 뭔지 모를 운명의 장난에 농락당하고 텅 빈 도시로 되돌아온 느낌이었다.

뉴욕 시, 어퍼이스트사이드

스네자가 집에 있으라고 했지만 몇 시간 동안 당구대가 있는 방안을 서성거리며 오털리한테서 새로운 소식이 오기만을 기다리던 퍼시벌은 더는 혼자 그러고 있을 수 없었다. 밤이 깊어 파티 손님들이 떠나고 스네자가 잠들었다는 확신이 서자 조심스럽게 옷을 갈아입었다. 방금 공연을 마친 사람처럼 턱시도에 검은 외투 차림이었다. 그는 엘리베이터를 타고 내려가 5번가로 나섰다.

예전에는 바깥세상과 접촉해도 별 감흥이 없었다. 파리에서 살며 역겨운 인간들과 부대껴야 했던 젊은 시절 그는 인간들을 완전히 무시하는 법을 배웠다. 그는 인간들처럼 끊임없이 허둥지둥할 필요가 없었다. 고생스럽게 일할 필요도, 뭔가를 축하하거나 즐거워할 일도 없었다. 지겨웠다. 하지만 몸이 아픈 후로 그는 변했다. 인간들을 지켜보기 시작해 그들의 이상한 버릇을 흥미롭게 살폈다. 인간들을 측은하게 여기기 시작했다.

그리고리는 이런 현상이 보다 큰 변화의 일부라는 걸 알고 있었다. 그는 큰 변화가 일어나리라는 경고를 받았고 이미 그 변신의 자연스러운 과정을 받아들일 준비가 되어 있었다. 새롭고 놀라운 감정을 느끼게 될 거라고 들었는데, 정말로 고통스러워하는 인간들을 보면 마음이 불편해지는 자신을 발견하게 되었다. 처음에는 이런 이상한 감정에 어리석게도 마음이 크게 흔들리곤 했다. 인간은 열등한 존재이며 그들이 겪는 괴로움은 우주 질서에서 차지하는 위치에 비례해 당연하다는 걸 모르지 않았다. 인간은 짐승과 다를 바 없었다. 다만 짐승의 고통은 인간보다 조금 더 겉으로 드러날 뿐이다. 하지만 퍼시벌은 인간에게서 아름다움을 보기 시작했다. 의식을 행하는 모습, 가족을 사랑하는 모습, 헌신적으로 신을 받드는 모습, 신체적인 약점에 굴하지 않는 모습이 아름다웠다. 여전히 인간을 멸시했지만 인간이 처한 역경의 비극을 이해하기 시작했다. 그건 바로 인간들이 자기 존재가 중요하다는 듯 살아가고 죽는다는 점이었다. 이런 생각을 오털리나 어머니에게 말한다면 두 사람은 대놓고 비웃을 터였다.

천천히, 고통스러워하며 퍼시벌 그리고리는 5번가의 거대한 아파트 건물들 앞을 지났다. 꽁꽁 언 인도를 따라 가쁜 숨을 몰아쉬며 지팡이에 의지해 걸었다. 차가운 바람은 방해가 되지 않았다. 오로지 삐걱거리며 갈비뼈를 조이는 가죽끈과 숨쉴 때마다 타들어가는 듯한 가슴, 뼈가 부딪치다 못해 가루로 으스러지는 듯한 무릎과 엉덩이에만 감각이 느껴졌다. 재킷을 벗고 가죽끈을 풀어 차가운 공기로 불에 덴 것 같은 피부를 진정시키고 싶었다. 짓이겨진 채 썩어가는 날갯죽지가 옷 속에서 튀어나와 있어서 꼽추나 짐승, 세상 사람들 모두가 피하는 기형적인 존재처럼 보였다. 이렇게 늦은 밤에 돌아다니다보면 아무 근심 없이 자신을 스쳐지나가는 건강한 인간과 신세를 바꾸었으면 하는 생각도 들었다. 고통에서 해방될 수만 있다면 인간이 된다 해도 그리 억울할 게 없었다.

한참 걷다보니 통증이 심해졌다. 퍼시벌은 눈에 띄는 술집으로 들어갔다. 반짝거리는 황동과 붉은 벨벳으로 꾸민 멋진 가게였다. 따뜻한 실내는 사람들로 북적거렸다. 매캘런 위스키를 한 잔 주문하고 흥청대며 먹고 마시는 사람들을 지켜볼 수 있는 한적한 구석 탁자에 자리를 잡았다.

첫 잔을 비우다가 멀리 반대편에 앉은 여자를 발견했다. 1930년대 스타일로 자른 검은 머리에 윤기가 도는 젊은 여자였다. 친구 여러 명이 여자를 둘러싸고 있었다. 쓰레기 같은 현대식 옷차림—몸에 붙는 청바지에 가슴이 깊게 파인 레이스 블라우스를 입고 있었다—이긴 했지만 퍼시벌이 과거 다른 시대에 알았던 여자들처럼 고전적이고 순수한 아름다움이 엿보였다. 젊은 여자는 그가 사랑했던 가브리엘라 레비 프란체와 마치 쌍둥이 같았다.

한 시간 동안 퍼시벌은 여자에게서 눈을 떼지 않았다. 여자의 몸짓과 표정을 자세히 살펴보니 가브리엘라와 외모만 비슷한 게 아니었다. 그건 어쩌면 가브리엘라를 다시 보고 싶어하는 그의 마음이 너무나 간절해서인지도 몰랐다. 젊은 여자가 말없이 조용하게 있으면 분석적이고 지적이던 가브리엘라가 떠올랐다. 젊은 여자가 무표정한 얼굴로 한곳을 빤히 보면 비밀을 쌓아두던 가브리엘라가 생각났다. 친구들에게 둘러싸여 있으면서도 별로 말이 없는 모습이 꼭 사람들 틈에서 늘 말이 없던 가브리엘라를 보는 것 같았다. 퍼시벌은 관찰 대상이 이야기를 듣는 걸 좋아한다고 추측했다. 친구들은 마음껏 수다를 떨도록 두고 자신은 실험을 하듯 냉정하게 친구들의 버릇과 장단점을 분석하는 듯했다. 퍼시벌은 여자가 혼자 남을 때까지 기다렸다가 말을 걸어보기로 했다.

그가 위스키를 여러 잔 더 마시고 나서야 젊은 여자가 마침내 외투를 챙겨들고 문 쪽으로 걸어나왔다. 지나가는 여자 앞을 지팡이로 막았다. 반짝거리는 흑단 지팡이가 여자의 다리에 닿았다. "이렇게 단도직입적으로 말을 걸어 죄송합니다." 퍼시벌이 자리에서 일어나 여자를 내려다보며 말했다. "하지만 꼭 술 한잔 사드리고 싶군요."

젊은 여자는 깜짝 놀라며 퍼시벌을 쳐다보았다. 자기 앞을 가로막은 지팡이와 그렇게 독특한 방식으로 말을 걸었다는 것 가운데 어느 쪽에 더 놀랐는지는 알 수 없었다.

"엄청나게 차려입으셨네요." 여자가 퍼시벌의 턱시도를 보며 말했다. 그녀의 목소리는 아주 높고 감정이 풍부했다. 차가운 목소리에 늘 같은 표정이던 가브리엘라와는 정반대였다. 이 차이가 단번에 퍼시벌의 환상을 깨뜨렸다. 그는 가브리엘라를 찾았다고 믿고 싶었지만 이 여자는 분명 자신이 바란 만큼 가브리엘라와 닮지 않았다. 그럼에도 퍼시벌은 여자와 이야기하고 여자를 바라보며 지난 과거를 재현하고 싶었다.

여자에게 맞은편에 앉으라고 손짓했다. 잠시 망설이던 여자는 그가 입은 비싼 옷을 한 번 더 흘깃 보고는 자리에 앉았다. 가까이서 보니 실망스럽게도 가브리엘라와 닮은 점은 더 없어 보였다. 여자는 피부에 작은 주근깨가 많았다. 가브리엘라의 크림색 피부에는 잡티 하나 없었다. 여자의 눈동자는 갈색이고 가브리엘라의 눈동자는 밝은 녹색이었다. 하지만 동그란 어깨나 짧게 자른 검은 머리칼이 빰을 가리는 모습은 퍼시벌의 환상을 자극하기에 충분했다. 퍼시벌은 그 술집에서 가장 비싼 샴페인 한 병을 시켰다. 그리고 유럽에서 겪은 모험담으로 여자를 즐겁게 해주었다. 물론 자기 나이를, 아니 나이를 먹지 않는다는 사실을 숨기려 적당히 이야기를 바꾸었다. 실제로 파리에서 산 건 1930년대지만 1980년대에 살았던 것으로 바꾸었다. 실제로는 아버지가 시키는 대로 사업을 하고 있었지만 여자에게는 자신이 직접 기업을 운영하고 있다고 했다. 여자는 퍼시벌이 하는 이야기 대부분을 못 알아듣는 것 같았다. 어차피 그가 하는 말에는 관심도 없어 보였다. 여자는 자신의 외모가 상대를 몹시 힘들게 한다는 건 꿈에도 모른 채 샴페인을 마시고 귀를 기울였다. 여자가 마네킹처럼 한마디도 하지 않는 건 문제가 되지 않았다. 그저 맞은편에 앉아 입을 다물고 눈을 크게 뜬 채 재미있다는 듯, 존경스럽다는 듯 탁자에 손을 올리고 있기만 하면 되었다. 잠깐이라도 가브리엘라와 똑같은 모습을 보여주는 것만으로 충분했다. 중요한 것은 시간을 되돌린 듯한 환상뿐이었다.

환상 속에서 퍼시벌은 가브리엘라의 배신으로 느꼈던 끝없는 분노를 기억해냈다. 그는 가브리엘라와 함께 로도피 산맥에서 찾아낸 보물을 가로챌 계획을 세웠다. 두 사람의 계획은 한 치의 빈틈도 없었다. 퍼시벌이 보기에는 그 이상으로 훌륭했다. 두 사람의 관계는 열정으로 이루어졌지만 서로 얻을 것도 많았다. 가브리엘라는 천사학자들의 근거지와 동향을 알려주었고 퍼시벌 역시 정보를 넘겨주어 그녀가 쉽게 윗자리로 올라갈 수 있게 도왔다. 두 사람의 사업적 관계—그들이 주고받은 속된 거래에 딱 들어맞는 말이었다—때문에 퍼시벌은 가브리엘라가 좋았다. 가브리엘라의 성공에 대한 야심 때문에 퍼시벌은 그녀가 더 좋았다.

가브리엘라는 천사학자들이 제2차 천사 탐사를 계획하고 있음을 그리고리 가문에 알려주었다. 그들은 훌륭한 계획을 세웠다. 퍼시벌과 가브리엘라는 천사학자들이 탄 차가 파리 시내에서 이동하는 경로를 파악해 세라피나 발코를 납치할 계획을 세웠다. 그러면서 리라가 든 가방은 가브리엘라가 가지고 있도록 했다. 그들은 천사학자들과 보물이 든 가방을 바꾸자고 제안하면 위원회가 즉시 교환을 받아들일 거라고 믿었다. 세라피나 발코 박사는 세계적으로 유명한 천사학자일 뿐 아니라 위원회를 이끄는 라파엘 발코의 아내이기도 했다. 아무리 문제의 물건이 귀중하다 해도 세라피나 박사를 죽게 놔둘 가능성은 전혀 없었다. 가브리엘라는 계획이 성공할 거라며 퍼시벌을 안심시켰다. 그는 그녀를 믿었다. 하지만 얼마 지나지 않아 뭔가 심각하게 잘못되었다는 게 밝혀졌다. 교환이 이루어지지 않았다는 걸 알아차린 퍼시벌은 세라피나 발코를 직접 죽여버렸다. 어떻게든 그녀가 로도피 산맥에서 찾아낸 물건에 대해 알아내려 했지만 세라피나는 입을 꽉 다문 채 죽었다. 하지만 더 끔찍한 건 가브리엘라가 그를 배신했다는 것이었다.

가브리엘라가 리라가 든 가죽가방을 건네준 날 밤 퍼시벌은 그녀와 결혼할 작정이었다. 부모의 반대를 무릅쓰고라도 자신이 살아가는 세계로 그녀를 데려오고 싶었다. 그의 부모는 가브리엘라가 그리고리 가문에 침투하려는 첩자라고 의심했다. 퍼시벌은 그녀를 감싸고돌았다. 하지만 퍼시벌의 어머니는 나치가 손에 넣은 예술품을 감정하는 독일인 악기 역사 전문가를 불러 리라를 살펴보게 했다. 그는 리라가 잘 만든 복제품이며 소뼈로 만든 고대 시리아의 악기라고 했다. 가브리엘라가 거짓말을 한 것이다. 퍼시벌은 스네자가 결코 믿지 않았던 가브리엘라를 신뢰한 일로 굴욕과 조롱을 당했다.

퍼시벌은 배신당한 뒤 가브리엘라와 관계를 끊었다. 그리고 마음 아픈 결정이었지만 그녀를 어떻게 처분할지는 전적으로 다른 이들에게 맡기기로 했다. 나중에 가브리엘라가 특별히 더 심한 처벌을 당했다는 이야기를 들었다. 그는 가브리엘라가 죽기를 바랐다. 실제로 가브리엘라에게 고문을 당하느니 차라리 죽으라고 말하기도 했다. 하지만 운이 좋았고 동료들이 특별한 계획을 세워 가브리엘라를 빼냈다. 그녀는 몸을 회복한 후 라파엘 발코와 결혼해 천사학계에서 승승장구했다. 퍼시벌은 가브리엘라가 최고의 천사학자라고 누구보다 먼저 말할 수 있었다. 그녀는 그들의 세계에 완벽하게 침투한 몇 안 되는 인물이었으니까.

그가 가브리엘라를 못 본 지도 오십 년이 넘었다. 다른 천사학자들처럼 가브리엘라도 계속 감시당하고 있었다. 낮이고 밤이고 그녀가 하는 일과 사생활은 늘 관찰 대상이었다. 퍼시벌은 가브리엘라가 뉴욕에 살고 있고 여전히 그와 그리고리 가문에 맞서는 일을 하고 있다는 걸 알았다. 하지만 그녀의 사생활은 자세히 알지 못했다. 그의 가족이 가브리엘라 레비 프란체 발코에 대한 소식은 아무것도 그의 귀에 들어가지 못하도록 막았기 때문이다.

마지막으로 들은 소식은 가브리엘라가 필연적으로 몰락해가는 천사학을 되살려 절망적인 상황을 타개하려고 고군분투하고 있다는 것이었다. 퍼시벌은 가브리엘라도 이제 늙었을 거라 생각했다. 그녀의 얼굴은 여전히 아름답겠지만 생기를 잃었을 터였다. 그래도 지금 맞은편에 앉은 멍청하고 경박한 어린 여자와는 전혀 다를 것이다. 퍼시벌은 의자에 등을 기댄 채 여자를 자세히 살펴보았다. 어이가 없을 만큼 가슴이 깊게 팬 블라우스를 입고 상스러운 액세서리를 하고 있었다. 여자는 술에 취했다. 사실 샴페인을 마시기 전부터 이미 취해 있었다. 앞에 앉은 싸구려 여자는 가브리엘라와 전혀 달랐다.

"따라와요." 퍼시벌은 탁자 위에 지폐 한 다발을 던지며 말했다. 외투를 걸치고 지팡이를 들고는 여자에게 팔을 두르고 밖으로 나갔다. 여자는 마르고 키가 컸으며 가브리엘라보다 골격이 컸다. 퍼시벌은 두 사람 사이에 순수한 성적 욕망이 오가는 걸 느꼈다. 오랜 옛날부터 인간 여자는 천사의 매력에 빠져드는 먹잇감에 불과했다.

이 여자도 다르지 않았다. 여자는 퍼시벌을 따라나섰다. 두 사람은 말없이 몇 블록을 함께 걸었다. 그러다 한적한 골목이 나타나자 퍼시벌은 여자의 손을 잡고 어두운 그림자 속으로 들어갔다. 참을 수 없을 만큼, 동물적인 욕망에 가까울 정도로 여자를 원하는 자신에게 분노가 치밀었다. 그는 키스를 하고 그 자리에서 관계를 가졌다. 그러고는 격렬한 분노에 휩싸여 여자의 연약하고 따뜻한 목을 길고 차가운 손가락으로 움켜쥐고 뼈가 부러질 때까지 힘을 주었다. 젊은 여자는 꺽꺽 소리를 내며 퍼시벌을 밀쳐내려고 발버둥쳤다. 어떻게든 손아귀에서 빠져나가려 했지만 이미 늦었다. 퍼시벌 그리고리는 목숨을 빼앗는 행위에 푹 빠져 있었다. 여자의 고통이 주는 쾌감, 여자의 몸부림이 주는 희열에 퍼시벌의 온몸이 욕망으로 전율했다. 손아귀에 쥔 것이 가브리엘라의 목이라고 생각하니 쾌감은 더욱 컸다.

뉴욕 주, 밀턴, 세인트로즈 수녀원

에반젤린은 새벽 세시에 소스라치게 놀라며 잠에서 깼다. 오랜 세월 한결같이 규칙적으로 생활해온 그녀는 정해진 일과에서 벗어나면 혼란에 빠지곤 했다. 방안을 한번 훑어본 그녀는 잠기운에 취한 나머지 눈앞에 보이는 공간이 자기 방이 아니라 꿈속에나 존재하는 잘 정돈된 방이라고 생각했다. 창문은 티 없이 깨끗했고 책장도 먼지 없이 말끔했다. 그녀는 다시 잠들었다.

어머니와 아버지의 모습이 눈앞에 어른거렸다. 두 사람은 어렸을 적 그녀가 살았던 파리의 아파트에 함께 서 있었다. 아버지는 젊고 잘생겼고 에반젤린이 늘 보아왔던 어머니가 돌아가신 뒤의 모습보다 행복해 보였다. 어머니—꿈속에서도 에반젤린은 어머니의 얼굴을 보려고 버둥거렸다—는 멀리 그림자 속에 서 있었다. 챙 넓은 모자에 가려 얼굴은 보이지 않았다. 에반젤린은 어떻게든 어머니의 손을 잡으려고 팔을 뻗었다. 깊은 꿈속에서 어머니에게 가까이 오라고 소리를 질렀다. 하지만 가까이 가려고 하면 할수록 어머니 안젤라는 뒤로 물러서다가 희미한 안개처럼 흩어졌다.

강렬한 꿈에 깜짝 놀라 에반젤린은 또다시 잠에서 깼다. 알람시계에서 빨간색 숫자 세 개가 빛나고 있었다. 4:55. 온몸에 전기가 흐르는 것 같았다. 자칫하면 아침 기도에 늦을 판이었다. 눈을 깜박이며 주위를 둘러보던 그녀는 커튼이 열려 있어 밤하늘이 그대로 방안으로 들어오고 있다는 걸 깨달았다. 하얀 시트가 회색이 섞인 보라색으로 물든 모습이 꼭 재에 뒤덮인 것 같았다. 얼른 침대에서 내려와 검은 치마를 입고 흰 블라우스의 단추를 채운 다음 머리에 베일을 썼다.

방금 전 꿈을 떠올리자 그리움이 밀려왔다. 아무리 오랜 세월이 흘러도 부모님의 빈자리는 어린 시절과 다름없이 크게 느껴졌다. 아버지는 삼 년 전 갑자기 세상을 떠났다. 자던 중에 심장이 멎어버린 것이다. 매년 아버지가 돌아가신 날에 맞춰 구일기도를 올렸지만 자기가 어떻게 컸고 수녀가 된 후 얼마나 변했는지, 두 분이 생각했던 것과 달리 자라면서 아버지를 많이 닮게 되었다는 것을 아버지는 영영 모르리라는 사실은 쉽게 받아들여지지 않았다. 아버지는 에반젤린의 기질이 어머니를 닮았다고 여러 번 말했다. 야심이 있고 외골수인데다 수단보다는 오직 목표만 보고 나아가는 성격이 똑같다고 했다. 하지만 실제로 에반젤린의 성격은 아버지를 빼다박았다.

방에서 나가려는 찰나 전날 밤 에반젤린의 골머리를 썩이던 할머니의 카드가 떠올랐다. 기도 시간에 늦었지만 베개 밑에서 꺼내 한 번만 더 고민해보기로 했다.

봉투에서 카드를 모두 꺼내 침대에 늘어놓았다. 그림 하나가 눈에 띄었다. 전날은 피곤해서 그냥 지나친 모양이었다. 흐릿하게 그려진 천사는 사다리에 손을 대고 있었다. 분명 예전에 본 적이 있는 그림인데 어디서 봤는지, 왜 이렇게 익숙한지 생각나지 않았다. 하지만 무슨 그림인지 알 수도 있을 것 같다는 생각이 들자 다른 카드도 더 보고 싶었다. 잠시 후 머릿속에 퍼뜩 떠오르는 게 있었다. 순간적으로 그림이 눈앞에 보였다. 천사는 보다 큰 그림의 일부였다.

에반젤린은 색과 가장자리 모양에 따라 퍼즐을 맞추듯 카드를 이리저리 놓아보았다. 마침내 커다란 그림이 완성되었다. 밝게 빛나는 천사들이 천상의 빛을 향해 우아한 나선 모양의 계단을 줄지어 오르고 있었다. 에반젤린이 잘 아는 그림이었다. 바로 윌리엄 블레이크의 〈야곱의 사다리〉라는 수채화였다. 어릴 때 아버지가 대영박물관에 데려가 보여주었었다. 어머니는 윌리엄 블레이크를 매우 좋아해서 시집과 화첩을 모았다. 아버지가 어머니에게 〈야곱의 사다리〉 복제화를 사서 선물하기도 했다. 어머니가 죽고 두 사람이 미국으로 올 때 그 그림도 가져왔다. 소박한 브루클린의 아파트에 걸어놓은 유일한 장식품이었다.

에반젤린은 왼쪽 맨 위에 놓인 카드를 열고 속지를 떼어냈다. 그리고 두번째 카드에서도 속지를 떼어냈다. 그렇게 해서 속지들을 서로 연결했더니 그 내용도 그림 퍼즐처럼 맞춰졌다. 한 번에 쓴 내용을 조각조각 잘라 일 년에 한 장씩 보낸 것이었다. 크림색 속지들을 나란히 두고 보면 아무렇게나 이어놓은 듯한 단어들이 완성된 문장이 될 터였다. 할머니는 내용을 안전하게 숨기기 위해 이런 방식을 사용한 것이다.

에반젤린은 속지를 순서에 맞춰 늘어놓았다. 마침내 할머니의 우아한 손글씨로 쓴 커다란 편지가 눈앞에 펼쳐졌다. 그렇게 읽어보니 에반젤린의 생각이 옳았다. 잘려 있던 문장들이 완벽히 들어맞았다. 편지를 읽기 시작하자 차분하고 신뢰가 가는 할머니의 목소리가 귀에 들리는 것 같았다.

네가 이 편지를 읽을 때쯤이면 아마 스물다섯 살의 어른이 되어 있겠구나. 모든 것이 네 아버지와 내가 바란 대로 되었다면 너는 세인트로즈 수녀원에 있는 영원한 경배 수녀회의 보호 아래 안전하게 살고 있겠지. 이 글을 쓰는 지금은 1988년이란다. 너는 지금 열두 살이야. 오래전에 쓴 편지를 왜 이제야 받는지 궁금하겠지. 어쩌면 네가 이걸 보기도 전에 나는 세상을 떠났을지도 모른다. 네 아버지도 이 세상 사람이 아닐 수 있고. 미래를 아는 사람은 없으니까. 우리가 생각해야 할 건 오로지 과거와 현재뿐이야. 이 점에 집중하기 바란다.

왜 내가 최근 몇 년간 네 곁에 없었는지 궁금하겠지. 수녀원에 있는 동안 전혀 연락을 하지 않아 화가 났을 수도 있겠구나. 네가 수녀원에 들어가기 전, 우리가 함께 뉴욕에서 보낸 소중한 시간들은 혼란스러운 일들을 겪는 동안 나를 지탱해주었단다. 네가 아기였을 때 파리에서 함께 보낸 시간들도 마찬가지야. 혹시 그때 일을 기억하는지 모르겠구나. 아마 어렵겠지. 네 엄마와 함께 너를 데리고 뤽상부르 공원에 가곤 했어. 지금까지도 소중히 여기는 행복한 나들이였지. 네 엄마가 살해됐을 때 너는 아주 어렸다. 그렇게 어린 아이에게서 엄마를 빼앗다니 끔찍한 범죄지. 나는 가끔 궁금하단다. 네 엄마가 얼마나 멋진 사람이었는지, 널 얼마나 사랑했는지 넌 알고 있을까. 안젤라를 진정으로 사랑했던 네 아버지가 분명 엄마에 관해 많은 이야기를 해줬을 거라 생각한다.

네 아버지는 안젤라가 죽자마자 미국에서 사는 편이 더 안전할 거라며 즉시 파리를 떠나고 싶어했다. 그렇게 너는 떠났고 돌아오지 않았다. 너를 멀리 데리고 떠난 네 아버지를 원망하진 않는단다. 네 아버지가 네 보호자고 안젤라한테 그런 일까지 생겼으니까.

이해하기 어렵겠지만 아무리 네가 보고 싶어도 난 널 직접 만날 수 없단다. 내 존재는 너와 네 아버지를 위험에 빠뜨릴 거야. 네가 아버지 말대로 수녀원에 있다면 세인트로즈 수녀원의 선량한 수녀들까지도 위험에 빠뜨리겠지. 네 엄마가 그런 일을 당한 뒤로 나는 그런 위험을 감수할 수 없게 됐단다. 너도 스물다섯 살이 됐으니 이제 네 몸을 스스로 챙겨야 한다는 걸 이해하길 바란다. 네가 물려받은 유산과 운명은 한 나무에서 난 두 개의 가지라는 사실을 받아들일 수 있을 만큼 책임감도 생겼겠지.

네가 엄마나 아버지가 하던 일에 대해 얼마나 알고 있는지 가늠할 수 없구나. 내가 아는 네 아버지라면 천사학에 대해서는 단 한 마디도 하지 않았을 테고 기초적인 기술도 알려주지 않았을 거야. 네 아버지 루카는 좋은 사람이고 좋은 의도로 네게 모든 걸 숨기려는 거지만 나라면 너를 다르게 키웠을 거야. 너는 우리 가족이 하늘과 땅 사이에 벌어진 위대한 비밀 전쟁에 참여하고 있다는 사실을 전혀 모르겠지. 하지만 똑똑한 아이들은 보고 듣는 것만으로 알아차리기도 하는 법이다. 나는 네가 바로 그런 아이라고 생각한단다. 혹시 네 스스로 아버지가 숨겨온 비밀을 알아낸 건 아니니? 혹시 첫영성체 때 페르페투아 수녀원장이 천사학 단체의 요청을 받아들여 널 맡겠다고 하기 전부터 이미 너는 세인트로즈 수녀원에 가기로 되어 있었다는 걸 알아냈니? 혹시 너는 네가 천사학자의 딸이자 천사학자의 손녀고 우리의 희망이라는 걸 알고 있니? 만일 전혀 모른다면 앞으로 내가 할 이야기가 큰 충격일 수도 있겠구나. 에반젤린, 아무리 괴롭더라도 부디 이 글을 끝까지 읽어주길 바란다.

네 엄마는 화학자로 천사학에 발을 들여놓았다. 원래는 똑똑한 수학자였는데 과학 쪽에 더 큰 재능을 보였지. 정말이지 네 엄마는 기존에 정립된 이론과 기상천외하고 새로운 생각까지 두 가지를 동시에 품을 수 있는 최고의 학자였어. 첫 책에서 네 엄마는 진화론에 입각해 네피림이 멸종하는 건 불가피한 일이라고 주장했어. 네피림이 인간과 결혼해 피가 섞이면 천사의 특성이 희박해지다가 결국 사라진다는 논리적인 결론이었지. 나는 네 엄마의 접근법을 제대로 이해하지는 못했지만—내 전문 분야는 사회학과 신화였으니까—엔트로피라는 개념이나 영혼이 육체를 이긴다는 고대의 진리는 이해했어. 안젤라가 네피림과 인간의 이종교배를 주제로 쓴 두번째 책—왓슨과 크릭이 기초를 세운 유전자 연구를 도입했지—을 보고 우리 위원회는 깜짝 놀랐어. 안젤라의 지위는 금세 높아졌지. 스물다섯 살에 정교수가 되었고 그건 우리 조직에서 전례가 없는 영광이었어. 최신 기자재와 최고의 연구실 그리고 무제한 연구비를 지원받았지.

명성을 얻으면서 위험도 커졌어. 안젤라가 적들의 목표물이 된 거야. 수많은 위협에 시달렸단다. 연구실 주변의 경계를 철통같이 강화했어. 내가 직접 확인했지. 그런데도 놈들은 연구실에서 안젤라를 납치했어.

아마 네 아버지는 엄마가 납치된 일을 자세히 말해주지 않았을 거야. 말하자면 너무 마음이 아파서 나 역시 누구에게도 하지 않았던 이야기란다. 놈들은 안젤라를 바로 죽이지 않았어. 안젤라는 연구실에서 납치당한 후 몇 주 동안 스위스에 있는 네피림의 시설에 잡혀 있었어. 놈들이 자주 써먹는 방법이지. 중요한 인물을 납치하고 교환을 제안하는 거야. 우리는 늘 그런 제안을 거절했어. 하지만 안젤라가 납치되자 나는 제정신이 아니었다. 방침이고 뭐고 없었지. 안젤라만 무사히 돌아올 수 있다면 세상 전부라도 넘겨줄 수 있었으니까.

처음이자 마지막으로 네 아버지도 나와 의견이 같았다. 네 엄마의 연구 노트는 대부분 아버지가 갖고 있었어. 우리는 안젤라를 살려주는 대가로 연구 자료를 넘기기로 했지. 안젤라의 유전학 연구를 자세히 이해하지는 못했지만 이것만은 확실했어. 네피림 사이에 질병이 돌아 놈들의 수가 줄고 있고 치료약을 찾고 있다는 거였지. 나는 안젤라를 납치한 녀석들에게 연구 노트에 놈들 종족을 구할 수 있는 비밀이 들어 있다고 했어. 다행히도 놈들이 교환에 응했고.

어쩌면 놈들이 약속을 지킬 거라고 생각한 내가 순진했는지 몰라. 스위스에 도착해 놈들에게 안젤라의 연구 노트를 넘겨주고 받은 것은 내 딸의 시신이 든 관이었어. 죽은 지 며칠은 된 것 같았지. 여기저기 끔찍하게 멍들고 머리에는 피가 굳은 채 들러붙어 엉망이었어. 차가운 이마에 입을 맞추며 나는 세상에서 가장 소중한 것을 잃었다는 걸 깨달았어. 안젤라가 죽기 전 며칠을 고통 속에서 보냈을 생각을 하니 끔찍했다. 네 엄마가 죽기 전 느꼈을 공포가 마음에서 영원히 떠나지 않았어.

이렇게 끔찍한 이야기를 들려주어 미안하구나. 무시무시한 이야기를 비밀로 하고 아무 말 않고 싶은 마음도 있었다. 하지만 이제 너도 어른이고 현실을 직시해야 할 나이야. 우리는 인간이라는 존재의 가장 어두운 부분도 알아야 해. 집요하게 사라지지 않고 인류를 괴롭히는 악의 힘, 그리고 거기에 영합하는 우리 태도와 맞서 싸워야만 하는 거야. 하지만 절망 속에서 혼자 싸워야 하는 건 아니라는 걸 알아주렴. 내게 안젤라의 죽음은 세상 그 무엇보다 어두운 기억이란다. 늘 악몽 속에서 네 엄마 그리고 네 엄마를 죽인 자의 목소리를 듣는다.

그런 일을 겪었으니 네 아버지는 유럽에서 살 수 없었던 거야. 곧장 미국으로 떠나 다시는 돌아오지 않았지. 나를 포함해 친척, 친구들과 모든 연락을 끊고 너를 외롭고 평화롭게 키웠지. 덕분에 넌 평범하게 클 수 있었어. 천사학자 집안에서 그런 사치스러운 경험을 할 수 있는 사람은 많지 않아. 하지만 아버지가 달아난 데는 또다른 이유가 있단다.

네피림은 내가 바보같이 넘겨준 귀중한 연구 자료에도 만족하지 않았어. 얼마 안 가 놈들은 파리의 내 아파트를 뒤져서 아주 중요한 물건들을 훔쳐갔어. 그중에 네 엄마가 남긴 비망록도 포함되어 있었는데 그건 내가 스위스에서 연구 노트를 넘겨줄 때 일부러 빼돌려 집에 숨겨둔 거였어. 네 엄마가 세번째 책을 쓸 때 쓰려고 정리해둔 독창적인 가설들이었지. 아직 연구 초기라 불완전했지만 한번 훑어보기만 해도 아주 기발하면서도 위험하고 소중한 내용이라는 걸 알 수 있었어. 사실 내 생각에는 애초에 네피림이 안젤라를 납치한 것도 비망록 때문이었던 것 같아.

비망록이 일단 네피림의 손에 들어갔으니 내용을 비밀로 하려던 내 노력은 모두 수포로 돌아가고 말았다. 노트가 없어진 걸 알고 당황스러웠지만 한 가지는 다행이었어. 나는 그 비망록 내용을 한 글자도 빼놓지 않고 일기장에 베껴두었거든. 너도 아주 잘 아는 그 가죽 덮개가 달린 일기장 말이야. 내 스승인 세라피나 발코 박사가 내게 주신 물건이자 네 엄마가 죽고 내가 네게 준 바로 그 일기장. 한때 내 스승의 일기장이 이제는 네가 지켜야 하는 물건이 된 거야.

일기장에 담긴 안젤라의 이론은 음악이 신체의 분자구조에 미치는 영향에 관한 거야. 안젤라는 먼저 식물이나 곤충, 지렁이 같은 하등 생물을 대상으로 실험을 시작해 점점 더 큰 생물까지 진행했어. 비망록을 그대로 믿는다면, 네피림 아이의 머리칼 한 움큼을 이용한 실험까지 했다고 해. 천상의 여러 악기를 이용해서—우리는 그런 악기를 여러 개 갖고 있었고, 안젤라는 그 악기들을 모두 다룰 줄 알았어—네피림의 유전자 견본, 이를테면 떨어져나온 날개 깃털이나 혈액을 가지고 실험을 했어. 안젤라는 몇 가지 천상의 악기가 만들어내는 음악이 실제로 네피림 신체 조직의 유전자 구조를 바꾼다는 걸 알아냈어. 더 나아가 특정 화음 구절을 들려주면 네피림의 힘이 약해지고 어떤 구절을 연주하면 오히려 힘이 강해진다는 것도 발견했지.

안젤라는 자신의 이론에 대해 네 아버지와 자세히 의견을 나누었어. 네 아버지는 다른 누구보다도 네 엄마의 연구를 잘 이해한 사람이었지. 실험의 세부 내용은 매우 복잡해서 나로서는 정확히 어떤 과학적 방법을 사용했는지 알 수 없었지만 네 아버지의 도움으로 안젤라가 내린 결론을 이해할 수 있었단다. 네 엄마는 음악의 진동이 세포 구조에 믿을 수 없는 영향을 미친다는 사실을 증명했던 거야. 특정 코드 진행을 연주하면 물질의 형태에 엄청난 변화를 불러올 수 있다고 해. 피아노 음악은 난초에 색소 변이를 일으켰어. 쇼팽의 연습곡을 들려주면 하얀 꽃잎에 분홍색 얼룩이 생겼고 베토벤을 들려주면 노란색 꽃잎이 갈색으로 바뀌었지. 바이올린 음악을 들은 지렁이는 몸의 마디가 늘었어. 트라이앵글을 쉴새없이 두드리자 많은 파리가 날개 없이 태어났지. 다른 증거도 많았어.

얼마 전, 안젤라가 죽고 꽤 많은 시간이 흐른 뒤 에모토 마사루라는 일본인 과학자가 비슷한 실험을 했다는 걸 발견했을 때 내가 얼마나 기뻤을지 상상할 수 있겠지. 그 사람은 물을 대상으로 음악의 영향을 실험했어. 첨단 사진 기술을 이용해 음악이 물의 분자구조에 일으키는 변화를 확실히 알아볼 수 있도록 포착해냈지. 그리고 음악을 들려주면 물이 새로운 분자구조로 바뀐다고 주장했어. 본질적으로 네 엄마의 실험과 같았고 음악이 만들어내는 진동이 가장 기본적인 단계의 유기물을 구조적으로 바꾼다는 사실을 확인해준 거야.

어떻게 보면 쓸데없는 연구지만 안젤라가 했던 천사 생물학 실험의 측면에서 보면 상당히 흥미롭지. 네 아버지는 이상하리만큼 안젤라의 실험에 대해 말을 아꼈어. 내가 연구 노트에서 본 것 이상은 말해주지 않았지. 하지만 노트만 보고도 알 수 있었어. 네 엄마는 천상의 악기가 우리가 보유한 네피림의 유전자 견본, 주로 천사의 날개에서 떼어낸 깃털에 미치는 영향을 실험한 게 틀림없어. 네 엄마는 천상의 악기들이 네피림 신체 조직의 가장 기본적인 유전자 구성 요소를 바꿀 수 있다는 사실을 발견한 거야. 더 나아가 악기들로 특정 음악을 들려주면 세포 구조만 바뀌는 게 아니라 네피림 게놈의 안정성이 무너진다고 했어. 안젤라는 이걸 알아냈기 때문에 목숨을 잃은 게 틀림없어. 결국 놈들이 내 집까지 습격하자 네 아버지는 파리에서 네 안전을 장담할 수 없다고 생각하게 된 거야. 네피림들이 모든 걸 알아낸 게 확실했지.

하지만 이 편지를 쓰게 된 이유는 이미 입증된 안젤라의 여러 이론들에 숨겨진 한 가지 가설 때문이야. 오르페우스의 리라에 관한 가설이지. 네 엄마는 오르페우스의 리라를 1943년 애비게일 록펠러가 미국에 숨겼다는 걸 알고 있었어. 그래서 자신이 발견한 천상의 악기의 힘과 오르페우스의 리라를 연결해보자고 생각했지. 리라는 다른 악기들을 모두 합친 것보다 훨씬 강력하다는 말이 있었거든. 네피림들은 안젤라의 비망록을 손에 넣기 전까지는 막연히 리라가 중요하다고만 생각하고 있었어. 하지만 안젤라의 연구 내용을 보자 리라야말로 네피림을 감시자들 이래 지상에서는 볼 수 없었던 순수한 천사의 형태로 되돌려놓을 수 있는 물건이라는 걸 알게 된 거야. 어쩌면 안젤라는 현대에 오르페우스의 리라로 알려진 감시자의 리라를 이용해서 네피림 사이에 도는 병의 치료법을 알아냈던 것인지도 몰라.

사랑하는 에반젤린, 주의해야 할 것이 있다. 오르페우스의 리라가 중요하다는 걸 깨닫는 건 시작에 불과해. 오르페우스를 둘러싼 신화가 워낙 많다보니 우리는 그의 실제 삶이 어땠는지 정확히 파악하지 못했어. 그가 태어난 해나 혈통은 물론이고 리라를 얼마나 잘 다루었는지도 몰라. 뮤즈 칼리오페와 강의 신 오이아그로스 사이에서 태어난 것으로 알려졌지만 그것도 신화일 뿐이야. 신화를 역사와 분리하고 전설과 사실, 마법과 진실의 뒤엉킨 실타래를 푸는 게 우리 임무지. 그가 인류에게 시를 전했을까? 그가 지하 세계에서 리라를 발견했을까? 정말 역사가 전하는 것처럼 생전에도 엄청난 영향력을 발휘했을까? 기원전 6세기에 이르러 그리스 전역에서 노래와 음악의 대가로 알려졌지만 어떻게 천사들의 악기를 손에 넣었는지는 역사가들 사이에서도 의견이 분분하지. 네 엄마의 연구는 단지 리라의 중요성에 관한 오래된 이론을 확증한 것뿐이야. 네피림에 맞서는 우리에게 큰 진전을 가져다줄 그 가설이 결국 네 엄마를 죽음으로 몰았어. 이제 너도 모든 걸 알게 되었구나. 한 가지 더 알아야 할 건 네 엄마의 일이 아직 끝나지 않았다는 거야. 나는 그 일을 완성하려고 평생을 바쳤어. 그리고 네가 내 뒤를 이어야 해.

네 아버지는 안젤라의 연구가 우리 사명에 어떤 기여를 했는지 네게 말했을 수도 있고 말하지 않았을 수도 있어. 그건 모르겠구나. 네 아버지는 이미 몇 년 전에 나와 연락을 끊었고 앞으로도 내게 진실을 알려줄 것 같지 않아. 하지만 너는 달라. 네가 네 엄마의 연구에 관해 자세히 알고 싶어한다면 네 아버지는 모든 걸 말해줄 거야. 가문의 전통을 잇기 위해 네가 해야 할 일이지. 그건 네가 받은 유산이자 운명인 거야. 루카는 내가 줄 수 없는 도움을 줄 수 있으리라 확신한다. 그냥 직접 물어보기만 하면 돼. 그리고 부디 인내심을 가지렴. 진심어린 축복을 보내며, 네가 계속 앞으로 나아가길 바란다. 하지만 우리에게 주어진 신성한 임무의 미래에 네 역할이 중요하다는 것, 그리고 무시무시한 위험이 기다리고 있다는 걸 명심해. 세상에는 우리가 하는 일을 끝장내고 싶어하는 자가 많아. 그들은 원하는 결과를 얻기 위해서라면 닥치는 대로 살인을 저지를 거야. 네 엄마는 그리고리 가문이 죽였어. 바로 그자들이 네피림과 천사학자들 사이에 끊임없는 전투를 일으키고 있지. 네게 닥칠 위험을 늘 경계해야 한다. 누가 너를 해치려 하는지도.

편지가 갑자기 끝나버리는 바람에 하마터면 소리를 지를 뻔했다. 뚝 끊어진 편지에는 에반젤린이 앞으로 뭘 어떻게 해야 하는지 아무런 설명도 없었다. 에반젤린은 미친 사람처럼 카드를 뒤적이고 글을 다시 읽으며 혹시 놓친 부분은 없는지 확인했다.

어머니가 살해된 이야기는 몹시 고통스러웠지만 에반젤린은 할머니가 보낸 편지를 어쩔 수 없이 읽고 또 읽었다. 자세한 설명에 소름이 끼쳤고 어머니의 끔찍한 죽음을 전하는 할머니의 말투에서 왠지 잔인하고 비정한 느낌이 들었다. 에반젤린은 온몸이 멍들고 부러지고 아름다운 얼굴이 엉망이 되어버린 어머니의 시신을 떠올려보려 했다. 그녀는 손등으로 눈가를 훔치며 마침내 아버지가 자신을 태어난 나라에서 멀리 떨어진 이곳까지 데려온 이유를 이해했다.

세번째로 편지를 읽던 에반젤린은 어머니를 죽인 자들을 언급한 부분에서 멈췄다. 세상에는 우리가 하는 일을 끝장내고 싶어하는 자가 많아. 그들은 원하는 결과를 얻기 위해서라면 닥치는 대로 살인을 저지를 거야. 네 엄마는 그리고리 가문이 죽였어. 바로 그자들이 네피림과 천사학자들 사이에 끊임없는 전투를 일으키고 있지. 들어본 적이 있는 이름이었다. 어디서 들었는지 한참 생각하던 그녀는 베를렌이 퍼시벌 그리고리라는 사람의 의뢰를 받아 일한다고 했던 걸 기억해냈다. 베를렌—그녀가 보기에 그의 의도는 분명 순수했다—이 그녀의 가장 큰 적을 위해 일하고 있는 것이었다.

생각이 여기에 미치자 에반젤린은 두렵고 혼란스러웠다. 자신이 얼마나 위험한 일을 하는지도 모르는 베를렌을 무슨 수로 돕는단 말인가? 베를렌은 그가 알아낸 사실을 퍼시벌 그리고리에게 보고할 수도 있다. 에반젤린이 세운 최선의 계획, 그러니까 베를렌을 뉴욕으로 돌려보내고 자신은 아무 일도 없었던 것처럼 세인트로즈 수녀원에서 계속 조사하기로 한 일이 두 사람을 무시무시한 위험으로 몰아넣은 결과를 낳고 말았다.

카드를 다시 정리하려는데 문득 한 구절이 눈에 띄었다. 네가 이 편지를 읽을 때쯤이면 아마 스물다섯 살의 어른이 되어 있겠구나. 셀레스틴 수녀는 에반젤린이 스물다섯 살이 되면 카드를 전달해달라는 부탁을 받았다고 했다. 그러니까 할머니가 보낸 카드는 십 년도 더 전에, 에반젤린이 열두 살 때 써서 일 년에 한 통씩 보낸 것이다. 에반젤린은 스물세 살이었다. 그렇다면 아직 두 통이 더 남아 있고, 할머니가 짜놓은 퍼즐 두 조각이 어딘가에서 발견되길 기다리고 있다는 뜻이었다.

에반젤린은 봉투를 다시 연도순으로 늘어놓고 우표에 찍힌 소인을 확인했다. 마지막으로 온 카드 봉투에는 작년 크리스마스 이전, 그러니까 1998년 12월 21일자 소인이 찍혀 있었다. 사실 모든 카드에 비슷한 날짜가 찍혀 있었다. 크리스마스 며칠 전이었다. 올해도 비슷한 때 보냈다면 카드는 이미 도착해 있을 터였다. 어쩌면 어제 오후에 도착한 우편물 주머니에 들어 있을지도 모른다. 에반젤린은 카드를 모두 챙겨 치마 주머니에 넣고 서둘러 방을 나섰다.

뉴욕 시, 모닝사이드하이츠, 컬럼비아 대학교

할렘 125번가 역에서 연구실까지는 걷기엔 너무 춥고 먼 길이었다. 하지만 베를렌은 외투 단추를 채우고 차가운 바람에 맞섰다. 컬럼비아 대학교 교정에 도착해보니 모든 게 지나칠 만큼 조용했다. 예전 그 어느 때보다 차분하고 어두웠다. 휴일이 되면서 공부에 매달려 사는 학생들까지 새해를 맞으러 집으로 돌아간 모양이었다. 멀리 브로드웨이를 달리는 자동차들의 전조등이 건물을 비추었다. 리버사이드 교회의 웅장하게 솟은 탑은 대학 캠퍼스에서 가장 높은 건물보다 더 높았다. 멀리 교회의 스테인드글라스 안쪽에서 새어나오는 빛이 보였다.

걸어오는 도중에 다시 벌어진 상처에서 피가 흘러나와 손에 감은 백합 문장 넥타이를 적시고 있었다. 한참 만에 연구실 열쇠를 찾아내 미술사학과와 고고학과가 사용하는 셰르메르혼 홀로 들어섰다. 세인트 폴 교회와 가까운 셰르메르혼 홀은 웅장한 벽돌 건물로, 한때는 자연과학부에서 쓰던 곳이었다. 이 건물에서 초기 맨해튼 프로젝트*가 진행되었다는 말도 들었다. 별것 아닌 일이지만 베를렌은 흥미롭게 느껴졌다. 건물에 아무도 없는 것이 확실했지만 엘리베이터에 탔다가 안에 갇힐까봐 걱정스럽고 불안했다. 결국 그는 계단을 뛰어올라가 대학원생 연구실로 향했다.

연구실에 들어서자마자 문을 잠그고 이노센타 원장의 편지를 넣어둔 서류철을 책상에서 꺼냈다. 혹시라도 바짝 말라 바스러지기 쉬운 종이에 피투성이 손이 닿지 않게 조심했다. 의자에 앉아 스탠드를 켜고 편지들을 살펴보았다. 전에도 다른 것을 암시하거나 돌려 말하는 내용이 없는지 주의하며 여러 번 읽고 또 읽었다. 문을 잠근 으스스한 연구실에 혼자 앉아 몇 시간 동안 되풀이해 읽었지만 편지는 이상하리만큼 진부했다. 전날 겪은 사건이 많아 어떻게든 새로운 시각으로 구석구석 읽어보려 했지만 도무지 두 여자 사이에 숨겨진 사연이라고는 있을 것 같지 않았다. 환한 스탠드 불빛 아래 놓인 이노센타 원장의 편지들은 수녀원의 반복되는 일상과 록펠러 여사의 변함없이 훌륭한 취향에 대해 차를 마시며 나누는 잡담 그 이상도 이하도 아닌 것처럼 보였다.

자리에서 일어난 그는 연구실 구석에 두고 다니는 숄더백에 편지를 넣고 그만 나가려다가 흠칫 놀라 멈추었다. 뭔가 이상한 점이 있었다. 편지에 확실한 내용이 없었다. 어떻게 보면 일부러 혼란스럽게 쓴 것 같기도 했다. 그런데 이상하게도 록펠러 여사를 치켜세우는 말을 여러 번 반복하고 있었다. 말미에서 상대의 탁월한 취향을 칭찬하는 편지가 많았다. 전에는 그저 편지를 마무리하며 쓴 형식적인 말이라고 생각해 그냥 지나친 구절들이었다. 그는 다시 가방에서 편지를 꺼내 읽기 시작

---

* 2차 세계대전 당시 진행되었던 최초의 원자폭탄 실험.

했다. 이번에는 상대방의 예술적 감각을 칭찬하는 구절에 신경써가며 살펴보았다.

칭찬은 대개 록펠러 여사가 선택한 그림이나 디자인과 관련해서였다. 한 편지에서 이노센타 원장은 '여사님의 완벽한 예술적 안목과 상상한 바를 항상 정확히 구현해내시는 실력을 누구나 인정합니다'라고 썼다. 또 두번째 편지를 마무리하면서는 '존경해 마지않는 친구인 여사님의 섬세한 표현력에 놀라지 않는 사람이 없습니다. 늘 감사드리는 마음입니다'라고 했고 또다른 편지에는 '언제나 그랬던 것처럼 여사님의 손은 눈이 가장 보고 싶어하는 걸 표현해내시는군요'라는 구절이 보였다.

베를렌은 잠시 어리둥절했다. 이 모든 칭찬이 무슨 예술품에 대한 거지? 애비게일 록펠러가 이노센타 원장에게 보낸 편지에 그림이나 디자인이 들어 있었던 걸까? 에반젤린은 자료실에서 찾은 편지에 다른 물건이 포함되어 있다는 말은 하지 않았다. 하지만 이노센타 원장은 후원자인 록펠러 여사에게서 받은 편지에 그런 물품이 있었던 것처럼 답신을 보냈다. 만일 애비게일 록펠러가 자신이 그린 그림을 여러 점 넣어 보냈고 베를렌이 그걸 찾아낼 수만 있다면 미술사학자로서 순식간에 엄청난 지위에 오르게 될 터였다. 너무 흥분한 나머지 베를렌은 생각을 제대로 할 수 없을 지경이었다.

이노센타 원장이 쓴 글을 완전하게 이해하려면 록펠러 여사가 보낸 편지를 찾아내야 했다. 한 통은 이미 에반젤린이 갖고 있다. 다른 편지들도 분명 수녀원 어딘가에 있을 터였다. 수녀원 도서관의 자료실에 있을 가능성이 가장 컸다. 베를렌은 생각했다. 어쩌면 에반젤린이 애비게일 록펠러의 편지를 찾아냈지만 안에 같이 든 것을 못 보고 지나쳤을 수도 있지 않을까. 그렇지 않으면 처음부터 봉투는 없어지고 편지만 발견한 건 아닐까. 에반젤린은 다른 편지가 있는지 찾아보겠다고는 했지만 동봉된 다른 내용물을 찾아볼 이유는 없었다. 차만 있으면 수녀원으로 돌아가 그녀와 함께 찾아보고 싶었다. 베를렌은 책상 여기저기를 뒤져 세인트로즈 수녀원의 전화번호를 찾았다. 에반젤린이 수녀원에서 찾아내지 못한다면 편지는 어디서도 나오지 않을 것이다. 그렇다면 베를렌의 경력은 말할 것도 없고 미술사의 끔찍한 손실이 아닐 수 없었다. 겁에 질려 집에 돌아가지도 못하는 자신이 갑자기 부끄러웠다. 얼른 몸과 마음을 추스르고 무슨 수를 써서라도 수녀원으로 돌아가야 했다.

뉴욕 주, 밀턴, 세인트로즈 수녀원 4층

어제까지만 해도 에반젤린은 남들이 말해준 자신의 과거를 그대로 믿었다. 아버지가 해준 이야기 그리고 수녀원에서 수녀들이 들려준 이야기 모두를. 하지만 할머니의 편지를 읽고는 자신이 살아온 인생에 대한 믿음이 산산조각 나고 말았다. 이제는 아무것도 믿을 수 없었다.

힘을 가다듬어 티끌 하나 없이 깨끗하고 텅 빈 복도로 나섰다. 할머니가 보낸 카드들은 옆구리에 끼고 있었다. 다 읽고 났더니 온몸의 힘이 빠지고 어질어질했다. 무시무시한 꿈에서 방금 빠져나온 것 같았다. 어머니가 얼마나 중요한 일을 했는지 어떻게 모르고 살 수 있었을까? 아니, 더 놀라운 건 어떻게 여태 어머니의 죽음에 대한 진실을 모를 수 있었을까? 할머니가 더 하고 싶은 이야기는 대체 뭘까? 모든 사실을 알기 위해 카드 두 통이 더 올 때까지 어떻게 기다리지? 에반젤린은 뛰고 싶은 마음을 간신히 억누르며 대답을 얻을 수 있을 만한 곳을 향해 돌계단을 내려갔다.

선교국과 모집국은 수녀원의 남서쪽 구역에 현대식으로 고친 넓은 공간을 차지하고 있었다. 연분홍색 카펫이 깔려 있고 다중회선 전화와 튼튼한 오크 책상들이 놓여 있었다. 서류철을 보관하는 철제 캐비닛에는 수녀들 전원의 인적 사항이 들어 있었다. 출생증명서, 병원 기록, 학위, 법률 문서와 세상을 떠난 분들의 사망신고서도 보관되어 있었다. 새로 수녀가 되려는 사람이 줄면서 수련수녀 교육을 맡은 부서와 합쳐진 모집국이 사무실 왼편을 사용했고 선교국이 오른편에 자리를 잡았다. 두 부서는 활짝 벌린 양팔처럼 바깥세상을 끌어안는, 세인트로즈 수녀원 행정의 중심에 있는 부서였다.

최근 몇 년 들어 선교국은 일이 많았던 반면 모집국은 깊은 침체에 빠졌다. 예전에는 결혼생활을 꺼리는 젊은 여자들이 평등과 교육, 독립적인 수도생활을 바라며 세인트로즈 수녀원으로 몰려왔다. 현대로 오면서 세인트로즈 수녀원은 좀더 엄격해져 자기 탐구를 충분히 거친 후 가족의 강압 없이 스스로 수녀의 길을 택한 여성만 받아들였다.

결국 모집국은 쇠퇴했고 세인트로즈 수녀원에서 가장 바쁜 부서는 선교국이 되었다. 사무실 벽에 걸린 커다란 세계지도 위에는 브라질, 짐바브웨, 중국, 인도, 멕시코, 과테말라 같은 수녀원과 연계된 나라에 빨간 깃발 표시가 되어 있었다. 판초나 사리를 입은 수녀들이 어린아이를 안고 찍은 사진, 약품을 나누어주거나 주민들과 모여서 노래를 부르는 사진들도 보였다. 지난 십 년 동안 수녀원에서는 외국 교회와 국제 문화교류 프로그램을 진행했고, 세계 각국의 수녀들이 세인트로즈 수녀원에 와서 '영원한 경배'에 참여하거나 영어 공부를 하며 영적 성장에 힘썼다. 프로그램은 매우 성공적이었다. 몇 년 동안 모두 12개국 수녀들이 프로그램에 참여했다. 그 외국 수녀들의 사진이 지도 위 벽에 붙어 있었다. 똑같은 검은 베일을 쓴 수녀 열두 명의 웃는 얼굴이 보였다.

워낙 이른 시간이어서 선교국 사무실에 아무도 없으리라 생각했다. 하지만 사무실에는 선교국에서 가장 나이가 많은 루도비카 수녀가 휠체어를 타고 나와 있었다. 무릎에 올려놓은 플라스틱 라디오에서 공영방송이 흘러나왔다. 노쇠한 루도비카 수녀는 상기된 얼굴에 허연 머리칼이 베일 아래로 흘러내린 모습이었다. 검은 눈동자를 반짝거리며 에반젤린을 쳐다보는 눈빛을 보니 제정신이 아닌 것 같다는 다른 수녀들의 말이 이해가 갔다. 루도비카 수녀는 해가 갈수록 조금씩 현실 세계와 멀어지고 있었다. 작년 여름에는 밀턴 경찰서의 어느 경관이 휠체어를 타고 오밤중에 9W 고속도로를 달리는 루도비카 수녀를 발견한 적도 있었다.

최근 루도비카 수녀의 관심사는 식물이었다. 화초와 대화를 나누는 일은 위험하진 않지만 정신이 점점 흐려진다는 증거였다. 그녀가 휠체어 옆에 빨간색 양철 물뿌리개를 달고 수녀원을 돌아다니며 화초에 물을 주거나 다듬을 때마다 우렁찬 목소리로 암송하는 『실낙원』을 들을 수 있었다. "인간 세계에서 말하는 낮과 밤을 아홉 번 세는 동안 / 그는 그 소름 끼치는 무리와 함께 / 불못에서 뒹굴며, 불사의 몸이지만 / 숨진 듯 녹초가 되어 누워 있었다."

에반젤린이 보니 루도비카 수녀는 선교국 사무실에 있는 접란에 잔뜩 관심이 쏠려 있었다. 접란 줄기는 어마어마하게 퍼지면서 캐비닛 아래로 늘어졌다. 너무 잘 자라서 수녀들이 줄기 하나를 잘라 물에 담가두면 또 뿌리를 내렸다. 그 접란에서 또 줄기가 어마어마하게 자라 수녀원의 네 개 층을 개구리 알처럼 녹색으로 뒤덮었다.

"안녕하세요, 수녀님." 루도비카 수녀가 자신을 알아보길 바라며 에반젤린이 인사를 건넸다.

“아이고, 깜짝이야!” 루도비카 수녀가 놀라며 대답했다.

“죄송해요. 어제 오후에 편지를 못 가져가서 왔어요. 우편물 주머니가 선교국에 있나요?”

“편지?” 루도비카 수녀는 이마를 찌푸렸다. “편지는 전부 에반젤린 수녀한테 가는데?”

“네, 수녀님. 제가 에반젤린이에요. 그런데 어제 우편물 주머니를 못 가져갔거든요. 아마 여기 있을 거예요. 보셨어요?”

“틀림없이 봤지.” 루도비카 수녀는 휠체어를 움직여 책상 뒤 벽장으로 가더니 벽에 걸린 우편물 주머니를 가져왔다. 늘 그렇듯 천주머니는 가득차 있었다. “에반젤린 수녀한테 바로 가져다줘야 해!”

에반젤린은 우편물 주머니를 들고 선교국 구석 어두운 곳으로 갔다. 책상 위에 내용물을 쏟아놓고 보니 대부분 늘 보던 자료 열람 요청서, 광고 전단, 카탈로그, 청구서들이었다. 늘 이런 우편물을 다루어온 에반젤린은 어떤 편지가 얼마만한 크기인지 잘 알았다. 그래서 할머니에게서 온 카드를 단 몇 초 만에 찾아낼 수 있었다. 녹색 정사각형 봉투 겉면에는 받는 사람이 셀레스틴 클로셰트라고 쓰여 있었다. 보낸 사람 주소로는 다른 카드와 마찬가지로 에반젤린이 처음 보는 뉴욕 시 주소가 적혀 있었다.

에반젤린은 카드를 치마 주머니에 집어넣고 철제 캐비닛으로 향했다. 위에 놓인 루도비카 수녀의 접란이 캐비닛을 거의 뒤덮고 있었다. 자신의 기록이 보관되어 있는 서랍을 열기 위해 에반젤린은 늘어진 접란 줄기들을 옆으로 치워야 했다.

자신의 인적 사항이 캐비닛 안에 있다는 걸 알면서도 에반젤린은 단

한 번도 찾아 읽겠다는 생각을 해본 적이 없었다. 각종 기록이나 증명서가 필요했던 순간은 운전면허증을 딸 때와 바드 대학에 입학할 때뿐이었다. 하지만 그때도 그냥 교구에서 발행한 신분증을 대신 사용했다. 서류를 뒤적이던 에반젤린은 자신이 그동안 다른 사람들이 들려준 이야기를 아무 의심 없이 받아들이며 살았다는 생각이 들었다. 아버지나 다른 수녀들, 그리고 이제는 할머니의 이야기까지.

생각했던 것과 달리 그녀에 관한 서류철은 두께가 거의 3센티미터나 됐다. 있을 만한 서류라야 프랑스에서 발행한 출생증명서, 미국 귀화 관련 서류 그리고 졸업장 정도였다. 그 이상의 서류가 존재할 만큼 나이를 먹지 않았기 때문이었다. 하지만 서류철을 열어보니 고무줄로 묶은 상당한 분량의 문서가 들어 있었다. 고무줄을 풀고 서류를 하나씩 읽기 시작했다. 그런 방면으로 교육을 받지 못한 에반젤린의 눈에도 실험 결과로 보이는 서류였다. 혈액검사 결과인 듯했다. 손으로 쓴 서류도 있었는데 의사가 작성한 진료 기록 같았다. 하지만 에반젤린은 늘 건강했고 단 한 번도 병원에 갔던 기억이 없었다. 사실 아버지는 그녀를 절대 병원에 데려가지 않으려고 했고, 그녀가 아프거나 다치지 않도록 신경을 많이 썼다. 서류 중에는 반짝거리는 검고 얇은 물건도 들어 있었는데 자세히 살펴보니 놀랍게도 엑스레이 필름이었다. 필름마다 위에 그녀의 이름이 쓰여 있었다. 에반젤린 안젤리나 카치아토레.

수녀들이 자신의 서류를 보는 건 금기사항이 아니었다. 하지만 에반젤린은 왠지 절대 어겨서는 안 되는 규칙을 깨뜨리는 것 같았다. 병원 기록을 보고 싶은 호기심을 잠시 누르고 자신이 수련수녀였을 때의 기록을 살펴보았다. 아버지가 그녀를 수녀원에 처음 데려왔을 때 작성한 평범한 서류들이었다. 아버지가 쓴 글씨를 보니 아픔이 밀려왔다. 아버지를 못 본 지 몇 년이 지났다. 손가락으로 글씨를 문지르며 아버지의 웃음소리, 아버지의 사무실에 가면 늘 나던 냄새, 매일 밤 자기 전에 책을 읽던 아버지의 모습을 떠올렸다. 에반젤린은 서류를 손에 들고 아버지가 남긴 흔적이 비록 잠깐이긴 하지만 아버지를 되살려내는 힘을 가진 게 참 이상하다고 생각했다.

서류를 읽으며 에반젤린은 자신의 삶에 관한 몇 가지 사실을 알게 되었다. 아버지와 둘이 살던 브루클린 집의 주소, 오래전 전화번호, 그녀가 태어난 곳, 어머니의 처녀 시절 이름 등이었다. 그녀는 서류 맨 아래쪽의 긴급 연락처에서 찾던 것을 발견했다. 바로 가브리엘라 레비 프란체 발코의 뉴욕 주소와 전화번호였다. 크리스마스카드에 쓰여 있던 보낸 사람 주소와 같았다.

무슨 일이 생길지 생각해볼 틈도 없이 그녀는 수화기를 들고 할머니의 번호를 눌렀다. 기대감이 다른 모든 감정을 앞섰다. 당장 뭘 어떻게 해야 할지 아는 사람이 있다면, 그건 할머니일 터였다. 신호음이 한 번, 두 번 울리더니 무뚝뚝하고 힘찬 할머니의 목소리가 들렸다. "여보세요?"

뉴욕 시, 그리니치빌리지, 베를렌의 아파트

스물네 시간 전 아파트를 나왔던 게 마치 전생의 일처럼 느껴졌다. 서류를 챙기고 가장 좋아하는 양말을 신고 다섯 층의 계단을 뛰어내려 갔던 게 바로 어제였다. 어떻게 하면 크리스마스 분위기에 취한 사람들을 피해 새해를 보낼지 계획하던 게 바로 어제였다. 그동안 수집한 정보 때문에 이런 비참한 상황에 빠졌다는 걸 도무지 이해할 수 없었다.

그는 이노센타 원장이 쓴 편지 원본과 노트 뭉치를 가방에 넣고 연구실 문을 잠근 다음 시내로 나왔다. 아침해가 도시 위로 솟아올라 노랗게 퍼지는 햇빛이 삭막한 겨울 하늘을 우아하게 덮기 시작했다. 그는 추위를 견디며 걷고 또 걸었다. 80번가 근처에서 결국 포기하고 집까지 지하철을 타고 가기로 했다. 아파트 건물 출입문을 열 때쯤엔 지난밤 벌어진 일들이 모두 환상이 아니었을까 하는 생각이 들었다. 어쩌면 이 모든 게 머릿속에서 지어낸 일인지도 모른다고 중얼거렸다.

베를렌은 집안으로 들어가 발로 현관문을 닫고 가방을 소파에 내려놓았다. 다 망가진 구두와 젖은 양말을 벗고 맨발로 좁은 아파트 안을 돌아다녔다. 혹시 누군가 집을 뒤졌을지도 모른다고 생각했지만, 모든 게 어제 나갈 때 모습 그대로였다. 벽돌이 그대로 드러난 벽, 책들이 잔뜩 쌓인 1950년대 골동품 포마이카 탁자와 옥색 가죽 의자, 강낭콩 모양 커피 탁자에는 빛이 닿지 않아 어두웠다. 허름하고 서로 어울리지 않는 20세기 중반의 오래된 물건들이 얌전히 그를 기다리고 있었다.

벽면 책장에는 베를렌이 모은 예술 서적이 가득했다. 크고 비싼 파이돈 출판사 책들과 예술 비평에 관한 조그만 페이퍼백들, 그리고 칸딘스키, 소니아 들로네, 피카소, 브라크 등 그가 좋아하는 모더니스트 화가들의 그림이 담긴 화려한 화집들이 보였다. 이렇게 작은 아파트에는 도저히 들어갈 수 없을 만큼 책이 많았지만 책을 팔 생각은 없었다. 자신처럼 뭐든 긁어모으는 사람에게는 원룸아파트가 맞지 않는다는 결론을 내린 게 벌써 여러 해 전이었다.

5층 아파트 창가에 서서 손에 붕대 대신 감았던 에르메스 실크 넥타이를 피딱지가 떨어지지 않도록 천천히 풀었다. 그는 엉망이 된 넥타이를 접어 창턱에 올려놓았다. 바깥을 내다보니 한 조각 아침 하늘이 죽마를 탄 듯 줄지어 늘어선 건물들 위로 껑충 솟아 있었다. 눈이 나뭇가지 위에 쌓이고 기울어진 배수관 위에도 웅크리고 있다가 고드름이 되어 매달렸다. 옥상 여기저기에 물탱크가 서 있었다. 실제로 그가 가진 것은 손톱만큼도 없었지만 그저 보고만 있어도 눈앞에 펼쳐진 광경의 주인이 된 것 같았다. 이 도시에서 주어진 자기만의 공간에서 가만히 창밖을 보고 있으면 다른 생각은 들지 않았다. 하지만 오늘 아침에는 그저 머리를 맑게 비우고 무엇을 어떻게 해야 할지 생각하고 싶은 마음뿐이었다.

커피부터 한 잔 마시는 게 좋을 것 같았다. 부엌으로 걸어가 에스프레소 머신을 켜고 추출필터에 곱게 간 커피를 채워넣었다. 우유를 조금 데워 카푸치노를 만들고 다 깨먹어서 몇 개 안 남은 피에스타웨어 머그잔에 부었다. 커피를 한 모금 마시는데 자동응답기 불빛이 반짝거리는 게 보였다. 메시지가 남겨져 있었다. 버튼을 누르고 메시지를 들었다. 누구인지 알 수 없는 사람들이 밤새 전화를 걸었다가 끊기를 반복했다. 그가 대답하기를 기다리는 듯 누군가 열 번이나 전화를 걸어 가만히 듣고 있다가 끊기도 했다. 마침내 상대방이 녹음한 메시지가 들려왔다. 에반젤린의 목소리였다. 듣자마자 알 수 있었다.

"막차를 탔으면 지금쯤 돌아오셨을 텐데요. 도대체 어디 있는지, 별일 없는지 궁금해서 견딜 수가 없네요. 최대한 빨리 연락주세요."

베를렌은 벽장을 열고 오래된 가죽가방을 꺼냈다. 지퍼를 열고 깨끗한 휴고 보스 청바지 한 벌, 캘빈 클라인 속옷 한 벌, 모교인 브라운 대학교 티셔츠 한 벌, 양말 두 켤레를 넣었다. 벽장 아래쪽에 있던 컨버스 운동화를 꺼내고 빨아둔 양말을 신었다. 뭐가 더 필요할지 고민할 시간이 없었다. 차를 빌려서 얼른 밀턴으로 돌아가야 했다. 어제처럼 타판지브리지를 건너 강을 따라 좁은 도로를 달릴 것이다. 서두르면 점심 전에 도착할 수 있을 것 같았다.

갑자기 전화가 울렸다. 날카로운 벨소리에 어찌나 놀랐는지 손에 들고 있던 머그잔을 떨어뜨리고 말았다. 잔은 큰 소리를 내며 창턱에 부딪혔다. 우유 섞인 커피가 쏟아져 마루를 온통 뒤덮었다. 에반젤린과 얼른 통화하고 싶다는 생각에 깨진 잔은 그냥 두고 수화기부터 들었다.

"에반젤린?" 그가 말했다.

"베를렌 씨." 부드럽고 여성적인 목소리가 왠지 익숙했다. 이탈리아

어인지 프랑스어인지 알 수 없지만 독특한 억양이 묻어났고 쉰 듯한 목소리 때문에 중년이거나 그보다 더 나이가 든 사람으로 추측되었다.

"네, 접니다." 베를렌은 실망했다. 깨진 머그잔을 보며 소장품이 또 하나 줄었구나 싶었다. "용건이 뭡니까?"

"여러 가지예요." 여자가 말했다.

아주 잠깐 상대가 통신판매 상담원이 아닌가 하는 생각이 들었다. 하지만 그의 집 전화번호는 전화번호부에 올라 있지 않았고, 평소에 원치 않는 전화를 받는 일은 거의 없었다. 게다가 잡지 정기구독권 따위를 팔려는 사람의 목소리 같지는 않았다.

"어려운 주문이군요. 누구신지 먼저 밝히는 게 어떨까요?" 베를렌은 상대의 이상한 말을 침착하게 받아넘겼다.

"제가 먼저 질문 하나 해도 될까요?" 여자가 말했다.

"그러시죠." 베를렌은 차분하고 집요하고 심지어 최면을 거는 듯한 여자의 목소리에 짜증이 나기 시작했다. 에반젤린과는 사뭇 다른 목소리였다.

"천사가 있다고 믿나요?"

"네?"

"사람들 사이에 천사가 존재한다고 생각해요?"

"이거 보세요. 전도를 하시려는 모양이군요." 베를렌은 허리를 굽혀 깨진 머그잔 조각들을 하나씩 집어서 포개며 말했다. 유약을 바르지 않은 부분에서 부서져나온 흰 가루가 손가락에 묻어났다. "도움이 안 될 사람을 고르셨어요. 저는 교육도 많이 받았고 좌파인데다 소이라테를 마시고 어정쩡한 메트로섹슈얼에 진보주의 불가지론자랍니다. 천사를 믿느니 부활절 토끼가 있다고 믿겠습니다."

"이상하네요. 말도 안 된다고 주장하시는 존재에게 목숨을 빼앗길 뻔한 걸로 아는데요?" 여자가 말했다.

베를렌은 머그잔 조각들을 모으던 손길을 멈추었다. "누구시죠?" 한참 만에 그가 물었다.

"내 이름은 가브리엘라 레비 프란체 발코입니다. 오래전부터 당신이 가진 편지를 찾고 있었죠." 여자가 말했다.

더 혼란스러워진 베를렌이 물었다. "제 전화번호는 어떻게 아셨습니까?"

"나는 많은 것을 알고 있어요. 어젯밤 당신을 뒤쫓던 놈들이 아파트 밖에서 기다리고 있다는 것도 알죠." 가브리엘라는 생각할 시간을 주는 듯 잠시 말이 없었다. "못 믿겠으면 창밖을 보세요, 베를렌 씨."

베를렌은 창밖을 내려다보았다. 구불거리는 검은 머리가 눈앞으로 쏟아져내렸다. 아파트 주변은 조금 전과 전혀 다르지 않았다.

"무슨 말씀을 하시는지 모르겠군요." 베를렌이 말했다.

"왼쪽을 봐요. 익숙한 검은색 SUV가 보일 겁니다." 가브리엘라가 말했다.

베를렌은 여자가 시키는 대로 했다. 왼쪽, 허드슨 가로 꺾어지는 모퉁이에 정말로 검은색 벤츠 SUV가 서 있었다. 키가 크고 시커먼 옷을 입은 남자—어제 베를렌의 자동차를 습격하고, 환각을 본 게 아니라면 기차 창문 밖에서 날던 그자였다—가 SUV에서 내려 가로등 아래로 걸어나왔다.

"자, 오른쪽으로는 흰색 밴이 보일 겁니다." 가브리엘라가 말했다. "내가 타고 있어요. 새벽부터 당신을 기다리고 있었죠. 내 손녀의 부탁을 받고 당신을 도우러 왔습니다."

"손녀라는 분이 누군데요?"

"에반젤린이죠. 또 누가 있겠어요?" 가브리엘라가 말했다.

목을 길게 빼고 보니 길 건너 좁은 골목에 흰색 밴이 있었다. 멀리 떨어진 곳이라 겨우 볼 수 있었다. 상대는 베를렌이 혼란스러워하는 걸 눈치챘는지 창문을 내리고 가죽장갑을 낀 작은 손을 내밀어 흔들어 보였다.

"도대체 무슨 일이 벌어지고 있는 겁니까?" 당황한 베를렌이 말했다. 그는 현관으로 가서 문을 잠그고 쇠사슬을 채웠다. "왜 내 집을 감시하고 있는지 말해주시겠습니까?"

"에반젤린은 당신이 위험하다고 생각했어요. 그애 생각이 맞았고요. 이제 이노센타의 편지를 챙겨서 바로 내려와야 합니다." 가브리엘라가 차분하게 말했다. "하지만 앞쪽 출입구로는 나오지 않는 편이 좋겠군요."

"다른 출입구는 없는데요." 베를렌은 불안해졌다.

"비상 탈출 사다리는 어때요?"

"사다리도 건물 앞에서 보입니다. 제가 그리로 내려가면 바로 들킬 거예요." 베를렌은 창문을 지나 건물 출입구 위로 이어지는 철제 사다리를 바라보았다. "도대체 왜 이러는 거죠?"

"세상에." 가브리엘라가 베를렌의 말을 잘랐다. 자식에게 말하듯 따뜻한 목소리였다. "상상력을 좀 동원해봐요. 얼른 거기서 나오는 게 좋겠어요. 당장. 놈들이 곧 당신을 잡으러 갈 거예요. 사실 놈들은 당신에게 별 관심이 없어요. 편지를 원할 뿐이죠. 당신도 알겠지만 놈들은 점잖게 굴지 않을 거예요."

가브리엘라의 말을 듣기라도 한 듯 첫번째 남자처럼 얼굴이 희고 키가 큰 다른 남자가 검은색 SUV에서 내려 먼저 내린 남자 옆에 섰다. 두 사람이 길을 건너 아파트 쪽으로 다가오기 시작했다.

"그렇군요. 그들이 오고 있어요." 베를렌은 돌아서서 가죽가방에 지갑과 열쇠와 노트북을 쑤셔넣었다. 그리고 사무실에서 들고 온 숄더백에서 이노센타 원장의 편지를 꺼내 로스코 화집 속에 끼우고는 조심스럽게 가죽가방에 집어넣었다. 마지막으로 재빨리 지퍼를 채웠다. "어떡하죠?"

"잠시 기다려요. 놈들이 잘 보이네요. 내가 시키는 대로만 해요. 다 잘될 거예요." 가브리엘라가 말했다.

"경찰을 부를까요?"

"당장은 아무것도 하지 마요. 놈들은 아직 출입구 앞에 있어요. 지금 나오면 들킬 거예요." 가브리엘라의 목소리는 무서우리만큼 차분했다. 피가 쿵쿵대며 도는 소리가 귓속에서 울려대는 베를렌과는 사뭇 대조적이었다. "내 말을 잘 들어요, 베를렌 씨. 내가 말할 때까지 절대 움직이지 않는 게 가장 중요합니다."

베를렌은 창문 걸쇠를 풀고 힘을 주어 열었다. 차가운 바람이 얼굴을 때렸다. 창밖으로 고개를 내미니 아래 서 있는 남자들이 보였다. 그들은 낮은 목소리로 중얼거리더니 자물쇠 안으로 뭔가를 쑤셔넣고 돌렸다. 놀랍도록 간단히 출입문을 따고 안으로 들어왔다. 무거운 출입문이 쾅 소리를 내며 닫혔다.

"편지는 챙겼나요?" 가브리엘라가 물었다.

"네." 베를렌이 말했다.

"그럼 나와요. 지금. 비상 사다리로 내려와요. 내가 기다리고 있겠어요."

베를렌은 전화를 끊고 가방을 어깨에 메고는 창문 밖 차디찬 바람 속으로 기어나왔다. 녹슨 사다리를 움켜쥐자 따뜻한 손바닥에 닿는 철제 사다리가 얼음 같았다. 사다리를 힘껏 아래로 당겼다. 사다리가 요란한 소리를 내며 내려가 땅에 부딪혔다. 철조망에 다친 상처가 다시 벌어지며 손이 찌릿했다. 베를렌은 통증을 무시하고 사다리를 타고 내려갔다. 사다리에 살짝 얼음이 얼어 자꾸 미끄러졌다. 땅바닥에 거의 내려섰을 때 위쪽에서 우당탕 문짝 부서지는 소리가 들렸다. 남자들이 현관문을 부순 것 같았다.

베를렌은 겨드랑이에 가방을 꽉 끼고 인도로 뛰어내렸다. 그가 내려서자마자 흰색 밴이 옆으로 다가와 섰다. 문이 미끄러지듯 열리더니 작고 가냘픈 여인이 타라고 손짓했다. 검은 단발머리였고 선홍색 립스틱을 바르고 있었다. "타요. 얼른." 가브리엘라가 안쪽으로 비키며 말했다.

베를렌이 올라타자 밴은 모퉁이를 돌아 빠른 속도로 달려나갔다.

"도대체 이게 다 무슨 일입니까?" 베를렌이 뒤를 돌아보며 말했다. SUV가 금방이라도 따라올 것 같았다.

가브리엘라가 가죽장갑을 낀 가냘픈 손으로 차갑게 얼어 덜덜 떠는 베를렌의 손을 잡았다. "당신을 도우러 왔어요."

"뭘 돕는다는 거예요?"

"이런. 당신이 우리 모두를 얼마나 힘들게 했는지 전혀 모르는군요."

뉴욕 시, 어퍼이스트사이드, 그리고리 펜트하우스

퍼시벌은 햇빛이 눈부셔 커튼을 치라고 지시했다. 그는 새벽녘에 집으로 돌아왔다. 희끄무레하게 밝아오는 하늘을 보는 것만으로도 머리가 아팠다. 방안이 어두워지자 그는 옷을 벗기 시작했다. 턱시도 재킷을 벗고 더러워진 흰 셔츠와 바지를 벗어 바닥에 던진 다음 가죽소파에 털썩 앉았다. 아나킴은 말없이 퍼시벌이 몸에 두른 가죽띠를 풀었다. 퍼시벌은 고통스러운 순간을 참고 견뎠다. 아나킴이 그의 양다리에 오일을 붓고 발목부터 허벅지까지 손으로 문지르기 시작했다. 퍼시벌의 다리가 따끔따끔해질 때까지 손을 놀렸다. 아나킴은 매우 예쁘고 입이 무거워서 하인으로는, 특히 여자 하인으로는 제격이었지만 알고 보면 우둔하기 짝이 없었다. 퍼시벌은 자기 다리 위로 짧고 통통한 손가락을 열심히 움직이는 아나킴을 물끄러미 보았다. 머리가 깨질 것처럼 아프고 다리는 불이 난 것처럼 뜨거웠다. 의식이 혼미해질 만큼 피곤했던 그는 눈을 감고 잠을 청했다.

그가 앓는 병의 원인이 정확히 무엇인지는 그리고리 가문의 주치의 중 가장 경험이 많은 의사조차 알아내지 못했다. 퍼시벌은 스위스, 독일, 스웨덴, 일본에서 최고의 의료진을 고용해 뉴욕으로 불러들였다. 하지만 그들이 내린 진단은 이미 모두가 아는 사실들이었다. 유럽의 네피림들 사이에 치명적인 바이러스가 돌아 신경과 폐를 공격하고 있다는 것. 의사들은 날개를 치료하고 근육을 이완시킬 수 있는 물리요법을 권했다. 그래야 그나마 숨쉬기나 걷기가 편할 거라고 했다. 마사지는 치료 가운데 그나마 가장 즐거웠다. 퍼시벌은 하루에도 몇 번씩 아나킴을 방으로 불러 마사지를 시켰다. 퍼시벌은 술과 진정제를 가져오는 것까지 포함해서 아나킴이 한 시간에 한 번씩 도와주지 않으면 생활할 수가 없었다.

원래의 그라면 하녀 따위는 방에 들이지 않았을 터였다. 몸이 아프기 전에는 수백 년 동안 허락하지 않은 일이었다. 하지만 작년부터 고통이 참을 수 없는 지경에 이르고 근육이 경련을 일으키며 다리가 이상한 모양으로 꼬이기 시작했다. 아나킴은 힘줄이 이완될 때까지 다리를 문지르다가 그가 꿈틀거리면 손길을 멈추길 반복했다. 퍼시벌은 자신의 창백한 다리를 열심히 문지르는 아나킴을 멍하니 보았다. 자신을 돌봐주는 아나킴이 고마웠다. 어머니는 쓸모없는 존재로 취급하며 그를 버렸다. 오털리는 퍼시벌이 맡았어야 마땅한 일을 대신하고 있었다. 이제 그를 도와주는 존재는 아나킴밖에 없었다.

몸이 편해지자 그는 얕은 잠에 빠져들었다. 잠깐 기분이 좋아지면서 어젯밤 외출했던 즐거운 기억이 떠올랐다. 퍼시벌은 죽은 여자의 눈을 감겨주고 빤히 얼굴을 내려다보며 손가락으로 뺨을 어루만졌다. 시체가 된 여자의 피부는 석고처럼 보였다. 가브리엘라 레비 프란체 발코의 모습과 똑같아 기분이 좋았다. 그녀의 검은 머리와 분을 바른 듯한 피부도 그대로였다. 잠시나마 그는 가브리엘라를 다시 가질 수 있었다.

비몽사몽간에 꿈속을 헤매고 있는데 가브리엘라가 빛을 내뿜는 천사처럼 모습을 드러냈다. 환상 속에서 가브리엘라는 그에게 모든 걸 용서할 테니 돌아오라고, 그러면 두 사람은 예전으로 돌아갈 수 있다고 했다. 그를 사랑한다고 했다. 상대가 인간이든 네피림이든 퍼시벌이 처음 들어보는 말이었다. 지독하게 고통스러운 꿈이었다. 퍼시벌이 뭐라고 잠꼬대를 한 모양이었다. 깜짝 놀라 잠을 깨니 아나킴이 커다랗고 노란 눈에 눈물을 반짝이며 그를 빤히 보고 있었다. 이해할 수 있다는 듯한 표정이었다. 아나킴이 부드럽게 그의 몸을 문지르며 진정하라는 듯 몇 마디 말을 건넸다. 아나킴이 자신을 동정하고 있었다. 주제넘게 친밀감을 드러내다니. 퍼시벌은 화가 치솟아 당장 방에서 나가라고 명령했다. 아나킴은 고분고분하게 고개를 끄덕이더니 오일 병 뚜껑을 닫고 지저분해진 퍼시벌의 옷을 챙겨 즉시 방에서 사라졌다. 퍼시벌은 어둠과 절망의 굴속에 홀로 남았다. 그는 몸에 남은 아나킴의 손길을 느끼며 멍하니 누워 있었다.

얼마 지나지 않아 아나킴이 반짝거리는 쟁반에 스카치 한 잔을 받쳐 들고 다시 들어왔다. "동생분이 와 계십니다. 원하시면 주무신다고 하겠습니다." 그녀가 말했다.

"거짓말할 필요 없어. 안 자는 거 다 아니까." 오털리가 아나킴을 밀치고 들어와 퍼시벌 옆에 앉았다. 그러고는 손을 흔들어 아나킴에게 나가라고 손짓했다. 오털리는 오일 병을 들어 뚜껑을 열고 손바닥에 부었다. "엎드려."

퍼시벌은 여동생이 시키는 대로 배를 깔고 엎드렸다. 오털리가 그의 등을 문질렀다. 그는 자신이 죽고 나면 오털리와 그리고리 가문이 어떻게 될지 생각해보았다. 퍼시벌은 가문의 가장 큰 희망이었다. 그의 위풍당당하고 남자다운 금빛 날개는 언젠가 그가 막강한 자리에 올라 아버지의 탐욕스러운 선조들과 어머니의 고결한 피를 이어가리라는 약속이었다. 그런 그가 이제 날개마저 잃은 채 가족에게 실망을 안겨주고 있었다. 그는 가문의 위대한 수장이 되기를 꿈꾸었고, 수많은 네피림 아이들의 아버지가 되고 싶었다. 아들들은 스네자 가문의 화려한 날개를 갖고 태어나 멋진 깃털로 그리고리 가문의 명예를 드높일 거라고 믿었다. 딸들은 천사의 아름다움을 타고날 것이며 마법의 힘을 쓰고 영리하고 천상의 예술을 익힐 거라고 생각했다. 하지만 허물어져가는 그에게 이제 남은 건 없었다. 수백 년 동안 쾌락만 좇던 자신이 얼마나 바보 같았는지 알 것 같았다.

오털리 역시 기대에 부응하지 못했기에 퍼시벌의 실패를 받아들이기가 더욱 어려웠다. 어머니가 그렇게 원했음에도 퍼시벌이 제대로 천사의 모습을 갖추지 못한 것처럼 오털리는 그리고리 가문에 후손을 이어주지 못했다.

“좋은 소식을 가져왔다고 말해.” 퍼시벌은 오털리가 날개 뿌리 근처의 민감한 부분을 건드리자 움찔거리며 말했다. “지도를 찾았고 베를렌을 죽여서 이제 걱정할 게 없다고 말하란 말이야.”

“오빠.” 오털리가 어깨를 문지르며 몸을 숙여 얼굴을 가까이 댔다. “오빠가 일을 정말 엉망으로 만들었어. 우선, 천사학자를 고용했더군.”

“안 그랬어. 그자는 그저 별것 아닌 미술사학자일 뿐이야.”

“다음, 오빠는 그자가 지도를 가져가게 뒀어.”

“설계도야.” 퍼시벌이 고쳐 말했다.

"게다가 한밤중에 몰래 나갔다가 이런 끔찍한 몰골로 돌아왔어." 오털리가 썩어들어가는 날개 뿌리를 툭 쳤다. 퍼시벌은 기분이 좋으면서도 동생의 손을 뿌리치고 싶었다.

"무슨 얘기인지 모르겠는데."

"어머니가 다 알아. 나한테 오빠를 잘 감시하라고 했거든. 길에서 쓰러지기라도 하면 어쩔래? 레녹스힐 의사들한테 뭐라고 설명할 건데?"

"어머니에게 걱정할 필요 없다고 해." 퍼시벌이 말했다.

"걱정 안 할 수가 없지." 오털리가 수건에 손을 닦으며 말했다. "베를렌이 아직 살아 있어."

"그자의 아파트에 기보림을 보내지 않았어?"

"보냈어. 하지만 전혀 예상치 못한 일이 일어났어. 어제는 그저 자료를 갖고 달아날까봐 걱정했는데, 이제 보니 훨씬 위험한 인간이야."

퍼시벌은 자리에서 일어나 여동생과 얼굴을 맞대고 앉았다. "그자가 어떻게 위험한 인물일 수 있지? 그런 놈보다는 아나킴이 더 위험할걸."

"그자는 가브리엘라 레비 프란체 발코와 한패야." 오털리가 단어마다 힘을 실어가며 말했다. "틀림없이 그자도 천사학자야. 천사학자들로부터 우리를 보호하려고 그렇게 애썼는데 다 소용없었던 거야. 일어서." 오털리는 퍼시벌에게 몸에 두르는 가죽끈을 던졌다. "옷 입어. 나랑 같이 가."

뉴욕 주, 밀턴, 천사들의 마리아 성당, 예배당

에반젤린은 손가락에 성수를 묻혀 성호를 긋고 천사들의 마리아 성당의 넓은 중앙 통로를 내달렸다. 조용하게 사색하는 공간인 예배당에 들어서자 숨소리마저 무거워지는 것 같았다. 지금까지 예배 시간에 빠진 적은 단 한 번도 없었다. 그것은 도저히 상상할 수 없는 종교적인 죄악이었다. 자신이 스스로 믿을 수 없는 사람이 되어가고 있었다. 필로메나 수녀에게 거짓말을 한 게 바로 어제였다. 고작 하루가 지난 오늘 기도를 맡은 시간을 어기고 말았다. 필로메나 수녀는 그녀가 나타나지 않아 깜짝 놀랐을 것이다. 에반젤린은 메르세데스 수녀와 막달레나 수녀에게서 가까운 신도석에 슬며시 앉았다. 두 사람은 매일 아침 일곱시에서 여덟시 사이의 기도를 맡은 수녀들이었다. 에반젤린은 두 사람에게 방해가 되지 않았으면 하는 바람이었다. 기도를 위해 눈을 감으면서도 부끄러워 얼굴이 빨갛게 달아올랐다.

에반젤린은 기도를 하려다가 눈을 뜨고 예배당 안을 둘러보며 성광

聖光, 제단, 막달레나 수녀의 손가락에서 돌아가는 묵주 구슬을 바라보았다. 하지만 다른 무엇보다 하늘의 천사들을 묘사한 스테인드글라스가 마치 예배당에 새로 생긴 것처럼 눈길을 끌었다. 유리창을 가득 채운 천사들의 크기와 세밀한 정도, 화려하고 생생한 색깔이 전과는 전혀 다르게 보였다. 좀더 자세히 들여다보면 창문에 아주 작은 할로겐 전구들이 찬양하듯 줄지어 박혀 있었다. 에반젤린은 천사가 모두 몇 명인지 세보았다. 하프, 플루트, 트럼펫 등 천사들이 손에 든 악기는 파랗고 빨간 유리창에 흩뿌린 금화처럼 보였다. 베를렌이 보여준 설계도의 문장이 찍혀 있던 곳이 바로 이 창이었다. 에반젤린은 할머니가 보낸 카드와 그 겉면에 그려진 아름다운 천사 그림들을 떠올렸다. 예배당 유리창을 그렇게 자주 올려다봤으면서 왜 한 번도 이 그림이 중요하다는 생각을 못 했을까?

창문 중 하나의 아래쪽 돌에 다음과 같은 구절이 새겨져 있었다.

사람에게 바른 것을 알려주려고
그 옆의 천사가,
천 명 가운데 한 중개자가
그를 불쌍히 여겨
"그가 구렁으로 내려가지 않게 해주십시오.
제가 그를 위한 속전贖錢을 찾았습니다" 하고 말한다면

—욥기 33장 23~24절

에반젤린은 세인트로즈 수녀원에서 보낸 오랜 세월 동안 같은 구절을 매일 읽었다. 읽을 때마다 그 구절은 도저히 풀 수 없는 수수께끼 같았다. 미끈거려 손으로 잡을 수 없는 듯 머릿속과 마음속을 이리저리 흔들며 돌아다닐 뿐이었다. 이제 '중개자' '구렁' '속전'이 제자리를 찾아가는 것 같았다. 셀레스틴 수녀가 옳았다. 일단 눈여겨보기 시작하면 모든 곳에서 살아 숨쉬는 천사학을 찾을 수 있었다.

수녀들이 자신에게 많은 걸 감추었다는 데 에반젤린은 크게 실망했다. 전화기에서 흘러나온 할머니의 목소리를 다시 떠올리며 에반젤린은 짐을 싸 당장 뉴욕으로 가야 하는 게 아닐까 싶었다. 할머니라면 그녀가 모든 걸 명쾌하게 이해할 수 있게 해줄 것 같았다. 하루 전만 해도 그녀를 사로잡고 있던 수녀원의 영향력은 크게 줄어들었다. 하루 사이 너무 많은 것을 알아버렸기 때문이었다.

누군가 어깨를 두드리는 바람에 에반젤린은 상념에서 깨어났다. 필로메나 수녀가 따라오라고 손짓했다. 에반젤린은 시키는 대로 예배당을 나왔다. 수치심과 분노가 뒤섞인 감정이 밀려왔다. 수녀들은 그녀를 믿지 못하고 진실을 말해주지 않았다. 그런 수녀들을 어떻게 믿을 수 있단 말인가?

"따라와요." 필로메나 수녀가 복도로 나와서 말했다. 에반젤린이 말도 없이 기도 시간에 빠져 얼마나 화가 났는지는 몰라도 지금은 다 누그러진 것 같았다. 필로메나 수녀의 태도는 왠지 점잖고 체념한 듯 보였다. 하지만 여전히 뭔가를 숨기는 사람 같았다. 이유는 정확히 몰라도 진짜 필로메나 수녀가 아닌 것 같았다. 두 사람은 이름높은 수녀원장과 수녀들의 사진과 비테르보의 로사 그림이 걸린 수녀원의 중앙 복도를 지나 아주 익숙한 나무 출입문 앞에 섰다. 필로메나 수녀가 에반젤린을 데리고 도서관으로 간 것은 매우 당연한 일이었다. 도서관에서

라면 다른 사람들에게 신경쓰지 않고 둘이 이야기를 나눌 수 있을 터였다. 필로메나 수녀가 잠겨 있던 문을 열자 에반젤린은 어두컴컴한 도서관 안으로 들어갔다.

"앉아요, 에반젤린." 필로메나 수녀가 말했다. 에반젤린은 벽난로 맞은편의 녹색 벨벳 소파에 앉았다. 연통이 제대로 연결되지 않아서인지 실내가 싸늘했다. 필로메나 수녀는 사무 공간 근처 탁자로 가더니 전기 주전자에 물을 끓여 도자기 주전자로 옮겼다. 그리고 주전자와 찻잔 두 개를 쟁반에 받쳐들고 소파로 와서 낮은 탁자에 내려놓았다. 에반젤린 맞은편의 나무의자에 앉은 필로메나 수녀는 쿠키 통을 열더니 크리스마스 쿠키를 먹으라고 권했다. 수녀들이 매년 크리스마스에 모금을 위해 직접 굽고 설탕 가루를 뿌리고 포장해 판매하는 쿠키였다.

말린 살구 향이 섞인 홍차 냄새를 맡으니 속이 뒤집히는 것 같았다. "속이 좀 안 좋아요." 에반젤린이 미안하다는 듯 말했다.

"어제 저녁식사 시간에도 안 보이더니 아침 기도도 빠졌더군요." 필로메나 수녀는 녹색 설탕가루를 뿌린 크리스마스트리 모양 쿠키를 골랐다. 그리고 주전자를 들어 차를 따랐다. "하지만 별로 놀라지 않았어요. 셀레스틴 수녀와 관련된 일이었던 거죠?" 필로메나 수녀가 허리를 곧추세우고 찻잔을 받침과 함께 단단히 붙잡았다. 에반젤린은 필로메나 수녀가 단도직입적으로 얘기를 꺼내리라는 것을 알 수 있었다.

"네." 에반젤린이 대답했다. 필로메나 수녀는 언제라도 엄하고 성미 급한 평소의 모습으로 돌아올 것 같았다.

필로메나 수녀가 쯧쯧 혀를 차더니 말했다. "언젠가는 에반젤린 수녀가 자신의 진정한 모습을 알게 될 거라고 생각했어요. 어떻게 알게 될지는 몰랐지만, 뭐랄까 왠지 과거를 완벽하게 묻어둘 수 없다는 강렬한 느낌이 들었다고 할까? 우리처럼 외부와 단절된 채 산다고 해도 말이죠." 필로메나 수녀는 쿠키를 다 먹고 다시 하나를 집었다. "내 짧은 생각으로는 셀레스틴 수녀도 입다물고 있기 힘들었을 거예요. 우리 모두 주위를 둘러싼 위협에 그저 참고만 있는 게 힘들었으니까요."

"그럼 수녀님은 셀레스틴 수녀님이 그……" 에반젤린은 말을 더듬었다. 천사학을 표현할 적절한 단어가 생각나지 않았다. 수녀원에서 그동안 비밀을 모르고 있던 수녀는 자기뿐이지 않을까 하는 달갑지 않은 생각이 들었다. "그러니까…… 그 학문과 관련있다는 걸 아셨어요?"

"당연하죠. 나이든 수녀들은 다 알아요. 우리 세대의 수녀들은 천사를 공부하는 일에 열중하곤 했어요. 창세기 28장 12절에서 17절, 에제키엘서 1장 1절에서 14절, 루카복음서 1장 26절에서 38절에 나오는 내용 말이에요. 정말이지 밤이고 낮이고 천사 생각만 했어요."

필로메나 수녀가 앉은 자세를 바꾸자 의자가 삐걱거렸다. "그렇게 우리는 오랜 스승인 유럽의 천사학자들이 핵심 과목으로 정한 내용을 열심히 공부하고 있었는데 갑자기 수녀원이 다 파괴되고 말았어요. 우리가 쌓아온 지식, 세상에 역병처럼 번지는 네피림을 없애려던 우리 노력이 모두 수포로 돌아가는 것 같았지. 하루아침에 우리는 그저 목숨 바쳐 기도만 하는 수녀들이 되고 말았어요. 정말이에요. 나는 우리가 다시 싸울 수 있도록 열심히 노력했고 우리가 전사라고 선언했어요. 적과 맞서 싸우는 게 너무 위험하다고 생각하는 자들은 바보 겁쟁이들이야."

"위험하다고요?" 에반젤린이 말했다.

"1944년에 일어난 화재는 사고가 아니었어요." 필로메나 수녀가 눈을 가늘게 떴다. "직접적인 공격이었지. 우리가 부주의해서 피에 목마른 미국의 네피림들을 과소평가했던 거예요. 그들은 전부는 아니더라도 유럽에 있는 천사학자들의 근거지 대부분을 파악하고 있었어요. 우리는 미국이 예전처럼 그나마 안전하다고 착각했던 거예요. 미안한 말이지만 내 생각에는 셀레스틴 수녀 때문에 우리 수녀원이 큰 위험에 노출됐던 것 같아요. 셀레스틴 수녀가 오고 공격이 시작됐죠. 우리 수녀원만 당한 건 아니에요. 그해 미국에 있는 수녀원들은 백 차례도 넘게 공격당했어요. 원하는 물건을 찾아내려고 네피림들이 여기저기 뒤진 거죠."

"하지만 왜죠?"

"물론 그들이 원한 건 셀레스틴 수녀였어요. 적들은 셀레스틴에 관해 아주 잘 알고 있었어요. 셀레스틴 수녀가 이곳에 왔을 때 나는 엄청난 상처를 입고 지치고 병든 그녀를 직접 봤어요. 얼마나 참혹한 과정을 거쳐 탈출했는지 알 수 있었죠. 그리고 어쩌면 가장 중요한 건데, 셀레스틴은 이노센타 원장께 물건 하나를 전달했어요. 여기서 우리가 소중히 지켜야 할 물건이었죠. 셀레스틴은 적들이 원하는 무언가를 이리로 갖고 온 거예요. 그들은 셀레스틴이 미국으로 달아난 건 알았지만 어디로 숨었는지 몰랐죠."

"그럼 이노센타 원장님은 이 모든 걸 알고 계셨나요?" 에반젤린이 물었다.

"물론이에요." 필로메나 수녀가 놀라움의 표시로 눈썹을 치켜세웠다. 그 놀라움의 대상이 이노센타 원장인지 방금 전의 질문인지 에반젤린은 알 수 없었다. "이노센타 원장은 미국에서 이름높은 학자이기도 했어요. 역대 수녀원장 가운데 가장 존경받는 클라라 원장의 제자인 안토니아 원장의 수제자였죠. 클라라 원장은 유럽의 천사학회에서 미국에 지부를 세우라는 지시를 받고 이곳 밀턴으로 오셨던 프란체스카 수녀의 제자였고요. 세인트로즈 수녀원은 미국 천사학 프로젝트의 중심으로, 대단한 시도였어요. 셀레스틴 클로셰트가 제2차 천사 탐사에 따라나서기 전에 무슨 일을 했는지 몰라도 이보다 더 야심 찬 일은 아니었을 거예요." 빠르게 이야기를 이어나가던 필로메나 수녀가 말을 멈추고 숨을 깊이 들이마셨다. "정말이지 네피림 손에 살해되지만 않았다면 이노센타 원장님은 절대로 이렇게 쉽게 싸움을 포기하진 않았을 거예요."

"화재로 돌아가셨다고 알고 있는데요?" 에반젤린이 말했다.

"대외적으로는 그렇게 말하지만 사실이 아니에요." 필로메나 수녀의 낯빛이 벌게졌다가 곧 몹시 창백해졌다. 화재 이야기를 꺼내기만 해도 보이지 않는 불길에 얼굴을 내놓은 느낌이 드는 모양이었다.

"불길이 번지기 시작했을 때 나는 천사들의 마리아 성당 발코니에 있었어요. 파이프오르간의 파이프 청소를 하고 있었거든요. 끔찍이도 고된 일이죠. 파이프만 모두 1422개가 서른 개의 열을 이루고, 스톱*이 스무 개나 되니 먼지만 떨어내려 해도 어마어마한 일이었지. 하지만 이노센타 원장님은 나한테 일 년에 두 번씩이나 그걸 모두 깔끔하게 닦아놓으라고 했어요. 생각해봐요! 이유는 몰라도 이노센타 원장님은 내게 벌을 주신 거예요. 내가 무슨 일로 원장님을 언짢게 했는지는 전혀 모르겠지만요."

필로메나 수녀가 화재 당시의 못 견디게 괴로웠던 상황으로 되돌아가 있다는 게 생생하게 전해졌다. 에반젤린은 끼어들고 싶은 마음을 누르고 양손을 무릎 위에 포갠 채 아침 예배를 빼먹은 벌이라고 생각하며 귀를 기울였다.

* 음관으로 들어가는 바람 입구를 여닫아 파이프오르간의 음색을 바꾸는 장치.

"수녀님이 누구를 언짢게 하실 분은 아니죠." 에반젤린이 말했다.

"평소와 다르게 소란스러웠어요." 필로메나 수녀는 에반젤린의 칭찬을 듣는 둥 마는 둥 이야기를 계속했다. "그래서 성가대가 서는 자리 뒤쪽 커다란 장미꽃 무늬 창문으로 갔어요. 파이프오르간 청소를 해봤거나 성가대에서 노래를 불러봤다면 알겠지만 그 창문에서는 수녀원 앞마당이 한눈에 보여요. 마당에 수녀들 수백 명이 모여 있었어요. 4층이 불길과 연기에 휩싸여 있었죠. 성당 건물 발코니에 따로 떨어져 있었던 나는 높은 곳에서 수녀원 전체를 볼 수 있었는데도 다른 층에서 무슨 일이 벌어지는지 몰랐어요. 나중에 알고 보니 피해가 어마어마했어요. 우린 모든 걸 잃고 말았어요."

"정말 끔찍하네요." 에반젤린은 도대체 그게 어떻게 네피림의 공격이었다는 건지 묻고 싶은 걸 간신히 억눌렀다.

"정말 그랬어요. 하지만 내가 해줄 이야기는 이게 다가 아니에요. 페르페투아 원장이 이 이야기는 입에 담지 말라고 했지만 더는 숨기고 있을 수 없어요. 이노센타 원장님은 분명히 살해됐어요. 살해됐다고요!"

"그게 무슨 말씀이세요?" 에반젤린은 필로메나 수녀가 한 이야기의 심각성을 이해해보려고 애썼다. 어머니가 네피림이라는 존재에게 살해되었다는 걸 알게 된 것이 겨우 몇 시간 전이었다. 그런데 이제 이노센타 원장까지. 문득 아버지가 자신을 세상에서 가장 위험한 장소에 데려다놓은 건 아닌가 싶은 생각이 들었다.

"성가대석에 있던 나는 문이 쾅 닫히는 소리를 들었어요. 금방 이노센타 원장님이 모습을 드러냈죠. 그분은 성당 중앙 통로를 바삐 걸어가고 있었어요. 두 명의 수련수녀와 들어온 지 꽤 오래된 수녀 둘이 뒤를 바짝 따랐죠. 예배당으로 기도하러 가는 것 같았어요. 이노센타 원장님의 방식이었죠. 기도는 그저 헌신이나 의식이 아니라 세상의 모든 불완전한 것을 고칠 수 있는 해결책이었어요. 워낙 기도의 힘을 굳게 믿는 분이라 나는 기도로 화재를 막으려나보다 생각했어요."

필로메나 수녀는 한숨을 내쉬더니 안경을 벗어 바짝 마른 하얀 손수건으로 닦았다. 그리고 깨끗해진 안경을 다시 코에 걸치고는 이야기를 더 해도 될지 가늠하듯이 에반젤린을 날카롭게 보다가 다시 입을 열었다.

"갑자기 옆 통로에서 거대한 그림자 두 개가 나타났어요. 유별나게 키가 크고 마른 사람이었는데 꼭 불을 켠 것처럼 손과 얼굴이 하얬어요. 멀리서도 머리칼과 피부에서 부드럽고 하얀 빛이 뿜어져나오는 게 보였죠. 여자처럼 커다란 눈은 파랗고 광대뼈가 솟았고 분홍색 입술은 도톰했어요. 구불거리는 머리칼이 얼굴을 조금 가렸고요. 하지만 어깨가 넓고 바지와 레인코트를 입었더군요. 신사처럼 차려입은 모습이 은행원이나 변호사와 다르지 않았어요. 보통 사람의 옷차림새로 보아 홀리크로스 수도사들은 아니었어요. 수도사들은 갈색 예복을 입고 삭발을 하니까요. 어쨌든 그들이 누군지, 사람인지 아닌지조차 알 수 없었죠.

지금은 그들이 네피림 가운데서도 전투를 맡는 계급인 기보림이란 걸 알아요. 잔인하고 항상 피에 굶주려 있는, 감정이라곤 없는 것들이죠. 그들의 천사 쪽 선조를 따라가보면 대천사 미카엘까지 등장한다고 해요. 그렇게 끔찍한 자들에게는 어울리지 않는 고귀한 혈통이지만 어떻게 그토록 기이하리만큼 아름다운 외모를 갖게 됐는지 이해가 가죠. 그자들의 정체를 낱낱이 알게 된 지금 돌이켜 생각해보면 아름다움이야말로 그들이 사악하다는 증거예요. 악마적이고 차가운 매력으로 누구에게든 쉽게 접근해서 해를 끼칠 수 있으니까요. 그들은 신체적으로 완벽해요. 하지만 하느님의 벌을 받아 불완전해진 완벽함이죠. 공허하고 영혼 없는 아름다움이라는 거예요. 내 생각에 이브가 뱀에게서 발견한 아름다움과 비슷한 게 아닐까 해요. 그들이 교회에 모습을 드러내자 내 상태가 너무도 이상해졌어요. 솔직하게 말할게요. 나는 그만 완전히 넋이 나가고 말았어요."

필로메나 수녀는 다시 주머니에서 하얀 손수건을 꺼내더니 펼쳐서 이마에 맺힌 땀을 눌러 닦았다.

"성가대석에서 모든 걸 생생하게 볼 수 있었어요. 그자들이 어두운 구석에서 밝은 빛이 비치는 신도석 쪽으로 걸어나왔어요. 한낮에 늘 그렇듯 스테인드글라스 위로 햇빛이 부서졌고 형형색색의 빛이 대리석 바닥에 반사되어 걸어나오는 그자들의 흰 피부를 희미하게 비췄어요. 이노센타 원장님은 그들을 보더니 깜짝 놀랐어요. 신도석 등받이를 잡고 버티고 서서 원하는 게 뭐냐고 물으시더군요. 목소리를 들으니 상대를 알아보시는 게 확실했어요. 어쩌면 기다리고 계셨는지도 모르고요."

"그들이 쳐들어오리라곤 상상 못 하셨을 거예요." 에반젤린은 끔찍한 재앙을 두고 기다리고 있던 일이라는 양 말하는 필로메나 수녀를 이해할 수 없었다. "알았다면 미리 다른 사람들에게도 경고하셨겠죠." 에반젤린이 말했다.

"모르겠어요." 필로메나 수녀는 다시 한번 이마를 훔치고 땀에 젖은 손수건을 꽉 움켜쥐었다. "무슨 일인지 내가 미처 알아채기도 전에 그자들이 수녀들을 공격하기 시작했어요. 사악한 존재들이 수녀들을 쏘아봤는데, 무슨 저주를 내리는 것 같았죠. 수녀들은 최면에 걸린 것처럼 입이 딱 벌어진 채로 그자들을 바라봤어요. 그자들 가운데 하나가 양손을 이노센타 원장님 몸에 대는 순간 원장님은 온몸에 전기 충격을 받은 것처럼 경련을 일으키며 바닥에 쓰러졌어요. 영혼이 몸에서 빠져나간 것 같았죠. 그 짐승들은 살인을 하면서 희열을 느끼는 것 같았어요. 괴물들이 그렇잖아요. 사람을 죽이면 더 강해지고 생기를 얻는 듯했어요. 반대로 이노센타 원장님의 시신은 제대로 알아볼 수조차 없었어요."

"어떻게 그런 일이 가능하죠?" 에반젤린은 어머니도 그런 끔찍한 최후를 맞았을까 궁금했다.

"모르겠어요. 무서워서 눈을 가렸거든요. 다시 아래를 내려다보았을 때는 이미 수녀들 모두 숨이 끊어진 채 바닥에 쓰러져 있었어요. 발코니에서 교회 신도석이 있는 곳까지 달려내려가는 데 십오 초쯤 걸렸는데, 그사이 그자들은 끔찍하게 변한 수녀들의 시신만 남겨두고 사라져버렸어요. 수녀들의 시신은 체액뿐 아니라 영혼까지 빨려나간 듯 뼈까지 바싹 말라 있었어요. 몸은 쪼그라들고 머리칼은 그슬리고 피부는 까져 있었죠. 네피림은 세인트로즈 수녀원을 이렇게 공격했어요. 그리고 우리는 저항을 포기하는 것으로 대응했죠. 아직도 난 이해가 안 돼요. 이노센타 원장님이었다면 우리 수녀들이 살해됐는데 그냥 넘어가진 않았을 거예요."

"그럼 우리는 왜 저항을 멈춘 거죠?" 에반젤린이 물었다.

"그자들이 우리를 그저 평범한 수녀라고 믿길 바란 거예요. 우리가 아무 위협도 되지 않는 약한 존재라면 우리가 갖고 있는 물건을 더는 찾으려고 하지 않을 테니까요."

"하지만 우리에겐 그 물건이 없었다면서요? 애비게일 록펠러가 물건을 숨긴 장소를 밝히지 않고 죽어서요."

"그걸 믿어요, 에반젤린 수녀? 지금까지 아무것도 몰랐으면서? 나조차도 모르는 게 수두룩한데? 셀레스틴 클로셰트는 페르페투아 원장님을 평화주의자로 만들어버렸어요. 셀레스틴은 오르페우스의 리라가 세상에 나오길 원치 않아요. 내 목숨과 영혼을 걸고 말하건대 리라가 어디 있는지 셀레스틴은 분명히 알고 있어요. 에반젤린 수녀가 나를 도와 그걸 찾아낸다면 우리는 함께 힘을 합쳐 그 괴물들을 이 세상에서 완전히 없애버릴 수 있어요."

도서관 창문을 통해 내리쬐는 햇볕이 에반젤린의 다리를 스쳐 난롯가에 모였다. 에반젤린은 눈을 감고 필로메나 수녀의 이야기를 어제부터 하루 동안 일어난 일을 바탕으로 곰곰이 생각해보았다. "전 조금 전에 그 괴물들이 어머니를 죽였다는 걸 알았어요." 에반젤린이 작게 말했다. 그리고 할머니가 보낸 카드를 치마 주머니에서 꺼냈다. 필로메나 수녀는 미처 넘겨주기도 전에 카드를 잡아채갔다.

필로메나 수녀는 마치 굶주린 사람처럼 허겁지겁 카드를 읽었다. 마지막 카드를 읽고 나서 마침내 말했다. "내용이 끊겼군요. 나머지는 어디 있죠?"

에반젤린은 아침에 우편물 주머니에서 꺼내온 마지막 크리스마스카드를 꺼내 소리내어 읽기 시작했다.

"'과거에 어떤 무서운 일들이 있었는지, 지금 네가 어떤 위험에 처했는지는 이미 여러 차례 말했지만 네가 앞으로 어떤 역할을 해야 할지에 대해서는 말하지 않은 것 같구나. 내 이야기가 언제 네게 필요할지는 알 수 없지만. 아마 너는 평화롭고 조용하게 명상을 하며 깊은 믿음을 품고 세인트로즈 수녀원에서 소임을 다하고 있을 거야. 하지만 너에겐 더 큰 소명이 있어. 네 아버지가 세인트로즈 수녀원에 너를 맡긴 데는 이유가 있단다. 그리고 네가 천 년 넘게 이어온 우리의 천사학 전통에 따라 훈련된 이유도 있지.

네가 지난 십삼 년 동안 살고 자란 수녀원을 처음 세운 프란체스카 원장은 깊은 신앙심으로 온갖 고초를 겪으면서도 세인트로즈 수녀원을 세웠어. 모든 방과 계단을 미국의 천사학자들의 필요에 따라 설계했지. 예배당은 프란체스카 원장의 상상력이 만들어낸 위업이야. 우리가 공부하는 대상인 천사들에게 바치는 빛나는 찬사라고 할 수 있지. 박아넣은 금 한 조각 한 조각이 칭송이고 유리 한 조각 한 조각이 찬양이야. 그런데 네가 모르는 게 예배당 한가운데 있어. 작지만 가격을 따질 수 없는, 영적으로나 역사적으로 가치가 엄청난 물건이지.'"

"끝이에요." 에반젤린은 카드를 접어 다시 봉투에 집어넣었다. "또 여기서 끊기네요."

"그럴 줄 알았어! 리라는 여기 있는 거야. 가요, 에반젤린. 이 놀라운 소식을 페르페투아 원장님께 알려야 해요."

"하지만 리라는 1944년에 애비게일 록펠러가 숨겼어요." 에반젤린은 필로메나가 무슨 생각을 하는지 알 수 없었다. "이것만으로는 아무것도 모르잖아요."

"애비게일 록펠러가 리라를 어떻게 했는지 정확히 아는 사람은 아무도 없어요." 필로메나는 일어나서 문으로 향했다. "얼른 일어나요. 당장 페르페투아 원장님과 이야기해야 해요. 예배당 한가운데 뭔가 있어요. 우리에게 필요한 뭔가가 있다고요."

"잠시만요." 어쩔 수 없이 해야 할 말을 생각하니 목소리가 갈라졌다. "꼭 드려야 할 말씀이 있어요, 수녀님."

"말해봐요." 필로메나 수녀는 나가려다 말고 말했다.

"그러면 안 된다고 하셨지만 어제 오후 외부인을 도서관에 들였어요. 이노센타 원장님에 대해 문의해온 남자였는데 어제 직접 찾아왔더라고요. 시키신 대로 돌려보내지 않고 제가 찾은 애비게일 록펠러의 편지를 보여주고 말았어요."

"애비게일 록펠러의 편지? 난 그 편지를 지난 오십 년 동안 찾았어요. 지금 갖고 있어요?"

에반젤린이 편지를 꺼내 보이자 도로 자리에 와서 앉은 필로메나 수녀가 얼른 받아들더니 재빨리 읽어내려갔다. 표정에 실망한 기색이 역력했다. 필로메나 수녀가 편지를 돌려주며 말했다. "도움될 만한 건 전혀 없군요."

"하지만 어제 도서관에 왔던 남자는 그렇게 생각하지 않는 눈치였어요." 에반젤린은 베를렌에 대한 자신의 관심을 필로메나 수녀가 알아채지 못하도록 조심하며 말했다.

"그 신사분은 어떤 반응을 보이던가요?" 필로메나 수녀가 물었다.

"대단히 관심을 보이더니 어쩔 줄 몰라했어요. 이 편지에 훨씬 큰 비밀이 숨어 있다고 생각하더라고요. 자신을 고용한 사람이 그 비밀을 밝혀내고 싶어한다고 했고요."

필로메나 수녀의 눈이 휘둥그레졌다. "그 사람이 왜 그렇게 관심을 보이는지는 알아냈나요?"

"제가 보기에 그분은 나쁜 뜻이 없는 것 같았어요. 그런데 문제는 그분을 고용한 사람이에요. 그가 우리를 해치려는 자들 가운데 하나라는 걸 방금 알게 됐어요." 에반젤린은 이름을 말해도 될지 고민스러워 입술을 깨물었다. "베를렌 씨는 퍼시벌 그리고리를 위해 일하고 있어요."

필로메나 수녀가 벌떡 일어서는 바람에 찻잔이 바닥에 떨어져 뒹굴었다. "세상에! 왜 미리 말하지 않았죠?" 두려움이 가득한 목소리였다.

"용서해주세요. 전 몰랐어요."

"지금 우리가 얼마나 위험한지 알아요? 즉시 페르페투아 원장님께 알려야 해요. 우리가 끔찍한 실수를 저지른 것 같군요. 적은 더욱 강해졌어요. 평화를 바라는 것과 전쟁은 일어나지 않는다며 못 본 척하는 건 전혀 달라요." 필로메나 수녀가 말했다.

말을 마친 필로메나 수녀는 록펠러의 편지와 할머니의 카드를 모두 챙겨 종종걸음으로 도서관을 나갔다. 에반젤린은 텅 빈 쿠키 통과 함께 홀로 남았다. 필로메나 수녀는 1944년 벌어진 일에 대해 어떻게든 복수하겠다는 병적인 강박관념에 사로잡힌 게 분명했다. 오랜 세월 기다려온 정보라는 듯 격렬한 반응이었다. 필로메나 수녀에게 할머니의 비밀 편지를 보여주지 말았어야 했다. 늘 불안정해 보이던 그녀와 위험한 정보를 두고 상의해서는 안 되었던 것 같았다. 절망에 빠진 에반젤린은 이제 어떻게 해야 할지 알 수 없었다. 그때 문득 셀레스틴 수녀가 카드를 주며 했던 말이 떠올랐다. 다 읽고 나면 다시 와요. 에반젤린은 서둘러 도서관을 빠져나와 셀레스틴의 방으로 향했다.

뉴욕 시, 타임스스퀘어

운전사는 출근 인파로 막히는 도로를 달리다 42번가와 브로드웨이가 만나는 모퉁이에서 차를 세웠다. 새 천 년을 맞는 새해 전야제를 준비하는 뉴욕경찰청 앞에서는 차들이 거의 서 있다시피 했다. 출근하는 사람들 사이로 경찰이 맨홀 뚜껑을 봉쇄하고 검문소를 설치하는 모습이 보였다. 베를렌은 크리스마스 시즌 관광객까지 뉴욕으로 몰려든 터라 새로운 천 년을 맞는 올해 전야제는 진정 악몽이 될 것 같다는 생각이 들었다.

가브리엘라가 베를렌에게 차에서 내리라고 했다. 사람들이 북적거리는 길에 내려선 두 사람은 대중없는 움직임과 번쩍거리는 광고판, 쉴새 없이 오가는 다리 사이로 휩쓸려갔다. 베를렌은 한쪽 어깨에 가방을 메고 혹시라도 안에 든 소중한 물건을 잃어버릴까봐 전전긍긍했다. 아파트에서 그런 일을 겪고 난 뒤라 계속 감시당하는 느낌이었다. 주변의 모든 사람이 의심스러웠고 퍼시벌 그리고리의 부하들이 골목마다 지키고 서 있을 것 같았다. 뒤돌아보면 바다처럼 끝없는 인파가 보였다.

가브리엘라는 앞장서서 빠르게 걷고 있었다. 요리조리 사람들을 피하는 그녀의 발걸음은 베를렌이 따라잡기 벅찰 정도였다. 많은 사람들 사이에서 보니 가브리엘라의 외모는 상당히 매력적이었다. 몸집이 아담한 그녀는 150센티미터를 겨우 넘길 정도의 키에 무척 말랐으며 날카로워 보였다. 따로 맞춘 듯 몸에 꼭 맞는 검은 외투는 실크에 작은 흑요석 단추들이 줄지어 달린 에드워드 7세 풍이었다. 재킷도 어찌나 몸에 잘 맞는지 코르셋을 착용하고 입게 맞춘 듯했다. 칙칙한 옷 색깔과는 달리 보통 늙은 여자처럼 잔주름이 많은 얼굴은 분을 바른 듯 희었다. 틀림없이 일흔은 넘었을 텐데 왠지 모를 부자연스러운 젊음이 느껴졌다. 몸놀림은 훨씬 젊은 여자 같았다. 곧고 윤기 나는 검은 머리칼은 전혀 흐트러짐이 없고 등을 곧게 편 채 규칙적인 걸음걸이로 걸었다. 그녀의 잰걸음은 베를렌에게 따라올 테면 따라와보라고 하는 것 같았다.

"왜 이렇게 복잡한 곳으로 데려왔는지 궁금하겠죠." 가브리엘라가 인파를 가리키며 말했다. 전화로 들었던 것처럼 차분하고 침착한 목소리가 낭랑하게 울렸다. 왠지 으스스하면서도 마음 깊은 곳까지 편안해지는 목소리였다. "크리스마스의 타임스스퀘어가 한가롭게 걸을 수 있는 곳은 아니죠."

"여기는 피해다니곤 했습니다." 베를렌은 네온사인을 이용해 만든 상점 광고판과 전광판에서 쉴새없이 흘러가는 뉴스 속보를 보며 말했다. 어찌나 빨리 움직이는지 미처 읽을 틈도 없었다. "거의 일 년 만에 와보네요."

"위험할 때는 사람 많은 곳에 숨는 게 제일이죠. 관심을 끌지 않으려면 너무 조심스러워해서도 안 돼요." 가브리엘라가 말했다.

몇 블록을 지나자 가브리엘라가 속도를 늦추더니 베를렌을 이끌고 크리스마스 장식으로 가득찬 브라이언트파크를 가로질렀다. 베를렌에게는 새로 쌓인 눈이 아침 햇살에 빛나는 모습이 완벽한 뉴욕의 크리스마스, 그러니까 그 짜증나는 노먼 록웰의 그림 속 이미지 같았다. 거대한 뉴욕공립도서관이 가까워지자 가브리엘라는 다시 멈춰 서서 뒤를 한 번 돌아보고는 길을 건넜다. "따라와요." 그녀는 나지막하게 말하고 도서관 입구의 돌 사자상 앞에 불법으로 주차해둔 검은색 고급 승용차로 다가갔다. 뉴욕 시 번호판에 'ANGEL27'이라고 쓰여 있었다. 두 사람이 다가오는 걸 보고 운전사가 시동을 걸었다. "이걸 타고 갑시다." 가브리엘라가 말했다.

그들이 탄 차는 39번가에서 우회전해 6번가를 따라 달렸다. 잠시 신호에 걸려 차가 멈춰 선 동안 베를렌은 혹시 검은색 SUV가 쫓아오나 싶어 뒤를 돌아보았다. 미행하는 차는 없었다. 그러자 이제는 가브리엘라와 함께 있어서 마음이 놓였다는 사실에 불안해졌다. 불과 사십오 분 전만 해도 모르는 사람이지 않았는가. 가브리엘라는 바로 옆에 앉아 창밖을 내다보고 있었다. 아침 아홉시에 누군가에게 쫓기며 맨해튼을 달리는 게 평범하기 그지없는 일상이라는 표정이었다.

콜럼버스 서클에 이르러 운전사가 차를 세웠고 가브리엘라와 베를렌은 센트럴파크 주위를 휘감는 얼음장 같은 바람을 맞으며 차에서 내렸다. 가브리엘라가 재빨리 앞서나가더니 로터리 주변을 두리번거리며 오가는 차량을 살폈다. 이해하기 어려울 정도였던 차분함마저 거의 사라지고 없었다. "어디 있지?" 그녀는 공원 가장자리를 따라 돌아서 일간신문이 잔뜩 쌓인 신문 가판대를 지나 센트럴파크 웨스트로 갔다. 그렇게 속도를 늦추지 않고 몇 블록을 걷더니 어느 골목으로 들어가 주변을 살폈다. "늦는군." 가브리엘라가 숨을 몰아쉬며 말했다. 바로 그때 오래된 포르셰 한 대가 모퉁이를 돌아 모습을 드러내더니 타이어 찢어지는 소리를 내며 섰다. 아침 햇빛에 달걀 껍데기 같은 담황색 차체가 빛났다. 번호판에 'ANGEL1'이라고 쓰여 있는 걸 보고 베를렌은 재미있다고 생각했다.

젊은 여자 한 명이 운전석에서 튀어나오듯 내렸다. "죄송합니다, 가브리엘라 박사님." 여자는 가브리엘라에게 자동차 열쇠를 건네더니 재빨리 어디론가 사라졌다.

"타요." 가브리엘라가 운전석에 앉으며 말했다.

베를렌은 시키는 대로 조그만 차에 올라타 문을 힘껏 닫았다. 옹이가 박힌 단풍나무를 매끄럽게 다듬어 계기판 주위를 장식했고 운전대에는 가죽을 감아놓았다. 비좁은 조수석에 겨우 앉아 가방을 정리한 다음 손을 뻗었지만 안전띠는 아예 달려 있지도 않았다. "좋은 차네요." 베를렌이 말했다.

가브리엘라는 차가운 표정으로 그를 한 번 보고 시동을 걸었다. "이건 포르셰 사에서 처음 생산한 포르셰356이에요. 록펠러 여사가 여러 대를 기증했어요. 정말 대단하죠. 이렇게 오랜 세월이 지났는데도 우리는 여전히 그분이 준 빵 부스러기에 얹혀살고 있으니 말이에요."

"빵 부스러기치곤 상당히 호화스럽네요." 베를렌이 깔고 앉은 갈색 가죽 시트를 손으로 문지르며 말했다. "애비게일 록펠러가 스포츠카를 좋아했을 거라곤 생각도 못 했습니다."

"의외의 면이 많은 사람이었죠." 가브리엘라는 차량들 사이로 끼어들어 유턴하더니 센트럴파크를 끼고 북쪽으로 달렸다.

가브리엘라는 80번가 중간쯤 가로수가 줄지어 선 조용한 도로에 차를 세웠다. 비슷하게 생긴 두 건물 사이에 자리잡은 벽돌집은 거대한 힘으로 양쪽에서 눌러 찌그러뜨린 것 같았다. 가브리엘라는 현관문 자물쇠를 열고 베를렌에게 들어오라고 손짓했다. 가브리엘라가 워낙 자신감 넘치게 행동하는 바람에 그녀가 문을 닫고 자물쇠를 잠그는 걸 보면서도 베를렌에겐 미처 자신의 처지를 고민할 틈이 없었다. 베를렌은 문이 잠기고 나서야 가브리엘라와는 전혀 모르는 사이임을 떠올렸다.

가브리엘라는 문에 기대선 채 눈을 감고 깊은 한숨을 내쉬었다. 실내는 어둑했지만 그녀의 피곤한 표정은 충분히 알아볼 수 있었다. 가브리엘라는 눈앞을 가린 머리칼을 떨리는 손으로 쓸어올리더니 다시 손을 가슴에 얹었다. "이런 일을 하기에 난 정말 너무 늙었어." 가브리엘라가 부드럽게 말했다.

"이런 질문을 드려 죄송하지만 연세가 어떻게 되시죠?" 베를렌은 도무지 궁금해 견딜 수가 없었다.

"의심을 살 만큼 많아요." 그녀가 말했다.

"의심이요?"

"인간인지 아닌지 하는 의심 말이에요." 가브리엘라가 눈을 가늘게 뜨며 말했다. 놀랍도록 맑은 녹색 눈 위로 잿빛 그림자가 무겁게 드리워 있었다. "우리 조직 사람들 가운데 일부는 내가 '그들' 가운데 하나라고 믿어요. 이제는 정말 은퇴해야 할 것 같아요. 평생 그런 의심을 달고 살았으니."

베를렌은 검은색 신발부터 빨간 입술까지 가브리엘라를 훑어보았다. 그녀의 정체가 무엇인지, 지난밤 일들은 뭔지 설명을 듣고 싶었다. 왜 에반젤린이 가브리엘라를 아파트로 보내 그를 지켜보도록 했는지 알고 싶었다.

"자, 이런 불평이나 늘어놓을 시간이 없어요." 가브리엘라는 돌아서서 좁은 나무 계단을 올라갔다. "위층으로 가죠."

베를렌은 가브리엘라를 따라 삐걱거리는 계단을 올랐다. 계단 위에서 문을 열고 들어간 곳은 어두운 방이었다. 어둠이 눈에 익고 보니 좁고 긴 방안에 푹신한 안락의자 몇 개와 바닥부터 천장까지 닿는 책장들이 있고 티파니 스탠드가 화려한 깃털을 자랑하는 새처럼 작은 탁자 위에 위태롭게 서 있었다. 한쪽 벽에는 도금 액자에 든 유화가 여러 점 걸려 있었다. 어떤 그림인지는 너무 어두워서 알아볼 수 없었다. 경사진 지붕은 가운데가 높았는데 천장에 물이 샌 누런 자국이 있었다.

가브리엘라는 베를렌에게 앉으라고 손짓하고는 높고 좁은 창문을 가리고 있던 커튼을 젖혀 실내를 밝혔다. 베를렌은 창가의 등받이가 꼿꼿한 네오고딕풍 의자로 다가가 가방을 살며시 내려놓고 앉았다. 의자는 매우 딱딱했고 무게가 가해지자 다리가 삐걱댔다.

"이건 확실합니다, 베를렌 씨." 가브리엘라도 베를렌 옆에 놓인 같은 종류의 의자에 앉으며 말했다. "당신은 아주 운 좋게 목숨을 건졌습니다."

"그들은 누구죠? 뭘 원하는 겁니까?" 베를렌이 물었다.

"전혀 안 다치고 그들을 피해 빠져나온 것도 정말 행운입니다." 가브리엘라는 점점 더 동요하는 베를렌과 그의 질문이 당혹스러운 모양이었다. 그러다 그의 손에 딱지가 앉기 시작한 상처를 보고 덧붙였다. "그 정도면 다쳤다고 할 수도 없죠. 당신은 운이 좋았어요. 그들이 원하는 물건을 가지고 탈출에 성공했으니까요."

"제 집 앞에서 몇 시간은 기다리셨군요. 그러지 않았다면 그들이 절 감시한다는 걸 알 리 없으니까요. 그들이 제 집을 덮칠 거라는 건 어떻게 아셨죠?"

"내가 초능력자는 아니에요. 오래 기다렸더니 놈들이 오더군요." 가브리엘라가 말했다.

"에반젤린이 전화를 했나요?" 베를렌이 물었지만 가브리엘라는 대답하지 않았다. 자기가 아는 걸 알려줄 생각이 전혀 없는 모양이었다. "만일 그들이 저를 찾아냈다면 어떻게 할 계획이었는지 알고 계시죠?" 베를렌이 물었다.

"물론 편지를 빼앗았겠죠. 일단 편지를 차지하면 당신을 죽였을 겁니다." 가브리엘라가 차분하게 대답했다.

베를렌은 잠시 가브리엘라의 말을 곰곰이 생각해보았다. 무슨 편지기에 그렇게까지 중요하다는 건지 이해할 수 없었다. 한참 후에 베를렌이 말했다. "그들이 왜 이런 짓을 하는지 아십니까?"

"나는 모든 걸 알고 있어요, 베를렌 씨." 가브리엘라가 만난 후 처음으로 웃음을 지어 보였다. "첫째, 그들은 나와 마찬가지로 당신이 가진 편지에 귀중한 정보가 담겨 있다고 믿고 있어요. 둘째, 그들은 그 정보를 아주 간절히 원해요."

"사람을 죽일 수도 있을 만큼 말입니까?"

"당연하죠. 이미 그보다 훨씬 덜 중요한 정보를 캐내려고도 여럿 죽인 자들이에요."

"이해가 안 됩니다." 베를렌은 가방을 무릎 위에 올려놓으며 말했다. 방어하는 듯한 그의 움직임을 가브리엘라는 놓치지 않았다. 그녀의 눈빛을 보고 알 수 있었다. "그들은 이노센타 원장의 편지를 보지도 못했어요."

그의 말을 듣고 가브리엘라가 잠시 말을 잇지 못했다. "확실해요?"

"그리고리에게 편지를 주지 않았거든요. 처음 편지를 찾았을 때는 그게 뭔지 확실하지 않아서 그리고리에게 알리기 전에 우선 제대로 된 자료인지 확인하려고 했습니다. 제가 하는 일은 사전에 미리 확인하는 게 필수거든요."

가브리엘라는 작은 책상에 달린 서랍을 열더니 함에서 담배 한 개비를 꺼내 반질거리는 물부리에 끼우고는 조그만 금 라이터로 불을 붙였다. 독한 담배 냄새가 실내를 가득 채웠다. 그녀가 베를렌에게도 담배를 권했고 그도 한 개비를 뽑아 들었다. 담배에 어울릴 만한 독한 술을 한 잔 달라고 말하고 싶었다.

"솔직히 말해 제가 어쩌다 이런 일에 휘말린 건지 모르겠습니다. 왜 그 남자들이 제 아파트에 왔는지도 모르겠고요. 사람인지 알 수도 없지만 말이죠. 그리고리를 위해 일하면서 그에 관한 좀 이상한 정보를 알아낸 건 사실입니다. 하지만 그리고리가 괴짜라는 건 알 만한 사람은 다 알아요. 사실 전 제가 미친 게 아닌가 걱정됩니다. 제가 왜 여기 와 있는 건지 설명 좀 해주시겠습니까?"

가브리엘라는 어떻게 대답해야 하나 고민하는 사람처럼 베를렌을 바라보았다. 한참 만에 그녀가 입을 열었다. "당신을 이리로 데려온 건 우리에게 당신이 필요하기 때문이에요."

"우리요?" 베를렌이 물었다.

"매우 소중한 무언가를 찾아야 하는데 당신이 도와줬으면 해요."

"로도피 산맥에서 찾아낸 것 말입니까?"

베를렌의 말을 듣고 가브리엘라의 얼굴에서 핏기가 가셨다. 그는 아주 잠깐 승리감을 맛보았다. 처음으로 가브리엘라를 놀라게 한 것이다.

"로도피 산맥에 갔던 걸 알아요?" 다시 침착함을 되찾은 가브리엘라가 물었다.

"어제 에반젤린이 보여준 애비게일 록펠러의 편지에 나오더군요. 애비게일과 이노센타 원장은 어떤 유물에 대해 의견을 나누는 듯했습니다. 그리스의 도자기나 트라키아의 예술품일 거라 생각했어요. 하지만 이제 보니 그 물건이 진흙으로 만든 그릇 따위는 아닌 것 같군요."

"훨씬 귀중한 거예요." 가브리엘라가 다 피운 담배를 재떨이에 비벼 끄며 말했다. "하지만 그 가치는 당신이 생각하는 방식으론 따질 수 없어요. 돈으로 환산할 수 없다는 얘기예요. 이천 년이 넘도록 그걸 찾느라 얼마나 많은 돈을 들였는지 알 수 없지만요. 아주 오래된 가치를 가졌다고 할 수 있을 것 같네요."

"역사적으로 중요한 유물인가요?" 베를렌이 물었다.

"그렇게 말할 수도 있겠죠." 가브리엘라가 팔짱을 끼며 말했다. "아주 오래된 물건이지만 박물관에서 볼 수 있는 건 아니에요. 과거뿐만 아니라 현재에도 의미가 있는 물건이죠. 수많은 사람들의 삶에 영향을 줄 수 있고, 더 중요하게는 미래를 바꿀 수 있어요."

"수수께끼처럼 들리는군요." 베를렌이 담배를 끄며 말했다.

"퀴즈를 내려는 게 아니에요. 시간이 없어요. 지금 상황은 당신이 생각하는 것보다 훨씬 복잡해요. 오늘 아침 당신에게 일어난 일은 아주 오래전에 시작됐어요. 나도 어쩌다 당신이 이 일에 휘말렸는지는 몰라요. 편지가 당신을 이 상황의 한가운데로 몰아넣었다는 것 말고는."

"무슨 말이지 모르겠습니다."

"나를 믿어야 해요. 모든 걸 말해주겠지만 나도 얻는 게 있어야 해요. 일단 내 말을 듣고 나면 당신에게 자유는 없어요. 오늘밤 이후 당신은 우리 편이 되거나 숨어 살거나 둘 중 하나를 택해야 해요. 어느 쪽을 택

하든 당신은 남은 인생을 뒤쫓아오는 사람이 없는지 걱정하며 살아야 해요. 우리 사명에 얽힌 역사를 알게 되고 록펠러 여사가 어떻게 관여돼 있는지 들으면—그건 아주 장대하고 복잡한 이야기 중 사소한 일부분에 지나지 않지만—당신은 끔찍한 드라마의 일부가 될 테고 다시는 완전히 빠져나갈 수 없을 거예요. 과장으로 들릴 수도 있지만 일단 진실을 알고 나면 인생이 180도 바뀔 겁니다. 되돌릴 길은 없어요."

베를렌은 자신의 손을 내려다보며 가브리엘라의 말을 깊이 생각해보았다. 마치 낭떠러지 끝에서 한 걸음 내디디라는 요구, 아니 펄쩍 뛰어내리라는 명령을 받은 것 같았지만 계속 앞으로 나아가고 싶은 마음을 억누를 길이 없었다. 마침내 베를렌이 말했다. "그 편지가 로도피 산맥에서 발견한 물건이 어디 있는지 알려줄 수 있다고 생각하시는군요."

"발견한 물건이 아니라 숨겨진 물건이죠. 로도피 산맥으로 갔던 사람들의 목표는 리라를 되찾는 거였어요. 정확히 말하면 키타라*죠. 잠시 우리가 가졌던 적도 있었어요. 지금은 다시 어딘가에 숨겨졌고요. 막대한 재력과 막강한 영향력으로 무장한 우리의 적도 그걸 꼭 찾고 싶어해요."

"내 아파트에 왔던 자들이 그들입니까?"

"당신 집에 갔던 자들은 그들이 고용한 자들이에요. 그들에게 속한다고 봐야죠."

"퍼시벌 그리고리도 그들에 속하나요?"

"네. 확실히 그렇죠." 가브리엘라가 말했다.

"그렇다면 그를 위해 일한 저는 여러분과 맞서 싸운 셈이군요." 베를렌이 말했다.

---

* 리리와 비슷하지만 좀더 큰 고대 그리스의 현악기.

"아까도 말했지만 그들에게 당신은 아무 의미도 없어요. 퍼시벌 그리고리는 밖에 나설 상태가 못 돼요. 그에겐 해롭고 극도로 위험한 일이죠. 그래서 늘 자신을 대신해 일회용—그자가 사용하는 말이에요—으로 쓸 수 있는 사람을 고용해 조사를 시키곤 해요. 그런 사람들을 시켜서 정보를 알아낸 다음 죽여버려요. 그렇게 하면 보안은 틀림없으니까요." 가브리엘라는 또다른 담배에 불을 붙였다. 담배연기가 실내를 뿌옇게 채웠다.

"애비게일 록펠러가 그들을 위해 일했나요?"

"아뇨, 정반대죠. 록펠러 여사는 이노센타 원장과 함께 리라를 숨길 장소를 찾았어요. 그런데 전쟁이 끝나자 알 수 없는 이유로 우리와 연락을 끊었어요. 우리로서는 엄청난 충격이었죠. 그녀가 물건을 어디 숨겼는지 도무지 알 길이 없었어요. 어떤 사람들은 뉴욕 시내에 있을 거라고 하고, 어떤 이들은 그녀가 물건을 다시 유럽으로 보냈다고 생각해요. 우리는 그동안 그녀가 물건을 숨긴 곳을 찾아내려고 백방으로 노력했어요. 만일 그녀가 숨겼다면 말이에요."

"이노센타 원장의 편지를 읽었습니다." 베를렌이 미심쩍다는 듯 말했다. "편지를 본다고 해서 그 장소를 알 수 있을 것 같지는 않습니다. 차라리 그리고리가 찾아내길 기다리는 편이 나을 겁니다."

가브리엘라는 피곤하다는 듯 깊은 한숨을 내쉬었다. "보여주고 싶은 게 있어요. 그들이 어떤 놈들인지 이해하는 데 도움이 될 거예요."

가브리엘라가 일어서서 재킷을 벗었다. 그리고 검은색 실크 셔츠마저 벗기 시작했다. 핏줄이 드러난 손으로 단추를 모두 풀었다. "그자들에게 붙잡히면 당신도 이렇게 될 거예요." 가브리엘라가 조용히 말하면서 양쪽 팔을 차례로 소매에서 뺐다.

베를렌은 창문으로 들어오는 햇빛 속에서 뒤로 돌아서는 가브리엘라를 바라보았다. 두꺼운 띠를 두른 듯한 흉터가 등, 가슴, 배, 어깨를 가리지 않고 나 있었다. 더할 나위 없이 날카로운 푸주한의 칼에 베인 것처럼 보였다. 흉터 부위가 넓고 울퉁불퉁한 것으로 보아 제대로 꿰매지도 못한 것 같았다. 약한 빛 아래 드러난 피부는 벌겋고 거칠어 보였다. 흉터 모양으로 보아 채찍으로 때렸거나, 더 끔찍하게 생각하면 날카로운 칼날로 살을 여기저기 도려낸 듯했다.

"맙소사." 베를렌은 난도질당한 모습에 말문이 막혔다. 흉터는 끔찍했지만 이상하게도 굴 껍데기 같은 연한 분홍빛을 띠었다. "무슨 일이 있었던 겁니까?"

"한때 나는 그들보다 한 수 위라고 생각했어요. 내가 더 똑똑하고 강하고 솜씨도 좋다고 말이에요. 전쟁이 벌어지던 시절 내가 파리에서 최고의 천사학자라고 생각했어요. 어린 나이였지만 다른 누구보다 빨리 윗자리로 올라갔죠. 정말이에요. 날 믿어요. 난 언제나 내가 하는 일에서는 최고였어요."

"전쟁중에 그렇게 되신 겁니까?" 베를렌은 어떻게 이토록 잔인한 짓이 벌어질 수 있는지 궁금했다.

"젊었을 때 나는 이중간첩이었어요. 적들 가운데서도 가장 강력한 가문의 후계자의 애인이 됐어요. 그들은 나를 주시했어요. 처음엔 매우 성공적이었지만 결국 발각되고 말았죠. 하지만 내가 아니었다면 누구도 그 가문에 침투할 수 없었을 거예요. 내게 일어난 일을 돌이켜보면 그들이 당신에게 무슨 짓을 할지 알 수 있어요. 선善은 언제나 승리한다는 유치한 미국식 사고방식은 당신을 구해주지 않아요. 장담하건대 당신은 끝장날 거예요."

베를렌은 가브리엘라를 똑바로 볼 수도, 그렇다고 고개를 돌릴 수도 없었다. 그의 시선이 구불구불 쇄골에서 엉덩이까지 이어지는 연붉은 흉터를 따라갔다. 그녀의 창백한 피부를 보니 몸이 부르르 떨렸다. 속이 울렁거렸다. "어떻게 그들을 이길 수 있다고 생각하죠?"

"그건 내게 편지를 넘겨주면 설명해주겠어요." 가브리엘라가 셔츠를 입고 단추를 채우며 말했다.

베를렌은 가브리엘라의 책상 위에 노트북을 놓고 전원을 켰다. 하드 디스크가 웅웅거리더니 모니터가 반짝하고 켜졌다. 금세 연구 자료와 스캔해둔 편지를 포함한 모든 파일이 매끈한 스크린 위에 아이콘으로 나타났다. 베를렌은 '록펠러/이노센타' 폴더를 선택한 다음 가브리엘라가 볼 수 있도록 옆으로 한 걸음 비켜섰다. 먼지가 잔뜩 낀 창문 밖으로 스산하고 조용한 공원이 내려다보였다. 공원 너머에는 베를렌이 알기로 꽁꽁 언 연못들과 텅 빈 스케이트장, 눈 덮인 산책로, 추위 때문에 천막을 둘러친 회전목마가 있었다. 한 무리의 택시가 시내로 가는 사람들을 태우고 센트럴파크 웨스트를 달렸다. 도시는 언제나 그렇듯 미친 듯이 돌아갔다.

베를렌은 어깨 너머로 가브리엘라를 보았다. 그녀는 숨도 쉬지 않고 편지를 읽었다. 밝게 빛나는 스크린 속 글자들이 금방 사라지기라도 할 것처럼 모니터에 푹 빠져 있었다. 모니터 불빛 때문에 그녀의 창백한 피부에 연한 녹색 기운이 드리웠고 입과 눈 주위의 주름이 두드러져 보였으며 검은 머리칼은 보라색에 가까운 색으로 변했다. 그녀는 책상 서랍에서 종이 한 장을 꺼내 급히 뭔가를 적었다. 단 한 번도 고개를 들어 베를렌을 보거나 자신이 써내려가는 글자를 보는 법이 없었다. 가브리엘라의 관심은 온통 모니터 화면에만 쏠려 있었다. 선이 얇고 곡선이 돋보이는 이노센타 원장의 글씨와 종이의 구김이 디지털 화면에 그대로 재현되어 있었다. 베를렌이 다가가 어깨 너머로 화면을 들여다보자 그제야 가브리엘라가 그를 의식했다.

"구석에 의자가 있어요." 그녀가 화면에서 눈도 떼지 않고 말했다. "그렇게 힘들게 어깨 너머로 보지 않아도 돼요."

베를렌은 앤티크 피아노 의자를 구석에서 가져와 가브리엘라 옆에 살짝 놓고 앉았다.

가브리엘라가 마치 손등에 키스하라는 것처럼 손을 내밀었다. "담배 하나 줄래요?"

베를렌은 도자기 함에서 담배 한 개비를 꺼내 물부리에 끼워서 가브리엘라의 손가락 사이에 끼워주었다. 시선도 돌리지 않은 채 그녀는 담배를 입으로 가져갔다. "메르시." 베를렌이 불을 붙여주자 가브리엘라가 담배를 한 모금 빨아들이며 말했다.

베를렌은 가방을 열고 서류철을 꺼내 컴퓨터 화면에 몰두하고 있는 가브리엘라에게 말을 건넸다. "진작 이걸 드려야 했을 것 같네요."

고개를 돌린 가브리엘라는 편지를 넘겨받아 살피더니 물었다. "원본인가요?"

"록펠러 가 기록 보관소에서 빼낸 100퍼센트 원본입니다." 베를렌이 말했다.

"고마워요." 가브리엘라가 말했다. "편지 원본이 어디 있을지 고민하다가 그러잖아도 당신이 가지고 있을 거라 생각하던 참이었어요. 혹시 복사본이 또 있나요?"

"없습니다. 원본뿐이에요." 베를렌이 컴퓨터 화면을 가리켰다. "스캔

한 파일하고요."

"아주 좋아요." 가브리엘라가 조용히 말했다.

베를렌은 그녀가 무슨 말을 더 할 줄 알았는데 아니었다. 대신 말없이 일어서더니 책상 서랍에서 갈아놓은 커피를 꺼내 주전자에 넣고 불 위에 올렸다. 커피가 끓자 가브리엘라는 주전자를 가져와 아무 예고도 없이 팔팔 끓는 커피를 컴퓨터에 부어버렸다. 뜨거운 액체가 키보드 속으로 스며들었다. 화면이 하얘졌다가 다시 까매졌다. 컴퓨터 속에서 무언가 탁탁 튀는 끔찍한 소음이 들리다 이내 잠잠해졌다.

베를렌은 커피에 흠뻑 젖은 노트북 옆에 서서 화를 참으려고 애썼지만 도무지 그럴 수가 없었다. "무슨 짓입니까?"

"꼭 필요한 것 말고는 사본을 남겨선 안 돼요." 가브리엘라가 손에 묻은 커피가루를 떨어내며 차분하게 말했다.

"그건 좋아요. 하지만 방금 제 컴퓨터를 망가뜨렸잖아요." 베를렌은 혹시나 하는 생각에 전원 버튼을 눌러보았다.

"기계는 다시 사면 돼요." 가브리엘라의 목소리에서 미안한 감정이라고는 손톱만큼도 느껴지지 않았다. 그녀는 창가로 걸어가 팔짱을 낀 채 차분한 표정으로 말을 이었다. "그 누구도 이 편지들을 읽어선 안 돼요. 그만큼 중요한 편지예요."

가브리엘라는 낮은 탁자 위에 편지를 하나씩 늘어놓았다. 편지는 모두 다섯 통이었고 각각 여러 장이었다. 베를렌도 가브리엘라 옆에 섰다. 편지들은 모두 화려한 필기체로 쓰여 있었다. 베를렌은 부드럽고 구겨진 흔적이 있는 편지 한 장을 집어들고 읽어보았다. 줄을 치지 않은 종이에 우아하고 동글동글한 글씨가 바래가는 파란색 잉크로 남아 있었는데 알아보기가 쉽지 않았다. 흐릿한 불빛 아래서는 더더욱 해독

하기 어려웠다.

“읽을 수 있어요?” 가브리엘라가 손을 뻗어 편지 한 장을 다른 방향으로 돌리며 말했다. 새로운 각도에서 보면 뒤엉킨 듯한 글씨가 더 잘 보이기라도 할 것 같은 모양이었다. “난 전혀 모르겠네요.”

“좀 익숙해지면 괜찮습니다. 어쨌든 저는 읽을 수 있습니다.” 베를렌이 말했다.

“그럼 좀 도와줘요. 이 편지가 정말 도움이 될 수 있을지 먼저 판단해야 하니까요.” 가브리엘라 말했다.

“한번 해보죠. 하지만 먼저 제가 뭘 찾아야 하는 건지 알려주세요.”

“편지에서 특별한 장소를 언급한 부분을 찾으면 돼요. 애비게일 록펠러가 쉽게 접근할 수 있는 곳이죠. 어쩌면 그녀가 원하는 대로 드나들 수 있었던 기관 건물일 수도 있고요. 주소나 거리 이름, 호텔에 관한 단서일 수도 있죠. 물론 안전한 곳일 테지만 그렇다고 필요 이상으로 깊숙한 곳은 아닐 거예요.” 가브리엘라가 말했다.

“그런 식이라면 뉴욕의 절반은 해당되겠군요. 제가 이 편지에서 뭐든 찾아내려면 정확히 뭘 찾고 계신지 알아야만 합니다.”

가브리엘라는 창밖을 내다보다가 한참 만에 입을 열었다. “오래전 감시자라고 불리던 천사들이 사악한 짓을 벌인 죄로 유럽의 외딴 동굴에 갇혔어요. 죄수들을 이송하라는 명을 받은 대천사들은 감시자들을 묶어서 깊은 동굴에 집어던졌죠. 대천사들은 감시자들이 동굴로 떨어지며 지르는 고통스러운 비명을 들었어요. 너무나도 비통한 목소리에 순간적으로 마음이 흔들린 대천사 가브리엘이 그놈들에게 리라를 던져줬어요. 천사들이 쓰는 완벽한 리라였죠. 리라가 만들어내는 음악에는 기적적인 힘이 깃들어 있어 동굴에 갇힌 감시자들은 수백 년간 행복해하며 평화로운 마음으로 보낼 수 있었어요. 가브리엘의 실수는 심각한 결과를 낳았어요. 리라가 감시자들에게 위안과 힘을 주었던 거예요. 그들은 깊은 땅속에서 리라를 통해 시름을 잊고 지냈을 뿐만 아니라 더 강해지고 욕심도 더 커졌어요. 그들은 리라의 음악이 자신들에게 놀라운 힘을 준다는 걸 알게 됐죠."

"무슨 힘 말입니까?" 베를렌이 물었다.

"하느님 흉내를 내는 힘이죠." 가브리엘라는 새 담배에 불을 붙이고 말을 이었다. "이건 천사학 아카데미에서도 상위권에 속하는 학생들을 대상으로 진행하는 천상의 음악 수업에서만 가르치는 내용이에요. 우주는 하느님 목소리의 떨림으로 창조됐어요. 말씀의 음악으로 만들어졌죠. 그래서 우주는 하느님의 사자인 천사들이 만들어내는 음악으로 변하거나 좋아지거나 반대로 전부 파괴될 수도 있어요. 리라는—그리고 천사들이 다루는 다른 천상의 악기들도 마찬가지예요. 그런 악기 여러 개를 우리도 수백 년부터 보유하고 있었어요—그런 변화를 가져올 수 있는 힘이 있고요. 적어도 우리는 그렇게 추측하고 있어요. 악기들이 가진 힘의 세기는 각각 달라요. 우리의 천상 음악 전문가들은 제대로 진동을 맞추기만 하면 일어나지 못할 우주적 변화는 없다고 믿고 있어요. 하늘이 빨갛게 변할 수도 바다가 보라색이 될 수도 풀밭이 오렌지색이 될 수도 있어요. 해가 공기를 데우지 않고 반대로 차갑게 식힐 수도 있고요. 아니면 악마가 온 세상을 덮을 수도 있겠죠. 그리고 리라는 아픈 사람을 낫게 하는 힘도 있다고 해요."

베를렌은 그동안 멀쩡해 보였던 여자가 갑자기 정신이 이상해진 듯 늘어놓은 말에 어리둥절해져 그녀를 바라보았다.

"지금이야 잘 믿기지 않겠죠." 가브리엘라가 편지를 베를렌에게 건네주며 말했다. "어쨌든 편지를 읽어줘요. 내용을 들어볼게요. 그러면 생각하는 데 도움이 될 거예요."

베를렌은 편지들을 훑어보다가 가장 오래된 날짜인 1943년 6월 5일자 편지를 들고 읽기 시작했다. 이노센타 원장의 말투—모든 문장이 웅장하기 이를 데 없고 쇠망치로 내려치듯 생각을 바로 글로 옮겼다—때문에 힘들었지만 이내 익숙해졌다.

첫번째 편지는 머뭇거리며 정중한 인사말을 건네는 내용이었다. 마치 이노센타 원장이 어두운 복도 끝에 선 록펠러 여사를 향해 더듬더듬 다가가고 있다는 느낌을 주었다. 그럼에도 록펠러 여사의 예술에 대한 이상한 언급은 있었다. "여사님의 완벽한 예술적 안목과 상상한 바를 항상 정확히 구현해내시는 실력을 누구나 인정합니다." 이 구절을 읽자 처음 편지를 읽었을 때처럼 베를렌은 잔뜩 포부에 부풀었다. 두번째 편지는 조금 더 길고 약간 더 친밀한 느낌을 주었다. 이노센타 원장은 록펠러 여사에게 미래의 임무를 위해 중요한 역할을 맡아주어 감사한다고 했다. 그리고 분명 록펠러 여사가 보냈을 그림에 대한 내용이 있었다. 그걸 찾아낸 베를렌은 승리감에 도취되었다. "존경해 마지않는 친구인 여사님의 섬세한 표현력에 놀라지 않는 사람이 없습니다. 늘 감사드리는 마음입니다." 편지 내용으로 보아 두 사람 사이에 뭔가 진행되고 있는 것 같았지만 그게 정확히 무엇인지, 어떻게 진행되었는지는 알 수 없었다. 네번째 편지에도 뭔지 모를 예술품에 대한 언급이 또 등장했다. "언제나 그랬던 것처럼 여사님의 손은 눈이 가장 보고 싶어하는 걸 표현해내시는군요."

베를렌은 록펠러 여사의 작품이 있었을 거라는 자기 생각을 말하려고 했지만 가브리엘라가 일단 계속 읽으라고 했다. 편지를 읽다가 멈춰서 짜증이 난 게 분명했다. "마지막 편지를 읽어요. 1943년 12월 15일자 편지요."

베를렌은 종이를 뒤적여 마지막 편지를 찾았다.

존경하는 록펠러 여사께

보내주신 서한은 때맞춰 도착했습니다. 저희는 매년 해왔듯 크리스마스를 맞아 예수님의 탄생을 축하하기 위해 열심히 준비하고 있었습니다. 이제 모든 준비가 끝났습니다. 올해 자선기금 모금행사는 예상보다 더 성공적이었습니다. 그리고 앞으로도 많은 기부가 이어질 것 같습니다. 여사님의 도움은 저희에게 커다란 기쁨입니다. 여사님의 자비로움에 대해 하느님께 감사드리고 있으며 매 시간 기도를 올려 여사님을 기억하고 있습니다. 여사님의 이름은 세인트로즈 수녀원의 수녀들 입에서 오랫동안 떠나지 않을 것입니다.

11월에 보낸 서한에서 언급하신 자선행사에 관해서는 세인트로즈 수녀원의 모두가 흔쾌히 찬성했습니다. 새로운 분들을 맞아들이는 데 큰 도움이 되리라 기대합니다. 최근 우리는 여러 전투를 치르며 갖은 고통과 고난을 겪었고, 오랜 시간 더할 나위 없이 위축되어 궁핍한 시절을 보냈으나, 그럼에도 무척이나 밝은 빛이 떠오르는 게 보입니다.

훌륭한 안목은 천사의 음악과 같습니다. 정확하고 신중하고 이성을 뛰어넘는 신비로움도 있습니다. 하지만 안목의 진짜 힘은 빛을 비추는 데 있습니다. 인자하기 그지없는 여사님, 저희는 여사님의 현명한 선택을 잘 알고 있습니다. 얼른 더 진행해서 알려주시길 기대하겠습니다. 더 많은 빛을 볼 수 있기를, 빠른 시일 내에 저희 영혼까지 고

양시키는 여사님의 편지를 받아볼 수 있기를 간절히 바랍니다.

1943년 12월 15일
함께 길을 찾는
이노센타 마리아 막달레나 피오리

베를렌이 소리내어 읽은 다섯번째 편지에서 가브리엘라의 관심을 끄는 구절이 있었다. 그녀는 베를렌에게 그 부분을 다시 읽어달라고 했다. 그는 뒤로 돌아가 다시 읽었다. "'훌륭한 안목은 천사의 음악과 같습니다. 정확하고 신중하고 이성을 뛰어넘는 신비로움도 있습니다. 하지만 안목의 진짜 힘은 빛을 비추는 데 있습니다.'"

베를렌은 누레진 편지를 모두 읽은 다음 무릎 위에 내려놓고 물었다. "흥미로운 부분이 있습니까?" 그는 자기 추리를 설명해주고 싶은 생각에 마음이 급해졌다.

깊은 생각에 빠진 듯 가브리엘라는 턱을 괸 채 멍하니 앉아 있었다. 시선은 그를 지나쳐 창밖을 향하고 있었다. "절반은 알겠어." 한참 만에 그녀가 말했다.

"절반이요? 무슨 절반 말입니까?" 베를렌이 말했다.

"수수께끼의 절반 말이에요. 이노센타 원장의 편지를 보니 내가 오랫동안 의심해온 게 확인됐어요. 하나는 분명히 두 분이 함께 일했다는 거예요. 두 분이 주고받은 편지의 나머지 절반을 읽어봐야 확실히 알겠지만. 어쨌든 이노센타 원장과 록펠러 여사는 장소를 고르고 있었던 것 같아요. 셀레스틴이 파리에서 악기를 가져오기 몇 달 전에, 심지어 로도피 산맥에서 그 악기를 손에 넣기도 전에 두 분은 어떻게 하면 최대한 안전하게 보관할 수 있을지 계획을 세운 거예요. 두 분이 똑똑하고 선견지명이 있어서 안전한 장소를 찾아냈다는 사실은 축복이라고 할 수 있겠군요. 이제 그들이 사용한 방법을 알아내기만 하면 돼요. 리라가 있는 곳을 찾아내야죠."

베를렌은 눈썹을 치켜세웠다. "그게 가능합니까?"

"애비게일 록펠러가 이노센타 원장에게 보낸 편지를 읽기 전까지는 확신할 수 없어요. 확실히 이노센타 원장은 훌륭한 천사학자였어요. 알려진 것보다 훨씬 더 똑똑했죠. 그분은 항상 애비게일 록펠러에게 천사학의 미래를 지켜달라고 부탁하곤 했어요. 악기들을 록펠러 여사가 간수하도록 한 일은 미래를 정확히 내다본 행동이었어요." 가브리엘라는 몸을 움직여야 머리가 돌아가는 사람처럼 방안을 왔다갔다했다. 그러다 갑자기 우뚝 섰다. "뉴욕 시 안에 있는 게 분명해요."

"확실합니까?" 베를렌이 물었다.

"확실히 알 방법은 없어요. 하지만 여기 있다고 생각해요. 애비게일 록펠러는 자기가 계속 감시하고 싶어했을 거예요."

"편지에서 제가 못 본 뭔가를 보셨군요. 제가 보기에는 그저 나이 많은 두 여인 사이에 오간 다정한 인사에 불과합니다. 그나마 조금 흥미로운 부분은 편지마다 여러 번 언급됐지만 실체는 없는 뭔가가 있다는 점입니다."

"그게 무슨 말이죠?" 가브리엘라가 물었다.

"혹시 이노센타 원장이 어떤 시각적 이미지에 대해 반복적으로 이야기한다는 걸 눈치채셨습니까? 애비게일 록펠러는 편지와 함께 도면이나 그림 또는 다른 미술품을 넣어 보낸 것 같습니다. 그건 록펠러 여사가 보낸 편지 속에 들어 있을 겁니다. 아니면 분실됐을 수도 있죠."

"맞는 말이에요. 편지들마다 뭔가 정형화된 양식이 있어요. 록펠러 여사가 보낸 나머지 편지를 찾아 읽어보면 확인할 수 있을 거예요. 분명 이노센타 원장이 제안한 내용을 더 발전시켰을 거예요. 아예 새로운 의견을 냈을 수도 있고요. 양쪽을 오간 편지를 옆에 놓고 비교해봐야 전체 그림이 보일 것 같아요."

가브리엘라는 베를렌에게서 편지를 받아 외우기라도 할 것처럼 열중해서 읽었다. 그러더니 모두 주머니에 집어넣었다. "정말 조심해야 해요. 이 편지들이 네피림 손에 들어가지 않도록 하는 것, 그래서 편지 속의 비밀을 숨기는 게 다른 무엇보다 우선이에요. 퍼시벌이 이 편지들을 못 봤다는 건 확실해요?"

"우리와 에반젤린 말고는 아무에게도 보여주지 않았습니다. 다만 퍼시벌 그리고리에게 보여주지 말았어야 할 것을 보여줬습니다." 베를렌이 가방에서 설계도면을 꺼냈다.

설계도를 열심히 들여다보던 가브리엘라의 표정이 점점 어두워졌다. "불행한 일이군요." 한참 만에 그녀가 말했다. "여기 모든 게 들어 있어요. 그자가 이걸 봤을 때 중요성을 깨닫지 못하던가요?"

"별로 중요하지 않다고 생각하는 것 같았습니다."

"다행이네요." 가브리엘라가 살짝 웃으며 말했다. "퍼시벌은 틀렸어요. 그자가 당신이 찾아낸 걸 알아차리기 전에 당장 출발합시다."

"제가 찾아낸 게 정확히 뭡니까?" 마침내 베를렌은 설계도면과 중앙에 박힌 금빛 문장이 왜 중요한지 알게 될 것 같았다.

가브리엘라는 설계도를 탁자 위에 놓고 양손으로 폈다. "이건 일종의 지시사항이에요. 중앙의 문장이 위치를 표시한 거죠. 알아볼 수 있는지 모르지만, 여긴 예배당의 중앙이에요."

"하지만 왜죠?" 베를렌은 문장을 백 번도 넘게 들여다보았지만 여전히 의미를 알지 못했다.

가브리엘라가 검은색 실크 재킷을 걸치고 입구로 향했다. "같이 세인트로즈 수녀원으로 가요. 모든 걸 설명해주죠."

뉴욕 시, 어퍼이스트사이드 5번가

퍼시벌은 아파트 로비에서 기다렸다. 참을 수 없이 밝은 아침 햇빛을 선글라스로 가리고 있었다. 그는 눈앞에서 돌아가는 상황 때문에 온통 마음이 어지러웠다. 갑자기 등장한 가브리엘라 레비 프란체 발코 때문에 모든 게 더 혼란스러워졌다. 베를렌의 아파트에 그녀가 나타났다는 사실은 그들이 뭔가 중대한 것을 찾아냈다는 뜻이었다. 이제 베를렌의 흔적을 놓치기 전에 재빨리 움직여야 했다.

건물 앞에 검은색 벤츠 SUV가 서 있었다. 퍼시벌은 새벽에 베를렌을 제거하라고 오털리가 보냈던 기보림들을 알아보았다. 그들은 앞좌석에 어깨를 구부리고 앉아 있었다. 그들은 단순하고 도대체 생각이란 걸 할 줄 몰랐다. 퍼시벌과 오털리가 왜 자신보다 높은 존재인지 의문을 품지도 않았다. 퍼시벌은 그런 자들과 한차에 탄다는 생각만으로도 끔찍했다. 오털리도 이미 아는 사실이었다. 하등생물과 같이 일할 때 그는 절대로 어떤 선을 넘지 않았다.

오털리에게는 그런 결벽증이 없었다. 그녀는 여느 때처럼 침착한 표정으로 SUV의 뒷좌석에서 내렸다. 긴 금발은 가볍게 묶었고 모피로 마무리한 스키 재킷의 지퍼를 턱까지 올렸는데 양볼은 추위로 발그레했다. 그녀가 기보림에게 몇 마디를 건네자 SUV는 어디론가 사라졌고 그제야 퍼시벌은 안심할 수 있었다. 그리고 건물 밖으로 나와 여동생과 인사를 나누었다. 그날 새벽에 봤을 때보다 몸 상태가 나아져 다행이었다.

"내 차를 타고 가야겠어. 가브리엘라 레비 프란체 발코가 베를렌의 집 앞에서 아까 그 차를 봤대." 오털리가 말했다.

가브리엘라라는 이름만 듣고도 퍼시벌의 결심은 녹아내렸다. "그 여자 봤어?"

"어쩌면 뉴욕에 있는 모든 천사학자에게 번호판을 알렸을지도 몰라. 우리는 재규어로 가는 게 낫겠어. 혹시 모르니까."

"아까 그 짐승들은?"

오털리가 웃었다. 기보림과 일하는 걸 싫어하기는 그녀 역시 마찬가지였다. 내색하지 않을 뿐이었다. "먼저 보냈어. 구역을 정해서 맡겼지. 가브리엘라를 찾으면 붙잡으라고 했어."

"그것들이 가브리엘라를 잡을 수 있을 리 없지." 퍼시벌이 말했다.

오털리가 자동차 열쇠를 도어맨에게 던지자 그가 모퉁이 차고로 차를 가지러 갔다. 5번가 한쪽의 연석에 서서 퍼시벌은 숨을 쉬려고 애썼다. 어떻게든 공기를 들이마시려고 하면 할수록 더욱 고통스러웠다. 그래서 흰색 재규어가 배기가스를 뿜어내며 앞에 와 멈추자 안도감이 들었다. 오털리는 운전석으로 미끄러지듯 들어가 앉아 퍼시벌을 기다렸다. 퍼시벌은 조금만 움직여도 온몸이 아파 조심스럽게 조수석에 앉으면서도 숨을 헐떡거렸다. 몸을 묶은 가죽끈에 눌려 잔뜩 닳고 썩은 날개가 등을 짓눌렀다. 그가 고통스러워 소리라도 지르고 싶은 걸 간신히 참는 사이 오털리는 차를 출발시켰다.

오털리가 웨스트사이드 고속도로로 방향을 잡는 동안 퍼시벌은 히터를 세게 틀었다. 따뜻한 공기라면 조금이나마 숨쉬기가 나을 것 같았다. 신호에 걸려 서 있는 동안 오털리가 눈을 가늘게 뜨고 그를 살펴보았다. 아무 말 하지 않았지만 한때 그리고리 가문의 미래였으나 이제 약해빠지고 고통에 몸부림치는 퍼시벌을 어떻게 해야 할지 모르는 게 분명했다.

퍼시벌은 글러브박스에서 권총 한 자루를 꺼내 장전이 되었는지 확인하고는 외투 안주머니에 집어넣었다. 권총은 묵직하고 차가웠다. 손가락으로 권총을 어루만지던 그는 권총을 가브리엘라의 머리에 겨누면, 총구를 그녀의 부드러운 관자놀이에 대고 위협하면 어떤 기분이 들지 상상했다. 과거에 무슨 일이 있었든, 그가 얼마나 꿈속에서 가브리엘라를 그리워했든 그를 방해하도록 내버려두지 않을 것이다. 이번에는 직접 그녀를 죽일 것이다.

뉴욕 주, I-87번 고속도로 상행선, 타판지브리지

구식 엔진에 차체까지 낮은 포르셰는 흔들림이 심한데다 시끄러웠다. 그럼에도 베를렌에게는 차 안 분위기가 더할 나위 없이 차분하게 느껴졌다. 가브리엘라는 한쪽 팔을 창틀에 걸치고 운전에만 집중했다. 은행이라도 털러 가는 사람처럼 심각하고 신중하게 한 가지만 생각하고 있었다. 그녀는 정말 필요한 말을 할 때 말고는 입을 열지 않는 조용한 사람인 것 같았다. 베를렌이 진지하게 이것저것 물어보고 한참이나 부탁하고 나서야 자기 생각을 털어놓았다.

그래서 두 사람은 차를 타고 가는 동안 그녀가 해온 일에 대해 이야기를 나누었다. 천사학의 역사와 목적, 애비게일 록펠러가 어떻게 관여하게 되었는지 그리고 가브리엘라가 어쩌다 평생을 천사학에 바치게 되었는지 모두 듣고 나서야 베를렌은 자신이 얼마나 큰 위험에 빠졌는지 깨달았다. 시간이 흐르면서 두 사람 사이에 친밀감이 조금씩 싹트기 시작해 타판지브리지를 건널 때쯤에는 서로를 상당히 이해할 수 있게 되었다.

다리 위에서 허드슨 강을 내려다보니 눈 덮인 강기슭에 커다란 얼음 덩어리들이 엉겨붙어 있었다. 베를렌은 아래쪽 경치를 보며 땅이 양쪽으로 갈라질 것 같은 느낌을 받았다. 햇볕이 허드슨 강을 달구자 열기와 색깔이 더해져 반짝거렸다. 물결이 불꽃처럼 일렁거렸다.

맨해튼의 북적거리는 도로와 달리 이곳 고속도로는 텅 비어 있었다. 다리를 건너자 가브리엘라는 탁 트인 고속도로에서 속도를 점점 더 높였다. 포르셰의 엔진 소리가 베를렌처럼 지친 듯 들렸다. 엔진은 금방이라도 터질 것처럼 덜덜거렸다. 베를렌은 허기져 속이 뒤집히는 것 같았다. 피곤한 눈은 불에 덴 듯 따가웠다. 백미러를 슬쩍 들여다보고는 깜짝 놀랐다. 어디서 싸움이라도 하고 온 꼴이었다. 눈에 핏발이 서고 머리는 마구 엉켜 있었다. 가브리엘라가 소독해주고 붕대를 감아준 손은 권투 글러브처럼 보였다. 어찌 보면 당연한 모습이었다. 지난 스물네 시간 사이 그는 공격당하고 얻어맞고 멍들었다.

강물, 푸른 하늘 그리고 달걀 껍데기 색으로 반짝거리는 포르셰의 차체가 어우러진 아름다운 광경에 베를렌은 별안간 머릿속이 탁 트이는 느낌이었다. 그동안 자신이 얼마나 꽉 막힌 곳에서 살아왔는지 알 것 같았다. 그는 아파트와 연구실 그리고 몇 안 되는 카페와 식당만을 쳇바퀴 돌듯 오갔다. 그 범위를 벗어나는 일은 거의 없었다. 주변을 돌아보고 주위 사람들을 챙긴 게 언제인지도 생각나지 않았다. 그는 미로 속에서 길을 잃은 채 살았다. 그런 삶으로 다시는 돌아가지 못하리라 생각하니 무섭기도 하고 신이 나기도 했다.

가브리엘라는 고속도로를 빠져나가 작은 시골길로 접어들었다. 그녀는 운전석에 앉은 채로 고양이처럼 등을 동그랗게 말아 몸을 풀었다.

"기름을 넣어야 해요." 가브리엘라가 주위를 두리번거리며 말했다. 커브를 돌자마자 베를렌이 이십사 시간 영업을 하는 주유소를 발견했다. 가브리엘라는 주유소로 들어가 주유기 옆에 차를 세웠다. 베를렌이 내려 기름을 넣겠다고 하자 가브리엘라는 그러라면서 고급 휘발유를 넣어야 한다고 했다.

휘발유 값을 치른 뒤 베를렌은 주유소 안쪽 매장에 가지런히 놓인 물건들을 멍하니 보았다. 탄산음료, 포장식품, 줄을 맞춰 세워둔 잡지들. 삶이 얼마나 단순할 수 있는지 보여주는 것 같았다. 어제만 해도 그는 주유소에 딸린 편의점이 이렇게 편안한 곳인 줄 미처 몰랐다. 아마 계산대 앞의 줄이 길고 조명이 너무 밝다고 짜증을 내며 두리번거리기 바빴을 것이다. 하지만 이제는 익숙해서 안전한 느낌을 주는 거라면 뭐든 너무 좋아서 감탄스러울 지경이었다. 베를렌은 담배 두 갑을 사서 차에 타기로 했다.

밖으로 나오니 가브리엘라는 운전석에 앉아 기다리고 있었다. 베를렌은 조수석에 앉으며 새로 산 담배를 건네주었다. 그녀는 픽 웃으며 담배를 받았다. 분명 자신의 행동이 그녀를 기쁘게 한 것 같았다. 가브리엘라는 곧장 출발해 좁은 시골길을 달렸다.

베를렌은 비닐을 뜯어 담배 한 개비를 꺼내고는 불을 붙여 가브리엘라에게 주었다. 그녀가 창문을 조금 내리자 그 틈으로 들어온 신선한 공기에 담배연기가 섞여들었다. "두려워하는 것 같지 않군요. 하지만 내 말을 듣고 분명 심란할 거예요."

"받아들여보려고 노력하고 있습니다." 베를렌은 자기가 한 말이지만 상당히 절제된 표현이라고 생각했다. 사실은 차에서 들은 이야기 때문에 무척 당황스러웠다. 가브리엘라는 어쩜 그리도 태평한지 이해할 수 없었다. 결국 이렇게 묻고 말았다. "어떻게 그러시죠?"

"뭘요?" 그녀가 도로에서 눈을 떼지 않은 채 되물었다.

"이렇게 사는 거요. 마치 이 모든 일이 이상할 게 없다는 듯 행동하시잖아요. 모든 걸 있는 그대로 인정하시는 것 같습니다."

가브리엘라가 시선을 돌리지 않은 채 말했다. "하도 오래전부터 이 전쟁에 참여해서 그런지 무감각해진 것 같아요. 이런 걸 몰랐던 시절을 떠올리는 것 자체가 불가능할 정도니까. 그들의 존재를 처음 인식하는 건 지구가 둥글다는 이야기를 듣는 것과 같아요. 직접 보고 느끼는 것과 너무 다르니까요. 하지만 그게 사실이죠. 그들을 내 머릿속에서 지워버린 채로 사는 건 상상조차 안 돼요. 어느 날 아침에 눈떠 우리가 자유롭고 정의롭고 평등한 세상에 살고 있다고 믿을 수는 없는 노릇이란 말이죠. 이런 현실에 맞게 세상을 보도록 내 눈이 달라진 것 같아요. 나는 모든 걸 흑 아니면 백, 선 아니면 악으로 보죠. 우리가 선이고 그들은 악이에요. 우리가 살려면 그들은 죽어야 해요. 우리 쪽에도 타협해야 한다고 생각하는 사람들이 있긴 해요. 그들과 함께 살아갈 수 있다는 거죠. 하지만 대부분은 그들을 소탕하기 전에는 안심할 수 없다고 생각해요."

"그보다는 훨씬 복잡할 것 같은데요." 베를렌은 확고하기 그지없는 가브리엘라의 목소리에 놀라 말했다.

"물론 더 복잡해요. 내가 남들보다 특히 과격한 데는 이유가 있어요. 성인이 된 후로 평생을 천사학자로 살아왔지만 늘 지금처럼 네피림을 증오한 건 아니에요." 가브리엘라의 목소리는 조용하다 못해 언제라도 잦아들 듯 들렸다. "다른 사람들한테는 거의 들려준 적이 없는 이야기를 해볼까요? 이 얘길 들으면 아마 내가 왜 극단적인지 이해할 거예요.

왜 네피림을 하나도 남김없이 세상에서 쓸어버려야 하는지도 알 수 있을 테고."

가브리엘라는 담배꽁초를 창밖으로 던지고 새로 한 개비를 꺼내 물었다. 눈길은 여전히 커브가 많은 도로에 고정한 채였다.

"파리 천사학회에서 운영하는 학교에 다닐 때였어요. 2학년이었죠. 평생 다시없을 사랑을 만났어요. 당시에는 인정하지 않았고 중년이 될 때까지도 마찬가지였어요. 하지만 이제 이렇게 늙고 보니—내가 보기보다는 훨씬 늙었어요—두 번 다시 1939년 그 여름처럼 사랑할 수 없을 거라는 확신이 들어요. 열다섯 살이었으니 사랑에 빠지기엔 너무 어렸을지 모르지만요. 아니, 어쩌면 그렇게 어린 시절의 눈망울이 남아 있을 때나 그런 사랑이 가능한 건지도 모르겠어요. 정답은 없겠죠. 당연히."

가브리엘라는 자신이 한 말을 스스로 곱씹어보는 듯 잠시 멈추었다가 다시 이었다.

"나는 점잖게 말해서 이상한 아이였어요. 사람들은 돈이나 사랑, 명예에 매달리는데 나는 뭐에 씐 것처럼 공부가 좋았어요. 우리집은 부유한 천사학자 집안이었어요. 많은 친척들이 나와 같은 학교에서 공부했죠. 나는 지나치게 경쟁심이 강했어요. 친구들과 어울리는 일은 거들떠보지도 않고 성공하기 위해서 낮이고 밤이고 공부만 했어요. 모든 분야에서 최고의 성적을 올리고 싶어했고 실제로 늘 수석을 차지했죠. 1학년 2학기쯤 보니 두 사람 말고는 눈에 띄는 학생이 없었어요. 한 사람은 나였고 또 한 사람은 셀레스틴이라는 여학생이었는데 우리는 나중에 둘도 없는 친구가 됐죠."

베를렌은 숨이 턱 막히는 것 같았다. "셀레스틴이요? 1943년에 세인트로즈 수녀원에 들어간 셀레스틴 클로셰트 말입니까?"

"1944년이죠. 하지만 그건 다른 이야기예요. 내 이야기는 1939년 4월의 어느 오후에 시작돼요. 파리의 4월 오후가 으레 그렇듯 쌀쌀하고 비가 내렸죠. 봄이면 자갈 깔린 도로에 빗물이 넘쳐 하수도가 막히고 정원에 물이 차고 센 강이 범람했어요. 그날 오후를 정확히 기억해요. 4월 7일 금요일 오후 한시였어요. 오전 수업을 마치고 여느 때처럼 점심을 먹으러 밖으로 나가려던 참이었죠. 그날이 다른 날과 달랐던 건 내가 깜박하고 우산을 가져오지 않은 것뿐이었어요. 워낙 꼼꼼한 성격이라 비가 퍼붓는 봄날 우산도 없이 나오는 일은 거의 없었는데 그날은 그랬죠. 도서관을 나서고 보니 이러다간 쫄딱 젖겠다 싶었어요. 옆구리에 낀 책과 공책도 엉망이 될 게 뻔했죠. 그래서 학교 정문의 지붕 아래 서서 떨어지는 빗물만 보고 있었어요.

쏟아지는 빗속에서 한 남자가 커다란 보라색 우산을 들고 나타났어요. 신사가 들고 다닐 법한 우산은 아니라고 생각했죠. 나는 학교 앞마당을 한가롭게 걷는 그를 유심히 지켜봤어요. 걸음걸이가 우아하고 반듯한데다 기가 막히게 잘생긴 사람이었어요. 몸이 젖지 않게 해줄 우산이라는 안식처가 필요해서 그랬는지 모르지만, 처음 보는 그 남자가 내게 다가와주길 바라며 계속 보고 있었어요. 마치 그 사람에게 주문을 거는 것처럼 말이죠.

그때만 해도 시절이 달랐어요. 여자가 잘생긴 남자를 넋 놓고 보는 게 꼴사나운 일이었다면 마찬가지로 남자가 여자를 외면하는 것도 결례였죠. 예의라곤 모르는 놈이나 빗속에 떠는 여자를 내버려두는 법이었어요. 그는 앞마당 중간쯤에서 내가 보고 있다는 걸 알아차리고 얼른 방향을 바꿔 나를 도와주러 왔어요.

그가 모자를 살짝 올리자 커다랗고 파란 눈과 마주쳤어요. '쏟아지는 비를 뚫고 안전한 곳으로 모셔다드릴까요?'라고 하더군요. 쾌활하면서도 유혹적이고 잔인하리만치 자신감이 넘치는 목소리였어요. 이 한 번의 눈빛과 한마디 말에 나는 그대로 무너져버렸어요.

'어디든 원하는 곳으로 데려가줘요'라고 대답하고 만 거죠. 경솔한 대답이라는 걸 금세 깨닫고 덧붙였어요. '이 끔찍한 비를 피할 수만 있다면요.'

그리고 내 이름을 묻기에 말해줬어요. 이름을 듣고 순간 기뻐하는 기색이 엿보였어요. '천사의 이름을 딴 건가요?'라고 묻더군요.

'복음을 전해주는 천사죠'라고 대답했어요.

내가 곧장 대꾸한 말이 마음에 들었는지 내 눈을 보고 웃더군요. 그의 눈은 시원하고 한없이 투명한 파란색이었어요. 평생 그런 눈은 처음 봤죠. 미소는 더없이 달콤했고요. 이미 나를 정복했다는 걸 아는 것 같았어요. 몇 년 뒤 삼촌인 빅터 레비 프란체가 이 사람을 위해 스파이 짓을 했다는 게 밝혀졌을 때, 혹시 그는 내 이름을 듣고 천사가 아니라 삼촌을 떠올리고 웃었던 게 아닐까 싶기도 했어요.

그가 손을 내밀며 말하더군요. '복음을 주는 천사님. 같이 가시죠.' 나는 그에게 손을 맡겼어요. 처음으로 그의 손이 닿던 그 순간, 그때까지의 내 인생은 사라지고 새로운 삶이 열렸어요.

나중에 자신을 퍼시벌 그리고리 3세라고 소개하더군요." 가브리엘라는 반응을 보려고 베를렌을 지켜보았다.

"설마 같은 사람은……" 베를렌이 믿을 수 없다는 듯 말했다.

"맞아요. 바로 그 사람이에요. 그때만 해도 나는 그가 누군지, 어떤 가문 사람인지 전혀 몰랐어요. 나이가 좀더 들고 학교에서 많은 걸 배웠더라면 그 자리에서 돌아서서 달아났을 거예요. 하지만 난 아무것도 모르고 푹 빠지고 말았어요.

커다란 보라색 우산을 쓰고 우리는 걸었어요. 그는 내 팔을 잡고 좁고 질퍽거리는 골목에 세워둔 자동차로 안내했어요. 반짝거리는 벤츠 500K 로드스터였죠. 멋진 은색 자동차는 빗속에서도 빛이 났어요. 자동차에 관심이 있는지 모르겠지만 그 차는 정말 대단한 물건이었어요. 당시 최고로 호화스러운 차였죠. 전동식 와이퍼와 잠금장치, 호화스러운 차체까지. 우리집에도 꽤 비싼 차가 있었지만 퍼시벌의 벤츠 같은 차는 한 번도 본 적이 없었어요. 정말 귀한 차였죠. 사실 몇 년 전 2차 세계대전 이전에 만들어진 500K가 런던에서 경매에 나온 적이 있어요. 그 차를 다시 보고 싶어서 경매장에 갔었죠. 70만 파운드에 낙찰됐어요.

퍼시벌은 마치 왕족이 타는 마차에 태우듯 과장된 동작으로 문을 열어줬어요. 나는 부드러운 좌석에 앉았어요. 젖은 살갗이 가죽 시트에 들러붙었죠. 깊이 숨을 들이마셔봤어요. 담배 냄새가 희미하게 섞인 향수 냄새가 났어요. 거북딱지로 장식한 계기판에서 버튼과 손잡이들이 어서 누르거나 돌려달라는 듯 번쩍거렸어요. 계기판 위에는 운전용 가죽장갑 한 켤레가 접힌 채로 그의 손을 기다리고 있었고요. 평생 살면서 그렇게 아름다운 차를 보긴 처음이자 마지막이었죠. 좌석 깊숙이 몸을 묻고 행복을 만끽했어요.

그가 벤츠를 몰고 생미셸 거리를 따라 시테 섬을 지나며 달릴 때 느꼈던 감정이 지금도 생생하게 기억나요. 빗줄기는 점점 거세졌어요. 비는 마치 우리가 자동차 안으로 무사히 피할 때까지 기다리기라도 했다는 듯 봄을 맞은 꽃과 풀과 땅 위로 세차게 쏟아져내렸어요. 내가 느꼈던 감정은 분명 두려움이었는데 그때는 사랑이라고 믿었어요. 퍼시벌이 위험한 사람이라는 건 알지 못했어요. 내가 아는 거라곤 위험하게 차를 모는 젊은 남자라는 것뿐이었죠. 지금 생각해보면 본능적으로 그를 두려워했던 것 같아요. 어쨌든 그는 쉽게 내 마음을 사로잡았어요. 나는 그의 아름답고 창백한 피부와 기어를 조작하는 길고 섬세한 손가락을 멍하니 바라봤어요. 말도 나오지 않았어요. 그는 다리를 건너면서 속도를 높이더니 리볼리 가로 들어섰어요. 와이퍼는 요란스레 오가며 빗물 사이로 앞을 내다볼 수 있게 해주었죠.

'일단 점심을 먹으러 가야겠어요.' 그가 콩코르드 광장에 있는 커다란 호텔 앞에서 천천히 속도를 줄이며 나를 보고 말했어요. '배고파 보여요.'

'뭘 보고 내가 배고픈 줄 알죠?' 도발적으로 말하긴 했지만 사실 배가 고팠어요. 아침도 먹지 않은 터라 허기져 죽을 지경이었죠.

'난 특별한 재능이 있어요.' 그가 차를 세우고 가죽장갑을 하나씩 벗으며 말했어요. '당신이 스스로 알아차리기도 전에 뭘 원하는지 알 수 있죠.'

'그럼 말해봐요.' 그가 나를 대담하고 센스 있는 사람으로 보길 바라며 대답했어요. 사실은 전혀 그렇지 못했지만요. '내가 가장 원하는 게 뭐죠?'

그는 잠시 나를 바라보았어요. 나는 첫 만남의 순간에 그랬던 것처럼 그의 파란 눈 뒤에 숨은 관능적인 잔인성을 보았어요. '아름답게 죽는 것.' 그가 말했어요. 어찌나 조그맣게 말하는지 제대로 들었는지도 알 수 없었죠. 그는 그렇게만 말하고는 문을 열고 차에서 내렸어요.

그 이상한 말에 미처 대꾸하기도 전에 그는 내 쪽으로 와서 문을 열어줬어요. 우리는 팔짱을 끼고 식당으로 들어갔죠. 금으로 단장한 거울

앞에서 그는 모자와 외투를 벗어서 맡겼어요. 자신을 도우러 몰려든 웨이터들이 너무 굼떠 마음에 들지 않는다는 듯 보면서요. 그가 움직이는 모습을 거울을 통해 자세히 살펴봤어요. 실루엣이 아름다운 연회색 개버딘 양복은 티 하나 없이 깨끗한 거울에 거의 파란색으로 비쳐 보였어요. 그의 파란 눈과 잘 어울렸죠. 피부는 죽은 사람처럼 창백해서 거의 투명해 보였어요. 그런데도 그 모습이 오히려 더 매력적이었어요. 마치 태양 아래 내놓지 않은 소중한 물건 같았죠."

가브리엘라의 이야기를 들으며 베를렌은 전날 오후에 만난 퍼시벌 그리고리와 가브리엘라가 들려주는 이야기에 등장하는 남자를 연결하려 애썼지만 잘 되지 않았다. 가브리엘라가 말하는 사람은 베를렌이 아는 늙고 병든 그리고리가 아니라 예전의 그리고리일 터였다. 여러 가지 묻고 싶은 게 많았지만 베를렌은 가만히 앉아서 듣기만 했다.

"겉옷을 받아든 웨이터 한 명이 식당 안쪽 좌석으로 안내했어요. 정원이 내다보이는 연회장을 개조한 곳이었죠. 자리로 가는 동안 나를 뚫어져라 보는 그의 시선이 느껴졌어요. 내 반응을 살피는 것 같더군요.

메뉴를 보지도, 음식을 주문하지도 않았어요. 미리 준비해둔 것처럼 와인과 음식이 나왔죠. 물론 퍼시벌은 원했던 성과를 거뒀어요. 겉으로 티 내지 않았지만 나는 정말 놀랐으니까요. 좋은 학교를 다니고 도시의 부유한 삶을 누린 나였지만 그는 내가 경험한 것과는 차원이 다른 삶을 사는 사람이라는 생각이 들었죠. 그러고 보니 끔찍하게도 나는 교복 차림이었어요. 차를 타고 신나게 달리느라 생각도 못 하고 있었죠. 칙칙한 옷차림에다가 흠집투성이인 신발에 제일 좋아하는 향수마저 집에 두고 나왔지 뭐예요.

'왜 얼굴이 빨개졌죠?' 그가 물었어요.

나는 그저 주름치마와 빳빳한 흰 블라우스만 내려다보았어요. 그는 내가 무슨 생각을 하는지 알아차렸죠.

'당신은 여기서 가장 아름다워요. 천사 같아요.' 놀리는 기색은 전혀 없었어요.

'그럴 리가요.' 그렇게 대답하긴 했지만 자부심이 다른 감정들을 압도했어요. '나이 많은 부자와 식사하러 온 여학생일 뿐인데요.'

'난 당신보다 별로 나이가 많지 않아요.' 그가 장난스럽게 말했어요.

'별로 많지 않은 건 얼마나 많은 거죠?' 내가 물었어요. 그는 이십대 초반으로 보였어요. 그 정도면 그가 말한 대로 나이 차이가 많지 않은 거였죠. 하지만 몸가짐이나 자신감 때문에 경험이 많은 사람처럼 보였어요.

'당신한테 관심이 많아요.' 내 질문에는 대답도 하지 않고 그가 말했어요. '공부는 재미있어요? 그럴 것 같아요. 우리집이 그 학교 근처라 전에 몇 번 봤어요. 늘 도서관에 너무 오래 있다 나온 사람 같은 모습이더군요.'

이미 내 존재를 알고 있었다는 점에서 뭔가 의심해야 마땅했지만 난 오히려 기뻐서 어쩔 줄 몰랐어요. '날 봤어요?' 나는 이미 그의 관심을 받으려고 몸이 달아 있었어요.

'물론이죠.' 그가 와인을 마시며 대답했어요. '당신을 볼 생각이 아니었다면 뭐하러 거기서 서성거렸겠어요? 최근에는 좀처럼 당신을 볼 수 없어 괴로울 지경이었죠. 당신도 자신이 얼마나 예쁜지는 알 거예요.'

나는 오리 구이 한 점을 먹으려다가 잠시 멈칫했어요. 무슨 말을 해야 할지 모르겠더군요. 결국은 이렇게 말했어요. '맞아요. 전 공부하는 게 제일 좋아요.'

'재미있는 공부라면 내게도 모두 들려줘요.' 그가 말했어요.

그렇게 오후가 지났어요. 몇 시간 동안 이런저런 맛있는 요리를 먹으며 와인을 마시고 끝없이 대화를 나누었죠. 오랜 세월 동안 내게는 두 명의 친구가 있었어요. 내 개인적인 이야기를 들려준 사람은 그 두 친구뿐이에요. 어쩌면 당신이 세번째 친구가 되겠죠. 나는 쓸데없는 잡담을 즐기는 성격은 아니에요. 그런데 퍼시벌과 얘기할 때는 잠시도 쉬지 않았어요. 마치 서로에게 들려주려고 그동안 이야기를 쌓아둔 것 같았죠. 대화를 나누고 음식을 먹으면서 점점 그와 가까워지는 것 같았어요. 어찌나 말을 잘하는지 나는 거의 무아지경에 빠져들었어요. 나중에는 육체적으로도 그만큼 사랑하게 됐지만 처음엔 그의 지성을 열렬히 사랑했어요.

몇 주가 지나면서 난 점점 더 그에게 끌렸어요. 결국 하루라도 그를 만나지 않으면 안 되는 지경에 이르렀죠. 공부에 대한 열정도 넘쳤고 천사학에 헌신하겠다고 서약했지만 도저히 그를 멀리할 수 없었어요. 우리는 학교 근처에 있던 그의 아파트에서 뜨거웠던 그해 여름의 오후들을 보냈어요. 숨막히게 더운 여름이라 창문을 모두 연 그의 침실에서 시간을 보내느라 수업은 뒷전이었죠. 자꾸 이것저것 묻는 룸메이트에게 짜증이 났어요. 그를 못 만나게 하는 교수님들이 미웠고요.

처음 만났을 때부터 퍼시벌이 뭔가 이상하다는 생각은 했어요. 하지만 직감을 무시한 채 그를 계속 만나기로 마음먹고 말았죠. 그리고 처음으로 함께 밤을 보낸 날 또다시 뭔가 함정에 빠졌다는 걸 깨달았어요. 하지만 내가 어떤 위험에 처했는지, 무슨 해를 입을지 정확히 표현할 수 없었어요. 그가 네피림이라는 사실을 확실히 알게 된 건 그로부터 몇 주가 지난 뒤였어요. 그때까지 그는 날개를 감쪽같이 접고 있었어요. 그동안 뻔히 볼 수 있었던 눈속임이었는데 내가 보지 않았던 거죠. 어느 날 오후 침대에서 사랑을 나누고 있는데 그가 갑자기 날개를 펼쳤어요. 나는 금빛의 품에 안긴 것 같았어요. 그때 떠났어야 했지만 이미 너무 늦어버렸어요. 완전히 그의 주문에 걸려 돌이킬 수 없었죠. 말씀을 어긴 천사들과 고대의 여인들처럼 말이에요. 그들에겐 하늘과 땅을 뒤집어엎을 만큼의 열정이 있었죠. 난 그저 철없는 여자애였을 뿐이에요. 그의 사랑을 받기 위해서라면 영혼이라도 팔았을 거예요.

어떻게 보면 영혼을 판 거나 다름없었죠. 관계가 깊어지면서 그에게 천사학회의 비밀을 넘겨주었으니까요. 그 대가로 그는 내가 빨리 출세해서 힘과 특권을 가질 수 있게 해주었고요. 처음엔 소소한 정보를 요구하더군요. 파리에 있는 사무실 위치라든지 모임 일정 같은. 열심히 정보를 넘겼어요. 점점 요구가 커졌지만 계속 협조했죠. 그가 얼마나 위험한 자인지 알게 돼 그의 손아귀에서 벗어나려고 했을 때는 이미 늦은 뒤였어요. 교수님들에게 우리 관계를 폭로하겠다며 협박하더군요. 나는 들킬까봐 너무 무서웠어요. 그렇게 되면 난 내가 속한 유일한 공동체에서 추방될 테니까요.

하지만 우리 관계를 비밀로 하기는 쉽지 않았어요. 어차피 들킬 게 뻔해졌을 때 내 스승인 라파엘 발코 박사에게 모든 걸 털어놓았어요. 그런데 그분은 내가 처한 상황을 천사학에 유리하게 이용하자고 하셨죠. 나는 스파이가 됐어요. 퍼시벌은 내가 자신을 위해 일한다고 철석같이 믿었지만, 사실 난 최선을 다해 그의 가문을 무너뜨리고 있었죠. 전쟁이 계속되면서 우리 관계는 그런 식으로 점점 더 위험하게 굴러갔어요. 너무 고통스러웠지만 어쩔 수 없었어요. 나는 네피림에게 천사학의 잘못된 정보를 넘기는 한편 폐쇄적인 네피림 세계의 비밀을 빼내 라파엘 박사에게 알려주었죠. 그러면 라파엘 박사는 그걸 학자들에게 가르쳤고요. 그러다가 네피림을 상대로 가장 큰 승리를 거둘 작전을 짜게 됐어요. 바로 그들에게 가짜 리라를 넘겨주고 우리는 진짜 리라를 갖는 거였죠.

작전은 간단했어요. 세라피나 박사와 라파엘 발코 박사는 우리의 탐사 계획을 네피림이 간파했다는 걸 알았어요. 그들이 결코 포기하지 않고 리라를 빼앗으려 한다는 것도요. 두 분은 네피림을 따돌릴 계획을 세웠어요. 일단 고대 트라키아의 리라를 그대로 재현해낼 수 있게 준비했어요. 묵직한 울림통, 두 개의 굽은 막대 팔과 그 사이를 잇는 가로대까지 똑같이 만들었죠. 악기를 실제로 만든 사람은 가장 저명한 천상의 음악학자 조지퍼트 마이클 박사였어요. 명주실을 백마의 꼬리털과 엮어서 현을 만들어 아주 세밀하게 재현하는 데 성공했어요. 물론 나중에 진짜 리라를 찾고 보니 훨씬 더 섬세했지만요. 울림통은 백금과 비슷한 금속 재질이었는데, 그때까지 세상에 알려지지 않은 것이라 지상의 물질이라고 볼 수 없는 것이었어요. 마이클 박사는 그 물질에 리라를 찾아내는 데 크게 기여한 발코 부부의 이름을 따서 발카인이라는 이름을 붙였어요. 현은 매끄러운 금색 실을 단단하게 꼬아서 만들어졌는데 마이클 박사는 대천사 가브리엘의 머리카락으로 만든 거라고 결론을 내렸죠.

진짜와 가짜는 확연히 차이가 났지만 발코 부부는 어쩔 수 없이 계획대로 해야겠다고 생각했어요. 진짜 리라를 담은 가방과 똑같은 가방에 가짜 리라를 넣었죠. 나는 한밤중에 천사학자들이 파리 시내를 이동할 계획이라고 퍼시벌에게 일러주었고 그는 매복 작전을 세웠어요. 모든 게 계획대로 됐다면 퍼시벌은 세라피나 발코 박사를 납치한 다음 천사학 위원회에 리라와 교환하자고 제안했을 거예요. 그럼 우리는 가짜 리라를 넘겨주고 세라피나 박사는 풀려났겠죠. 네피림은 마침내 원하던 물건을 손에 넣었다고 믿었을 테고요. 하지만 뭔가 일이 크게 잘못 돌아가기 시작했어요.

라파엘 박사와 나는 리라와 세라피나 박사를 맞바꾸자는 데 찬성하는 쪽에 투표했어요. 우리는 위원회 사람들이 수장인 라파엘 박사의 의견을 따라올 줄 알았죠. 하지만 우리가 이해할 수 없는 이유로 다른 사람들은 교환하지 않는 데 투표했어요. 계획이 엉망이 된 거죠. 결과적으로 투표가 동률로 끝나는 바람에 탐사에 참여했던 셀레스틴 클로셰트가 추가로 표를 행사했어요. 그녀는 우리가 세운 계획을 알 리 없었고 그래서 원래 규칙에 따르기로 결정했어요. 워낙 조심스럽고 세심한 성격이거든요. 결국 우리는 교환을 성사시키지 못했어요. 나는 내가 훔쳤다면서 가짜 리라를 들고 퍼시벌을 찾아가 어떻게든 해보려고도 했지만 너무 늦고 말았죠. 퍼시벌이 세라피나 발코 박사를 죽인 거예요.

세라피나 박사 일을 후회하며 지금까지 살아왔어요. 하지만 내 슬픔은 그 끔찍한 밤으로 끝나지 않았어요. 이제까지 들었으니 알겠지만 나는 그런 많은 일에도 불구하고 퍼시벌 그리고리를 사랑했어요. 아니, 어쩌면 그와 있을 때 느꼈던 감정에 지독하게 중독됐다고 할까? 지금 생각하니 참 놀라워요. 나를 체포하라는 명령을 내리고 날 잔인하게 고문하도록 내버려둔 그를 포기할 수 없었다는 게 말이에요. 1944년, 미군이 프랑스를 해방시킬 때 마지막으로 그를 만나러 갔어요. 붙잡히기 전에 그가 달아나리라는 걸 알았기 때문에 작별인사를 하려고 했죠. 우리는 함께 밤을 보냈고 몇 달 뒤 내가 퍼시벌의 아이를 가졌다는 걸 알았어요. 무서웠어요. 내 상황을 어떻게든 숨겨보려고 나와 퍼시벌의 관계를 모두 아는 사람을 찾아갔어요. 라파엘 발코 박사였죠. 그는 내가 그리고리 가문으로부터 얼마나 많은 고통을 받았는지 잘 알았고 내 아이는 무슨 수를 써서라도 그들에게서 지켜야 한다고 했어요. 라파엘은 나와 결혼해 내 아이의 아버지 행세를 했죠. 우리 결혼은 세라피나 박사를 좋아했던 사람들 사이에서 대단한 스캔들이었어요. 하지만 어쨌든 내 비밀은 지킬 수 있었죠. 내 딸 안젤라는 1945년에 태어났어요. 그리고 세월이 흘러 안젤라는 에반젤린이라는 딸을 낳았죠."

에반젤린이라는 이름을 듣고 베를렌은 깜짝 놀랐다. "퍼시벌 그리고리가 에반젤린의 할아버지라고요?" 베를렌은 믿을 수 없다는 표정을 감출 수 없었다.

"그래요. 오늘 아침 당신 목숨을 구한 건 퍼시벌 그리고리의 손녀였어요."

뉴욕 주, 밀턴, 세인트로즈 수녀원, 로즈룸

에반젤린은 회의가 열리는 로즈룸으로 셀레스틴 수녀의 휠체어를 밀고 들어가 긴 나무 탁자 끄트머리에 세웠다. 얼굴에 주름이 진 원로 수녀 아홉 명이 나무 탁자를 둘러싸고 구부정하게 앉아 있었다. 베일 아래로 허연 머리칼이 비어져나오고 나이가 들어 어쩔 수 없이 허리가 굽은 모습이었다. 그 가운데 자리를 잡고 앉은 페르페투아 원장은 약간 뚱뚱하고 엄격해 보였고 에반젤린처럼 현대식 수녀복을 입고 있었다. 원로 수녀들은 에반젤린과 셀레스틴을 호기심 어린 눈으로 바라보았다. 필로메나 수녀가 지난 며칠간 벌어진 모든 상황을 그들에게 미리 알린 게 분명했다. 아니나 다를까 에반젤린이 탁자에 앉는 사이 필로메나 수녀가 원로 수녀들에게 그 이야기를 설토했다. 필로메나 수녀가 가브리엘라의 편지를 탁자 위에 펼쳐 수녀들에게 보여주는 광경에 에반젤린은 점점 더 걱정이 커졌다.

"여기 이 정보들은 우리가 오랫동안 꿈꿔온 승리를 가져다줄 겁니다." 필로메나 수녀는 모두 와서 편지를 읽어보라는 듯 양팔을 들어올리며 말했다. "리라가 수녀원에 숨겨져 있다면 빨리 찾아내야 해요. 그럼 앞으로 나아갈 준비가 끝나는 겁니다."

"어느 방향으로 나아간다는 거죠, 필로메나 수녀?" 페르페투아 원장이 미심쩍다는 눈으로 필로메나 수녀를 보며 말했다.

"애비게일 록펠러가 리라의 행방에 관한 정확한 정보를 남기지도 않고 죽었을 리 없어요. 이제는 우리도 진실을 알아야 할 때예요. 사실 처음부터 모든 걸 알아야 했어요. 우리에게 숨기는 게 뭐죠, 셀레스틴?" 필로메나 수녀가 말했다.

에반젤린은 셀레스틴을 바라보았다. 그녀의 건강이 염려스러웠다. 지난 스물네 시간 동안 셀레스틴의 몸 상태는 급격히 나빠졌다. 창백한 얼굴의 셀레스틴은 양손을 깍지 낀 채 몸을 앞으로 잔뜩 숙이고 있었다. 금방이라도 휠체어에서 굴러떨어질 것 같았다. 에반젤린은 셀레스틴을 아예 회의장에 데려오지 말까 싶기도 했었다. 하지만 베를렌이 찾아왔던 일이나 가브리엘라의 편지에 대해 모든 걸 알게 된 셀레스틴은 꼭 참석하겠다고 우겼다.

셀레스틴의 목소리는 힘이 없었다. "나 역시 당신처럼 리라에 대해 모든 걸 알지는 못해요, 필로메나 수녀. 나도 리라가 어디 있을까 오랜 세월 고민해왔어요. 하지만 당신과 달리 복수하고픈 욕망을 다스리는 법을 배웠어요."

"단순히 복수를 하자는 게 아닙니다. 이제 때가 왔어요. 우리가 찾아내지 않으면 네피림이 차지할 겁니다." 필로메나가 말했다.

"그들은 아직 찾아내지 못했어요. 앞으로도 그럴 거라 믿어도 될 겁니다." 페르페투아 원장이 말했다.

"당신은 이제 겨우 쉰 살이에요, 페르페투아. 내가 왜 가만있으면 안 된다고 하는지 이해하기엔 너무 어려요. 당신은 그 괴물들이 어떤 식으로 파괴를 일삼는지 못 봤어요. 사랑하는 보금자리가 불타는 것도 못 봤죠. 자매 수녀들을 잃어본 적도 없고요. 그들이 또 나타날까봐 하루하루 두려움에 떨었던 적도 없잖아요." 필로메나 수녀가 말했다.

셀레스틴과 페르페투아는 걱정스럽고 지친다는 표정으로 마주보았다. 예전에도 필로메나로부터 비슷한 이야기를 들어본 사람들 같았다. 페르페투아 원장이 입을 열었다. "1944년 일을 직접 목격하셨기 때문에 맞서 싸우고 싶은 생각이 크다는 거 잘 압니다. 수녀님은 네피림의 무자비한 파괴로 끔찍하게 희생된 분들을 직접 보셨죠. 그런 일을 겪고 아무 대책 없이 있기는 힘들 겁니다. 하지만 우리는 이미 오래전에 투표로 결정했어요. 평화를 유지하기로요. 평화, 중립, 비밀 유지. 이것이 바로 세인트로즈의 신조입니다."

"리라의 행방을 모르는 한 네피림은 아무것도 찾아내지 못해요." 셀레스틴이 말했다.

"하지만 우리는 찾아낼 겁니다. 조금만 애쓰면 찾아낼 수 있어요." 필로메나 수녀가 말했다.

셀레스틴 수녀는 한 손을 들어 보이더니 탁자에 둘러앉은 수녀들을 바라보았다. 워낙 목소리가 작아서 맞은편에 앉은 보니파스 수녀가 보청기 볼륨을 조금 올려야 했다. 셀레스틴은 휠체어의 한쪽 팔걸이를 힘껏 움켜쥐고 있었다. 가파른 곳에서 떨어지지 않으려고 애쓰는 사람처럼 힘을 줘 손가락 마디가 하얘졌다. "맞아요. 충돌의 시간이 우리 앞에 닥쳤습니다. 하지만 저는 필로메나 수녀의 의견에 동의할 수 없습니다. 우리의 평화로운 저항 방식을 그대로 유지해야 한다고 봅니다. 상황이 변한다고 해서 겁먹을 것 없어요. 네피림이 힘을 얻었다가 잃기를 반복하는 건 우주의 섭리입니다. 그에 저항하는 건 우리 의무이고 늘 준비가 되어 있어야 합니다. 하지만 가장 중요한 건 우리가 적과 마찬가지로 비열해져서는 안 된다는 겁니다. 우리는 교양 있고 품위 있게 평화주의라는 유산을 지켜야만 합니다. 여러분, 우리 조직을 세우신 분들의 이상을 잊지 맙시다. 우리가 진정으로 전통을 소중히 여기고 지킨다면 결국 승리할 겁니다."

"우리에겐 시간이 없습니다!" 필로메나가 사납게 소리를 질렀다. 흥분해서 얼굴이 일그러졌다. "그들이 금방 우리를 덮칠 겁니다. 오래전에 그랬듯이 말입니다. 그들이 저지른 짓을 잊었습니까? 더럽고 흉악하고 피에 굶주린 그 괴물들을 잊었어요? 이노센타 원장님의 끔찍한 운명을 기억 못 하는 겁니까? 먼저 움직이지 않으면 우리 모두 짓밟히고 말 겁니다."

"경솔하게 행동에 나서기엔 우리 소명이 너무 소중합니다." 셀레스틴이 붉게 상기된 얼굴로 말했다. 에반젤린은 순간적으로 오십오 년 전 긴장한 모습으로 세인트로즈 수녀원에 도착한 젊은 여인을 머릿속에 떠올렸다. 셀레스틴은 이야기를 하느라 기운이 다한 모양이었다. 손을 들어 입을 가리더니 기침하기 시작했다. 그녀는 노쇠해지는 몸에 그다지 신경쓰지 않는 것 같았다. 몸은 먼지가 되어가도 마음은 그 어느 때보다 더 환하게 불타오를 수 있다는 것을 알고 있는 듯이.

"몸이 안 좋으니 생각을 제대로 못 하시는 모양이군요." 필로메나의 검은색 베일이 어깨 위에서 들썩거렸다. "당신은 그렇게 중대한 결정을 내릴 수 있는 상태가 아니에요."

페르페투아 원장이 말했다. "이노센타 원장님 역시 똑같은 생각이었을 겁니다. 많은 수녀들이 그분이 평화적인 저항을 위해 몸을 바쳤다는 걸 압니다."

"평화적인 저항을 하다 어떻게 됐습니까? 그들은 이노센타 원장을 무자비하게 죽였습니다." 필로메나 수녀는 셀레스틴을 향해 말을 이었다. "당신은 리라가 숨겨진 장소를 혼자만 알고 있을 권리가 없어요, 셀레스틴. 리라를 찾아낼 방법이 여기 있다는 걸 나는 압니다."

"당신은 리라에 대해 아무것도 몰라요. 리라가 왜 위험한지도요." 셀레스틴의 목소리는 너무 힘이 없어서 에반젤린에게도 잘 들리지 않았다. 셀레스틴이 에반젤린의 팔에 손을 올리며 속삭였다. "가자고. 여기서 더 싸워봐야 소용없어. 보여줄 게 있어요."

에반젤린은 셀레스틴이 앉은 휠체어를 밀고 로즈룸을 나와 복도를 따라 수녀원 구석에 있는 낡은 엘리베이터로 향했다. 엘리베이터 안으로 간신히 휠체어를 밀어넣고 바퀴를 잠갔다. 부드러운 금속성 소리를 내며 문이 닫혔다. 4층 버튼을 누르려는 순간 셀레스틴이 그녀를 가로막았다. 그러고는 떨리는 손으로 직접 아무 표시도 없는 버튼을 눌렀다. 엘리베이터가 덜컹거리며 아래로 내려갔다. 그리고 지하에 멈추자 끽 소리를 내며 문이 열렸다.

에반젤린은 셀레스틴이 탄 휠체어를 꽉 잡고 한 치 앞도 보이지 않는 어둠을 향해 나아갔다. 셀레스틴이 스위치를 누르자 희미한 전등이 연이어 켜졌다. 침침한 빛이 눈에 익은 에반젤린은 수녀원 지하실에 와 있다는 걸 알았다. 위에서 대형 식기세척기 돌아가는 소리와 파이프를 통해 물 빠지는 소리가 들리는 걸 보니 식당 바로 아래인 모양이었다. 에반젤린은 셀레스틴이 시키는 대로 휠체어를 밀고 지하실 구석으로 갔다. 셀레스틴은 뒤돌아보며 다른 사람이 없는 걸 확인하더니 평범하게 생긴 나무문을 가리켰다. 아무 표시도 없는데다 눈에 띄지도 않아서 에반젤린 혼자였다면 그저 청소 도구를 넣어두는 공간쯤으로 생각했을 터였다.

셀레스틴이 주머니에서 열쇠를 꺼내 건넸다. 에반젤린은 자물쇠 구멍에 열쇠를 꽂고 이리저리 돌려보았다. 힘들게 몇 번을 시도한 끝에야 철컥 돌아갔다.

에반젤린은 안으로 들어서서 천장에 매달린 줄을 잡아당겼다. 전등이 켜지면서 벽돌로 된 좁고 가파른 내리막길이 나타났다. 에반젤린은 휠체어가 제멋대로 굴러내려갈까봐 염려되어 뒤로 힘껏 버티며 조금씩 조금씩 내려갔다. 불빛이 차츰 희미해지더니 마침내 좁은 통로가 끝나고 퀴퀴한 냄새를 풍기는 공간이 나타났다. 에반젤린은 두번째로 나타난 줄을 당겼다. 사실 줄이 꼭 거미줄처럼 그녀의 뺨에 부드럽게 와 닿지 않았다면 그냥 지나칠 뻔했다. 구식 전등에서 나오는 불빛이 금방이라도 꺼질 듯이 치직거렸다. 신도석 의자들이 널려 있고, 곰팡이가 핀 벽을 따라 깨진 스테인드글라스나 성당 제단에 사용한 것과 똑같은 우윳빛 대리석 판들이 세워져 있었다. 천사들의 마리아 성당을 지을 때 사용하고 남은 자재인 듯했다. 방 한가운데에는 잔뜩 녹슨 보일러가 있었다. 거미줄과 쌓인 먼지를 보니 사용하지 않은 지 오래된 것 같았다. 에반젤린이 보기에는 수십 년 동안 청소 한 번 하지 않은 곳 같았다.

보일러 뒤쪽으로 아까 열고 들어온 문처럼 평범한 문이 하나 더 보였다. 에반젤린은 셀레스틴이 탄 휠체어를 밀고 곧장 그쪽으로 향했다. 주머니에 있던 자신의 열쇠 꾸러미에서 마스터키를 넣어 돌려보았다. 기적처럼 문이 열렸다. 안으로 들어서자 가구로 들어찬 큰 방의 윤곽이 짐작되는 듯했다. 문 옆 벽에 달린 스위치를 켜자 드러난 모습은 에반젤린이 생각했던 대로였다. 좁고 기다란 방은 성당에서 신도들이 앉는 구역과 비슷한 크기였다. 시커먼 나무 기둥 여러 개가 낮은 천장을 떠받치고 있었다. 바닥에 진홍색, 에메랄드색, 감청색 등 다양한 색깔이 들어간 동양풍의 카펫이 깔려 있었고 벽에는 천사들을 묘사한 태피스트리*들이 걸려 있었다. 금실을 아낌없이 넣어 짠 태피스트리는 어쩌면 중세까지 거슬러올라갈 만큼 오래된 물건처럼 보였다. 한가운데에는 커다란 탁자가 있고 그 위에 책들이 잔뜩 쌓여 있었다.

"비밀 도서관." 에반젤린이 자기도 모르게 중얼거렸다.

"맞아요. 천사학 열람실이죠. 19세기에 수녀원을 방문한 천사학자와 고위 요원들은 우리와 함께 숨어 여기서 많은 시간을 보냈어요. 이노센타 원장님은 여기서 회의를 열곤 했죠. 그후로 오랫동안 방치되었어요. 하지만 수녀원에서 가장 안전한 곳이에요."

"이런 곳이 존재한다는 걸 아는 사람이 있나요?"

"별로 없어요. 1944년 화재가 나서 불이 번지기 시작할 때 수녀 대부분은 마당으로 뛰어나갔어요. 하지만 이노센타 원장님은 수녀원을 공격하는 네피림을 유인하기 위해 성당으로 가셨지요. 그전에 내게 문서를 주면서 이곳 금고에 넣으라고 지시하셨고요. 나는 수녀원의 지리를 잘 몰랐고 그분은 자세히 알려줄 만한 여유가 없었어요. 어쨌든 나는 이곳을 찾아냈죠. 원장님이 내게 준 것들을 안전하게 숨기고 나서 서둘러 마당으로 나갔어요. 슬프게도 건물 전체가 불길에 휩싸여 있더군요. 네피림들은 공격을 마치고 사라진 후였어요. 이노센타 원장님은 돌아

* 색실로 그림을 짜넣은 직물 장식품.

가셨고요."

셀레스틴은 에반젤린의 손을 잡았다. "자, 또 보여줄 게 있어요."

그녀는 수태고지를 표현한 멋진 태피스트리를 가리켰다. 대천사 가브리엘이 날개를 접고 고개를 숙인 채 성모마리아에게 예수가 탄생할 거라고 알려주고 있었다. "진정 복음을 주는 천사지요." 셀레스틴이 말했다. "물론 듣는 대상이 누구냐에 따라 그 신성함은 달라지지만. 에반젤린은 자격이 있어요. 자, 이제 저 태피스트리를 벽에서 떼어내요."

에반젤린은 셀레스틴이 시키는 대로 했다. 그 자리에는 콘크리트 사이에 네모난 금고가 숨겨져 있었다.

"3, 3, 3, 9." 셀레스틴이 금고 다이얼을 가리키며 말했다. "각 하늘에 속한 천사 계급의 수에 그 총합인 9를 붙인 거죠."

에반젤린은 눈을 가늘게 뜨고 금고 다이얼의 숫자를 들여다보다가 셀레스틴이 불러주는 대로 다이얼을 오른쪽 왼쪽으로 돌렸다. 금고 안쪽에서 금속판이 돌아가는 부드러운 소리가 들렸다. 딸깍 소리가 나 손잡이를 돌렸더니 금고가 활짝 열렸다. 금고 한가운데 가죽가방이 놓여 있었다. 에반젤린은 떨리는 손으로 가방을 꺼내 탁자 위에 올려놓고 셀레스틴의 휠체어를 그리로 밀었다.

"내가 파리에서 미국으로 올 때 가져온 가방이에요." 셀레스틴은 그녀가 평생을 바쳐 한 일이 바로 이 한순간을 위해서였다는 듯 한숨을 내쉬었다. "1944년부터 안전하게 여기 숨겨져 있었죠."

에반젤린은 차갑고 매끄러운 가죽가방을 손으로 쓰다듬었다. 놋쇠 고리가 새 동전처럼 반짝거렸다.

셀레스틴은 눈을 감고 휠체어의 팔걸이를 꽉 움켜쥐었다.

에반젤린은 셀레스틴의 몸 상태가 좋지 않다는 걸 떠올렸다. 수녀원

깊숙한 곳까지 오면서 기력이 소진되었을 것이다. "지치셨어요. 여기까지 오시게 한 제가 어리석었어요. 이제 방으로 돌아가셔야 할 것 같아요."

"쉿, 에반젤린." 셀레스틴은 손을 들어올려 에반젤린의 말을 막았다. "줄 게 하나 더 있어요."

셀레스틴은 주머니에 손을 넣더니 작은 종잇조각을 하나 꺼내 에반젤린의 손바닥에 올려놓았다. "이 주소를 외워요. 천사학회를 이끄는 에반젤린의 할머니가 계신 곳이에요. 할머니는 에반젤린을 반갑게 맞이하고 내가 못다 한 일을 마저 해줄 거예요."

"오늘 아침 선교국에서 본 제 서류에 있던 주소네요. 할머니가 보내온 편지에도 똑같은 주소가 있었어요." 에반젤린이 말했다.

"맞아요. 이제 에반젤린이 나서야 할 때예요. 곧 해야 할 일이 뭔지 알게 될 거예요. 하지만 지금은 우선 이 가방을 수녀원에서 빼내야 해요. 애비게일 록펠러의 편지를 노리는 건 퍼시벌 그리고리뿐만이 아니에요." 셀레스틴이 말했다.

"록펠러 여사의 편지요? 그럼 이 가방 안에 리라는 없나요?" 에반젤린이 작은 소리로 물었다.

"편지를 보면 리라가 있는 곳을 알 수 있어요. 우리 필로메나 수녀께서 오십 년이 넘도록 이 편지들을 찾아헤매고 있었죠. 이제 여긴 안전하지 않아요. 당장 빼내야 해요."

"제가 떠나면 다시 돌아올 수 있을까요?"

"에반젤린이 돌아온다면 다른 이들이 위험해질 거예요. 천사학은 영원해요. 일단 시작하면 빠져나갈 수 없어요. 그리고 에반젤린은 이미 발을 담갔어요."

"하지만 수녀님은 천사학을 버리셨잖아요." 에반젤린이 말했다.

"그 결과가 어떤지 봐요." 셀레스틴은 목에 걸고 있는 묵주를 만지작거리며 말했다. "내가 세인트로즈 수녀원에 몸을 숨겼기 때문에 에반젤린이 말한 젊은 방문객이 지금 위험에 처한 걸 수도 있어요."

셀레스틴은 무슨 의미인지 생각해보라는 듯 잠시 아무 말도 하지 않았다.

"겁먹을 것 없어요." 셀레스틴이 에반젤린의 손을 잡았다. "모든 것에는 때가 있는 법. 이 삶을 포기하면 다른 삶을 얻는 거예요. 에반젤린은 길고 영광스러운 전통의 일부가 될 거예요. 크리스틴 드피상, 아시시의 성 클라라, 아이작 뉴턴 경, 나아가 토마스 아퀴나스의 뒤를 잇는 거죠. 천사학은 숭고한 부름이에요. 어쩌면 가장 고귀한 소명이라고 할 수 있죠. 선택받기 쉬운 게 아니에요. 용기가 있어야 해요."

이야기를 나누는 동안 셀레스틴은 달라졌다. 몸이 좀 괜찮은지 빛을 잃었던 적갈색 눈동자가 자부심으로 불타올랐다. 목소리에서 힘과 자신감이 느껴졌다.

"가브리엘라가 자랑스러워할 거예요." 셀레스틴이 말했다. "나는 더 자랑스러워할 거고요. 에반젤린 수녀가 수녀원에 처음 왔을 때부터 특별한 천사학자가 될 거라고 생각했어요. 에반젤린의 할머니와 내가 파리에서 함께 공부할 때, 우리는 동료 가운데 누가 성공하고 누가 실패할지 정확히 골라낼 수 있었어요. 육감이랄까, 재능 있는 사람을 발견하는 능력이었죠."

"제가 실망시켜드리지 않으면 좋겠어요, 수녀님."

"에반젤린을 보고 할머니가 떠올라 놀랄 때가 많았어요. 눈, 입, 걸음걸이까지. 이상할 정도로요. 쌍둥이라고 해도 믿겠어요. 가브리엘라가 그랬던 것처럼 에반젤린에게도 천사학이 잘 맞았으면 좋겠어요."

에반젤린은 셀레스틴과 할머니 사이에 무슨 일이 있었는지 물어보고 싶은 생각이 간절했다. 하지만 미처 말을 꺼내기도 전에 셀레스틴이 감정이 북받쳐 갈라지는 목소리로 말했다. "마지막으로 하나만 얘기해줘요. 할아버지가 누구예요? 에반젤린은 라파엘 발코 박사의 손녀인가요?"

"모르겠어요. 아버지가 그 얘기는 안 해주셨거든요." 에반젤린이 말했다.

셀레스틴의 얼굴에 어두운 그림자가 스쳐지나갔다. 하지만 이내 걱정스러운 표정으로 바뀌었다. "이제 가야 해요." 셀레스틴이 말했다. "여길 빠져나가려면 쉽지 않을 거예요." 에반젤린은 휠체어를 밀기 위해 셀레스틴 뒤로 움직이려 했다. 하지만 놀랍게도 셀레스틴은 그녀를 끌어당기더니 꼭 안아주었다.

그러고는 귀에 대고 속삭였다. "할머니에게 내가 용서한다고 전해줘요. 그때는 쉬운 선택이 없었다는 걸 나도 안다고. 우리는 살아남기 위해 해야 할 일을 한 거예요. 세라피나 박사님 일은 할머니 잘못이 아니라고, 다 용서했다고 전해줘요."

에반젤린도 힘을 주어 셀레스틴을 안았다. 풍성한 수녀복 속에서 느껴지는 늙은 여인의 몸은 마르고 연약했다.

가방의 가죽끈을 어깨에 걸친 에반젤린은 셀레스틴이 앉은 휠체어를 밀면서 긴 통로를 따라 엘리베이터로 돌아왔다. 일단 4층에 도착한 다음에는 재빠르고 신중하게 움직여야 했다. 세인트로즈 수녀원은 이미 저만치 에반젤린의 손이 닿지 않는 곳으로 멀어지고 있는 느낌이었다. 이제 다시는 새벽 네시 사십오분에 일어나 어두운 복도를 달려 기도하러 가지 않아도 되었다. 과연 다른 곳을 수녀원만큼 사랑할 수 있을까, 에반젤린은 상상도 되지 않았다. 하지만 문득 수녀원을 떠나지 않으면 안 된다는 생각이 들었다.

뉴욕 주, 밀턴, 세인트로즈 수녀원

오털리는 재규어를 후진시켜 수녀원 바깥 나무가 우거지고 후미진 곳에 세웠다. 시동을 끄고 열쇠는 꽂아둔 채 쌓인 눈을 밟으며 내렸다. 몸을 움직이기도 어려운 퍼시벌은 멀찌감치 떨어져 있는 편이 좋겠다는 데 두 사람 다 동의했다. 오털리는 말없이 차문을 닫고 얼음으로 뒤덮인 길을 따라 재빨리 수녀원으로 향했다.

퍼시벌은 가브리엘라를 잘 알았다. 그녀를 잡으려면 힘을 모아야 한다. 퍼시벌이 끈질기게 주장하자 오털리는 기보림에게 전화를 걸어 상황을 점검했다. 기보림은 남쪽으로 몇 킬로미터 떨어진 곳, 타판지브리지에서 북쪽으로 올라온 시골길에 있었다. 퍼시벌은 기보림들이 가브리엘라를 상대할 수 있을지 걱정스러웠고 그들이 실패할 경우에는 자신이 개입할 준비가 되어 있었다. 가브리엘라가 수녀원에 도착하기 전에 반드시 막아야 했다.

좁은 자동차 안에 욱여넣었던 다리를 한 번 쭉 펴고는 먼지가 내려앉은 창문 밖을 내다보았다. 멀리 앞쪽에 벽돌과 돌로 지은 거대한 수녀원 건물이 숲 사이로 겨우 보였다. 스네자가 보낸 기보림들이—스네자는 최소한 백 명을 보내겠다고 약속했다—시간 맞춰 왔다면 이미 자리를 잡고 오털리의 공격 신호를 기다리고 있을 터였다. 퍼시벌은 주머니에서 휴대전화를 꺼내 어머니에게 전화를 걸었지만 신호음만 들렸다. 아침 내내 어머니에게 전화했지만 통화가 되지 않았다. 아나킴이 대신 받았을 때 전갈을 남겼는데 깜박하고 어머니에게 전하지 않은 게 분명했다.

퍼시벌은 차문을 열고 차가운 아침 공기 속에 발을 들여놓았다. 아무것도 할 수 없는 무기력한 자신이 괴로웠다. 원래는 그가 모든 작전을 수립하고 진행해야 옳았다. 기보림을 지휘해 수녀원을 습격해야 했다. 하지만 실상은 여동생이 그 역할을 맡고 자신은 차에 홀로 남아 어머니와 통화하려 애쓰고 있었다. 냉담한 어머니는 이런 순간에도 아마 거품 욕조에 몸을 담근 채 아들의 상태에 대해선 까맣게 모르고 있을 게 뻔했다.

퍼시벌은 고속도로까지 걸어가 혹시 가브리엘라가 오지 않는지 확인하고 나서 어머니에게 다시 전화를 걸었다. 놀랍게도 신호음이 떨어지자마자 누군가 전화를 받았다.

"네." 약간 쉰 듯한 고압적인 목소리로 대번에 누군지 알 수 있었다.

"도착했습니다, 어머니." 퍼시벌이 말했다. 전화기 너머로 음악 소리와 시끄러운 목소리들이 들려와 어머니가 또 파티를 벌이고 있구나 하고 바로 알아차렸다.

"기보림들은? 준비됐니?" 스네자가 물었다.

"오털리가 준비시키러 갔습니다."

"혼자?" 스네자가 나무라는 목소리로 물었다. "네 동생이 어떻게 혼자 처리할 수 있겠니? 우악스러운 녀석들을 백 명 가까이 지휘해야 하는데."

퍼시벌은 어머니에게 따귀를 얻어맞은 기분이었다. 분명 어머니는 그가 몸이 아파서 싸우지 못한다는 걸 알고 있었다. 마지못해 오털리에게 모든 권한을 내준 굴욕에 퍼시벌은 끓어오르는 화를 억지로 참고 있었다. 퍼시벌은 스네자가 잘 참은 자신을 칭찬할 줄 알았다.

"괜찮아요." 퍼시벌이 분노를 억누르며 말했다. "오털리도 그 정도는 할 수 있어요. 수녀원 입구는 제가 지키고 있습니다. 아무도 방해할 수 없을 거예요."

"오털리가 할 수 있고 없고는 중요하지 않아." 스네자가 말했다.

퍼시벌은 어머니의 말투를 곰곰이 되새기며 속뜻을 이해하려고 애썼다. "오털리가 뭘 잘못했나요?"

"아들아, 오털리가 뭘 잘못했다는 게 아니야. 큰소리치고 있다만 그 애는 끔찍한 곤경에 처했단다."

"도대체 무슨 말씀을 하시는지 모르겠습니다." 퍼시벌이 말했다. 멀리 수녀원에서 희미한 연기가 피어올랐다. 공격이 시작되었다는 뜻이었다. 오털리가 오빠 없이도 잘해내고 있는 것 같았다.

"네 동생 날개를 마지막으로 본 게 언제지?" 스네자가 물었다.

"모르겠어요. 엄청나게 오래됐죠." 퍼시벌이 말했다.

"내가 말해주지. 1848년 파리에서 사교계에 데뷔할 때였어."

퍼시벌도 그때를 정확히 기억하고 있었다. 오털리의 날개는 그때쯤 막 돋아나고 있었다. 다른 젊은 네피림들처럼 그녀도 무척 자랑스럽게 날개를 펼쳐 보였다. 스네자의 날개처럼 형형색색이었지만 크기는 아주 작았다. 시간이 지나면 크게 자랄 터였다.

스네자가 말을 이었다. "왜 오털리가 그렇게 오랫동안 날개를 제대로 보여준 적이 없는지 궁금하겠지. 제대로 자라지 않아서야. 오털리의 날개는 어린아이들 것처럼 작고 아무짝에도 쓸모가 없어. 날지 못할뿐더러 제대로 펴서 보여줄 수도 없지. 그런 날개를 펼쳤을 때 오털리의 모양새가 얼마나 우스꽝스러울지 상상이 되니?"

"몰랐어요." 퍼시벌이 믿을 수 없다는 듯 말했다. 오털리에게 화가 났던 것은 잊고 불쌍하다는 생각이 더 커졌다.

"네 대답은 놀랍지도 않구나. 너야 오로지 혼자 즐기고 혼자 괴로워하느라 아무것도 신경쓰지 않았으니까. 네 여동생은 백 년이 넘도록 우리 모두에게 고민을 숨기려 애쓰며 살았어. 하지만 진짜 문제는 그애가 너나 나와는 다르다는 거야. 네 날개는 한때 눈부시게 아름다웠지. 내 날개는 그 누구와도 비교할 수 없을 정도고. 오털리는 저급한 피를 타고났어."

"어머니는 오털리가 기보림들을 지휘할 능력이 없다고 생각하시는군요." 마침내 퍼시벌은 왜 어머니가 자신에게 오털리의 비밀을 말해주는지 알 것 같았다. "오털리가 공격 지휘를 제대로 못 해낼 거란 생각인 거예요."

"네가 네 역할을 제대로 해낼 수만 있었다면, 네가 우리 사명을 짊어질 수 있었다면, 우린……" 퍼시벌의 실패를 이미 기정사실로 받아들인 듯 스네자의 목소리에는 실망감이 가득했다.

더는 듣고 있을 수가 없어 퍼시벌은 전화를 끊었다. 도로를 살펴보았다. 길게 뻗은 아스팔트가 나무들 사이로 구불구불 굴곡을 그리다 시야에서 사라졌다. 오털리를 돕기 위해 그가 할 수 있는 일은 없었다. 그는 가문의 영광을 되찾는 데 아무런 쓸모가 없는 존재였다.

뉴욕 주, 밀턴, 9W 고속도로

밀턴 외곽 좁은 고속도로에 이를 때까지 가브리엘라와 베를렌은 새로 산 담배를 절반이나 피웠다. 자동차 안이 매캐한 담배 냄새로 가득했다. 베를렌은 시원한 바깥 공기가 들어올 수 있도록 창문을 조금 열었다. 그는 가브리엘라가 이야기를 계속하길 바랐지만 그렇다고 부담을 주고 싶지는 않았다. 가브리엘라는 허약하고 피곤해 보였다. 자신의 과거를 되짚는 일로 진이 다 빠진 것 같았다. 눈 밑에 다크서클이 생겼고 어깨는 약간 처졌다. 차 안에 꽉 찬 연기 때문에 베를렌은 눈이 따가웠지만 가브리엘라는 아무렇지도 않은 듯했다. 그녀는 한시바삐 수녀원에 도착하기 위해 가속페달을 힘껏 밟았다.

베를렌은 창밖으로 스쳐지나가는 눈 덮인 경치를 바라보았다. 고속도로 양옆에는 겨울이라 가지만 앙상하게 남은 자작나무들이 줄지어 섰고 눈길이 닿는 멀리까지 온통 단풍나무와 떡갈나무가 들어차 있었다. 혹시 다 왔나 싶어 길가를 유심히 살폈다. 수녀원 진입로를 가리키는 나무 안내판이나 나무들 위로 솟은 성당의 첨탑이라도 보이지 않을까 했다. 뉴욕에서 세인트로즈 수녀원으로 가는 길을 지도로 확인한 적이 있는 그는 어느 다리와 고속도로를 지나는지 알고 있었다. 그의 기억이 맞다면 수녀원은 밀턴에서 북쪽으로 몇 킬로미터밖에 떨어지지 않은 곳에 있었다. 이제 얼마 남지 않았다.

"백미러 좀 봐요." 가브리엘라가 말했다. 이상하리만큼 차분한 목소리였다.

베를렌은 시키는 대로 했다. 검은색 SUV가 멀리서 따라오고 있었다.

"몇 킬로미터 전부터 우리 뒤를 따라오고 있어요. 당신을 아직 놔주지 않은 모양이네요." 가브리엘라가 말했다.

"그자들이 분명합니까?" 베를렌이 뒤를 돌아보며 말했다. "어떻게 하죠?"

"만일 다른 곳으로 달아나려고 하면 계속 따라올 거예요. 원래 경로대로 가면 동시에 수녀원에 도착할 테고 그곳에서 놈들과 맞서야겠죠." 가브리엘라가 말했다.

"그럼 어쩌죠?"

"놈들은 우리를 그냥 놔주지 않을 거예요. 이번에는 절대 그러지 않겠죠."

가브리엘라가 갑자기 브레이크를 밟으며 핸들을 거칠게 돌리자 차가 도로를 벗어나 자갈이 깔린 시골길로 접어들었다. 포르셰가 가속도 때문에 한쪽이 살짝 들리며 눈 위에서 반원을 그렸다. 순간적으로 자동차는 무중력 상태가 된 듯 떠올랐다가 얼음 위로 자유낙하했다. 차체가 좌우로 흔들리다 마침내 타이어가 자리를 잡았다. 가브리엘라는 속도를 늦추고 핸들을 조작하며 중심을 잡으려고 애썼다. 차가 안정을 되찾자 그녀는 다시 가속페달을 밟았다. 자동차는 점점 더 속도를 더하며 길고 야트막한 오르막을 내달렸다. 엔진의 소음에 귀가 얼얼할 지경이었다. 바퀴 아래서 튀어오른 자갈들이 탁탁 소리내며 창문을 때렸다.

베를렌은 뒤를 돌아보았다. 검은색 SUV가 멀리서 따라붙기 시작했다.

"따라와요." 그가 말했다. 가브리엘라는 더 속도를 내며 언덕 위로 올라갔다. 꼭대기에 가까워질수록 길 양옆에 우거진 숲이 사라지고 하얀 눈이 쌓인 골짜기가 나타났다. 골짜기 위엔 다 허물어져가는 붉은색 헛간이 서 있어 꼭 눈밭에 떨어진 한 방울 피처럼 보였다.

"내가 이 차를 좋아하긴 하지만 이 속도로는 저들을 못 따돌리겠어요. 떼어낼 방법을 찾아야겠어. 아니면 숨거나."

베를렌은 골짜기를 둘러보았다. 도로에서 헛간까지는 그저 꽁꽁 얼어붙은 휑뎅그렁한 들판뿐이었다. 헛간을 지나면 길은 다시 침엽수림 사이의 꼬불꼬불한 오르막으로 이어졌다. "꼭대기까지 갈 수 있을까요?" 베를렌이 물었다.

"그것 말고는 방법이 없는 것 같군요."

가브리엘라는 헛간을 지나쳐 오르막길로 들어섰다. 침엽수림에 다다랐을 무렵에는 SUV도 꽤 많이 따라붙어서 베를렌이 앞좌석에 앉은 남자를 알아볼 수 있을 정도였다.

조수석에 앉은 남자가 창밖으로 몸을 내밀고는 총을 겨누어 한 발 발사했지만 빗나갔다.

"더 빨리는 못 가요." 가브리엘라는 점점 조급해했다. 핸들을 한 손으로 잡더니 베를렌에게 가죽가방을 건네주었다. "총 꺼내요. 안에 있어요."

베를렌은 지퍼를 열고 차가운 금속이 손에 닿을 때까지 뒤적거렸다.

꺼내보니 작은 은색 권총이었다.

"총 쏴본 적 있어요?"

"아니요."

"설명해줄 테니 그대로 해요. 일단 안전장치를 풀어요. 그리고 창문을 내려요. 꽉 잡고, 좋아요. 이제 팔을 뻗어요."

베를렌이 총을 내밀자 SUV의 남자도 포르셰를 겨누었다.

"잠시 기다려요." 가브리엘라가 말했다. 그녀는 반대편 차선으로 넘어가 속도를 늦춰 베를렌이 SUV 앞유리를 잘 볼 수 있도록 해주었다.

"쏴요. 지금." 가브리엘라가 말했다.

베를렌은 SUV를 겨냥한 다음 방아쇠를 당겼다. SUV 앞유리에 거미줄처럼 자잘한 금이 갔다. 가브리엘라는 브레이크를 밟았고, 가드레일을 들이받은 SUV는 굉음을 울리며 도로 밖으로 튕겨나가 뒤집혔다. 베를렌은 뒤집힌 채 헛바퀴가 도는 자동차를 바라보았다.

"멋지게 맞혔군요." 가브리엘라가 길가에 차를 세우고 시동을 끄며 말했다. 그녀는 베를렌의 솜씨에 놀라워하며 자랑스럽다는 듯 바라보았다. "총 이리 줘요. 죽었는지 확인해야겠어요."

"꼭 그래야 합니까?"

"당연하죠." 가브리엘라는 총을 들고 차에서 내려 가드레일을 넘었다. "따라와요. 배울 게 있을 테니까."

베를렌은 가브리엘라를 따라 미끄러운 경사면을 내려갔다. 눈밭에 난 가브리엘라의 발자국을 그대로 따라갔다. 하늘을 보니 시커먼 구름이 몰려들고 있었다. 금방이라도 골짜기에 내려앉을 것처럼 매우 낮게 깔린 구름이었다. 자동차가 굴러떨어진 곳에 이르자 가브리엘라는 베를렌에게 차 앞유리를 발로 차 깨뜨리라고 했다. 그가 운동화 뒤꿈치로 힘껏 유리창을 내리치자 가브리엘라가 몸을 숙이고 안을 살폈다.

"운전석에 앉은 놈을 맞혔군요." 가브리엘라의 말에 베를렌도 죽은 남자를 바라보았다.

"초보라 오히려 운이 좋았나봅니다."

"그런 것 같네요." 가브리엘라는 6미터쯤 떨어진 곳에서 눈 속에 코를 처박고 죽은 두번째 남자를 가리켰다. "돌 하나로 새 두 마리를 잡았군요. 차가 뒤집어질 때 튕겨나간 모양이에요."

베를렌은 눈앞에 펼쳐진 광경을 믿을 수 없었다. 남자의 몸은 전날 밤 기차 창문으로 봤던 바로 그 생물로 변해 있었다. 등에 달린 한 쌍의 진홍색 날개가 활짝 펼쳐져 깃털이 눈밭을 덮고 있었다. 얼음처럼 차가운 바람이 불어와 베를렌의 몸을 훑고 지나갔다. 덜덜 떨리는 이유가 추위 때문인지 눈앞의 충격적인 광경 때문인지 알 수 없었다.

그사이 가브리엘라는 부서진 차문을 간신히 열고 안을 뒤지다 운동가방을 찾아냈다. 바로 전날 오후 베를렌이 르노에 두고 내린 것이었다.

"제 겁니다. 어제 제 차를 부수고 가져간 겁니다." 베를렌이 말했다.

가브리엘라는 가방을 열더니 서류철을 꺼내 내용을 훑어보았다.

"뭘 찾으시죠?"

"퍼시벌이 어디까지 알고 있는지 보여줄 만한 거요." 가브리엘라는 계속해서 서류철 안에 든 것들을 살펴보았다. "퍼시벌이 이걸 봤나요?"

베를렌은 가브리엘라의 어깨 너머로 서류철을 확인했다. "전 보여주지 않았어요. 하지만 이자들이 보여줬을 수는 있죠."

가브리엘라는 돌아서서 다시 눈 쌓인 경사면을 올라 자동차로 향했다. "서두르는 게 좋겠어요. 세인트로즈 수녀원의 죄 없는 수녀들이 우려했던 것보다 빨리 위험해질 것 같네요."

베를렌이 운전석에 앉았다. 수녀원까지 가는 동안이라도 자기가 운전을 하기로 했다. 그는 포르셰를 돌려 다시 고속도로로 향했다. 주변은 적막했다. 눈 덮인 완만한 구릉들은 활기가 없었다. 버려진 헛간이 웅크리고 있고 하늘에는 구름이 잔뜩 몰려와 있었다. 포르셰는 몇 군데 긁히고 차체 아래쪽에서 물이 조금씩 떨어지는 것 말고는 놀랍게도 멀쩡했다. 사실 지난 십 분 사이 변한 건 베를렌뿐인 듯했다. 땀에 젖은 손은 가죽 핸들 위에서 자꾸만 미끄러졌고 가슴은 쿵쾅쿵쾅 뛰었다. 죽은 남자들의 모습이 자꾸 떠올랐다.

베를렌의 마음을 읽었는지 가브리엘라가 말했다. "옳은 일을 한 거예요."

"총을 잡아본 적도 없었습니다."

"그들은 잔인한 살인자들이에요." 가브리엘라는 사람을 자주 죽여본 사람처럼 사무적인 목소리로 말했다. "선과 악으로 나뉜 세상에서는 주저 없이 적을 구분해야 해요."

"저는 그런 식의 구분에 익숙하지 않아요."

"우리와 함께 있다보면 달라질 거예요." 가브리엘라가 부드러운 목소리로 말했다.

베를렌은 표지판을 보고 잠시 멈추었다가 다시 고속도로에 진입했다. 이제 수녀원까지 몇 킬로미터 남지 않았다.

"에반젤린도 조직의 일원인가요?" 베를렌이 물었다.

"에반젤린은 천사학에 대해 아는 게 없어요. 어렸을 때는 아무것도 말해주지 않았거든요. 그애는 젊고 순종적이에요. 대단히 똑똑하지 않으면 실패하기 십상인 성격이죠. 그애를 세인트로즈 수녀원에 맡긴 건 그애 아버지 생각이었어요. 가톨릭 신자였던 그 사람은 젊은 여자라면 수녀원 지붕 아래 숨겨둬야 안전하다는 안이한 생각을 품고 있었죠. 이탈리아 사람이라 어쩔 수 없어요. 그런 생각이 핏속에 흐르는 거예요."

"에반젤린이 그런 아버지 말을 따랐다고요?"

"무슨 뜻이죠?"

"아버지가 하란다고 삶을 살 만하게 만들어주는 것들을 모두 포기했다는 거냐고요?"

"삶을 살 만하게 만들어주는 것들이 무엇인지는 논란의 여지가 있을 것 같군요. 하지만 맞아요. 에반젤린은 시키는 대로 했어요. 루카는 에반젤린의 엄마이자 내 딸인 안젤라가 살해되자 에반젤린을 데리고 미국으로 왔어요. 아마 철저히 종교에 따라 키웠을 거예요. 내 생각엔 이미 어렸을 적부터 세인트로즈 수녀원에 보낼 준비를 한 것 같아요. 그러지 않았다면 이런 시대에 젊고 재능 있는 아이가 제 발로 수녀원에 들어갔겠어요?"

"중세 시대에나 있을 법한 이야기네요." 베를렌이 말했다.

"당신이 루카를 몰라서 하는 말이에요. 그리고 에반젤린도 모르죠. 둘은 유난히 사이가 좋았어요. 떼어놓을 수가 없었죠. 아버지가 시키는 거라면 에반젤린은 무슨 일이든지 했을 거예요. 자기 인생을 성당에 바치는 것까지도."

고속도로를 달리는 동안 두 사람은 아무 말도 하지 않았다. 도로 양쪽으로 늘어선 나무들 사이로 포르셰의 엔진 소리만 요란했다. 한 시간 전만 해도 이상하리마치 평온한 여행길이었다. 하지만 이제 나무가 많이 몰려 있는 곳이나 커브길, 좁은 고속도로 진입로만 나와도 누군가 매복하고 있을 것 같았다. 베를렌은 가속페달을 힘주어 밟아 점점 더 빨리 달렸다. 자꾸 백미러를 보았다. 언제든 남자들이 되살아나 SUV를 몰고 쫓아올 것 같았다.

뉴욕 주, 밀턴, 세인트로즈 수녀원

에반젤린과 셀레스틴은 엘리베이터를 타고 4층으로 올라갔다. 가죽 가방은 이미 에반젤린이 어깨에 메고 있었다. 문이 열리자 셀레스틴이 말했다. "얼른 가요. 몰래 빠져나갈 수 있게 내가 주의를 돌릴 테니." 에반젤린은 셀레스틴의 뺨에 입을 맞추고 엘리베이터에서 내렸다. 셀레스틴은 바로 버튼을 눌렀고 문이 닫혔다. 에반젤린은 혼자 남았다.

방으로 간 에반젤린은 서랍을 열고 중요한 물건들을 챙겨 주머니에 넣었다. 묵주와 오랫동안 모아둔 약간의 현금 말고는 별것이 없었다. 방안을 둘러보자 가슴이 아파왔다. 며칠 전만 해도 여길 떠날 거라곤 전혀 생각지 못했다. 남은 인생은 끝없이 이어지는 의식과 매일 똑같은 일과와 기도로만 채워지리라 생각했다. 매일 아침 기도하러 일어나고 매일 저녁 어둠에 잠긴 강을 보며 잠자리에 들 줄 알았다. 하루아침에 허드슨 강 물살에 녹아내리는 얼음처럼 확실한 것은 모두 녹아내리고 말았다.

마당에서 찢어지는 듯한 커다란 소음이 들려 에반젤린은 퍼뜩 정신을 차렸다. 방에서 뛰어나와 창문을 열고 마당을 내려다보니 검은색 밴이 꼬리에 꼬리를 물고 천사들의 마리아 성당 앞으로 밀려들어오고 있었다. 차문이 열리고 수상한 사람들이 우르르 내려 수녀원 잔디밭을 뒤덮었다. 에반젤린은 좀더 자세히 보려고 눈을 가늘게 떴다. 그들은 모두 마당에 쌓인 눈을 쓸고 다닐 만큼 긴 검은색 외투를 입고 검은색 가죽장갑을 끼고 군용 전투화를 신고 있었다. 마당을 가로질러 수녀원 건물로 접근하는 그들의 수는 급격히 불어났다. 차가운 공기 속에서 갑자기 나타나는 능력이라도 있는 듯했다. 수녀원 주위를 둘러보니 수상한 자들은 자동차뿐 아니라 어두운 숲에서도 튀어나오고 돌벽을 타고도 넘어오고 거대한 철제 출입문을 통해서도 걸어들어왔다. 몇 시간 전부터 숨어서 기다린 모양이었다. 세인트로즈 수녀원은 기보림들에게 완전히 포위되었다.

가죽가방을 단단히 끌어안은 에반젤린은 겁에 질린 채 뒤돌아 복도를 뛰기 시작했다. 그리고 문을 두드려 공부나 기도에 빠진 수녀들을 깨웠다. 스위치를 모두 올려 불을 최대한 밝혔다. 환한 불빛에 아늑하던 4층 분위기가 확 달라졌다. 낡을 대로 낡은 카펫이나 페인트가 벗어진 벽은 수녀들의 음울하고 고립된 삶을 있는 그대로 드러내 보였다. 지난번 공격에서 배운 점이 있다면 수녀들이 최대한 빨리 수녀원에서 달아나야 한다는 것이었다.

에반젤린 덕분에 원로 수녀들이 모두 방에서 나왔다. 그들은 무슨 일인가 싶어 정신을 놓고 멍하니 복도에 서 있었다. 베일을 쓰지 않은 머리는 헝클어져 엉망이었다. 어디선가 다른 수녀들에게 싸울 준비를 하라는 필로메나 수녀의 외침이 들려왔다.

"가세요. 뒤쪽 계단을 통해 1층으로 가서 페르페투아 원장님이 시키는 대로 하세요. 절 믿으세요. 무슨 말인지 곧 알게 될 거예요." 에반젤린이 말했다.

원로 수녀들을 직접 모시고 가고 싶은 마음을 억누르며 에반젤린은 수녀들 사이를 뚫고 복도 끝 나무문으로 향했다. 문을 열고 안쪽의 나선형 계단을 뛰어올라갔다. 탑 꼭대기에 있는 방은 몸이 꽁꽁 얼 만큼 춥고 어두웠다. 에반젤린은 벽 앞에 무릎을 꿇고 앉아 비밀 벽돌을 빼냈다. 그 안에 천사학 노트를 넣어둔 금속 상자가 들어 있었다. 노트 사이에는 사진도 그대로 끼워져 있었다. 그녀는 노트 4분의 3쯤에 해당하는 부분을 펼쳤다. 거기에 어머니가 적어둔 실험 결과를 할머니 가브리엘라가 깨끗하고 정확하게 옮겨쓴 내용이 있었다. 그녀의 어머니는 노트에 쓰인 숫자들 때문에 살해당했다. 에반젤린은 자료를 절대 포기할 수 없었다.

탑에 달린 창문은 꽁꽁 얼어붙어서 유리에 허옇게 성에가 끼어 있었다. 따뜻한 입김을 불고 손바닥으로 문질러봐도 성에는 가시지 않았다. 마당 쪽을 확인해야 한다는 조급한 마음에 신발을 벗어 뒷굽으로 유리창을 깨뜨리고는 남은 유릿조각들을 걷어냈다. 그러자 마당을 내려다볼 수 있는 조그만 구멍이 생겼다.

살을 에는 듯한 바람이 탑 안으로 밀려들어왔다. 삼면이 강과 숲으로 둘러싸인 수녀원 마당이 내려다보였다. 수상한 자들은 머리까지 시커멓게 뒤집어쓰고 마당 한가운데 모여 있었다. 멀리 떨어져 있어 작게 보이는데도 에반젤린은 온몸에 소름이 돋는 것 같았다. 창문 아래서는 오십에서 백 명쯤 되는 침입자들이 재빨리 열을 맞추고 있었다.

갑자기, 어디선가 명령이 떨어진 듯 그자들 모두가 동시에 외투를 벗어던졌다. 팔다리가 모두 맨살이었다. 그자들의 피부에서 뿜어져나오는 광채가 눈 위에서 번쩍거렸다. 똑바로 서자 큰 키 때문에 사람 없는 쇼핑몰에 서 있는 고대 그리스의 석상처럼 보였다. 등에 달린 거대하고 끝이 날카로운 빨간 날개를 활짝 펴자 줄기까지 선명한 깃털이 흐릿한 아침 햇살에 반짝거렸다. 에반젤린은 당장에 천사들을 알아보았다. 그들은 어릴 적 아버지를 쫓아갔다가 창고에서 봤던 그 짐승들과 비슷했다. 전과 달라진 점은 그녀가 아이에서 여인이 되었다는 것이었는데 그 차이 때문에 전에는 느끼지 못했던 유혹에 사로잡혔다. 그들의 몸은 대단히 아름답고 관능적이어서 열망이 에반젤린의 온몸을 훑고 지나갔다. 하지만 그렇게 욕망을 느끼는 와중에도 그들의 모든 것, 그들이 선 자세부터 어마어마한 날개를 펼친 모습까지 모든 것이 괴물을 본 것처럼 소름 끼쳤다.

가슴을 진정시키려고 깊이 심호흡을 하다가 이상한 냄새를 맡았다. 매캐한 것이 분명 연기 냄새였다. 마당을 내려다보던 그녀의 눈에 수상한 자들이 수녀원 건물 근처에 모여 날개를 퍼덕거리며 불길을 키우는 모습이 보였다. 깜박거리던 불꽃이 점점 더 높이 타올랐다. 악마들이 공격을 시작한 것이다.

에반젤린은 노트를 가죽가방에 넣고 계단을 뛰어내려가 곧장 예배당으로 향했다. 아래로 내려갈수록 탄내가 진동했고 짙은 연기가 계단을 타고 소용돌이치듯 올라왔다. 얼마나 먼 곳에서 불이 났는지 알 수 없었다. 불길에 갇힐 수도 있다는 생각이 들어 그녀는 가죽가방을 꼭 끼고 발걸음을 재촉했다. 계단을 내려갈수록 공기가 매캐해지는 것으로 보아 불은 수녀원 건물 아래층에서 시작된 것 같았다. 불길이 그렇게 빨리, 세차게 번질 수는 없었다. 에반젤린은 침입자들이 거대한 날개를 퍼덕여 불을 키우던 모습이 떠올랐다. 몸이 부르르 떨렸다. 기보림들은 수녀원 전체가 잿더미가 될 때까지 멈추지 않을 것이다.

뉴욕 주, 밀턴, 세인트로즈 수녀원

베를렌은 화려한 철제 출입문에 새겨진 '세인트로즈'라는 글자를 겨우 알아보았다. 수녀원에서 짙은 연기가 밀려나오고 있었다. 두꺼운 석회암 돌벽 옆에 차체가 찌그러지고 유리창이 깨진 르노가 서 있었다. 밤새 내부까지 눈과 얼음이 가득 쌓였지만 여전히 같은 자리에 있었다. 베를렌은 차를 대면서 활짝 열린 출입문을 통해 성당 앞에 줄지어 선 검은색 밴들을 보았다.

"저 차 보여요?" 가브리엘라가 수녀원 진입로 끄트머리 나무 뒤에 숨은 흰색 재규어를 가리켰다. "오털리 그리고리의 차예요."

"퍼시벌과 관련있나요?"

"여동생이에요. 프랑스에 있을 때는 나하고도 잘 알고 지냈죠." 가브리엘라는 총을 들고 포르셰에서 내렸다. "만일 오털리가 여기 있다면 퍼시벌도 왔을 테고, 그 둘이 불을 지른 게 분명해요."

베를렌은 가브리엘라 등뒤의 수녀원을 바라보았다. 건물 위쪽은 연기에 휩싸여 잘 보이지 않았고 앞마당에서도 뭔가 움직임이 있었지만 너무 멀어 무슨 일인지 알 수 없었다. 그는 가브리엘라를 따라 차에서 내려 수녀원으로 들어가려고 했다.

"왜 따라와요?" 가브리엘라가 물었다.

"같이 가려고요."

"당신은 차에서 기다려요. 에반젤린을 찾아오면 재빨리 달아나야 해요. 당신이 차에서 대기하고 있어야 그럴 수 있죠. 여기서 기다려줘요." 가브리엘라는 대답을 기다리지도 않고 검은색 긴 재킷의 주머니에 권총을 숨긴 채 수녀원으로 걸음을 옮겼다.

베를렌은 서 있던 밴 한 대에 몸을 기대고 수녀원 모퉁이를 돌아 사라지는 가브리엘라를 지켜보았다. 당부의 말을 들었지만 따라 들어가고 싶어 마음이 흔들렸다. 그러는 대신 그는 줄지어 선 밴들을 지나 흰색 재규어 쪽으로 향했다. 손을 둥글게 말아 눈에 대고 차창을 들여다보았다. 베이지색 가죽 시트 위에 자신이 넘겨준 서류철이 트라키아 동전 사진을 복사한 자료가 보이도록 펼쳐진 채 놓여 있었다. 문을 열어보려 했지만 단단히 잠겨 있어서 창문을 깰 만한 것을 찾아 두리번거렸다. 바로 그때 자동차 쪽으로 오는 퍼시벌 그리고리가 보였다.

베를렌은 재빨리 수녀원 돌벽 뒤로 몸을 숨겼다. 그 순간 살짝 얼어붙은 눈을 밟는 바람에 파삭 얼음 깨지는 소리가 났다. 우뚝 멈추고 보니 벽에 틈이 생겨 마당이 잘 보이는 곳이었다. 눈앞에 펼쳐진 광경에 베를렌은 깜짝 놀랐다. 성난 화염 위로 시커먼 연기가 뭉게뭉게 피어오르고 있었다. 수녀원이 온통 불길에 휩싸였다. 더 놀라운 사실은 좀 전에 그가 죽인 자들과 똑같이 생긴 놈들이 수녀원 앞마당에 어마어마하게 몰려와 있다는 것이었다. 날개 달린 파충류 괴물 백여 마리가 수녀원을 공격하고 있었다.

좀더 자세히 보려고 정신을 집중했다. 괴물들은 새와 야수를 섞어놓은 반인반수였다. 등에 윤기 나는 빨간 날개가 돋아 있었다. 강렬한 빛이 온몸을 뒤덮고 있어 빛으로 만든 옷을 입은 듯 보였다. 가브리엘라한테서 기보림에 대해 상세히 듣기도 했고 전날 밤 이미 기차에서 보기도 했지만 두 눈으로 직접 확인하고야 이렇게 많은 수가 존재한다는 것을 믿을 수 있었다.

불길과 연기 사이로 점점 더 많은 기보림이 보였다. 그들은 커다란 날개를 거세게 퍼덕거리며 한 마리씩 차례로 수녀원을 공격했다. 바람을 타고 높이 날아올랐다가 떨어지는 연처럼 순식간에 건물을 향해 달려들었다. 마치 무게가 없는 것처럼 비현실적으로 가벼워 보였다. 그들의 움직임은 일사불란한데다 너무 강력해 베를렌이 보기에도 도저히 대적할 방법이 없을 것 같았다. 그들은 정교한 발레 동작을 하듯 하늘을 날아 공격했다. 지면을 박차고 날아올라 우아한 폭력의 협연을 펼쳤다. 서로 부딪치지 않도록 요리조리 피하며 치솟는 불길 사이로 움직였다. 베를렌은 그 파괴의 광경을 경외감에 차 바라보았다.

녀석들 가운데 하나가 무리와 떨어져 숲 쪽에 서 있었다. 자세히 보고 싶은 마음에 베를렌은 수풀에 몸을 숨긴 채 돌벽을 따라 녀석에게서 3미터쯤 떨어진 곳까지 접근했다. 더없이 우아한 모습이었다. 매부리코에 구불거리는 금빛 머리칼, 무시무시한 붉은 눈. 깊이 숨을 들이마시는 순간 향긋한 체취가 느껴졌다. 가브리엘라의 말로는 놈들과 맞닥뜨리는 행운(또는 불행)을 가진 사람들은 그것을 암브로시아*의 향이라고 부른

* 그리스신화에 나오는 신의 음식. 불로불사의 효력이 있다고 한다.

다 했다. 베를렌은 상대가 풍기는 위험한 매력을 바로 알아차렸다. 그는 기보림이 대대로 내려온 실수가 쌓인 듯 흉측한 외모에 성스러움과 신성모독을 섞어놓은 기형일 거라고 생각했다. 이렇게 아름다울 거라고는 생각지 못했다.

별안간 녀석이 돌아섰다. 숲 쪽을 흘긋 보는 모습이 꼭 베를렌이 수풀 사이에 숨어 있다는 걸 아는 듯했다. 기보림이 움직이자 목 주위의 피부와 길고 가느다란 팔, 전체적인 몸의 윤곽이 더 잘 보였다. 돌벽을 향해 다가서는 녀석의 빨간 날개가 부르르 떨렸다. 베를렌은 자신이 왜 여기 왔는지 뭘 원하는지 이제 어떻게 해야 할지 아무 생각도 나지 않았다. 두려워야 정상이었지만 기보림이 온몸에서 빛을 뿌리며 다가오자 이상하게도 마음이 차분해졌다. 원래 몸에서 빛이 나는데다 수녀원을 집어삼킨 불길이 너울거리며 비추는 강렬한 빛까지 더해져 놈은 온몸이 이글거리는 것처럼 보였다. 베를렌은 최면에 빠진 듯 멍하니 서 있었다. 달아나야 한다고 생각했지만 어찌된 일인지 오히려 더 가까이 가 파리한 녀석의 몸을 만져보고 싶었다. 베를렌은 수풀에서 나와 모든 것을 포기한 듯 기보림 앞에 섰다. 그리고 음침하고 난폭한 수수께끼의 답을 구하듯 녀석의 유리알 같은 눈동자를 응시했다.

녀석의 눈 속에서 베를렌이 발견한 것은 예상을 넘어서는 놀라운 것이었다. 녀석의 눈빛에는 악의가 없었다. 아무 감정이 없어 더 두려워지는 동물의 눈빛이었다. 자기 앞에 무엇이 있는지 이해하는 능력을 갖추지 못한 그 눈은 그저 텅 빈 유리알이었다. 녀석은 베를렌의 존재를 인식하지 못했다. 그저 숲에서 흔히 볼 수 있는 그루터기나 나뭇잎 더미인 듯 그의 등뒤를 멍하니 보고 있었다. 이 생물체에게는 영혼이 없었다.

녀석이 몸을 휙 돌리더니 빨간 날개를 활짝 펼쳤다. 그리고 양날개를 하나씩 젖히자 불길이 내뿜는 강렬한 빛이 그 위로 미끄러지듯 떨어졌다. 녀석은 그 빛에서 힘을 얻은 듯 땅을 박차고 오르더니 나비처럼 가볍게 날아 수녀원을 공격하는 다른 녀석들과 합류했다.

뉴욕 주, 밀턴, 세인트로즈 수녀원, 예배당

예배당은 연기로 가득차 있었다. 에반젤린은 숨을 쉬려고 해봤지만 뜨거운 유독성 연기에 금방이라도 질식할 것 같았다. 온몸이 뜨겁고 눈이 매워서 몇 초 지나지 않아 눈물이 솟으며 시야가 뿌예졌다. 연기 사이로 예배당에 모여 있는 수녀들의 검은 윤곽이 보였다. 그녀의 눈에는 수녀복들이 뒤엉켜 하나의 범접할 수 없는 검은 덩어리를 이룬 것처럼 보였다. 연기가 뒤섞인 햇빛이 제단 위에 부드럽게 내려앉았다. 왜 수녀들이 불길 한가운데서 꼼짝도 안 하는지 에반젤린은 이해할 수 없었다. 밖으로 빠져나가지 않으면 연기에 질식해 죽을 게 뻔했다.

혼란스러워진 에반젤린은 천사들의 마리아 성당을 통과해 밖으로 피하려고 돌아서는 순간 뭔가에 발이 걸리면서 대리석 바닥에 호되게 넘어져 턱을 찧었다. 그만 손에서 놓쳐버린 가죽가방은 연기 속으로 사라졌다. 끔찍하게도 연기 속에서 루도비카 수녀의 얼굴이 그녀를 올려다보고 있었다. 얼굴은 두려움에 질린 표정 그대로 굳어 있었다. 에반젤린은 루도비카 수녀의 몸에 걸려 넘어진 것이었다. 그 옆에는 휠체어가 뒤집힌 채 아직도 한쪽 바퀴가 헛돌고 있었다. 에반젤린은 루도비카 수녀의 시신 위로 몸을 숙이고 양손으로 아직 온기가 남은 뺨을 어루만지며 기도했다. 원로 수녀들 가운데 최고 연장자였던 그녀에게 보내는 마지막 인사였다. 그리고 가만히 눈을 감겨주었다.

무릎을 대고 양손으로 바닥을 짚고 일어선 에반젤린은 연기 속에서 주변 상황을 파악하려고 안간힘을 썼다. 예배당 바닥에는 시체들이 널려 있었다. 신도석 사이 통로에 띄엄띄엄 네 명의 수녀가 질식해 쓰러져 있었다. 절망감이 밀려왔다. 기보림들이 천사와 세 개의 하늘이 그려진 창문을 깨부수면서 그 파편이 수녀들을 덮친 것이었다. 갖가지 색의 유릿조각들이 예배당 한쪽 끝부터 반대편까지 부서진 사탕처럼 대리석 바닥에 깔려 있었다. 신도석은 다 부서지고 정교한 금 괘종시계가 박살이 나고 대리석 천사상들은 쓰러져 있었다. 뻥 뚫린 유리창 구멍으로 수녀원 마당이 내다보였다. 눈 쌓인 마당은 괴물들로 뒤덮여 있었다. 하늘로 피어오르는 연기를 보고야 에반젤린은 아직 불이 꺼지지 않았다는 것이 떠올랐다. 차가운 돌풍이 밀려와 황폐한 예배당 여기저기 널린 잔해를 휩쓸고 지나갔다. 최악은 제단 앞에 놓인 무릎 방석 위에 아무도 없다는 것이었다. 영원한 경배가 끊어졌다. 그 끔찍한 광경에 에반젤린은 숨이 턱 막혔다.

바닥을 흐르는 공기가 조금 시원해지더니 연기가 걷히는가 싶었다. 에반젤린은 다시 바닥에 엎드려 기어다니며 가죽가방을 찾기 시작했다. 눈이 맵고 팔꿈치가 쓰라렸다. 연기가 익숙했던 예배당을 위험한 공간으로 바꾸어놓았다. 이제 예배당은 보이지 않는 함정으로 가득한 지뢰밭이나 마찬가지였다. 연기가 더 낮게 깔려 에반젤린을 덮쳤더라면 그녀도 다른 수녀들처럼 정신을 잃었을 터였다. 그렇다고 곧바로 천사들의 마리아 성당으로 기어나갔다면 소중한 가방을 포기해야 했을 것이다.

한참 만에 에반젤린은 반짝이는 금속을 발견했다. 가방에 달린 놋쇠고리가 불빛을 반사한 것이었다. 손을 뻗어 손잡이를 움켜쥐었다. 가까이 잡아당겨보니 가죽이 약간 그슬린 상태였다. 몸을 일으킨 그녀는 소매로 코와 입을 덮어 연기를 조금이라도 막아보려고 애썼다. 베를렌이 도서관에서 했던 질문이 떠올랐다. 그는 프란체스카 수녀원장이 그린 도면에서 인장이 찍힌 곳이 실제로 어딘지 무척 궁금해했다. 할머니가 보낸 마지막 카드가 베를렌의 이론을 확인해주었다. 설계도면은 물건을 숨긴 위치를 표시하기 위해 그린 것들이고 프란체스카 수녀가 숨긴 무언가는 이백 년 가까이 발각되지 않았다. 지도의 정확성은 의심할 여지가 없었다. 프란체스카 원장이 뭔가를 숨겨둔 곳은 감실龕室이 틀림없었다.

에반젤린은 제단 계단을 기어올라갔다. 연기를 뚫고 공들여 장식한 감실을 향해 조금씩 나아갔다. 대리석 기둥 위에 놓인 감실 문에는 금으로 알파와 오메가, 즉 처음과 마지막이라는 뜻의 문자가 새겨져 있었다. 감실은 작은 찬장만해서 뭔가 소중한 것을 숨기기에 충분했다. 에반젤린은 가죽가방을 옆구리에 끼고서 감실 문을 열려고 했다. 잠겨 있었다.

문득 예배당 어디선가 기척이 느껴졌다. 고개를 돌리는 순간 기보림 둘이 스테인드글라스를 깨뜨리며 뛰어들어왔다. 첫번째 하늘을 그린 부분이 깨져 금색, 빨간색, 파란색 유릿조각들이 죽은 수녀들 위로 쏟아졌다. 에반젤린은 제단 뒤에 몸을 숨겼다. 기보림의 생김새를 보자 목덜미의 털이 쭈뼛 섰다. 놈들은 탑 위에서 내려다볼 때보다 더 키가 크고 말랐으며 커다란 눈은 빨갛고 진홍빛 날개를 망토처럼 길게 드리우고 있었다.

한 녀석이 무릎 방석을 찢어 바닥에 내팽개치고 짓밟는 사이 다른 녀석은 포악한 일격으로 천사 대리석상의 머리를 날려버렸다. 반대쪽에서는 또다른 녀석이 금 촛대를 집어들더니 어마어마한 힘으로 스테인드글라스를 향해 집어던졌다. 아름다운 대천사 미카엘이 그려진 창문이었다. 유리창은 박살이 났다. 매미 천 마리가 동시에 우는 듯한 유리 깨지는 소리가 실내를 가득 채웠다.

제단 뒤에 숨은 에반젤린은 가죽가방을 품에 꼭 끌어안았다. 조심스럽게 행동해야 했다. 아주 작은 소리에도 녀석들이 눈치챌 것 같았다. 예배당 밖으로 달아날 길을 이리저리 찾던 에반젤린의 눈에 필로메나 수녀가 보였다. 그녀는 구석에 몸을 웅크린 채 숨어 있었다. 필로메나 수녀가 천천히 손을 들어 보였다. 에반젤린에게 움직이지 말고 지켜보라는 것 같았다. 에반젤린은 감실 근처에 숨어 제단 쪽으로 기어오는 필로메나의 모습을 지켜보았다.

필로메나 수녀는 놀라울 만큼 빠르고 정확하게 제단 위에 놓여 있던 성광을 움켜쥐었다. 성광은 순금인데다 6지 촛대 크기였으니 엄청나게 무거울 터였다. 그럼에도 필로메나 수녀는 성광을 머리 위로 번쩍 들어올려 대리석 바닥에 힘껏 내리쳤다. 성광은 부서지지 않았다. 그런데 성체를 넣을 수 있도록 가운데 박혀 있는 작은 구형 크리스털이 깨졌다. 제단 뒤에 숨은 에반젤린에게까지 유리 깨지는 소리가 똑똑히 들렸다.

필로메나 수녀의 행동은 신성모독이었고 수녀들의 기도와 믿음에 반하는 끔찍한 것이라서 에반젤린은 정신이 멍해질 만큼 놀랐다. 예배당이 파괴되고 수녀들도 죽임을 당한 마당에 더 심한 신성모독을 저지를 이유는 없었다. 하지만 필로메나는 계속 성광을 내리쳐 유리를 깨부수었다. 에반젤린은 놀라 뒤로 물러섰다. 대체 어떤 광기가 필로메나 수녀를 사로잡은 것인가.

기보림들도 필로메나를 보았다. 그들은 숨쉴 때마다 진홍색 날개를 들썩이며 필로메나 쪽으로 다가갔다. 갑자기 한 녀석이 돌진했다. 필로메나 수녀는 에반젤린이 상상도 못 했던 괴력을 발휘했다. 광적인 믿음에 취한 듯했다. 필로메나는 녀석의 손아귀를 한 걸음 차이로 피하더니 단숨에 한쪽 날개를 잡아 비틀었다. 커다란 빨간 날개가 기보림의 몸에서 뜯겨나왔다. 상처에서 걸쭉한 파란색 체액이 흘러나와 바닥에 고이기 시작했고 기보림은 그 위에 쓰러져 몸부림쳤다. 녀석은 숨을 헐떡거리며 끔찍한 비명을 질러댔다. 에반젤린은 지옥에 떨어진 기분이었다. 가장 신성한 장소인 예배당, 매일 기도를 올리던 사원이 더럽혀지고 만 것이다.

필로메나 수녀는 성광을 다시 집었다. 그리고 깨진 크리스털 상자를 자세히 살피더니 해냈다는 표정을 지으며 뭔가를 머리 위로 들어올렸다. 에반젤린은 필로메나 수녀가 손에 든 물건이 무엇인지 보려고 애썼다. 작은 열쇠였다. 유리에 베였는지 필로메나 수녀의 손목과 팔에서 피가 뚝뚝 흘렀다. 에반젤린은 눈앞에 펼쳐진 광경에 욕지기가 치밀었다. 날갯죽지가 뜯긴 채 쓰러진 기보림의 모습은 차마 눈뜨고 볼 수 없었다. 하지만 필로메나 수녀는 전혀 신경쓰지 않는 것 같았다. 에반젤린은 겁에 질린 와중에도 열쇠가 나온 것이 놀라웠다.

필로메나 수녀가 가까이 오라고 그녀를 불렀다. 하지만 에반젤린은 꼼짝도 할 수 없었다. 아직 살아 있는 기보림들이 갑자기 필로메나 수녀에게 달려들어 들쥐를 덮치는 매처럼 그녀의 옷을 갈기갈기 찢어버렸다. 검은 수녀복이 매끈하고 빨간 날개들로 뒤덮였다. 그러나 순간적으로 필로메나 수녀가 놓여났다. 그녀는 마지막 남은 힘을 짜내 열쇠를 에반젤린 쪽으로 던졌다. 에반젤린은 바닥에 떨어진 열쇠를 집어서는 얼른 대리석 기둥 뒤로 몸을 숨겼다.

에반젤린이 다시 돌아보았을 땐 시커멓게 그슬린 필로메나 수녀의 시신 위로 차가운 빛이 떨어지고 있었다. 살기등등한 기보림들은 금방이라도 날아오를 것처럼 날개를 펼친 채 예배당 한가운데로 향하고 있었다.

문가에 수녀들이 모여 있었다. 에반젤린은 얼른 피하라고 소리치고 싶었다. 하지만 그녀가 입을 열기도 전에 수녀들이 양쪽으로 갈라지고 휠체어에 앉은 셀레스틴이 모습을 드러냈다. 베일을 쓰지 않은 새하얀 머리칼 때문에 슬픔을 새겨놓은 듯한 얼굴의 주름들은 더욱 도드라져 보였다. 한 수녀가 셀레스틴이 탄 휠체어를 제단 앞까지 밀고 들어왔다. 바닥에는 검은 수녀복과 하얀 베일이 어지럽게 널려 있었다.

기보림들도 휠체어에 앉아 제단 앞까지 다가오는 셀레스틴을 보았다. 셀레스틴과 함께 나선 수녀들이 촛불을 여러 개 켜더니 숯으로 셀레스틴 주변의 바닥에 기호를 그리기 시작했다. 불가사의한 인장들은 에반젤린이 할머니한테서 받은 노트에 그려진 것과 같은 모양이었다. 그녀는 그 기호들을 여러 번 봤지만 무슨 뜻인지는 알지 못했다.

갑자기 누군가 에반젤린의 어깨를 짚었다. 돌아서는 그녀를 와락 껴안은 건 가브리엘라였다. 잠깐이지만 두려움이 사라지고 사랑하는 할머니의 품에 안긴 여자아이가 되었다. 가브리엘라는 에반젤린의 뺨에 입을 맞추고 재빨리 고개를 돌려 다 안다는 듯한 눈길로 셀레스틴을 바라보았다. 할머니를 바라보던 에반젤린은 금방이라도 숨이 멎을 것 같았다. 기억 속 모습보다 늙고 야위었지만 가브리엘라가 옆에 있어 안전하고 친숙한 곳에 있는 느낌이 들었다. 둘이서만 이야기를 나누고 싶었다. 묻고 싶은 게 많았다.

"뭘 하는 걸까요?" 에반젤린은 꼼짝도 하지 않는 기보림들을 보며 물었다.

"셀레스틴은 성스러운 원 안에 마방진을 그리게 한 거야. 소환 의식을 준비하는 거지." 수녀들이 백합으로 만든 화관을 셀레스틴의 하얗게 센 머리에 씌웠다. "저렇게 셀레스틴의 머리에 화관을 씌우는 건 소환을 하는 사람이 진정으로 순결하다는 걸 뜻해. 소환 의식에 대해 자세히 알긴 하지만 직접 보긴 나도 처음이야. 천사를 소환하면 강력한 도움을 받아 단번에 모든 적을 무찌를 수 있어. 지금처럼 수녀원이 포위되고 수적으로 밀릴 때는 가장 유용한 수단일 거야. 아니, 유일한 방법이겠지. 하지만 상상을 초월할 만큼 위험하기도 해. 더구나 셀레스틴처럼 나이가 많은 사람이라면 더욱더. 소환을 안 하니만 못한 경우도 있어. 전쟁을 목적으로 천사를 소환할 때는 더욱 위험해."

에반젤린은 할머니를 바라보았다. 그녀가 할머니에게서 받았던 것과 똑같은 모양의 금 펜던트가 할머니 목에서 반짝거렸다.

"지금 셀레스틴이 하려는 게 바로 전쟁이지." 가브리엘라가 말했다.

"그런데 기보림들이 벌써 얌전해졌어요." 에반젤린이 말했다.

"셀레스틴이 최면을 걸었기 때문이야. 기보림 주문이라고 해. 학생 때 배웠지. 손 보이니?"

에반젤린은 휠체어에 앉은 셀레스틴을 바라보았다. 깍지 낀 양손을 가슴에 얹고 검지 두 개로 자신의 심장을 가리키고 있었다.

"저렇게 하면 기보림들이 순간적으로 멍해져. 하지만 얼마 안 갈 거야. 셀레스틴은 빨리 움직여야 해." 가브리엘라가 말했다.

셀레스틴이 허공을 향해 양팔을 뻗자 기보림들이 주문에서 풀려났다. 놈들이 공격을 재개하기 전에 셀레스틴이 입을 열었다. 그녀의 목소리가 돔형의 예배당 천장에 울리기 시작했다.

"앙겔레 데이, 퀴 쿠스토스 에스 메이, 메 티비 콤미숨 피에타테 수페르나, 일루미나, 쿠스토디, 레게, 에트 구베르나(저를 지키는 수호천사시여. 인자하신 주님께서 저를 당신께 맡기셨으니 오늘 저를 비추시고 인도하시고 다스리소서)."

라틴어였지만 에반젤린도 익히 아는 수호천사 기도문이었다. 그런데 놀랍게도 일종의 주문처럼 효력을 발휘하기 시작했다. 처음에는 부드러운 바람으로 시작되었다. 알아차리기도 어려울 만큼 약한 바람이 불더니 금세 돌풍이 신도석 사이로 휘몰아쳤다. 눈부시게 강렬한 빛과 함께 찬란하게 반짝거리는 존재가 회오리바람 한가운데서 모습을 드러내더니 셀레스틴 수녀의 머리 위로 떠올랐다. 에반젤린은 천사를 소환하는 일이 위험하다는 것도, 주위를 가득 둘러싼 괴물도 잊은 채 멍하니 바라보았다. 거대한 천사의 금빛 날개는 예배당 한가운데 돔까지 닿을 정도이고 모두에게 가까이 오라는 듯 양팔을 활짝 펼치고 있었다. 온몸에서 강렬한 빛을 뿜어냈고 입은 옷은 불길보다 더 밝게 타올랐다. 몸에서 뿜어져나오는 빛이 수녀들을 비추고 용암처럼 바닥으로 흘러내렸다. 천사의 몸은 실제로 존재하는 것 같기도 하고 아닌 것 같기도 했다. 공중에 떠 있는 천사의 몸이 눈에 뻔히 보이는데 천사의 등뒤도 또렷하게 보였다. 무엇보다 기이한 일은 천사의 얼굴이 셀레스틴과 비슷해진다는 사실이었다. 천사는 젊은 시절의 셀레스틴으로 변하기 시작했다.

천사는 소환을 한 사람과 똑같은 모습으로 변신을 마치고 금빛을 뿜어내는 또다른 셀레스틴이 되었다. 에반젤린은 셀레스틴 수녀의 어린 시절 모습을 보았다.

천사는 빛을 뿜으며 차분히 공중에 떠 있었다. 입을 열자 달콤하고 경쾌한 목소리가 성당까지 울려퍼졌다. 어디서도 들을 수 없는 아름다운 떨림이었다. "나를 불렀는가?"

놀랍게도 셀레스틴은 아무렇지 않은 듯 휠체어에서 일어서더니 촛불로 그린 원 한가운데 무릎을 꿇었다. 흰옷이 풀썩 바닥을 덮었다. "하느님의 종으로 하느님의 역사役事를 위해 불렀습니다."

"성스러운 그분의 이름으로 의도가 순수한지 묻겠다." 천사가 말했다.

"하느님의 성스러운 말씀만큼 순수합니다." 셀레스틴의 목소리는 더욱 강해지고 활기가 넘쳤다. 천사의 출현이 그녀에게 힘을 불어넣은 것 같았다.

"두려워하지 마라. 나는 주님의 사자이니. 나는 하느님의 말씀을 노래한다." 천사의 목소리는 음악 그 자체였다.

한차례 회오리바람이 일더니 성당이 음악으로 가득찼다. 천상의 합창이 시작되었다.

"수호천사시여, 우리의 안식처가 괴물에게 훼손당했습니다. 건물이 불타고 자매들이 살해당했습니다. 대천사 미카엘이 뱀의 머리를 짓밟은 것처럼 사악한 침입자들을 물리쳐주소서." 셀레스틴이 말했다.

"알려다오. 그 악마들이 어디 숨었는가?" 천사가 날개를 흔들고 유연한 몸을 돌리며 물었다.

"그들은 바로 여기서 하느님의 신성한 안식처를 유린하고 있습니다."

바로 그 순간, 에반젤린이 미처 반응을 보일 틈도 없을 만큼 빠르게 천사는 거대한 불덩이로 변했고 불덩이는 다시 날름거리는 수백 개의 혓바닥처럼 작은 불꽃으로 갈라졌다. 그리고 그 불길 하나하나가 모두 온전한 천사의 모습으로 바뀌었다. 에반젤린은 가브리엘라의 팔을 붙잡고 휘몰아치는 바람을 견뎠다. 눈이 매운데도 깜박거릴 수조차 없었다. 그사이 전사로 변해 칼을 든 천사들이 예배당을 가득 채웠다. 수녀들은 겁에 질려 사방으로 달아났고 셀레스틴의 천사 소환을 보고 무아지경에 빠졌던 에반젤린도 정신을 차렸다. 천사들의 공격을 받은 기보림들은 제단 위로 쓰러지거나 공중에서 날다가 바닥으로 떨어졌다.

가브리엘라가 셀레스틴에게 달려갔다. 에반젤린도 그 뒤를 따랐다. 셀레스틴은 대리석 바닥에 쓰러져 있었다. 흰옷은 흐트러지고 백합 화관은 비뚜름하게 얹혀 있었다. 에반젤린이 손을 대보니 소환중에 데기라도 했는지 뺨이 뜨거웠다. 가까이서 들여다볼수록 셀레스틴처럼 노쇠하고 부드러운 여인이 괴물들을 물리칠 수 있는 힘을 가졌다는 게 도무지 믿기지 않았다.

어찌된 일인지 바람이 몰아치는 와중에도 촛불은 꺼지지 않았다. 천사의 공격이 실제 세계에는 적용되지 않는 듯했다. 밝은 촛불 불빛에 비친 셀레스틴의 얼굴은 여전히 살아 있는 것처럼 보였다. 에반젤린은 셀레스틴의 흰옷을 조심스럽게 여며주었다. 조금 전만 해도 뜨겁던 셀레스틴의 손은 어느새 차갑게 식어 있었다. 하루 만에 셀레스틴 수녀는 에반젤린의 진정한 수호천사가 되어 혼란스러운 상황을 이겨낼 수 있도록 이끌어주었고 그녀에게 올바른 길을 일러주었다. 확실하지는 않지만 할머니의 눈에서 눈물을 본 듯했다. "정말 훌륭한 소환이었어, 셀레스틴. 훌륭했어." 가브리엘라는 나지막이 말하며 허리를 굽혀 셀레스틴의 이마에 입을 맞추었다.

필로메나를 떠올린 에반젤린은 손에 꼭 쥐고 있던 열쇠를 할머니에게 건네주었다.

"어디서 났니?" 가브리엘라가 물었다.

"성광이었어요." 에반젤린은 바닥에 뒹구는 크리스털 조각들을 가리켰다. "그 안에 들어 있었어요."

"거기 감춰두었군." 가브리엘라는 열쇠를 만지작거리며 말했다. 감실로 다가간 가브리엘라는 열쇠를 꽂고 문을 열었다. 작은 가죽 주머니가 들어 있었다. "여기서는 더 할 일이 없어." 가브리엘라는 에반젤린에게 따라오라고 손짓했다. "가자, 당장 떠나야 해. 아직 위험해."

뉴욕 주, 밀턴, 세인트로즈 수녀원

베를렌은 눈이 쌓여 발이 푹푹 빠지는 수녀원 마당을 가로질렀다. 조금 전만 해도 수녀원은 공격을 받아 거의 무너져가고 있었다. 건물은 불길에 휩싸였고 마당에는 비열한 놈들이 가득했다. 그런데 놀랍게도 전투가 멈추었다. 한순간에 불길은 온데간데없이 사라지고 타다 만 벽돌과 열기에 달궈진 쇠붙이, 코를 찌르는 탄내만 남았다. 허공에 떠 있던 기보림들의 날갯짓이 갑자기 멈췄다. 그들은 감전이라도 당한 것처럼 추락했고 눈 위에 그 시체가 무더기로 쌓여갔다. 베를렌은 정적에 휩싸인 마당을 둘러보았다. 마지막 한 줄기 연기가 오후의 하늘로 퍼져 올라갔다.

베를렌은 쭈그리고 앉아 시체를 살펴보았다. 어딘가 이상했다. 내뿜던 빛만 사라진 게 아니라 몸 전체가 변한 것 같았다. 주근깨, 점, 흉터, 군데군데 검게 그슬린 털 때문에 피부가 얼룩덜룩해 보였다. 새하얗던 손톱은 새카매졌고 시체를 뒤집어보니 날개는 완전히 사라지고 빨간 가루만 남아 있었다. 살아 있을 때 반은 사람 반은 천사였다가 죽으면 온전히 사람으로 바뀌는 듯했다.

성당 쪽에서 들리는 목소리에 베를렌은 시체에서 고개를 돌렸다. 세인트로즈 수녀원 사람들이 줄지어 마당으로 나오더니 기보림들의 시체를 강변으로 끌고 가기 시작했다. 베를렌은 사람들 사이에서 가브리엘라를 찾았지만 보이지 않았다. 수녀 십여 명이 두꺼운 외투를 입고 장화를 신고 있었다. 불쾌한 작업을 앞두고 마음을 단단히 먹은 모양이었다. 그들은 몇 명씩 짝을 지어 지체 없이 작업을 진행했다. 기보림들의 시체는 크고 다루기가 거추장스러워 하나를 옮기는 데 네 명의 수녀가 필요했다. 그들은 시체를 끌고 천천히 마당을 가로질러 허드슨 강가로 옮겼다. 강변에 쌓인 눈은 미끄러운 얼음으로 바뀌고 있었다. 우선 시체들을 자작나무 아래 쌓은 다음 강물로 굴리기 시작했다. 시체들은 유리처럼 맑은 수면 아래로 납덩이처럼 가라앉았다.

수녀들이 일하는 사이 가브리엘라가 젊은 여자와 함께 성당에서 나왔다. 두 사람 모두 연기 때문에 얼굴이 새카맸다. 젊은 여자의 얼굴은 꼭 가브리엘라를 보는 듯했다. 코와 턱 모양, 솟은 광대뼈가 빼다박은 것 같았다. 에반젤린이었다.

"갑시다." 가브리엘라가 갈색 가죽가방을 옆구리에 끼고 베를렌에게 말했다. "이러고 있을 시간이 없어요."

"하지만 포르셰는 좌석이 둘 뿐입니다." 베를렌도 그제야 생각이 나서 말했다.

가브리엘라도 멈칫했다. 이런 문제를 예상하지 못한 스스로에게 생각보다 화가 많이 난 모양이었다.

"문제가 있나요?" 에반젤린이 물었다. 베를렌은 그녀의 듣기 좋은 목소리와 침착한 태도, 가브리엘라를 빼닮은 용모에 다시 한번 매혹되었다.

"우리가 타고 온 차가 좀 작아서요." 에반젤린이 어떻게 생각할지 궁금해하며 베를렌이 말했다.

에반젤린은 한참 동안 그를 바라보았다. 마치 그가 하루 전에 만났던 그 사람인지 확인하는 것 같았다. 에반젤린이 웃음짓자 베를렌은 자신의 생각이 틀리지 않았다는 걸 알았다. 두 사람은 뭔가 통하는 게 있었다.

"따라오세요." 에반젤린이 돌아서서 걸으며 말했다. 그녀의 작은 검은색 구두가 눈밭을 디디며 재빨리 마당을 가로질렀다. 베를렌은 그녀가 가는 곳이라면 어디든 따르겠다고 생각했다.

밴 두 대 사이로 빠져나간 에반젤린은 두 사람을 데리고 벽돌로 지은 차고로 들어갔다. 문을 닫아두었던 터라 차고에서는 연기 냄새가 나지 않았다. 에반젤린은 고리에서 열쇠를 꺼내 흔들어 보였다.

"타세요." 에반젤린은 갈색 세단을 가리키며 말했다. "제가 운전할게요."

천상의 합창

곧이어 천사가 노래를 부르기 시작했다. 천사의 목소리는 리라 소리에 맞춰 높아졌다 낮아졌다를 반복했다. 그 노랫소리가 신호라도 되는 양 다른 천사들이 합창을 시작했다. 여러 천사들의 목소리가 어우러져 천상의 음악을 만들어냈다. 다니엘서에 등장하는 수백만 천사들이 떠오르는 화음이었다.

_가경자 클레마티스 신부의 제1차 천사 탐사 기록

뉴욕 시, 어퍼이스트사이드, 그리고리 펜트하우스

1999년 12월 24일 오후 열두시 사십일분

퍼시벌은 펜트하우스에서도 가장 높은 곳에 있는 어머니의 침실에 서 있었다. 별다른 장식 없이 구석구석까지 하얗게 칠한 공간이었다. 도시가 내려다보이는 넓은 유리창에는 파란 하늘에 간간이 회색 신기루처럼 높은 건물이 보였다. 반대편 벽에 걸린 귀스타브 도레의 판화 연작 위로 오후의 햇살이 비껴들었다. 퍼시벌의 아버지가 오래전 어머니에게 선물한 판화에는 수많은 천사들이 둥글게 모여 햇볕을 쬐는 모습이 담겨 있었다. 날개 달린 신의 사자인 천사들이 겹겹이 서 있는 그림은 비현실적인 실내 분위기 때문인지 실제보다 훨씬 커 보였다. 한때 퍼시벌은 그림 속 천사들에게 동질감을 느꼈다. 하지만 지금의 몸 상태로는 고개를 들어 그들을 바라볼 수조차 없었다.

스네자는 팔다리를 아무렇게나 뻗은 채 침대 위에서 자고 있었다. 날개를 부드러운 피부에 붙이고 잠든 모습이 순진하고 통통한 아이처럼 보였다. 퍼시벌이 어깨에 손을 얹고 부르자 스네자는 눈을 뜨고 그를 멍하니 바라보았다. 스네자를 감싸고 있던 평화로운 기운은 어느새 사라져버렸다. 그녀는 침대 위에 일어나 앉더니 날개를 활짝 폈다가 다시 접었다. 형형색색의 깃털을 꼼꼼하게 정리해 완벽할 만큼 단정했다. 잠들기 전에 따로 손질한 모양이었다.

"무슨 일이지?" 스네자는 퍼시벌의 실망스러운 모습을 전체적으로 확인하듯 위아래로 훑어보며 말했다. "어떻게 된 거야? 꼴이 말이 아니구나."

퍼시벌은 침착하려고 애썼다. "드릴 말씀이 있어요."

스네자는 두 발로 바닥을 디뎌 몸을 일으키고는 창가로 걸어갔다. 이른 오후였다. 서쪽으로 넘어가기 시작한 햇살에 날개가 조개껍데기처럼 반짝거렸다. "내가 낮잠 잘 시간인 거 몰라?"

"그만큼 급한 일이에요." 퍼시벌이 말했다.

"오털리는 어디 있지?" 스네자는 퍼시벌의 어깨 너머를 보며 물었다. "아직 현장에서 돌아오지 않은 거야? 얼른 자세히 듣고 싶구나. 기보림을 데리고 일하는 것도 정말 오랜만이니." 퍼시벌은 스네자의 표정을 보고야 그녀가 얼마나 걱정하고 있는지 알 수 있었다. "내가 직접 갔어야 했어." 스네자가 눈을 반짝이며 말했다. "타오르는 불길, 힘찬 날갯짓, 아무것도 모르고 있던 것들의 비명 소리. 다 옛날 일 같구나."

퍼시벌은 어떻게 대답해야 할지 몰라 입술만 깨물었다.

"런던에서 아버지가 오셨다." 스네자가 실크 기모노를 걸치며 말했다. 예전 퍼시벌의 날개처럼 건강한 스네자의 날개는 수월하게 접혔다. "가자, 아버지가 점심 드시고 있을 거야."

퍼시벌은 어머니와 함께 식당으로 향했다. 사백 살쯤 된 네피림으로, 아들과 놀랄 만큼 닮은 퍼시벌 그리고리 2세가 식탁에 앉아 있었다. 재킷을 벗고 날개를 옥스퍼드 셔츠 밖으로 내놓고 있었다. 학교 다닐 때 말썽을 자주 일으켰던 퍼시벌은 지금과 똑같이 날개를 바짝 세운 채 서재에서 자기를 기다리던 아버지를 여러 번 보았다. 그리고리 2세는 엄격하고 화를 잘 내며 냉정하고 무자비하고 공격적인 네피림이었고 날개가 그런 성격을 잘 보여주었다. 전체적으로 작고 화려함과는 거리가 먼데다 생선 비늘 같은 흐릿한 은빛을 띤 깃털들도 그리 크지 않았다. 사실 퍼시벌 아버지의 날개는 스네자와는 정반대였다. 퍼시벌은 아버지와 어머니의 외모가 전혀 다른 게 당연하다고 생각했다. 둘이 헤어져 산 지도 벌써 백 년이 다 되어가고 있었다.

퍼시벌 그리고리 2세는 2차 세계대전 때 나온 몽블랑 마이스터슈티크 만년필로 식탁을 톡톡 두드리고 있었다. 어렸을 때부터 아버지를 봐온 퍼시벌은 그것이 짜증나고 조급할 때의 습관이라는 것을 잘 알았다. 그리고리 2세가 퍼시벌을 보며 말했다. "어디 갔다 온 거야? 온종일 네 연락만 기다렸잖아."

스네자는 날개를 정리하고 식탁에 앉아 퍼시벌에게 말했다. "그래, 얘야. 말해봐. 수녀원 일은 어떻게 됐지?"

퍼시벌은 식탁 끄트머리 자리에 털썩 앉아 지팡이를 옆에 세워두고 힘겹게 심호흡을 했다. 양손이 부들부들 떨렸다. 뜨거움과 차가움을 동시에 느꼈다. 옷은 땀에 흠뻑 젖었다. 숨쉴 때마다 가슴이 타들어가는 느낌이 꼭 가슴속 작은 불꽃을 공기가 풀무질하는 것 같았다. 그는 서서히 질식해가고 있었다.

"진정 좀 해." 아버지가 경멸하는 눈빛으로 퍼시벌에게 말했다.

"아프니까 그러잖아요." 스네자가 통통한 손을 퍼시벌의 팔에 올리며 쏘아붙였다. "천천히 말하렴. 꼴이 왜 이 모양인지 말해봐."

아버지는 실망스러워하고 어머니는 점점 더 초조해하는 게 눈에 빤히 보였다. 퍼시벌은 그들에게 닥친 재앙을 전하려면 도대체 얼마나 힘을 그러모아야 할지 알 수 없었다. 어머니는 오전 내내 전화를 받지 않았다. 외로이 혼자 뉴욕으로 돌아오는 길에 퍼시벌은 여러 번 통화를 시도했지만 그녀는 일부러 전화를 받지 않았다. 그는 오늘 벌어진 일을 전화로 전했으면 더 바랄 게 없겠다고 생각했다.

마침내 퍼시벌이 입을 열었다. "오늘 일은 실패했습니다."

스네자는 깜짝 놀랐다. 아들의 목소리를 들으니 더 나쁜 소식이 있는 게 분명했기 때문이다. "그럴 리 없어." 스네자가 말했다.

"지금 수녀원에서 오는 길이에요. 제 두 눈으로 직접 봤습니다. 처참하게 패했어요."

"기보림은?" 그리고리 2세가 말했다.

"사라졌습니다." 퍼시벌이 말했다.

"철수한 거야?" 스네자가 물었다.

"죽었어요." 퍼시벌이 말했다.

"그럴 수는 없어. 가장 강한 녀석들로 백 명 가까이 보냈잖아." 그리고리 2세가 말했다.

"한 녀석도 빠짐없이 당했어요. 즉사했어요. 제가 돌아다니며 시체를 살펴봤습니다. 한 녀석도 살아남지 못했어요."

"이해할 수 없군. 내 평생 이런 참패를 당한 적은 없었어." 그리고리 2세가 말했다.

"정상적인 상황은 아니었습니다." 퍼시벌이 말했다.

"그럼 천사 소환이라도 있었다는 거냐?" 스네자가 믿을 수 없다는 듯 말했다.

퍼시벌은 양손을 포개 식탁 위에 올렸다. 다행히 손은 이제 떨리지 않았다. "저도 그런 일이 가능할 거라고는 생각지 못했습니다. 천사 소환술을 전수받은 천사학자 중에 살아남은 자가 별로 없잖아요. 더구나 여긴 미국이니 전수할 사람도 없었고요. 하지만 이렇게 철저히 당한 데는 달리 설명할 도리가 없습니다."

"오털리는 뭐라고 했어?" 스네자가 의자를 밀어내며 벌떡 일어나 말했다. "오털리라면 분명 그들이 천사 소환을 할 능력이 있다는 걸 믿지 않을걸. 그런 건 다 옛날 이야기라고."

"어머니." 감정이 격해진 퍼시벌의 목소리가 떨렸다. "공격에 참여한 모두를 잃었습니다."

스네자가 남편의 얼굴을 바라보았다. 남편의 반응을 봐야 아들의 말이 정말인지 알 수 있을 것 같다는 얼굴이었다.

수치심과 절망으로 퍼시벌의 목소리가 작아졌다. "수녀원을 공격할 때 저는 멀리 떨어져 있었습니다. 하지만 천사가 일으킨 끔찍한 회오리바람은 똑똑히 봤어요. 천사들이 기보림을 공격했습니다. 오털리도 기보림들과 함께 있었고요."

"시체를 봤니?" 스네자가 식당 한쪽 끝에서 반대편으로 서성대며 물었다. 날개가 몸에 착 붙었다. 그녀도 모르는 사이에 일어난 신체 반응이었다. "확실해?"

"틀림없어요. 인간들이 시체를 버리는 걸 봤습니다." 퍼시벌이 말했다.

"그럼 보물은 어떻게 됐지?" 스네자가 점점 흥분하며 말했다. "네가 믿을 수 있다며 고용한 녀석은? 가브리엘라 레비 프란체 발코는? 이렇게 당하고 뭐라도 얻어낸 게 있으면 말해봐!"

"제가 수녀원에 도착했을 때는 모두 사라진 후였습니다. 가브리엘라가 타고 온 포르셰는 수녀원에 버려져 있었고요. 그들은 원하는 걸 찾아 떠났습니다. 끝났어요. 이제 희망이 없어요."

"자, 내가 정리를 해주마." 그리고리 2세가 말했다. 퍼시벌은 아버지가 오털리를 매우 아꼈다는 걸 알고 있었다. 말로 다 못할 만큼 고통스러울 게 분명한데도 아버지는 얼음처럼 차가운 냉정을 유지했다. 퍼시벌은 젊었을 때 그런 아버지가 두려웠다. "넌 동생이 혼자 공격에 나서도록 했다. 그리고 동생을 죽인 천사학자들이 달아나도록 내버려둔데다 보물을 되찾을 기회마저 날렸어. 우리가 천 년이나 기다려온 기회를. 그런데도 네 할 일이 끝났다는 거야?"

퍼시벌은 증오와 동경이 뒤섞인 눈빛으로 아버지를 바라보았다. 아버지는 나이가 들어서도 힘이 펄펄 넘치는데 한창때여야 할 퍼시벌 자신은 이리도 약해져가다니 이해할 수 없는 노릇이었다.

"그들을 찾아내." 그리고리 2세가 벌떡 일어서며 말했다. 어깨 뒤에서 은빛 날개가 부채 모양으로 펼쳐졌다. "찾아내서 악기를 가져와. 진행 상황을 계속 보고해. 승리를 위해서라면 수단 방법 가리지 마."

뉴욕 시, 어퍼웨스트사이드

에반젤린은 웨스트 79번가로 들어서 시내버스 뒤를 천천히 따라갔다. 빨간불에 멈춰 서니 브로드웨이가 보였다. 눈을 가늘게 뜨고 오후의 도시 풍경을 보고 있자니 예전 기억이 되살아났다. 그녀는 주말이면 아버지와 이 근처를 돌아다니다가 길거리의 비좁은 식당에 들어가 아침을 해결하곤 했다. 눈이 녹아 질펀거리는 길을 터벅터벅 걸어가는 수많은 사람, 사방으로 끊임없이 움직이는 차량. 오랫동안 떠나 있었지만 뉴욕은 속속들이 익숙했다.

몇 블록만 더 가면 가브리엘라가 사는 곳이었다. 어릴 때 이후로는 가본 적 없지만 에반젤린은 그곳을 기억하고 있었다. 차분한 적갈색 입구와 우아한 철제 난간이 돋보이는 고급 아파트는 비스듬히 공원이 보이는 곳에 있었다. 한때 온 마음을 다해 떠올려보곤 했던 모습이었건만 지금 에반젤린의 머릿속에 떠오르는 건 오로지 세인트로즈 수녀원뿐이었다. 성당을 떠나는 자신을 보던 수녀들의 눈빛이 도저히 잊히지 않았다. 그 눈빛은 기보림이 수녀원을 덮친 건 에반젤린 때문이라고 말하는 듯했다. 수녀원을 떠날 때 그녀는 애써 눈앞의 도로만 뚫어져라 응시했다. 뒤돌아보지 않고 차고를 나오는 데까지는 그럭저럭 성공했다.

하지만 끝내 에반젤린은 본능을 저버리고 백미러를 보고야 말았다. 시커멓게 그을음이 내려앉은 눈밭과 강변에 모인 비참한 모습의 수녀들이 보였다. 수녀원은 폐허가 된 성채처럼 망가지고 마당에는 화재로 날린 재가 잔뜩 내려앉아 있었다. 에반젤린도 달라졌다. 단 몇 분 만에 그녀는 영원한 경배 프란체스코 수녀회의 에반젤린 수녀라는 역할을 버리고 천사학자 에반젤린 안젤리나 카치아토레가 되었다. 수녀원을 빠져나오는 길 양쪽에 선 자작나무들이 수백 개의 대리석 기둥처럼 보였다. 에반젤린은 멀리서 타오르는 불의 형상을 한 천사가 앞으로 나아가라고 손짓하는 모습을 본 것 같았다.

뉴욕으로 올 때 베를렌은 앞자리 조수석에 앉았다. 굳이 자리를 양보한 가브리엘라는 뒷좌석에서 가죽가방 안에 든 물건들을 꺼내놓고 살펴보았다. 수녀원에서의 조용한 생활이 버거웠는지 에반젤린은 운전을 하면서 베를렌에게 지금까지 어떻게 살아왔고 수도원은 어땠는지 솔직히 털어놓았다. 부모님 이야기까지 한 것은 그녀 자신도 놀라웠다. 브루클린에서 보낸 어린 시절, 아버지와 함께 브루클린브리지를 산책 삼아 건너곤 했던 일도 들려주었다. 브루클린브리지의 명소인 보행자 통로야말로 자기가 유일하게 근심 걱정 없이 진정한 행복을 느낄 수 있는 장소이며 그래서 여전히 자신이 세상에서 가장 좋아하는 장소라고 말했다. 베를렌은 끝없이 이런저런 질문을 했다. 에반젤린은 마치 평생 알고 지낸 사이처럼 그의 모든 질문에 기꺼이 솔직하게 대답하는 자신이 놀라웠다. 베를렌 같은 사람과 이야기를 나누는 것은 실로 오랜만이었다. 잘생겼고 똑똑한데다 그녀가 하는 시시콜콜한 이야기에도 흥미를 보였다. 사실 에반젤린이 남자에게 어떤 감정을 느껴본 것은 정말이지 오래전 일이었다. 남자에 대해 자기가 가졌던 생각이 갑자기 모두 유치하고 얄팍하게 느껴졌다. 베를렌의 눈에 그녀의 행동은 너무 순진해서 우스워 보일 게 분명했다.

주차장의 빈자리를 찾아 차를 세우고 에반젤린과 베를렌은 가브리엘라를 따라 적갈색 건물 안으로 들어갔다. 주변 길거리가 이상하리만치 황량했다. 인도에는 눈이 잔뜩 쌓였고 주차해둔 차량들 위에는 얇게 얼음이 앉아 있었다. 하지만 가브리엘라의 집에는 불이 켜져 있었다. 에반젤린은 창문 안쪽에서 움직이는 누군가의 실루엣을 보았다. 다른 친구들이 가브리엘라 일행을 기다리는 모양이었다. 에반젤린은 두꺼운 동양풍의 카펫 위에 펼쳐진 타임스 지와 탁자마다 아슬아슬하게 놓인 찻잔들, 벽난로 속 불빛을 그려보았다. 어렸을 때 일요일 오후면 할머니 집에서 시간을 보냈던 그녀에게 남은 기억이었다. 물론 어린아이일 때의 기억이고, 기억이란 시간이 흐르면서 향수와 갈망으로 왜곡된다는 사실을 모르지 않았다. 지금 집안에서 자기를 기다리는 게 무엇인지는 전혀 알 수 없었다.

가브리엘라가 현관문에 열쇠를 꽂고 돌리자 안에서 누군가가 걸쇠를 풀더니 커다란 놋쇠 손잡이를 돌려 문을 활짝 열었다. 머리칼이 검고 체격이 건장한 남자가 모자 달린 운동복 상의에 며칠 면도를 하지 않은 듯한 모습으로 서 있었다. 에반젤린은 처음 보는 사람이었다. 하지만 가브리엘라는 상대를 아주 잘 아는 것 같았다.

"브루노." 가브리엘라가 남자를 따뜻하게 껴안았다. 아주 친밀한 사이 같았다. 남자는 쉰 살 전후로 보였다. 에반젤린은 남자를 좀더 자세히 살펴보았다. 나이 차이가 있긴 하지만 할머니가 재혼한 것일 수도 있었다. 가브리엘라가 브루노를 놓아주었다. "와 있었군요. 다행이에요."

"당연히 와야죠." 브루노도 팔을 풀며 말했다. "위원회 사람들이 모두 기다리고 있습니다."

현관에 서 있는 에반젤린과 베를렌을 보더니 브루노는 웃으며 안으로 들어오라고 손짓했다. 가브리엘라의 집에서 나는 특유의 냄새—책과 윤기 나는 골동품에서 풍기는 냄새—가 두 사람을 반겼다. 에반젤린은 한 걸음 한 걸음 안으로 들어갈수록 긴장이 풀리는 느낌이었다. 더 꽂을 자리가 없이 빼곡히 책이 들어찬 책장, 유명한 천사학자들의 초상화를 걸어둔 벽, 안개처럼 내려앉은 진지한 분위기, 모든 것이 에반젤린이 기억하고 있는 그대로였다.

에반젤린은 외투를 벗다가 복도 거울에 비친 자신의 모습을 발견했다. 눈앞에 보이는 모습에 화들짝 놀랐다. 눈 밑에는 다크서클이 생겼고 피부는 연기로 온통 시커멨다. 오늘처럼 칙칙하고 못생겨 보이긴 처음이었다. 더구나 할머니의 우아한 아파트에는 전혀 어울리지 않았다. 베를렌이 뒤에서 다가와 그녀의 어깨에 손을 얹었다. 어제였다면 에반젤린을 두려움과 혼란에 빠뜨릴 만한 행동이었다. 하지만 이제는 베를렌이 손을 거둔 것이 오히려 아쉬웠다.

그렇게 많은 일이 벌어지는 중에도 에반젤린은 베를렌에게 마음이 쏠리는 자신을 용서할 수 없었다. 베를렌이 옆에 바짝 붙어 서 있었고 거울 속에서 그와 눈길을 마주치고 있었지만 그가 더 가까이 와주었으면 하고 바랐다. 그의 마음을 더 알고 싶었다. 두 사람의 눈길이 마주칠 때면 그도 그녀처럼 기쁨의 충격을 느낀다고 말해주길 바랐다.

에반젤린은 다시 거울 속 자신을 살펴보았다. 흐트러진 모습이 얼마나 우스워 보일까 싶었다. 칙칙한 수녀복과 고무 밑창이 달린 신발은 베를렌의 눈에는 더없이 우스꽝스러울 터였다. 더구나 그녀는 수녀원 생활이 뼛속 깊이 배어 있었다.

"어쩌다 여기까지 오게 되었나 생각하고 있겠군요." 베를렌은 어떤 마음일까 생각하며 에반젤린이 말했다. "순전히 우연으로 이 사건에 말려든 거잖아요."

"놀라운 크리스마스가 되었다는 건 인정할 수밖에 없겠네요." 베를렌이 얼굴을 붉히며 말했다. "하지만 가브리엘라가 나를 찾아오지 않았다면, 내가 이 모든 일에 말려들지 않았다면 당신을 못 만났겠죠."

"어쩌면 만나지 않는 편이 나았을 수도 있어요."

"할머니에게서 당신 얘기를 좀 들었습니다. 상황이 보기와는 많이 다르다는 거 알아요. 세인트로즈 수녀원에 들어가게 된 것이 혹시 벌어질지 모를 일에 대비하기 위해서였다는 것도요."

"그 때문만은 아니에요." 에반젤린은 자신이 수녀원에서 지내게 된 사연은 너무도 복잡하다는 걸, 그래서 베를렌에게 설명하긴 쉽지 않다는 걸 깨달았다.

"그럼 돌아갈 겁니까?" 베를렌은 에반젤린의 대답이 자신에게 매우 중요하다는 듯한 눈빛으로 물었다.

에반젤린은 그 질문이 얼마나 대답하기 어려운 것인지 전해지길 바라며 입술을 깨물었다. "아니요." 한참 만에 에반젤린이 대답했다. "절대로 안 돌아가요."

베를렌이 에반젤린의 뒤로 기대오며 그녀의 손을 잡았다. 그의 존재만으로 할머니도, 눈앞에 벌어진 일들도 모두 사라지고 말았다. 베를렌은 그녀를 데리고 거울 앞을 벗어나 다른 사람들이 기다리는 식당으로 향했다.

부엌에서는 음식이 만들어지는 중이었다. 고기와 토마토 익는 진한 냄새가 식당을 가득 채웠다. 브루노가 냅킨과 도자기 그릇이 놓인 탁자를 가리키며 말했다. "우선 점심 먹어야죠."

"지금은 그럴 시간이 없어요. 다른 사람들은 어디 있죠?" 가브리엘라는 정신이 딴 데 가 있는 것 같았다.

"앉아요." 브루노는 의자를 가리키며 말했다. "뭐라도 좀 드셔야 합니다." 그는 의자 하나를 뒤로 빼고 가브리엘라가 앉을 때까지 꼼짝도 하지 않았다. "몇 분 걸리지도 않아요." 이 말을 남기고 브루노는 부엌으로 모습을 감추었다.

에반젤린은 베를렌 옆자리에 앉았다. 크리스털 물잔이 부드러운 조명을 받아 반짝였다. 식탁 한가운데 놓인 물병에는 레몬 조각 하나가 떠 있었다. 에반젤린은 물을 한 잔 따라 베를렌에게 건넸다. 손과 손이 닿자 그녀의 몸에 전기가 흘렀다. 베를렌의 눈을 바라보던 에반젤린은 그를 만난 지 이제 겨우 이틀밖에 안 됐다는 생각이 퍼뜩 들었다. 수녀원 생활이 이렇게 빨리 잊힐 줄은 몰랐다. 과거의 삶이 그저 하룻밤 꿈에 지나지 않는 것 같았다.

브루노가 칠리소스 요리가 든 커다란 냄비를 들고 돌아왔다. 에반젤린은 온종일 점심을 먹어야 한다는 생각을 전혀 못 했다. 워낙 뱃속이 빈 데 익숙하고 물을 적게 마시는 게 버릇이 되었기 때문이었다. 하지만 일단 음식이 눈앞에 보이자 엄청난 허기가 느껴졌다. 에반젤린은 요리를 숟가락으로 저어 콩과 토마토, 조각낸 소시지들을 먹기 시작했다. 칠리소스는 매웠다. 입안에 넣자마자 매운 맛이 톡 쏘았다. 수녀원에서 먹는 음식은 채소와 빵, 양념하지 않은 고기가 전부였다. 지난 몇 년 사이 에반젤린이 느껴본 가장 강한 맛이라고 해봐야 매년 크리스마스에 만드는 자두푸딩 정도였다. 매운 음식을 먹으니 자동적으로 기침이 나왔다. 그녀는 냅킨으로 입을 가리고 기침을 했다. 매운 기운이 온몸으로 퍼져나갔다.

베를렌이 펄쩍 뛰듯 일어나 물을 따라주었다. "물 마셔요."

에반젤린은 물을 마시며 스스로 바보 같다고 생각했다. "고마워요." 기침이 멎자 그녀가 말했다. "이런 음식을 먹어본 지 오래돼서요."

"이런 것도 먹는 게 몸에 좋아." 가브리엘라가 손녀를 보며 말했다. "몇 달은 못 먹은 사람 같구나. 아니 그보다 급한 게 있어." 가브리엘라가 음식을 먹다 말고 자리에서 일어섰다. "먼저 좀 씻는 게 좋겠다. 네게 맞을 만한 옷도 있어."

가브리엘라는 에반젤린을 복도 끝에 있는 욕실로 데려가 그을음이 잔뜩 묻은 치마와 셔츠를 벗으라고 했다. 에반젤린이 벗은 옷은 모조리 쓰레기통에 넣었다. 그러고는 에반젤린이 씻을 수 있도록 비누와 깨끗한 수건을 내주고 갈아입을 옷으로 청바지와 캐시미어 스웨터를 꺼내주었다. 키와 몸무게가 할머니와 거의 똑같다는 사실을 증명이라도 하듯이 옷들은 에반젤린에게 딱 맞았다. 에반젤린이 씻고 나가자 가브리엘라는 완전히 새로운 사람으로 태어난 손녀를 만족스럽게 바라보았다. 두 사람은 식당으로 돌아왔다. 베를렌은 에반젤린에게서 눈을 떼지 못했다. 조금 전 자신이 보고 있던 그녀가 맞는지 의아할 지경이었다.

식사를 마친 후 브루노는 그들을 데리고 좁은 나무 계단을 올라갔다. 앞으로 무슨 일이 벌어질지 생각하니 에반젤린의 심장박동이 빨라졌다. 과거에 천사학자들을 만나본 건 아버지나 할머니가 갑작스런 모임에 참석할 때뿐이었다. 잠시 지켜보기만 할 뿐인 그때는 그저 뭔가 색다른 일이 벌어진다는 느낌만 받았다. 에반젤린이 어깨 너머로 본 어머니의 세상은 궁금한 동시에 무서운 곳이었다. 솔직히 위원회 사람들을 직접 대면할 거라 생각하니 두려움이 앞섰다. 분명 아침에 세인트로즈 수녀원에서 무슨 일이 있었는지 물어볼 터였다. 셀레스틴 수녀의 행동에 엄청난 관심을 보일 게 뻔했다. 에반젤린은 그런 질문을 받으면 어떻게 대답해야 할지 알 수 없었다.

그녀가 걱정하는 것을 알았는지 베를렌이 부드럽게 손을 쓰다듬어 주었다. 그러자 다시 한번 에반젤린의 몸에 전기가 흘렀다. 그녀는 고개를 돌려 베를렌의 눈을 바라보았다. 거의 검은색에 가까운 짙은 갈색 눈동자는 많은 의미를 담고 있는 듯했다. 베를렌의 눈길을 받으면 어떤 마음이 드는지 그도 알까? 계단에서 그의 손이 닿았을 때 숨이 멎을 것 같았던 걸 알까? 에반젤린은 할머니를 따라 계단을 올라가는 동안 몸이 공중에 둥둥 뜬 것 같았다.

계단 끝까지 올라가자 방이 나왔다. 에반젤린이 어렸을 때 이곳에 오면 늘 잠겨 있던 방이었다. 에반젤린은 두꺼운 문에 새겨진 무늬와 커다란 놋쇠 손잡이, 꼭 들여다보곤 했던 열쇠 구멍이 떠올랐다. 그때 열쇠 구멍에 눈을 대면 여러 개의 긴 띠처럼 나뉜 하늘만 보였다. 이제 와 보니 방에 좁은 창문이 여러 개 나 있었다. 저녁이 되면서 창밖 하늘은 잿빛과 자줏빛으로 물들어가고 있었다. 에반젤린은 비밀 장소가 이런 모습일 거라고는 생각도 하지 못했다.

에반젤린은 깜짝 놀라며 방안으로 들어섰다. 벽에는 천사 그림이 여러 점 걸려 있었다. 환하게 빛나는 옷을 걸치고 빛을 뿜어내는 천사들이 날개를 펼친 채 하프와 플루트를 들고 있었다. 책들이 잔뜩 꽂힌 책장과 고풍스러운 책상이 있고 호화로운 안락의자와 소파가 여기저기 흩어져 있었다. 고급스러운 가구들과 달리 실내는 왠지 허름해 보였다. 천장은 칠이 벗어지고 커다란 라디에이터는 녹이 잔뜩 슬었다. 에반젤린은 할머니의 자금 사정이 좋지 않다는 사실이 떠올랐다. 오랫동안 할머니뿐 아니라 모든 천사학자가 어려운 시기를 보내고 있었다.

출입문 맞은편에 대리석 탁자가 있고 탁자를 둘러싸고 놓인 고풍스러운 의자에 앉아 천사학자들이 기다리고 있었다. 에반젤린은 그들 가운데 몇 명을 금방 알아보았다. 오래전 아버지와 함께 만났던 사람들이었는데 무슨 일을 하는지는 몰랐다.

가브리엘라는 에반젤린과 베를렌을 위원회에 소개했다. 잘생기고 나이가 많은 블라디미르 이바노프는 소련의 박해를 피해 달아난 러시아 망명자로 1930년대 이후 조직에 몸담고 있다. 미치코 사이토는 똑똑하고 젊은 여성으로, 전략을 세우고 국제적인 협업을 조정하며 도쿄 조직의 재정을 맡고 있다. 그들이 아래층에서 만난 브루노 벡슈타인은 중년의 천사학자로, 원래 텔아비브에 있다가 뉴욕으로 온 사람이었다.

에반젤린은 세 사람 가운데 블라디미르가 가장 친근했다. 하지만 그도 마지막으로 본 후로 급격히 늙었다. 얼굴에는 굵은 주름살이 생기고 에반젤린이 기억하던 것보다 훨씬 심각한 표정을 짓고 있었다. 어느 날 오후 아버지가 에반젤린을 맡기고 사라진 뒤로 블라디미르는 더없이 친절하게 대해주었지만 그녀는 뿌리치고 달아났었다. 에반젤린은 블라디미르가 단호하게 거부하던 일을 다시 시작하게 된 이유가 뭔지 궁금했다.

가브리엘라가 천사학자들에게 다가가 가죽가방을 탁자 위에 올려놓았다. "잘 왔어요, 여러분. 언제 도착했어요?"

"오늘 아침에 왔어요. 좀더 빨리 오고 싶었지만요." 사이토가 말했다.

"소식을 듣자마자 왔습니다." 브루노가 덧붙였다.

가브리엘라가 빈 안락의자 세 개를 가리켰다. 정교한 모양의 의자 팔걸이는 생채기가 나고 윤기가 없었다. "앉아요. 여러분도 지쳤잖아요."

에반젤린은 푹신한 소파에 앉았다. 베를렌이 그녀 옆에 자리를 잡았다. 가브리엘라는 안락의자에 걸터앉아 가죽가방을 다시 무릎에 올려놓았다. 천사학자들은 가방에 대단한 관심을 보였다.

"잘 왔다, 에반젤린." 블라디미르가 진지한 목소리로 말했다. "정말 오랜만이구나." 그는 가죽가방을 가리켰다. "이런 일로 우리가 다시 만날 거라고는 상상도 못 했어."

가브리엘라가 걸쇠를 풀고 가죽가방을 열었다. 가방의 내용물은 에반젤린이 넣어놓은 그대로였다. 천사학 노트, 애비게일 록펠러의 편지를 넣어 밀봉한 봉투, 예배당 감실에서 찾아낸 가죽 주머니.

"이건 세라피나 발코 박사의 천사학 노트입니다." 가브리엘라가 노트를 꺼내 보이며 말했다. "셀레스틴과 나는 세라피나의 마법책이라고 불렀죠. 물론 장난이었지만. 이 일기장에는 과거 천사학자들의 연구와 주문, 비법, 상상 등이 가득해요."

"그 책은 사라진 줄 알았는데요." 사이토가 말했다.

"사라진 게 아니라 잘 숨겨뒀던 겁니다. 내가 미국으로 가져왔죠. 에반젤린이 지금껏 세인트로즈 수녀원에서 안전하게 보관하고 있었습니다." 가브리엘라가 말했다.

"다행이군요." 브루노가 가브리엘라에게서 노트를 건네받으며 말했다. 노트를 들어보며 에반젤린에게 윙크를 해서 그녀도 웃어 보였다.

"말해보세요. 또 뭘 찾아냈죠?" 블라디미르가 가죽가방을 흘긋 보며 말했다.

가브리엘라는 가죽 주머니를 꺼내 천천히 끈을 풀었다. 주머니에는 특이하게 생긴 금속 물체가 들어 있었다. 에반젤린은 처음 보는 모양의 물건이었다. 나비 날개처럼 작은 크기에 얇게 두드려 편 금속 조각이 가브리엘라의 손바닥 위에서 반짝거렸다. 겉보기엔 약했지만 할머니에게서 건네받아 잡아보니 쉽게 구부러지지 않을 것 같았다.

"리라를 연주할 때 사용하는 픽이군요. 픽을 리라와 따로 보관하다니 아주 현명했네요." 브루노가 말했다.

"기억하시겠지만 가경자 클레마티스 신부는 제1차 천사 탐사 때 픽을 리라와 따로 보관했어요. 픽은 파리로 옮겨져 유럽의 천사학자들이 19세기 초까지 보관했죠. 그러다 프란체스카 원장이 더 안전하게 보관하려고 미국으로 가져온 거예요." 가브리엘라가 말했다.

"그걸 숨기려고 예배당을 세웠군요. 그래서 그렇게 열심히 건물 설계도를 그렸던 거고요." 에반젤린이 말했다.

블라디미르는 픽에서 눈길을 떼지 못했다. "만져봐도 될까요?" 그는 에반젤린에게서 픽을 조심스럽게 건네받아 손에 올려놓았다. "아름답군요." 마치 점자책을 읽듯 조심스럽게 픽을 어루만지는 그의 모습을 보니 에반젤린은 가슴이 뭉클했다. "믿을 수 없을 만큼 아름다워요." 블라디미르가 말했다.

"정말 그래요. 순수한 발카인으로 만든 물건이죠." 가브리엘라가 말했다.

"하지만 어떻게 이렇게 오랫동안 수녀원에서 보관할 수 있었죠?" 베를렌이 물었다.

"예배당에 둔 거죠. 나보다 에반젤린이 더 상세히 설명할 수 있겠군.

이걸 찾아낸 장본인이니까." 가브리엘라가 말했다.

"감실에 숨겨져 있었어요. 감실은 잠겨 있고 열쇠는 제단 위 성광 안에 숨겨져 있었죠. 어떻게 열쇠를 거기 넣었는지는 모르지만 그곳은 정말 안전한 장소예요." 에반젤린이 말했다.

"훌륭해. 예배당 안에 숨겨둔 건 정말 현명한 방법이었어." 가브리엘라가 말했다.

"왜죠?" 브루노가 물었다.

"예배당은 수녀들이 영원한 경배를 올리는 곳이에요. 어떤 의식인지 알아요?" 가브리엘라가 물었다.

"수녀 두 명이 성체 앞에서 기도를 하죠. 한 시간이 지나면 다른 수녀 두 명이 와서 교대를 하고요. 맞지?" 블라디미르가 상냥하게 말했다.

"정확해요." 에반젤린이 말했다.

"예배하는 동안 수녀들은 정신을 바짝 차리고 있겠지?" 가브리엘라가 에반젤린을 보며 물었다.

"그럼요. 정신을 최대한 집중하는 시간이죠." 에반젤린이 대답했다.

"어디에 정신을 집중하고 있지?"

"성체죠."

"성체가 있는 곳은?"

할머니가 무슨 말이 하고 싶은지 알아차린 에반젤린이 대답했다. "그야 당연히…… 제단 위의 성광과 감실에 있는 성체에 온 정신을 쏟고 있죠. 픽이 안에 들어 있었으니 수녀들은 기도를 하면서 자기도 모르게 픽을 지키고 있었던 거예요. 수녀들이 해온 영원한 경배가 정교한 보안 장치였던 셈이네요."

"바로 그거야. 프란체스카 원장은 픽을 매일 이십사 시간 지켜볼 수 있는 기발한 방법을 생각해낸 거지. 그런 식으로 늘 누군가 정신을 집중해서 지켜보고 있으면 픽을 훔치는 건 고사하고 찾아낼 수조차 없으니까." 가브리엘라가 말했다.

"1944년만 빼고요. 수녀원이 공격당해 이노센타 원장님이 예배당으로 가던 길에 기보림에게 살해됐죠." 에반젤린이 말했다.

"수백 년 동안 수녀들이 그런 식으로 연극을 하고 있었다니 정말 대단하네요." 베를렌이 말했다.

"수녀들은 연극이라고 생각하지 않았을 거예요." 에반젤린이 말했다. "수녀들은 기도와 보호, 두 가지 일을 동시에 수행한 거예요. 감실 안에 실제로 뭐가 들었는지는 아무도 몰랐어요. 저만 해도 매일 기도를 하면서 다른 목적이 있는 줄은 꿈에도 몰랐으니까요."

블라디미르가 금속 픽을 손끝으로 튕겨보았다. "정말 특별한 소리가 날 게 분명해. 리라를 이 픽으로 연주하면 어떤 소리가 날지 오십 년 동안이나 상상해왔어."

"그렇다고 실험을 해보자는 건 큰일날 소리예요. 리라를 연주하면 무슨 일이 벌어지는지 잘 알잖아요." 가브리엘라가 말했다.

"무슨 일이 있겠어요?" 블라디미르가 되물었다. 하지만 그렇게 묻는 그도 이미 답을 아는 것 같았다.

"리라는 천사가 만든 악기입니다." 브루노가 말했다. "그래서 천상의 소리를 내죠. 천상의 소리는 아름다운 동시에 파괴적이기도 합니다. 그리고 혹자는 불경스럽다고 표현하는 초자연적 파문을 몰고 옵니다."

"정확한 설명이군." 블라디미르가 브루노에게 웃어 보이며 말했다.

"직접 쓰신 명저에서 인용했을 뿐입니다, 이바노프 박사님." 브루노가 대답했다.

가브리엘라가 담배에 불을 붙이더니 입을 열었다. "무슨 일이 벌어질지 아무것도 말할 수 없다는 건 블라디미르도 아주 잘 알고 있어요. 그건 가설에 불과하죠. 대부분이 블라디미르의 연구에서 나온 가설이고요. 리라 자체는 제대로 연구한 적이 없어요. 우리는 그럴 만큼 리라를 오래 갖고 있었던 적이 없죠. 하지만 클레마티스 신부가 남긴 글이나 세라피나 발코 박사와 셀레스틴 클로셰트의 연구 자료를 보면 리라는 가까이 오는 모든 이를 유혹하는 힘이 있다고 합니다. 그래서 그 물건이 위험한 거예요. 선의를 가진 사람에게도 리라를 연주하고픈 욕망을 불러일으킨다는 거죠. 그리고 리라의 음악이 미칠 파괴력은 상상 이상일 수 있습니다."

"픽으로 한 번 줄을 건드리기만 해도 우리가 아는 세상이 흔적 없이 사라질 수 있지." 블라디미르가 말했다.

"세상이 지옥으로 변할 수도 천국으로 변할 수도 있고요." 브루노가 말했다. "신화에 따르면 오르페우스는 지하 세계에 갔다가 리라를 발견해 연주했습니다. 그 음악이 인간 역사의 새로운 시대를 열었다고 하죠. 학문과 농업이 발달하고 예술이 인간의 삶을 지탱하는 근간이 되었습니다. 오르페우스를 숭배하는 이유가 바로 그겁니다. 리라가 좋은 결과를 가져온 예죠."

"그런 낭만적인 생각은 대단히 위험해요." 가브리엘라가 날카롭게 지적했다. "리라의 음악은 파괴적이라고 알려져 있어요. 당신처럼 이상적인 꿈을 좇다가는 모두 멸망할 겁니다."

"자, 그만합시다." 블라디미르가 탁자 위에 놓인 픽을 가리켰다. "여기 리라의 일부가 우리 연구를 기다리고 있습니다."

모두의 시선이 픽을 향했다. 에반젤린은 작은 물건이 가진 힘과 매력, 유혹과 욕망이 경이로웠다.

"한 가지 이해가 안 돼요." 에반젤린이 말했다. "감시자들은 리라를 연주해 뭘 얻으려던 걸까요? 그들은 저주받아 하늘에서 쫓겨났어요. 그런 그들이 어떻게 음악으로 구원받을 수 있죠?"

"클레마티스 신부의 기록 마지막에 보면 신부님의 자필로 쓰인 시편 150편이 있지." 블라디미르가 말했다.

"천사들의 음악이죠." 에반젤린도 그 시편이 금세 떠올라 중얼거렸다. 그녀가 가장 좋아하는 구절이었다.

"맞아요. 찬양의 음악이고요." 사이토가 말했다.

"감시자들은 하느님을 찬양하는 음악을 연주해 그분의 용서를 받으려는 게 아닐까요? 시편 150편은 하늘의 은혜를 얻고 싶어하는 자들에게 주는 조언이니까. 만일 성공한다면 땅속에 갇힌 천사들은 본래의 자리를 되찾을지도 몰라요. 그들은 아마 스스로를 구원하려는 걸 거예요." 브루노가 말했다.

"다르게 볼 수도 있어요." 사이토가 말했다. "어차피 쫓겨났으니 이 세계를 파괴해버리려고 하는 걸 수도 있죠."

"그게 목표라면 분명 성공하지 못했지. 자, 이제 원래 하려던 일을 합시다." 가브리엘라가 담배를 비벼끄며 말했다. 짜증스러운 기색이 역력했다. "지난 십 년 동안 우리가 유럽 곳곳에 숨겨두었던 천상의 악기들을 모두 도난당했습니다. 네피림의 짓인 것 같습니다."

"악기들을 모아 연주하면 감시자들이 풀려날 거라고 믿는 이들이 있죠." 블라디미르가 말했다.

"하지만 자료를 좀 읽어본 사람이라면 네피림이 감시자들을 전혀 신경쓰지 않는다는 걸 알아요." 가브리엘라가 말했다. "사실 클레마티스 신부가 동굴에 들어가기 전까지도 감시자들은 리라를 연주하고 있었습니다. 네피림을 유혹해 도움을 받으려는 속셈이었죠. 하지만 완전히 실패했어요. 네피림들은 오로지 자신들을 위해 리라를 노리고 있는 거예요."

"그들은 병을 고치고 종족을 유지하려는 겁니다." 브루노가 말했다. "더 강해져 인류를 노예로 만들려는 거죠."

"그들이 너무 바짝 쫓아와서 우리가 먼저 나설 수밖에 없게 됐어요." 가브리엘라가 말했다. "나는 그들이 다른 천상의 악기들을 확보하고 있다고 생각해요. 그들이 리라를 원하는 건 전혀 다른 이유 때문이에요. 그들은 자기 종족을 다시 완벽하게 만들려는 거예요. 지난 몇백 년 동안 그렇지 못했거든요. 리라를 어디 숨겼는지 애비게일 록펠러가 영원히 침묵을 지키게 되어 실망스럽긴 해도 리라를 다른 자들이 먼저 발견할 가능성은 없었어요. 하지만 언제까지나 그렇지는 않을 것 같습니다. 네피림이 계속 추적하고 있으니 우리도 대비를 해야 해요."

"어쨌든 록펠러 여사는 우리를 최대한 도우려고 했던 것 같아요." 에반젤린이 말했다.

"전문가는 아니었어." 가브리엘라가 말했다. "다른 부자 친구들이 자선 무도회에 관심을 가진 것처럼 천사에 흥미가 있었을 뿐이야."

"하지만 좋은 일을 한 겁니다." 블라디미르가 말했다. "전쟁중에 록펠러 여사의 도움을 못 받았더라면 어떻게 되었겠습니까? 1943년 탐사 때는 더 말할 필요도 없죠. 그분은 막대한 부가 위대한 목표를 위해 쓰여야 한다는 걸 아는 헌신적인 분이었어요." 블라디미르는 의자 등받이에 기대 다리를 꼬았다.

"의도가 좋았든 나빴든 결국 막다른 길이네요." 브루노가 중얼거리듯 말했다.

"꼭 그런 건 아닙니다." 가브리엘라가 브루노를 보며 말했다. 그녀는 픽을 가죽 주머니에 넣고 가방에서 회색 봉투 하나를 꺼냈다. 봉투 겉면에는 사각형 안에 반복적으로 로마자가 쓰여 있었다. 셀레스틴의 말이 사실이라면 애비게일 록펠러가 보낸 편지가 들어 있을 터였다. 가브리엘라는 탁자에 둘러앉은 천사학자들 앞에 봉투를 내려놓았다. "셀레스틴 클로셰트가 에반젤린에게 이걸 우리에게 전하라고 했답니다."

천사학자들은 봉투 겉면에 찍힌 인장에 대단한 관심을 보였다. 그들의 반응을 보자 에반젤린도 호기심이 솟았다. "이 인장이 무슨 뜻인가요?" 그녀가 물었다.

"이건 SATOR-ROTAS 마방진이라는 천사학자들의 인장이야." 블라디미르가 말했다. "수백 년 동안 표식으로 사용했어. 우리 가운데 한 사람이 보낸 중요한 문서라는 뜻으로."

가브리엘라가 추운 듯이 팔짱을 끼고 말했다. "오늘 오후 이노센타 원장이 애비게일 록펠러에게 보낸 편지들을 읽어보았습니다. 이노센타 원장과 애비게일 록펠러가 리라의 위치를 암시하는 편지를 주고받은 게 틀림없는데 베를렌과 저는 도저히 해독할 수 없었어요."

에반젤린은 의자에 걸터앉아 허리를 꼿꼿이 세우고 사람들을 지켜보았다. 블라디미르가 차분하지만 단호한 표정으로 베를렌에게서 회색 봉투를 받아드는 모습을 보자 묘한 기시감이 들었다. 그는 눈을 감고 알아들을 수 없는 말을 웅얼거리고는 봉투를 뜯었다. 에반젤린은 그 말이 주문인지 기도인지 알 수 없었다.

봉투 안에는 가로 세로가 각각 에반젤린의 손으로 한 뼘쯤 되는 오래된 편지봉투 여러 개가 들어 있었다. 블라디미르는 안경을 고쳐 쓰고 글자가 잘 보이게 편지를 눈 가까이 들어올렸다. "모두 이노센타 수녀 원장에게 보낸 편지군요." 그가 탁자 위에 편지들을 늘어놓으며 말했다.

각각 봉투가 있는 편지가 모두 여섯 통으로, 이노센타 원장이 록펠러 여사에게 쓴 것보다 한 통이 많았다. 에반젤린은 편지들을 자세히 살펴보았다. 편지마다 소인이 찍힌 우표가 붙어 있었다. 2센트짜리 빨간색 우표 한 장과 1센트짜리 녹색 우표 한 장이었다.

편지 한 통을 들고 뒤집어보던 중 돋을새김된 록펠러의 이름 옆에 쓰인 웨스트 54번가라는 주소가 눈에 들어왔다. 여기서 채 1.5킬로미터도 떨어지지 않은 곳이었다.

"분명히 이 편지들 속에 리라의 위치가 적혀 있을 겁니다." 사이토가 말했다.

"읽어보지 않고는 단정할 수 없어요." 에반젤린이 말했다.

블라디미르는 더 망설이지 않고 봉투를 모두 열어 여섯 장의 카드를 탁자 위에 늘어놓았다. 두꺼운 크림색 종이에 금색으로 테두리가 그려져 있었다. 카드마다 똑같은 무늬가 인쇄되어 있었다. 머리에 월계수관을 쓴 그리스 여신들이 아기천사들에게 둘러싸여 춤을 추는 모습이었다. 조그만 날개가 달린 통통한 아기천사 중 둘은 손에 리라를 들고 있었다.

"이건 전형적인 1920년대의 아르데코 디자인입니다." 베를렌이 카드 한 장을 들어 자세히 살피며 말했다. "『뉴요커』 표지에 사용한 폰트를 썼군요. 천사들을 이렇게 대칭으로 배치한 것도 전형적이고요. 리라를 든 천사 둘은 서로 거울에 비친 모습처럼 똑같은데, 바로 아르데코 디자인의 특징입니다." 카드를 자세히 들여다보느라 고개를 숙이자 베를렌의 머리칼이 눈앞으로 흘러내렸다. "그리고 이건 분명 애비게일 록펠러의 친필입니다. 일기와 다른 편지를 여러 번 봤거든요. 틀림없습니다."

블라디미르가 베를렌에게서 카드를 넘겨받아 읽기 시작했다. 그의 파란 눈이 글자를 따라 좌우로 움직였다. 그러더니 더는 못 참겠다는 듯 편지를 탁자에 내려놓고 벌떡 일어섰다. "아무 얘기도 없어. 처음 다섯 통은 세탁물 목록이라고 해도 되겠군. 마지막 카드에는 달랑 '뉴욕 현대미술관 이사 앨리스터 캐럴'이라는 이름뿐이고."

"이 속에 분명히 리라가 숨겨진 장소가 있을 거예요." 사이토가 카드들을 집어들며 말했다. 블라디미르는 잠시 가브리엘라를 바라보았다. 혹시 자신이 놓친 건 없는지 짚어보는 듯했다. "제발, 빨리 읽고 내가 못 본 걸 좀 찾아내요." 그가 말했다.

가브리엘라는 카드를 한 장씩 읽고서 베를렌에게 넘겨주었다. 베를렌은 빠른 속도로 카드를 읽어내려갔다. 그렇게 읽으면서도 어떻게 내용을 다 파악할 수 있는지 에반젤린은 놀라울 뿐이었다.

가브리엘라가 한숨을 내쉬었다. "이노센타 원장이 보낸 편지와 같은 내용, 같은 말투로군."

"무슨 뜻이죠?" 사이토가 물었다.

"그저 날씨니 자선 무도회, 만찬회, 애비게일 록펠러가 매년 크리스마스에 수녀원에서 여는 기금 마련 행사에 미술품을 기증한 일 따위가 전부예요. 리라를 어디서 찾으라는 직접적인 언급은 없어요." 가브리엘라가 말했다.

"우리는 애비게일 록펠러에게 모든 희망을 걸었어요. 만일 우리 생각이 틀렸다면 어쩌죠?" 브루노가 말했다.

"이노센타 원장이 아무 의미도 없는 편지를 주고받았을 리 없어요." 가브리엘라가 베를렌을 흘깃 보았다. "이노센타는 대단히 치밀하기로 유명한 사람이었어요. 그리고 다른 사람도 자기처럼 치밀하게 행동하도록 유도할 수 있는 인물이었죠."

베를렌은 말없이 앉아서 카드를 들여다보았다. 한참 만에 일어선 그는 자기 가방에서 서류철을 꺼내와 그 안에 있던 네 통의 편지를 탁자 위 카드 옆에 늘어놓았다. 다섯번째 편지는 에반젤린이 수녀원에 두고 와서 없었다. "이건 이노센타 원장이 쓴 편지입니다." 그는 부끄러운 마음에 에반젤린을 향해 웃어 보였다. 이 와중에도 록펠러 가의 기록보관소에서 편지를 훔친 일이 마음에 걸렸던 것이다. 그는 애비게일 록펠러가 보낸 카드와 이노센타가 보낸 편지를 날짜순으로 늘어놓았다. 그러고는 록펠러가 보낸 카드 중 네 통을 뽑아 앞에 놓고 자세히 들여다보았다. 에반젤린은 베를렌의 행동을 이해할 수 없었다. 베를렌이 뭔가 발견한 듯 미소짓자 당혹스럽기까지 했다. 마침내 베를렌이 말했다. "록펠러 여사는 우리가 생각한 것보다 훨씬 머리가 비상했던 것 같습니다."

"이런 내용으로 뭘 전할 수 있는지 전 정말 모르겠네요." 사이토가 카드 위로 몸을 숙이며 말했다.

"제가 말씀드리죠." 베를렌이 말했다. "모든 게 여기 이 카드들에 있습니다. 이렇게 편지들을 오간 순서대로 놓습니다. 리라가 있는 장소를 정확히 거론한 적이 없으므로 일단 록펠러 여사가 쓴 편지는 내용이 없는 것으로 봅시다. 그런데 이노센타 원장은 백지를 보내온 록펠러 여사에게 뭔가 내용이 있는 것처럼 답신을 보내고 있습니다. 오늘 아침 가브리엘라에게 말했듯이 이노센타 원장은 편지마다 반복적인 형식을 사용하고 있습니다. 이노센타 원장은 편지 네 통에서 마치 애비게일 록펠러가 편지와 함께 보내온 어떤 그림에 대해 평을 하는 것처럼 답신을 셨습니다. 이제 보니 알 것 같습니다." 베를렌이 탁자에 놓인 애비게일 록펠러의 카드들을 가리키며 말했다. "이노센타 원장은 이 네 장의 카드를 보고 답장을 한 겁니다."

"이노센타 원장이 뭐라고 했는지 읽어줘요, 베를렌." 가브리엘라가 말했다.

베를렌은 이노센타 원장의 편지를 들고 그녀가 애비게일 록펠러의 예술적 감각을 칭찬하는 부분을 큰 소리로 읽었다. 아침에 가브리엘라에게 읽어주었던 바로 그 내용이었다.

"처음에는 이노센타 원장이 어떤 그림을 보고 말하는 게 아닌가 했습니다. 어쩌면 편지에 직접 그린 뭔가를 동봉한 게 아닐까 하는 생각까지 들었어요. 만일 그걸 찾아낼 수만 있다면 저처럼 현대미술을 연구하는 사람에게는 백 년에 한 번 올까 말까 한 기회가 될 테죠. 하지만 그런 식으로 그림을 편지에 넣어 보내는 일은 전혀 록펠러 여사답지 않은 행동입니다. 그녀는 작품을 수집하고 예술을 사랑했지만 직접 그림을 그리지는 않았으니까요."

베를렌은 앞에 늘어놓은 네 장의 카드를 집어 천사학자들에게 하나씩 나눠주었다.

"이노센타 원장이 훌륭하다고 칭찬한 네 장의 카드입니다." 그가 말했다.

에반젤린은 베를렌이 건네준 카드를 꼼꼼히 들여다보았다. 잉크판에 눌러 인쇄한 고대 리라와 리라를 손에 든 두 명의 천사가 있었다. 예쁜 카드는 애비게일 록펠러 같은 여자들이 좋아할 만한 것이었지만 수수께끼를 푸는 열쇠가 될 수 있을 것 같지는 않았다.

"쌍둥이 아기천사를 자세히 보세요. 리라의 모양을 비교해보십시오." 베를렌이 말했다.

천사학자들은 카드를 뚫어져라 들여다보고 서로 바꿔가며 돌려보았다.

마침내 블라디미르가 말했다. "인쇄에 이상이 있군. 카드마다 리라가 달라요."

"그러네요. 왼쪽과 오른쪽 리라의 현絃 수가 서로 달라요." 브루노가 말했다.

에반젤린이 보니 카드를 들여다보던 할머니가 베를렌이 무슨 말을 하는지 알겠다는 듯 웃고 있었다. "에반젤린, 양쪽 리라의 현이 각각 몇 개니?" 가브리엘라가 물었다.

에반젤린도 카드를 더 자세히 보니 블라디미르와 브루노의 말처럼 리라마다 현의 수가 달랐다. 하지만 그건 카드가 특이한 것일 뿐 다른 의미가 숨어 있다는 생각은 들지 않았다. "한쪽은 두 개고 다른 쪽은 여덟 개예요. 하지만 그게 무슨 상관이죠?" 에반젤린이 말했다.

베를렌은 주머니에서 연필을 꺼내더니 보일락 말락 흐릿하게 리라 아래 숫자를 적었다. 그러고는 다른 사람들에게 연필을 건네주고 똑같이 하라고 했다.

"내가 보기엔 그냥 악기 그림 하나인데 너무 심각하게 생각하는 것 같군." 블라디미르가 무시하듯이 말했다.

"현의 개수를 암호로 사용한 게 틀림없어요." 가브리엘라가 말했다.

베를렌은 에반젤린, 사이토, 블라디미르, 브루노에게서 카드를 되돌려받았다. "자, 써주신 숫자가 2와 8, 3과 8, 3과 0, 3과 9네요. 순서대로 하면 말이죠. 만일 제 생각이 옳다면 이 숫자들은 리라가 있는 곳을 가리킵니다."

에반젤린은 자신이 뭔가 놓쳤을지도 모르겠다 싶어 베를렌을 뚫어져라 보았다. 에반젤린이 보기에 숫자들은 아무 의미도 없었다. "그럼 이 숫자들이 주소를 나타낸다는 건가요?"

"직접적으로는 아니겠죠. 하지만 숨은 내용을 따라가다보면 주소가 나올 수도 있을 겁니다." 베를렌이 말했다.

"아니면 지도상의 좌표일 수도 있고요." 사이토가 말했다.

"그게 어디죠?" 블라디미르는 머릿속이 복잡한지 이마를 잔뜩 찌푸렸다. "뉴욕에 주소가 수십만 개는 될 텐데."

"저도 여기서 막히네요. 분명히 애비게일 록펠러에게 아주 중요한 숫자였을 텐데 어떤 식으로 사용했는지 모르겠습니다."

"여덟 자리 숫자로 전달할 수 있는 정보는 어떤 게 있을까요?" 사이토가 머릿속으로 이런저런 가능성을 생각하는 듯한 표정으로 물었다.

"두 자리 숫자 네 개일 수도 있죠." 브루노는 이런 불확실한 상황이 오히려 재미있는 모양이었다.

"두 자리 수라면 모두 20에서 40 사이에 있군." 블라디미르도 한마디 보탰다.

"카드 속에 뭔가 더 있을 거예요. 숫자들이 너무 뜬금없어요." 사이토가 말했다.

"대부분 사람들에게는 뜬금없겠죠. 하지만 애비게일 록펠러에겐 이 숫자들이 특별한 의미가 있었을 겁니다." 가브리엘라가 말했다.

"록펠러 가문 사람들은 어디 살았죠?" 에반젤린이 베를렌에게 물었다. 그런 분야에 관한 한 베를렌이 전문가라는 것을 알았기 때문이다. "혹시 그 주소를 가리키는 거 아닐까요?"

"그들이 살던 곳은 뉴욕에만도 여럿 있습니다. 그 가운데서도 웨스트 54번가가 가장 널리 알려져 있죠. 하지만 애비게일 록펠러는 나중에 그

집을 뉴욕현대미술관에 기부합니다." 베를렌이 말했다.

"우리가 알아낸 숫자 중에 54는 없군요." 브루노가 말했다.

"잠깐. 왜 여태 이걸 몰랐지? 뉴욕현대미술관은 애비게일 록펠러의 가장 중요한 업적입니다. 록펠러 부부가 자금을 대서 세운 여러 박물관과 기념물의 시초이고요. 1928년에 개관했죠." 베를렌이 말했다.

"카드에서 처음 나온 숫자가 28이었어요." 가브리엘라가 말했다.

"바로 그겁니다." 베를렌은 점점 신이 나는 것 같았다. "숫자 2와 8은 뉴욕현대미술관을 말하는 것일 수 있습니다."

"만일 그렇다면 다른 세 장소도 있겠네요." 에반젤린이 말했다.

"남은 숫자가 뭐였죠?" 브루노가 물었다.

"3과 8, 3과 0, 3과 9요." 사이토가 대답했다.

가브리엘라가 베를렌 쪽으로 몸을 기울였다. "다른 숫자들도 연관이 있을까요?"

베를렌은 정신을 집중해 뭔가 생각하더니 한참 만에 입을 열었다. "애비게일 록펠러의 남편 존 D. 록펠러 주니어가 가장 아꼈던 클로이스터스* 미술관이 1938년에 개관했습니다."

"그럼 1930년에는?" 블라디미르가 물었다.

"리버사이드 교회가 있습니다. 솔직히 제가 별 관심을 두지 않았던 곳이지만, 1930년경에 완공됐을 겁니다."

"그럼 1939년만 남네요." 에반젤린은 마침내 수수께끼를 풀 수 있을 거란 기대로 긴장한 나머지 목소리도 제대로 나오지 않았다. "록펠러 부부가 1939년에도 뭔가를 지었나요?"

* 메트로폴리탄미술관의 분관으로, 주로 중세 유럽 예술품을 전시한다.

베를렌은 이마를 찌푸린 채 말이 없었다. 머릿속에 기록된 여러 개의 장소와 날짜를 낱낱이 뒤적거리고 있는 것 같았다. 그가 불쑥 입을 열었다. "사실 1939년에 세운 건물이 있습니다. 그들이 세운 아르데코의 대표작 록펠러센터가 1939년에 개관했어요."

"애비게일 록펠러가 이노센타에게 보낸 숫자들은 지금까지 말한 건물들을 가리키는 것 같군." 블라디미르가 말했다.

"멋져요, 베를렌." 사이토가 베를렌의 곱슬곱슬한 머리를 가볍게 헝클어뜨리며 말했다.

갑자기 방안이 기대감으로 가득차 들썩이기 시작했다. 에반젤린은 너무 놀라 카드만 들여다보았다. 이런 내용을 숨긴 카드들이 아무것도 모르는 그녀와 다른 수녀들이 지내는 수녀원의 지하실에 오십 년 넘게 잠들어 있었던 것이다.

"하지만 리라가 이 네 곳 가운데 어디에 있는지는 아직 몰라요." 가브리엘라의 말에 한창 들떠 있던 사람들이 정신을 차렸다.

"그렇다면 조를 짜서 한꺼번에 뒤지는 게 좋을 것 같군요." 블라디미르가 말했다. "베를렌과 가브리엘라는 클로이스터스로 가요. 관광객이 붐빌 테니 뭔가를 빼내려면 상당히 복잡할 겁니다. 그러니까 그쪽에 전문가인 베를렌이 가는 게 좋겠어요. 사이토와 나는 리버사이드 교회로, 에반젤린과 브루노는 뉴욕현대미술관으로 가요."

"그럼 록펠러센터는요?" 베를렌이 물었다.

"오늘 거기서 뭘 한다는 건 불가능해요. 크리스마스이브잖아요. 거긴 정신없을 거라고요." 사이토가 말했다.

"그래서 나는 애비게일 록펠러가 거길 선택했을 것 같아요. 접근하기 어려울수록 좋으니까." 가브리엘라가 말했다.

가브리엘라는 픽이 든 가죽가방과 천사학 노트를 챙겼다. 그리고 각 무리마다 그들이 가는 곳과 관련있는 록펠러 여사의 카드를 나눠주었다. "리라를 찾는 데 카드가 도움이 될지도 모르니까요."

"그리고 찾으면요? 찾고 나서는 어쩌죠?" 브루노가 물었다.

"그거야말로 우리가 처한 딜레마입니다." 블라디미르가 손으로 은빛 머리카락을 쓸어넘기며 말했다. "리라를 보관하느냐, 아니면 파괴하느냐."

"파괴한다고요?" 베를렌이 소리쳤다. "지금까지 제가 들기론 리라는 세상 그 어떤 것보다 아름답고 소중한 물건인데요."

"리라는 평범한 고대 유물이 아니에요." 브루노가 말했다. "메트로폴리탄미술관 같은 곳에 전시할 물건은 아니죠. 아무리 역사적 가치가 크다고 해도 그보다는 위험이 훨씬 더 커요. 파괴할 수밖에 없습니다."

"아니면 다시 숨겨도 되죠. 숨겨둘 장소는 얼마든지 있으니까요." 블라디미르가 말했다.

"이미 1943년에 시도했던 일이에요, 블라디미르." 가브리엘라가 말했다. "하지만 그 시도가 실패한 건 자명하죠. 리라를 그냥 두는 건 미래의 인류를 위험에 빠뜨리는 일이에요. 아무리 안전한 곳에 숨겨둔다 해도요. 없애야만 해요. 그래야 깔끔해요. 문제는 어떻게 파괴하느냐 하는 겁니다."

"그건 또 무슨 말인가요?" 에반젤린이 물었다.

"천상의 악기들이 가진 기본 특징이 있어. 하늘에서 만든 물건이니 오직 하늘의 존재만이 파괴할 수 있다는 거지." 블라디미르가 말했다.

"잘 모르겠습니다." 베를렌이 말했다.

"천상의 존재 또는 천사의 피를 물려받은 존재만이 천상의 물건을 파괴할 수 있다는 겁니다." 브루노가 말했다.

"네피림도 천사의 피를 물려받았지." 가브리엘라가 말했다.

"그러니까 리라를 파괴하려면 어떻게든 리라에 손대지 못하게 해야 할 놈들에게 넘겨줘야 한다는 거군요." 사이토가 말했다.

"어려운 문제네요." 브루노가 말했다.

"그럴 거면 도대체 왜 그 물건을 찾으려고 하는 겁니까?" 베를렌은 실망을 감추지 못했다. "왜 굳이 그렇게 중요한 물건을 안전한 곳에서 꺼내 없애려는 거죠?"

"다른 방법이 없으니까요. 리라를 찾아낼 기회는 자주 오지 않아요. 이번에 찾아내 어떻게든 없애야 해요." 가브리엘라가 말했다.

"만일 찾아낼 수 있다면 말이죠." 브루노가 덧붙였다.

"이건 시간 낭비예요." 사이토가 자리에서 일어서며 말했다. "리라를 어떻게 할지는 일단 찾고 나서 결정해도 늦지 않아요. 어쨌든 네피림이 먼저 찾는 것만은 막아야 합니다."

시계를 들여다보더니 블라디미르가 말했다. "거의 세시가 다 됐군. 록펠러센터에서 여섯시 정각에 모입시다. 각자 맡은 곳에 도착해서 조사를 하고 다시 모이기까지 세 시간이 남은 겁니다. 실수해서는 안 돼요. 가장 빠른 길로 움직입시다. 그 어느 때보다 속도와 정확성이 필요합니다."

모두 일어나 재킷을 입고 목도리를 두르며 차가운 겨울바람을 맞을 준비를 했다. 불과 몇 초 만에 천사학자들은 나갈 준비를 마쳤다. 계단으로 가던 가브리엘라가 에반젤린을 향해 돌아섰다. "아무리 급해도 위험한 상황이라는 걸 잊으면 안 돼. 부디 조심스럽게 움직이렴. 네피림들이 감시하고 있을 거야. 사실 이 순간을 오랫동안 기다려오긴 놈들도 마찬가지야. 애비게일 록펠러가 남긴 편지는 가장 귀중한 자료야. 우리가 알아낸 비밀을 눈치챈다면 네피림들은 가차없이 공격을 시작할 거야."

"하지만 어떻게 눈치챌 수 있겠습니까?" 베를렌이 에반젤린 곁으로 다가오며 물었다.

가브리엘라가 의미심장하고 슬퍼 보이는 미소를 지었다. "놈들은 우리가 있는 곳을 정확히 파악하고 있어요. 온 도시에 놈들의 끄나풀이 깔렸거든. 그들은 인제 어디서나 기다리고 있어요. 지금도 가까이서 우릴 보고 있을걸." 가브리엘라는 다시 한번 에반젤린의 눈을 똑바로 보고 말했다. "그러니 제발 조심해."

뉴욕 시, 뉴욕현대미술관

에반젤린은 웨스트 54번가를 따라 이어진 벽돌담에 지그시 손을 대 보았다. 얼음장 같은 바람에 얼굴이 에는 듯했다. 담 위쪽 유리창에 건물 한가운데 있는 조각정원이 비치는 동시에 복잡한 미술관 내부가 들여다보였다. 미술관 실내 불빛이 희미했다. 전시실을 돌아다니는 관람객과 직원들의 모습은 밖에 서 있는 에반젤린도 잘 보였다. 어두운 유리에 비쳐 보이는 조각정원의 모습은 왜곡되어 비현실적으로 느껴졌다.

"곧 문을 닫겠군. 서두르는 게 좋겠어." 브루노가 스키 재킷 주머니에 손을 깊숙이 쑤셔넣으며 미술관 입구로 향했다.

입구에 도착한 브루노는 사람들 틈을 뚫고 입장권 판매 데스크로 향했다. 염소수염을 기르고 뿔테안경을 낀 마르고 키 큰 남자가 윌키 콜린스의 소설을 읽고 있었다. 남자가 고개를 들고 에반젤린과 브루노를 번갈아 보더니 말했다. "삼십 분 뒤에 닫습니다. 내일은 크리스마스라 휴관이고 26일은 엽니다." 남자는 브루노와 에반젤린이 이제 거기 없다는 듯 다시 책으로 눈을 돌렸다.

브루노가 데스크에 몸을 기대고 말했다. "여기서 일하는 사람을 찾고 있습니다."

"직원의 개인 정보는 알려드리지 않습니다." 남자는 책에서 눈도 떼지 않고 말했다.

브루노가 백 달러짜리 지폐 두 장을 데스크 위로 밀어주었다. "개인 정보를 달라는 게 아닙니다. 그냥 어디 있는지만 알려줘요."

뿔테안경 너머로 지폐를 보던 남자는 슬그머니 돈을 집어 주머니에 넣었다. "이름이?"

"앨리스터 캐럴." 브루노는 애비게일 록펠러의 여섯번째 편지에 들어 있던 카드를 보여주었다. "아십니까?"

남자는 카드를 들여다보았다. "캐럴 씨는 여기 직원이 아닙니다."

"아시는군요." 에반젤린은 앨리스터 캐럴이라는 사람이 실제로 존재한다는 데 안심이 되면서도 약간 놀랐다.

"캐럴 씨를 모르는 사람은 없죠." 남자는 데스크 안쪽에서 나와 두 사람을 데리고 도로까지 나왔다. "저기 길 건너편에 삽니다." 남자는 오래되어 보이는 우아한 아파트를 가리켰다. 커다랗고 둥근 창문이 여러 개 난 청동 망사르드지붕은 녹이 슬어 있었다. "하지만 늘 여기 와서 어슬렁거리며 시간을 보냅니다. 미술관 창립 멤버 중 한 명이죠."

브루노와 에반젤린은 서둘러 길을 건너 아파트로 향했다. 출입문을 열고 안으로 들어서자 캐럴이라는 이름이 붙어 있는 우편함이 보였다. 5층 9호였다. 두 사람은 금방이라도 망가질 듯한 엘리베이터에 올라탔다. 방금 교회에 가는 노부인이 내린 듯 진한 화장품 냄새가 풍겼다. 에반젤린은 흰색으로 '5'라고 새겨진 검은 버튼을 눌렀다. 출입문이 끽끽

대며 닫히고 엘리베이터는 흔들리며 천천히 위로 올라갔다. 브루노는 애비게일 록펠러의 카드를 주머니에서 꺼내 손에 들었다.

5층에 있는 두 집은 모두 조용했다. 브루노는 호수를 확인하고 9호의 문을 두드렸다.

문이 빼꼼히 열리고 늙은 남자가 나타나 두 사람을 멀뚱멀뚱 바라보았다. 남자의 크고 파란 눈동자가 호기심으로 반짝거렸다. "누구신가?" 남자의 목소리는 너무 작아서 제대로 들리지도 않았다.

"캐럴 씨?" 브루노는 이런 일을 수도 없이 해본 사람처럼 공손하고 친절하게 말했다. "불쑥 찾아와 죄송합니다. 저희는 캐럴 씨 이름과 주소를……"

"여사님이 보냈군." 남자는 브루노가 들고 있는 카드를 빤히 보며 말했다. 그러고는 문을 활짝 열더니 들어오라고 손짓했다. "자, 들어와요. 기다리고 있었소."

머리에 빨간 리본을 단 요크셔테리어 두 마리가 소파에서 뛰어내려와 집안에 들어서는 브루노와 에반젤린에게 달려들었다. 개들은 침입자를 쫓아내려는 듯 짖어댔다.

"이런, 바보 같은 녀석들." 앨리스터 캐럴이 말했다. 그는 개들을 양팔에 한 마리씩 끼고 안으로 들어갔다.

실내는 널찍했고 몇 안 되는 가구는 모두 골동품이었다. 모든 가구가 소중히 간수되는 동시에 방치된 것처럼 보였다. 어떻게 하면 가구에 신경쓰지 않고 살 수 있을까 골머리를 썩이며 고른 듯했다. 에반젤린은 소파에 앉았다. 쿠션이 개의 체온으로 데워져 따뜻했다. 대리석 벽난로의 불꽃이 작지만 강력해 실내 온도를 높여주었다. 매끈하게 닦은 커피 탁자 위 한가운데는 사탕이 담긴 크리스털 그릇이 놓여 있었다. 깔끔하게 접어둔 일요일자 타임스 지만 빼면 지난 오십 년 동안 사람의 손길이 닿지 않은 듯했다. 벽난로 선반 위 액자에 넣은 컬러 석판화에는 한 여자의 얼굴이 담겨 있었다. 통통하고 볼이 발그레한 여자는 마치 경계하는 새 같았다. 에반젤린은 애비게일 록펠러 여사가 어떻게 생겼는지 한 번도 생각해본 적이 없지만 그림 속 주인공이 그녀임을 한눈에 알아보았다.

앨리스터 캐럴이 개를 다른 곳에 두고 돌아왔다. 회색 머리를 바짝 깎고 갈색 코듀로이 바지에 트위드 재킷을 입은 모습이었다. 그의 차분한 태도에 에반젤린은 마음이 편해졌다. "녀석들이 부산을 떨어 미안하오." 앨리스터가 난로 근처 안락의자에 앉으며 말했다. "손님이 오는 게 익숙하지 않아서 그래요. 요새는 찾아오는 사람이 없거든. 사람이 오니 반가운 거요." 그는 깍지 낀 양손을 무릎에 얹었다. "이런 이야기는 그만합시다. 놀러 오신 분들이 아닐 테니까."

"우리가 왜 여기 왔는지는 선생님이 얘기해주셔야 할 것 같습니다." 브루노가 에반젤린이 앉은 소파로 와서 앉으며 록펠러 여사의 카드를 탁자 위에 올려놓았다. "아무 설명도 없이 카드에는 선생님과 미술관의 이름만 있었거든요."

앨리스터 캐럴은 안경을 꺼내 썼다. 그러고는 카드를 들고 조심스럽게 살펴보았다. "여사님은 내가 보는 앞에서 이 카드를 썼지. 그런데 한 장뿐이군. 나머지 카드들은 어디 있소?"

"우리는 여섯 명이 함께 일하고 있어요." 에반젤린이 말했다. "시간을 아끼느라 두 명씩 흩어졌어요. 제 할머니가 카드 두 개를 갖고 있고요."

"그럼 할머니 성함이 셀레스틴 클로셰트요?" 앨리스터가 물었다.

에반젤린은 셀레스틴의 이름을 듣고 깜짝 놀랐다. 그녀를 알 리 없는 사람의 입에서 나온 말이라 더욱더 그랬다. "아니요, 그분은 돌아가셨습니다."

"저런, 그것참 안된 일이오." 앨리스터는 낙심한 듯 고개를 저었다. "여럿이 나누어서 물건을 회수하고 있는 것도 유감스럽고. 여사님은 한 사람이 물건을 찾아야 한다고 당부했거든. 이노센타 수녀원장, 혹은 시간이 많이 흐른 뒤라면 셀레스틴 클로셰트라는 여자가 올 거라고 했소. 어떤 조건이어야 하는지 틀림없이 기억하오. 이 문제에 관한 한 나는 록펠러 여사와 모든 걸 함께 진행했소. 이 카드를 세인트로즈 수녀원에 직접 들고 간 것도 나였고."

"하지만 록펠러 여사가 리라를 가지고 있는 줄 알았는데요?" 브루노가 말했다.

"이런, 그게 아니라오. 록펠러 여사와 이노센타 원장은 일정 기간만 물건을 보관해주기로 의견을 모았소. 여사님은 물건을 영원히 보관하게 되길 원치 않았거든. 안전한 때가 오면 최대한 빨리 돌려주고 싶어하셨소. 그러니까 전쟁이 끝나면 말이오. 우리는 이노센타 원장이나 셀레스틴 클로셰트가 카드를 갖고 있다가 때가 되면 정해진 순서대로 일을 진행할 거라 생각했소. 이런 방식을 택한 건 보관중인 물건과 물건을 찾으러 오는 사람의 안전을 위해서였지."

브루노와 에반젤린은 시선을 주고받았다. 에반젤린이 보기에 셀레스틴 수녀는 정해진 절차가 있다는 사실을 전혀 몰랐던 게 틀림없었다.

"우리는 전혀 들은 바가 없습니다. 그저 카드에 적힌 곳으로 온 것뿐입니다." 브루노가 말했다.

"이노센타 원장님이 돌아가시기 전에 미처 얘기를 못 전한 것 같아요. 셀레스틴 수녀님이 알았더라면 록펠러 여사의 뜻대로 일이 진행될 수 있게 했을 거예요." 에반젤린이 말했다.

"아, 그렇군. 뭔가 복잡한 사정이 있었어. 록펠러 여사는 셀레스틴 클로셰트가 수녀원을 떠나 유럽으로 돌아갈 거라 생각했소. 내 기억으로도 클로셰트 양은 잠시 머물 손님이었고."

"그렇게 되지 않았어요." 에반젤린이 말했다. 생의 마지막 나날 병마에 시달리며 쇠약해져간 셀레스틴이 떠올랐다.

앨리스터 캐럴은 어떻게 해야 할지 생각하는 듯 잠시 눈을 감았다. 그러다 벌떡 일어서며 말했다. "그래도 원래대로 진행하는 것 말고는 방법이 없겠소. 따라와요. 아주 특별한 경치를 보여드리지."

두 사람은 앨리스터 캐럴을 따라 둥글고 커다란 창문이 여러 개 난 곳으로 갔다. 에반젤린이 미술관 앞에서 올려다본 바로 그 창문이었다. 길 건너 뉴욕현대미술관이 한눈에 보였다. 에반젤린은 양손으로 창틀을 짚고 아래를 내려다보았다. 바로 아래쪽에 차분하게 정돈된 록펠러 조각정원이 자리잡고 있었다. 회색 대리석이 깔린 직사각형 정원 한가운데 좁고 긴 인공 연못이 흑요석처럼 검게 빛났다. 눈이 내린 뒤여서 대리석이 파랗게 젖어 있었다.

"여기서는 낮이고 밤이고 정원을 볼 수 있소." 앨리스터 캐럴이 조용히 말했다. "록펠러 여사가 이 아파트를 산 이유요. 나는 정원을 지키는 사람이고. 여사가 돌아가시고 몇 년에 걸쳐 일어난 수많은 변화를 지켜봐왔소. 정원을 뒤집어엎더니 새로 바꾸더군. 전시한 조각도 많아졌지." 그는 에반젤린과 브루노를 향해 돌아섰다. "우리는 미술관 경영진이 이렇게 급격한 변화를 꾀할 줄은 예상 못 했소. 1953년 필립 존슨이 정원을 다시 설계하면서 여사님이 알던 모습은 모두 사라졌소. 그리고 현대식 정원 하면 누구나 떠올릴 법한 상징적인 정원이 만들어졌소. 그러니까, 무슨 특별한 이유가 있었는지 몰라도 필립 존슨의 정원을 현대화하기로 한 거지. 황당한 촌극이자 끔찍한 판단 착오였소. 그들은 우선 대리석을 걷어냈소. 푸르스름한 회색의 독특하고 아름다운 버몬트산 대리석을 없애고 훨씬 질이 떨어지는 걸로 바꿨지. 나중에 원래 깔려 있던 돌이 더 낫다는 걸 알게 됐지만 어쩔 수 없었소. 결국 또다시 모든 걸 뜯어내고 원래 대리석과 비슷한 것으로 교체했소. 내가 손써두지 않았더라면 지켜보는 내내 정말 끔찍했을 거요." 앨리스터 캐럴은 팔짱을 꼈다. 더없이 만족스러운 표정이었다. "원래 보물은 정원에 숨겨져 있었소."

"그럼 지금은요? 지금은 저기 없나요?" 에반젤린은 숨이 멎을 것 같았다.

"여사님은 조각상 아래 빈 공간에 보물을 넣어두었소. 아리스티드 마욜의 〈지중해〉는 받침대 속에 굉장히 넓은 공간이 있거든. 여사님은 셀레스틴 클로셰트가 몇 달, 길어야 일 년 안에 보물을 가지러 올 거라고 생각하셨소. 잠깐 동안은 조각상 안에 넣어둬도 안전할 것 같았지. 하지만 1948년 여사께서 돌아가실 때까지도 셀레스틴은 오지 않았소. 얼마 후 필립 존슨이 조각정원을 현대식으로 만든다는 계획이 잡힌 거요. 나는 사람들이 공원을 뒤집어엎기 전에 움직이기로 했소."

"쉽지 않았을 텐데요. 더구나 뉴욕현대미술관은 보안이 철통같은 곳이잖아요." 브루노가 말했다.

"난 미술관의 종신이사요. 록펠러 여사만큼은 아니지만 미술관 어디든 접근할 수 있지. 그래서 어렵지 않게 조각상을 옮길 수 있었소. 청소를 한다고 가져와서는 내용물을 빼낸 게 다였소. 미리 그렇게 하길 잘했지. 그냥 뒀더라면 보물은 사람들 눈에 띄었거나 손상됐을 거요. 셀레스틴 클로셰트가 오지 않아 나는 그냥 보물을 보관하면서 기다리기로 했소."

"매우 중요한 물건이니 좀더 안전하게 보관할 방법이 있었을 텐데요?" 브루노가 말했다.

"여사님은 사람들이 많이 오가는 곳이 가장 안전할 거라고 생각하셨소. 록펠러 부부는 어마어마한 공공시설을 여럿 만들었고 늘 실용성을 추구했던 록펠러 여사는 그 시설을 직접 사용하고 싶어했지. 물론 값을 매길 수 없는 예술품이 가득한 미술관은 맨해튼에서 가장 안전한 장소이기도 하고. 조각정원과 클로이스터스 미술관은 감시의 눈길이 멈추지 않는 곳이오. 리버사이드 교회는 보안보다는 감상적인 이유로 선택됐소. 록펠러 가문이 교회를 세운 곳은 예전에 록펠러 씨가 다니던 학교 자리거든. 그리고 록펠러 가문의 힘과 영향력을 나타내는 위대한 상징인 록펠러센터는 뉴욕에서 록펠러 가문의 사회적 위치를 보여주는 곳이라고 할 수 있소. 그들의 힘이 어디까지 미치는지 보여주는 거요. 록펠러 여사는 네 조각의 보물을 그냥 은행 금고에 맡겨둘 수도 있었소. 하지만 그런 방식은 그분에게 어울리지 않지. 보물을 숨긴 장소는 상징적인 의미가 있는 곳이오. 미술관이 두 곳, 교회, 그리고 상업용 건물. 두 곳은 예술, 한 곳은 종교, 다른 한 곳은 돈과 관련있는 장소요. 록펠러 여사는 자신이 그런 비율로 기억되기를 바랐소."

브루노는 앨리스터 캐럴의 이야기가 재미있지 않냐는 듯 에반젤린에게 무언의 눈빛을 보냈다.

앨리스터 캐럴은 어디론가 사라졌다가 잠시 후 긴 직사각형 금속 상자를 들고 돌아왔다. 그는 상자를 내려놓더니 에반젤린에게 작은 열쇠를 건네주었다. "열어봐요."

에반젤린은 작은 구멍에 열쇠를 집어넣은 다음 돌렸다. 녹이 슬었는지 뭔가 뻑뻑하게 걸리는가 싶더니 딸깍 소리가 났다. 뚜껑을 열어보니 검은색 벨벳이 깔린 상자 안에 황금색으로 번쩍거리는 가늘고 긴 막대 두 개가 들어 있었다.

"이게 뭡니까?" 브루노는 놀란 기색이 역력했다.

"가로대 아닙니까. 달리 뭐겠소?" 앨리스터가 말했다.

"저희는 리라를 갖고 계신 줄 알았어요." 에반젤린이 말했다.

"리라요? 아니요. 우리는 리라를 미술관에 숨기지 않았소." 앨리스터는 마침내 자신이 품고 있던 비밀을 털어놓게 되었다는 듯 웃어 보였다. "적어도 전부 숨기지는 않았소."

"마음대로 분해를 한 겁니까?" 브루노가 물었다.

"한곳에 전부 숨기기엔 너무 위험했소." 앨리스터가 고개를 절레절레 저으며 말했다. "그래서 분해하게 되었고, 지금은 네 조각으로 흩어져 있소."

에반젤린은 믿을 수 없다는 듯 앨리스터를 바라보다가 한참 만에 입을 열었다. "수천 년도 더 된 물건이에요. 분명히 무척 약했을 텐데요."

"놀라우리만큼 튼튼한 악기였소. 돈으로 구할 수 있는 최고의 전문가들을 모아서 도움도 받았고." 앨리스터는 두 사람을 다시 벽난로 앞으로 데려가 안락의자에 앉았다. "자, 이제 괜찮다면 두 분께 전달해야 할 여러 가지 정보가 있소. 이미 말씀드린 대로 록펠러 여사는 네 조각이 된 보물을 찾으러 한 사람이 올 줄 알고 있었소. 네 개를 정해진 순서대로 모을 거라고 믿었고. 여사님은 대단히 정교한 회수 계획을 짰소. 뉴욕현대미술관이 첫번째 장소요. 그래서 내 이름이 담긴 카드를 넣었던 거지. 그다음은 리버사이드 교회, 클로이스터스 미술관이고 마지막이 프로메테우스요."

"프로메테우스요?" 에반젤린이 물었다.

"록펠러센터에 있는 프로메테우스 상 말이오." 의자에 앉은 채 허리를 쭉 펴자 앨리스터는 조금 전보다 키가 더 크고 귀족적으로 보였다. "원래는 이런 식으로 내가 보물을 찾으러 온 사람에게 다음 순서를 일러주고 충고와 경고를 하게 돼 있었소. 리버사이드 교회에 가면 그레이라는 남자를 만날 수 있을 거요. 록펠러 가문에 고용된 사람이오. 록펠러 여사는 그자를 믿었지만 솔직히 나는 이유를 모르겠더군. 그자가 이렇게 오랜 세월이 지난 지금까지 록펠러 여사의 뜻을 받들고 있는지도 확실치 않소. 툭하면 날 찾아와 돈을 요구했거든. 내 경험상 궁핍은 별로 좋은 징조가 아니지. 무슨 일이 있더라도 시간만 충분하다면 그자는 건너뛰는 게 좋을 거요." 앨리스터 캐럴은 트위드 재킷 안주머니에서 돌돌 만 쪽지를 하나 꺼내 탁자 위에 놓고 펼쳤다. "자, 여기 리라의 울림통이 숨겨진 정확한 위치가 있소."

앨리스터 캐롤이 에반젤린에게 쪽지를 건네주었다. 쪽지 한가운데 미로가 그려져 있었다.

"리버사이드 교회의 제단 앞 바닥에 있는 미로 그림은 프랑스 샤르트르대성당의 미로와 비슷하지." 앨리스터가 말했다. "전통적으로 미로는 명상을 하는 데 쓰였지만 우리는 미로 한가운데 꽃문양 아래쪽에 얕은 금고를 만들었소. 끼워맞춘 흔적도 없고 바닥을 뜯어내지 않고도 꺼냈다가 되돌려놓을 수 있게 돼 있소. 록펠러 여사는 그 안에 울림통을 넣어두었소. 여기 적힌 대로 꺼내면 되오.

리라의 현은 전혀 이야기가 달라. 현은 모두 클로이스터스 미술관에 있는데 그곳 관리자의 도움을 받아야 찾을 수 있소. 관리자로 있는 여자는 록펠러 여사의 뜻을 잘 알뿐더러 지금 같은 상황에서 어떻게 행동해야 하는지도 아주 잘 알고 있을 거요. 폐관 시간까지 삼십 분 정도 남았군. 그곳 관리자는 아무 문제 없이 보물에 접근할 수 있도록 해줄 거요. 내가 전화만 하면 됩니다. 달리 일을 처리하려 했다간 난리가 날 거요. 동료가 그리로 갔다고 했소?"

"저희 할머니가 가셨어요." 에반젤린이 말했다.

"출발한 지 얼마나 됐소?" 앨리스터가 물었다.

"지금쯤 도착했을 겁니다." 브루노가 시계를 들여다보며 말했다.

앨리스터의 얼굴에서 핏기가 가셨다. "정말 걱정스럽군. 이렇게 절차를 무시하고 진행했다간 어떤 위험이 닥칠지 모르오. 막아야 해. 할머니 성함이 뭐요? 즉시 전화부터 해놓겠소."

구식 전화기 앞으로 걸어간 앨리스터는 수화기를 들고 다이얼을 돌렸다. 잠시 후 그는 전화를 받은 상대에게 상황을 설명하기 시작했다. 앨리스터가 친근한 말투로 통화하는 것으로 보아 전에도 이런 상황에 대해 의논해본 적이 있는 것 같다고 에반젤린은 생각했다. 전화를 끊은 앨리스터가 말했다. "정말 다행이오. 오늘 오후에 클로이스터스 미술관에서는 별일 없었다고 하는군. 할머니께서 도착했는지는 모르겠지만 보물이 숨겨진 장소 근처에는 나타나지 않은 것 같소. 다행히 아직 시간이 있소. 방금 통화한 사람이 최선을 다해 할머니를 찾아내 도와드릴 거요."

앨리스터는 옷장을 열어 두꺼운 외투를 꺼내 입고 실크 목도리를 둘렀다. 그를 따라 에반젤린과 브루노도 소파에서 일어섰다. "당장 출발해야 합니다." 앨리스터는 이렇게 말하고 앞장서서 현관으로 향했다. "두 분의 동료들이 위험하오. 하긴 이제 악기를 모으기 시작했으니 우리 모두 안전하지 않지."

"여섯시에 록펠러센터에서 모이기로 했습니다." 브루노가 말했다.

"록펠러센터는 여기서 네 블록 떨어져 있소. 내가 함께 가겠소. 조금이나마 도움이 될 거요." 앨리스터 캐럴이 말했다.

뉴욕 시, 포트트라이언파크,
메트로폴리탄미술관, 클로이스터스 분관

베를렌과 가브리엘라는 택시에서 내려 미술관 쪽으로 뛰었다. 여러 채의 석조 건물이 무리지어 나타났다. 저멀리 허드슨 강을 따라 세운 성벽 같았다. 베를렌은 클로이스터스 미술관에 여러 번 와보았다. 중세 수도원을 꼭 닮은 이곳에 오면 빡빡한 도시생활에서 벗어난 듯한 위안을 얻을 수 있었다. 인위적으로 꾸며낸 분위기는 어쩔 수 없지만 역사와 함께한다고 생각하면 마음이 편안해졌다. 실제로 파리에서 살았던 가브리엘라는 미술관을 어떻게 생각할지 궁금했다. 클로이스터스 미술관이 보유한 프레스코 화, 십자가 상, 중세 조각상들은 그가 책으로만 접한 파리의 중세 박물관을 본떠 만든 곳이기 때문이었다.

크리스마스 시즌이 한창이니 미술관은 중세 미술을 감상하며 사색에 잠겨 조용한 오후를 보내고 싶어하는 사람들로 가득할 터였다. 만일 뒤를 밟는 자들이 있다면 북적거리는 관람객들 덕에 따돌릴 수 있을 듯했다. 베를렌은 석회암 출입구와 위풍당당한 중앙 탑, 두꺼운 외벽을 살펴보며 혹시 이 안에 기보림이 숨어 있는 건 아닐까 생각했다. 틀림없이 안에서 그들을 기다리고 있을 것만 같았다.

그는 돌계단을 서둘러 올라가며 해야 할 일을 생각했다. 미술관에 오긴 했지만 어디서부터 어떻게 뒤져야 할지 단서는 전혀 없었다. 가브리엘라가 전문가라는 건 알고 있었다. 그녀가 어떻게든 문제를 해결하리라 믿었지만 그래도 너무 어려운 임무 같았다. 머리 쓰는 문제라면 가리지 않고 나서는 그였지만 눈앞에 놓인 문제는 너무 어려워 뒤돌아서서 택시를 잡아타고 집에 가고 싶을 뿐이었다.

아치 모양의 미술관 입구로 들어서는데 윤기 나는 빨간 머리의 자그마한 여자가 그들을 향해 서둘러 다가왔다. 물 흐르는 듯한 실크 블라우스와 진주 목걸이가 조명을 받아 반짝거렸다. 베를렌이 보기에 문앞에 서서 그들이 도착하기를 기다리고 있기라도 했던 것 같았지만, 설마 그럴 리는 없었다.

"가브리엘라 발코 박사님?" 여자가 말했다. 베를렌은 여자의 발음이 가브리엘라와 비슷한 것을 듣고 같은 프랑스 출신일 거라고 추측했다. "저는 서빈 클레먼타인이라고 합니다. 클로이스터스에서 복원팀 부책임자로 일하고 있습니다. 두 분이 오늘 오후에 할 일을 도와드리라고 해서 왔습니다."

"누가요?" 가브리엘라가 경계하는 눈빛으로 여자를 보며 말했다.

"앨리스터 캐럴이요." 여자는 속삭이듯 말하더니 따라오라고 손짓했다. "작고하신 애비게일 록펠러 여사의 대리로 일하는 분이죠. 자, 이리로. 가면서 설명하겠습니다."

베를렌의 예상대로 입구는 손에 안내책자와 카메라를 든 관람객으로 북적거렸다. 관내 서점 계산대 앞에도 길게 줄이 늘어서 있었다. 줄은 중세 역사와 미술 서적, 고딕 건축과 로마네스크 건축 양식에 관한 책들이 높이 쌓인 판매대 사이로 구불거리며 이어졌다. 좁은 창문으로 허드슨 강이 또다시 시야에 들어왔다. 시커먼 강물이 유유히 흐르고 있었다. 위험한 상황인데도 온몸의 긴장이 풀리는 느낌이었다. 베를렌은 미술관에 오면 늘 마음이 차분해졌다. 스스로 분석해보건대 아마 그것도 미술사를 전공으로 택한 이유 중 하나가 아닐까 싶었다. 미술관 건물 자체가 풍기는 분위기와 더불어 중세 수도원을 잘라서 모아놓은 듯한 소장품들—스페인과 프랑스, 이탈리아의 허물어져가는 수도원에서 떼어 온 듯한 화려한 출입구와 프레스코 화, 문짝을 이용해 무너진 고대 유적지처럼 꾸며놓은 것—을 보고 있자니 점점 더 편안해졌다. 사진을 찍는 관광객들이나 손을 잡고 걷는 젊은 연인들, 부드럽게 색이 바랜 벽화를 열심히 들여다보는 노인들을 봐도 마찬가지였다. 관광객들을 업신여기던 베를렌이 하루 만에 완전히 바뀌었다. 이제는 그들의 존재가 고마웠다.

세 사람은 서로 연결된 전시실들을 지나 미술관 안쪽으로 갔다. 멈춰서서 감상할 수는 없었지만 베를렌은 지나가면서도 벽에 걸린 작품들을 흘끔거렸다. 혹시 그들이 미술관에서 해결해야 할 일에 대한 단서를 찾을 수 있을까 해서였다. 애비게일 록펠러의 카드에서 본 그림과 같은 그림이나 조각상을 발견할지 모른다는 생각도 들었지만 그런 식은 아닐 것 같았다. 카드에 그려진 그림은 상당히 현대적이어서 뉴욕 시 아르데코 양식의 대명사라고 해도 될 정도였다. 어쨌든 베를렌은 복원해서 깨끗하게 닦은 앵글로색슨족의 아치형 출입문, 십자가 조각상, 유리 모자이크, 아칸서스 무늬가 들어간 기둥 등을 자세히 살펴보았다. 그 안에 그들이 찾는 악기가 들어 있을 수도 있었다.

서빈 클레먼타인은 쾌적한 전시실로 두 사람을 안내했다. 여러 개의 창으로 비쳐드는 햇빛이 바닥에 깔린 마루를 환하게 비추었다. 벽에는 태피스트리 연작이 걸려 있었다. 어떤 작품인지 베를렌은 바로 알아보았다. 대학원 시절 '세계 미술사의 걸작들'이라는 수업에서 접했던 이 연작은 그후에도 잡지와 포스터를 통해 여러 번 봤지만 직접 찾아와서 보는 건 아주 오랜만의 일이었다. 그것은 그 유명한 〈유니콘 사냥〉이었다.

"아름다워요." 베를렌이 강렬한 붉은색과 화사한 녹색으로 짠 태피스트리를 자세히 살펴보며 말했다.

"잔인하기도 하죠." 가브리엘라는 유니콘을 도살하는 장면을 가리키며 말했다. 사냥꾼 절반 정도가 무심히 바라보는 가운데 나머지 사냥꾼들이 붙잡힌 유니콘의 목에 창을 찔러넣고 있었다.

"바로 이것이 애비게일 록펠러와 그 남편의 결정적인 차이점이죠." 베를렌이 앞에 걸린 작품을 가리키며 말했다. "애비게일 록펠러가 뉴욕현대미술관을 세우고 피카소와 반 고흐, 칸딘스키의 작품을 사들이는 동안 남편은 중세 작품을 수집했습니다. 그는 모더니즘이라면 질색했고 모더니즘에 열정을 품었던 아내를 지지해주지도 않았습니다. 모더니즘은 세속적이라고 생각했던 거죠. 현재가 잘못되었다고 탓하면서 과거는 성스럽다고 하니 웃긴 일이에요."

"현대적인 것을 부정하는 데는 대개 그럴 만한 이유가 있어요." 가브리엘라는 혹시 뒤따라온 자들이 없는지 확인하듯 뒤쪽에 모여 서 있는 관람객들을 흘끔거렸다.

"하지만 새로운 시대로 계속 진보해나가지 않았더라면 우리는 여전히 중세 암흑기를 못 벗어났을 겁니다." 베를렌이 말했다.

"이런, 베를렌 선생." 가브리엘라가 베를렌의 팔을 잡고 구석진 곳으로 끌고 가며 말했다. "정말 우리가 중세 암흑기에서 벗어났다고 생각해요?"

"자자." 서빈 클레먼타인이 작은 목소리로 대화를 나눌 수 있을 만큼 가까이 와서 말했다. "제 전임자가 외워두라고 일러준 단서가 있었습니다. 지금까지는 그게 무슨 말인지 잘 이해하지 못했지만요. 들어보세요."

가브리엘라가 깜짝 놀라 그녀를 향해 돌아섰다. 베를렌은 서빈의 말에 귀기울이는 가브리엘라의 표정에서 그녀가 서빈을 약간 무시하는 듯한 느낌을 받았다.

"'사냥의 우화는 이야기 속에서 이야기를 전해준다.'" 서빈이 조용히 읊조렸다. "'자유를 누리다가 붙잡히는 짐승을 따라가라. 사냥개들을 모른 척하고, 처녀에게 수줍은 척하고, 잔인한 살육을 거부하고, 짐승이 다시 사는 곳에서 음악을 구하라. 베틀을 잡은 이 손으로 수수께끼를 짰으니 반드시 손으로 풀어야 하리. 엑스 앙겔리스Ex angelis, 악기는 스스로 모습을 드러낸다.'"

"'엑스 앙겔리스'라고요?" 베를렌이 그 단어 하나만 못 알아들었다는 듯 물었다.

"라틴어예요." 가브리엘라가 대답했다. "'천사로부터'라는 뜻이죠. 분명히 천사가 만든 천상의 악기라는 걸 표현하려고 그런 단어를 사용했겠죠. 하지만 좀 이상하긴 하네요." 가브리엘라는 잠시 말을 멈추고 서빈 클레먼타인에게 고맙다는 눈빛을 보냈다. 이제야 그녀가 두 사람 앞에 나타난 이유를 알겠다는 듯한 표정이었다. "사실 중세에 천사학자들끼리 주고받은 문서를 보면 'E A'라는 머리글자가 찍혀 있는 경우가 많았어요. 하지만 그건 에피스툴라 앙겔로룸Epistula Angelorum, 즉 '천사들의 편지'라는 뜻으로 전혀 다른 말이죠. 록펠러 여사가 이걸 알았을 리도 없고요."

"혹시 다른 뜻이 있는 건 아닐까요?" 베를렌이 가방에서 록펠러의 카드를 꺼내는 가브리엘라 쪽으로 몸을 기울이며 물었다. 가브리엘라는 카드를 뒤집어 뒷면을 보았다.

"여기 뭔가 그림이 있어요." 가브리엘라는 그림이 더 잘 보이도록 카드를 돌렸다. 흐릿한 세로줄이 여러 개 보이고 각각의 줄 옆에 숫자가 하나씩 쓰여 있었다. "하지만 무슨 의미인지는 전혀 모르겠어요."

"그러니까 우린 기호가 없는 지도를 가진 셈이네요." 베를렌이 말했다.

"그럴 수도 있죠." 가브리엘라는 서빈에게 방금 전 암송했던 말을 다시 들려달라고 했다.

서빈은 또박또박 다시 말했다.

"사냥의 우화는 이야기 속에서 이야기를 전해준다. 자유를 누리다가 붙잡히는 짐승을 따라가라. 사냥개들을 모른 척하고, 처녀에게 수줍은 척하고, 잔인한 살육을 거부하고, 짐승이 다시 사는 곳에서 음악을 구하라. 베틀을 잡은 이 손으로 수수께끼를 짰으니 반드시 손으로 풀어야 하리. 엑스 앙겔리스, 악기는 스스로 모습을 드러낸다."

"첫번째 태피스트리에서 시작되는 사냥을 순서대로 따라가라는 말인 건 분명합니다." 베를렌이 사람들 사이를 뚫고 첫번째 태피스트리로 다가가며 말했다. "여기 보면 사냥꾼 일행이 숲으로 들어갑니다. 숲에서 유니콘을 발견하고 맹렬히 뒤쫓아가 죽입니다. 록펠러 여사가 무시하라고 말한 사냥개들도 사냥꾼 무리에 속해 있죠. 그리고 마찬가지로 무시하고 지나쳐야 할 처녀는 주변에서 구경하는 여자들 가운데 한 명일 겁니다. 우리는 모든 걸 무시하고 유니콘이 다시 살아나는 곳을 봐야 합니다." 베를렌이 가브리엘라의 팔을 잡고 마지막 태피스트리로 이끌며 말했다. "바로 이거죠."

두 사람은 연작 중에서 가장 유명한 작품, 야생화가 지천으로 핀 녹색 초원을 그린 태피스트리 앞에 섰다. 얌전해진 유니콘이 둥근 울타리 안에 비스듬히 누워 있었다.

"바로 이 작품이 우리가 '짐승이 다시 사는 곳에서 음악을 구'할 곳이 분명하군요." 가브리엘라가 말했다.

"하지만 음악과 관련있는 건 안 보이는데요." 베를렌이 말했다.

"엑스 앙겔리스." 가브리엘라는 그 말을 곰곰이 생각해보듯이 혼잣말을 중얼거렸다.

"록펠러 여사는 이노센타 원장에게 보낸 편지에서 단 한 번도 라틴어를 쓴 적이 없습니다. 그런데 갑자기 라틴어를 사용한 건 우리 관심을 끌려는 게 분명해요." 베를렌이 말했다.

"이 미술관에 있는 작품들에는 거의 다 천사가 등장하죠. 하지만 이 작품에서는 천사라곤 찾아볼 수 없어요." 가브리엘라가 답답해하며 말했다.

"맞습니다." 베를렌이 유니콘을 찬찬히 살피며 맞장구쳤다. "이 태피스트리 연작은 예외네요. 유니콘 사냥은 록펠러 여사의 단서에 나온 대로 하나의 우화라고 볼 수도 있어요. 그렇다면 분명 예수가 십자가에 못박혀 죽었다가 부활한 걸 가리킬 겁니다. 하지만 그림에 기독교적인 상징물은 전혀 안 보이는데요. 예수의 형상도, 구약성서의 장면이나 천사도 없어요."

"그런데 그림마다 'A' 자와 'E' 자가 여기저기 새겨져 있어요." 가브리엘라가 태피스트리의 이곳저곳을 가리키며 말했다. “늘 같이 붙어다니고요. 이 작품 제작을 후원한 사람의 이름 머리글자가 틀림없어요.”

“그럴 수도 있죠.” 베를렌이 말하며 들여다보니 머리글자 A와 E는 금색 실로 수놓여 있었다. “그런데 이걸 보세요. 문자 E는 모두 좌우가 뒤집어져 있어요. 둘 다 뒤집어진 글자였어요.”

“그러면 E A가 되겠네요.” 가브리엘라가 말했다.

“엑스 앙겔리스로군요.” 베를렌이 말했다.

베를렌은 태피스트리에 바짝 다가섰다. 섬세하게 수놓인 실의 모양까지 볼 수 있었다. 작품에서는 흙냄새가 풍겼다. 먼지와 공기에 노출된 수백 년의 세월이 작품과 떼어놓을 수 없이 그 일부를 이루고 있었다. 조용히 서서 도움을 주려고 기다리고 있던 서빈 클레먼타인이 두 사람에게 다가왔다. “자, 두 분은 여기 태피스트리 때문에 오셨잖아요. 그게 제 전문 분야예요.” 그녀가 조용히 말했다.

서빈은 대답도 기다리지 않고 첫번째 태피스트리 앞으로 갔다. “유니콘 사냥이라는 태피스트리 연작은 중세의 위대한 걸작입니다. 양털과 실크를 이용해 짠 일곱 개의 작품으로 이루어집니다. 전체적으로 귀족들의 사냥하는 모습을 그리고 있죠. 사냥개, 기사, 처녀, 성城들이 보이고 큰 구도를 잡아주는 배경은 개울과 숲입니다. 오랜 연구에도 불구하고 누구의 언제 작품인지는 수수께끼로 남아 있습니다. 하지만 대부분의 미술사 학자들은 화풍의 특징상 1500년경 브뤼셀에서 만들어진 작품이라는 데 의견을 같이합니다. 이 작품에 대한 최초 문헌은 17세기에 작성된 한 프랑스 귀족 가문의 재산 목록입니다. 19세기 중반에 발견돼서 복원한 목록이지요. 존 D. 록펠러 주니어는 1920년대에 백만 달러 이상을 주고 이 작품들을 구입했습니다. 제가 보기엔 공짜나 다름없었죠. 많은 학자들이 이 작품을 세계에서 제일가는 중세 작품이라고 생각합니다."

베를렌은 생생한 색감과 한가운데 비스듬히 누운 유니콘에 사로잡혀 태피스트리를 멍하니 바라보았다. 유니콘의 우윳빛 머리에는 거대한 뿔이 솟아 있었다.

"저기, 지금 우리를 도와주려는 거예요, 아니면 작품 설명을 하려는 거예요?" 가브리엘라가 살짝 비난조로 말했다.

"작품 설명을 들으셔야 합니다." 서빈이 날카롭게 대답했다. "두 글자 사이를 자세히 보셨나요?" 그녀는 유니콘 위쪽에 있는 머리글자 E A를 가리켰다.

"복원 작업이 상당히 집중적으로 이루어진 부분 같군요. 손상됐었나요?" 베를렌도 작품 설명을 꼭 들어야 한다는 듯 말했다.

"엄청나게요. 이 작품들은 프랑스대혁명 당시 약탈당했습니다. 귀족의 저택에서 사라진 태피스트리들은 수십 년 동안 과수원에서 나무에 서리가 앉지 않게 덮어두는 용도로 사용되었습니다. 큰 공을 들여 복원하긴 했지만 자세히 들여다보면 손상된 부분을 쉽게 알 수 있습니다."

태피스트리를 자세히 보던 가브리엘라가 새로운 생각을 해낸 것 같았다. "록펠러 여사에게도 악기를 숨기는 건 몹시 어려운 임무였을 거예요. 그리고 우리에게 남긴 여러 단서로 볼 때 실제로 악기를 이곳 클로이스터스 미술관에 숨겼을 겁니다."

"그런 것 같습니다." 베를렌이 뭔가 기대된다는 듯 말했다.

"그렇다면 그녀는 악기를 단단히 보호할 수 있으면서도 노출된 곳, 안전하지만 접근할 수 있는 곳이 필요했을 거예요. 그래야 우리가 되찾을 수 있으니까 말이죠." 가브리엘라는 크게 심호흡을 하고 실내를 둘러보았다. 관람객이 태피스트리 앞에 몰려들어 있었다. 가브리엘라는 목소리를 잔뜩 낮추었다. "리라는 커다란 울림통에 가로대까지 달려서 크기가 제법 큰데 그렇게 다루기 거추장스러운 물건을 클로이스터스처럼 많은 사람이 오가는 미술관에 숨긴다는 건 불가능에 가까워요. 하지만 어떻게든 숨겼겠죠."

"혹시 리라가 여기 없다고 생각하시는 겁니까?" 베를렌이 물었다.

"아니, 그 말이 아니에요." 가브리엘라가 말했다. "오히려 반대죠. 애비게일 록펠러가 우리에게 헛고생을 시켰을 리 없어요. 나는 아까부터 왜 악기 하나를 숨기는 데 네 곳이나 필요했을까 의문이 들었어요. 결국 애비게일 록펠러는 리라를 숨기는 데 극도로 철저했을 거라는 결론을 내렸죠. 가장 안전한 장소를 찾았지만 거기서 더 나아가 더욱 안전한 형태로 숨겼을 겁니다. 어쩌면 악기는 우리가 생각하는 형태가 아닐 수도 있어요."

"무슨 말씀인지 모르겠어요." 베를렌이 말했다.

서빈이 말했다. "천상의 음악학이나 천사 합창의 역사 수업을 들은 적이 있거나 천상의 악기의 구조와 연주에 관한 세미나에 참석해본 천사학자라면 누구나 리라에서 가장 필수적인 부분이 무엇인지 잘 압니다. 바로 현이죠. 천상의 악기 대부분이 발카인이라고 하는 귀중한 소재로 만듭니다. 그중에서도 리라가 독특한 소리를 낼 수 있는 건 현 때문이죠. 소재는 확인되지 않았지만 천사학자들은 오래전부터 실크와 천사의 머리칼을 섞어 만든 것이라 여겼습니다. 무엇인지 모르는 현의 소재와 현을 매는 방법 때문에 특별한 소리를 낼 수 있는 거겠죠. 사실상 현을 제외한 몸통은 다른 것으로 대체할 수 있다는 겁니다."

"파리 천사학 아카데미에 다녔군요." 가브리엘라가 놀라며 말했다.

"비엥 쉬르(맞아요), 발코 박사님." 서빈이 살짝 웃으며 말했다. "안 그러면 어떻게 이런 역할을 맡았겠어요? 기억 못 하시겠지만 박사님이 강의한 영적 전쟁 세미나에도 참석했어요."

"언제였죠?" 가브리엘라가 기억을 되살리려는 듯 서빈의 얼굴을 살펴보며 물었다.

"1987년 1학기였죠." 서빈이 대답했다.

"학교에 있던 마지막 해로군." 가브리엘라가 말했다.

"가장 좋아했던 강의였어요."

"정말 고마운 말이네요. 그럼 이제 내가 수수께끼를 풀 수 있게 도와주는 것으로 보답을 좀 해줘요. '베틀을 잡은 이 손으로 수수께끼를 짰으니 반드시 손으로 풀어야 하리.'" 가브리엘라가 서빈을 바라보며 록펠러 여사가 남긴 말을 다시 읊었다. 상대가 뭔가 번쩍 떠올리길 바라는 모양이었다.

"저는 뭔가 풀어내는 걸 도와드려야 한다고 했어요. 이제야 태피스트리에서 뭘 꺼내야 할지 알 것 같네요." 서빈이 말했다.

"록펠러 여사가 태피스트리 안에 리라의 현을 아예 짜넣었단 말인가요?" 베를렌이 말했다.

"매우 능숙한 전문가를 고용했겠죠. 어쨌든 맞아요. 현은 사로잡힌 유니콘을 표현한 일곱번째 태피스트리 안에 들어 있을 거예요." 서빈이 대답했다.

베를렌은 믿을 수 없다는 듯 태피스트리를 보며 말했다. "그럼 도대체 어떻게 빼내죠?"

서빈이 당혹스러워하며 말했다. "제가 단서를 제대로 이해했다면 특별한 기술로 짜넣은 거라 현을 빼내도 작품은 전혀 손상되지 않을 거예요."

"록펠러 여사가 이렇게 망가지기 쉬운 작품에 물건을 숨겼다니 이상한 일이네요." 가브리엘라가 말했다.

"이 작품을 한때 록펠러 가문이 소유했다는 걸 잊으시면 안 돼요. 1922년 그분 남편이 처음 구입했을 때는 록펠러 저택의 거실에 걸어두기도 했었죠. 1930년대 후반 이곳으로 옮기기 전까지요. 록펠러 여사는 이 작품에 대해 아주 자세히 알고 있었어요. 어느 부분이 약한지도 잘 알았죠." 서빈이 복원할 때 많이 손댄 부분을 가리키며 말했다. "여기 어색한 부분 보이시죠? 복원할 때 넣은 이 실만 자르면 갈라진 곳이 보일 거예요."

반대쪽 구석에 서 있던 경비 한 명이 아무렇지도 않게 세 사람에게 다가와 물었다. "이제 우리 차례입니까, 클레먼타인 씨?"

"네, 고맙습니다." 서빈은 전문가다운 모습으로 간결하게 대답했다. "먼저 이 전시실을 비워야겠어요. 다른 경비들도 불러주세요." 서빈은 가브리엘라와 베를렌을 향해 돌아섰다. "일을 진행하는 동안 이 전시실을 폐쇄하겠습니다. 사람들이 북적거리는 데서 할 수 있는 일은 아니니까요. 아무도 못 보는 곳에서 태피스트리에 손대야 할 겁니다."

"그게 가능합니까?" 베를렌이 붐비는 전시실을 둘러보며 말했다.

"물론이죠. 저는 복원팀 부책임자인걸요. 언제든 보수 핑계를 댈 수 있어요."

"저건 어쩌고요?" 베를렌은 감시 카메라를 향해 고갯짓을 했다.

"제가 다 손써두었답니다."

베를렌은 태피스트리를 보며 리라의 현을 찾아내 빼내기에는 시간이 부족하다고 생각했다. 처음 그가 예상했던 대로 태피스트리의 위에서 3분의 1 지점, 유니콘의 뿔 바로 위쪽을 복원한 부분에 가장 큰 흠집이 있었다. 바닥에서 180센티미터 가까이 되는 높은 곳이었다. 작업을 하려면 의자 같은 것을 놓고 올라서야 할 터였다. 각도도 그다지 좋지 않았다. 벽에 걸어둔 채 솔기를 뜯어내기 어려울 수도 있고 태피스트리를 벽에서 떼어내 바닥에 펼친 채 작업해야 할 수도 있었다. 하지만 그건 마지막 수단이었다.

경비 여럿이 전시실로 들어오더니 관람객들을 내보내기 시작했다. 정리를 마친 경비들은 출입구를 막고 섰다.

전시실이 텅 비자 서빈은 키가 작고 머리가 벗어진 남자 한 명을 안으로 데려왔다. 남자는 금속 상자를 바닥에 내려놓고 사다리를 폈다. 그러고는 가브리엘라와 베를렌에게는 눈길도 주지 않고 사다리에 올라서서 태피스트리의 솔기를 조심스럽게 살폈다.

"확대경 좀 주십시오." 남자가 말했다.

서빈이 금속 상자를 열었다. 상자 안에는 수술용 메스와 실, 가위, 커다란 확대경이 들어 있었다. 실내 조명이 소용돌이처럼 확대경으로 들어가 이글거리는 점으로 압축되어나왔다.

베를렌은 자신감 넘치는 남자에게 감탄하며 일하는 모습을 멍하니 바라보고 있었다. 베를렌은 예술품 복원 기술을 동경해왔다. 오래된 섬유를 깨끗하게 복원하는 화학기법 시연도 보러 갈 정도였다. 남자는 한 손에 확대경을, 다른 손에는 메스를 들고 칼날을 이용해 바늘땀 하나를 깔끔하게 뜯어냈다. 살짝 힘을 준 것 같은데 실이 툭 끊어졌다. 그런 식으로 한 땀씩 실을 끊어내 태피스트리에 사과만한 구멍을 냈다. 남자는 마치 외과의처럼 정신을 집중한 채 작업에만 몰두했다.

베를렌은 까치발을 하고 서서 남자가 풀어내는 천을 바라보았다. 머리카락처럼 가느다란 색실 가닥 말고는 아무것도 보이지 않았다. 남자가 상자에서 어떤 연장을 꺼내달라고 말했다. 서빈이 길고 가느다란 고리를 건네주자 그는 천에 난 구멍으로 통과시켰다. 그러더니 손을 머리글자 A와 E사이로 쑥 집어넣었다가 뺐다. 베를렌의 눈에 뭔가 번쩍하는 게 보였다. 남자가 고리를 비틀자 오팔색 줄 하나가 딸려나왔다.

남자가 베를렌에게 현들을 건네주었다. 모세혈관처럼 가는 현은 어찌나 매끄러운지 기름을 먹인 것처럼 손가락 사이로 빠져나가려 했다. 모두 열 가닥의 호화로운 현이 베를렌의 팔뚝까지 드리웠다. 남자가 사다리에서 내려왔다. "그게 전부입니다." 그는 방금 신성모독이라도 저지른 사람처럼 엄숙한 표정으로 말했다.

서빈이 현을 모두 넘겨받아 단단히 감더니 천 주머니에 넣었다. 그리고 다시 베를렌에게 건네주며 말했다. "두 분 저를 따라오세요." 가브리엘라와 베를렌은 그녀를 따라 전시실을 나갔다.

"현을 매는 법은 아시나요?" 서빈이 물었다.

"내가 할 수 있을 거예요." 가브리엘라가 대답했다.

"물론 그러시겠죠." 서빈이 손가락으로 딱 소리를 내자 경비들이 세 명씩 양쪽으로 붙어 섰다. "조심하세요. 행운을 빌어요." 서빈이 파리 사람답게 가브리엘라의 양쪽 뺨에 입을 맞추며 말했다.

경비들은 계속 밀려드는 관람객들 사이에서 가브리엘라와 베를렌을 호위하며 미술관 밖으로 향했다. 베를렌은 그동안 좌절을 거듭하며 아무 결실도 없는 연구를 이어가던 시간 덕분에 지금 이렇게 승리의 순간을 맞는 게 아닐까 싶었다. 그에게 천사학자가 되라는 부름을 깨닫게 해준 가브리엘라가 바로 옆에서 함께 걷고 있었다. 감히 바라건대 천사학자로서의 미래를 에반젤린과 함께하고 싶었다. 베를렌은 가브리엘라와 함께 연달아 선 아치형 출입문을 지나고 또 지났다. 묵직한 로마네

스크 양식의 석조 문도 지나고 밝은 고딕 양식의 철제문도 지났다. 손에는 리라 현이 든 주머니를 꼭 쥐고 있었다.

뉴욕 시, 모닝사이드하이츠, 리버사이드 교회

리버사이드 교회는 컬럼비아 대학교 위로 우뚝 솟은 고딕 리바이벌 양식의 웅장한 건물이었다. 계단을 따라 올라간 블라디미르와 사이토는 둥근 쇠 장식이 박힌 나무문 앞에 도착했다. 사이토는 검은색 숄을 어깨에 편안하게 두른 채 굽 높은 부츠를 신고 염화칼슘을 뿌린 눈밭을 걸었다.

문을 열고 실내로 들어서자 광량이 줄어 약한 빛만 일렁거렸다. 블라디미르는 주위의 어둠에 익숙해지려고 눈을 껌벅거렸다. 교회 안에는 아무도 없었다. 블라디미르는 넥타이를 고쳐 매면서 텅 빈 안내 데스크를 지나고 계단을 올라가 넓은 대기실에 들어섰다. 크림색 돌벽들이 천장에서 서로 만나 아치를 이루었고 그 꼭대기는 높이 올린 돛이 바람에 부푼 것처럼 보였다. 널따란 여닫이문으로 들어가니 텅 빈 신도석이 길게 늘어서 있었다.

어서 교회를 뒤져야 한다는 생각으로 들어섰지만 블라디미르는 순간

멈칫하고 말았다. 벽에 걸린 두 개의 동판에 눈길이 쏠렸던 것이다. 하나는 교회 건립에 기여한 존 D. 록펠러 주니어를 기념하는 것이었고 또 하나는 로라 셀레스티아 스펠먼 록펠러에게 바치는 것이었다.

"로라 셀레스티아 스펠먼은 애비게일 록펠러의 시어머니였군요." 사이토가 동판을 읽으며 속삭이듯 말했다.

"록펠러 1세 부부는 매우 독실한 사람들이었던 것 같군. 존 D. 록펠러 주니어가 이런 교회를 지은 걸 보면." 블라디미르가 말했다.

"그래서 애비게일 록펠러가 이 건물에 물건을 숨길 수 있었나봐요. 이런 곳이라면 내부 사람의 협조가 없으면 안 될 테니까요." 사이토가 말했다.

"내부 사람의 협조와 어마어마한 돈이 필요하지." 짜증스러운 듯 높은 톤의 목소리가 들려왔다.

블라디미르가 돌아보니 두꺼비처럼 생긴 늙은 남자가 멋진 회색 정장을 입고 하얗게 센 머리를 깔끔하게 빗어넘긴 모습으로 복도에 서 있었다. 왼쪽 눈에 단안경을 끼고 있었는데 금줄이 뺨 위에 드리워 있었다. 블라디미르는 본능적으로 한 걸음 물러섰다.

"놀라게 했다면 미안합니다. 내 이름은 그레이요. 두 분이 들어오는데 모른 체할 수가 없었소." 그레이는 너무 초조한 나머지 한 치 앞도 제대로 보이지 않는 것 같았다. 툭 튀어나온 눈으로 복도를 두리번거리다가 마침내 블라디미르와 사이토에게 시선을 고정했다.

"누구신지 물어야겠지만 이미 알고 있소. 그걸 좀 봐도 되겠소?" 그레이는 블라디미르가 손에 든 애비게일 록펠러의 카드를 가리켰다. 카드를 건네받은 그는 조심스럽게 살펴보고 나서 말했다. "이 카드는 예전에도 본 적이 있지. 사실 내가 록펠러 여사의 심부름을 할 때 이 카드들을 인쇄하는 일을 도와드렸소. 겨우 열네 살 때였지. 한번은 여사께서 내가 아부를 잘하는 게 마음에 든다고 하시는 걸 어쩌다가 들었는데 난 그게 칭찬이라고 생각하오. 그분 심부름은 내가 도맡아 했소. 시내에서 신문을 사오는 것은 물론 문서 인쇄를 맡기고 예술가들에게 사례금도 전달했소."

"그럼 이 카드의 의미를 알려주실 수 있겠군요." 사이토가 말했다.

"그분은 천사학자들이 찾아올 거라고 하셨소." 그레이는 사이토의 말을 무시한 채 이야기를 이어나갔다.

"그래서 온 겁니다. 우리가 어떻게 하면 됩니까?" 블라디미르가 말했다.

"바로 대답해드리리다. 하지만 먼저 좀더 편하게 대화할 수 있게 내 사무실로 갑시다."

세 사람은 돌계단을 내려갔다. 그레이는 마음이 급한지 한꺼번에 두세 칸씩 뛰어내려갔다. 계단 끝에 이르자 어두운 복도가 나타났다. 그레이가 문을 벌컥 열고 두 사람을 여기저기 서류가 산더미처럼 쌓인 좁은 사무실로 데리고 들어갔다. 뜯지도 않은 우편물이 철제 책상 위에 쌓여 있고 연필을 깎고 나온 나무오리가 바닥에 뒹굴었다. 캐비닛 옆 벽에는 1978년도 12월 달력이 걸려 있었다.

사무실 안으로 들어서자마자 그레이는 화를 냈다. "아주 신나게 시간을 보내다 오셨군. 나는 뭔가 오해가 있었나 생각하고 있었소. 록펠러 여사님의 분노를 살 뻔했소. 만일 내가 절차대로 물건을 전달하지 못하고 죽기라도 했으면 여사님은 아마 무덤 속에서도 돌아누우셨을걸. 얼마나 까다로운 분인데. 아, 물론 무척 너그럽기도 했소. 반평생을 바쳐 여러분을 기다린 나야 그렇다 해도 내 아이들과 그 아이들의 아이들까지 굽어살피신 은혜는 못 잊지. 그분이 교회 사무실에 일자리를 주셨을 때만 해도 나는 그저 영국에서 막 건너와 세상에 자리를 잡지 못한 젊은이에 불과했소. 록펠러 여사는 내게 이곳 사무실에서 여러분이 오기를 기다리라고 했고, 나는 그 지시에 따라 기다렸소. 물론 여러분이 오기 전에 내가 죽을 경우에도 대비를 해놨고. 나는 이제 젊지 않으니 언제 죽는다 해도 이상할 것 없지. 하지만 그런 끔찍한 생각은 깊이 하지 맙시다. 중요한 이 순간 우리가 신경써야 할 것은 돌아가신 그분의 유지뿐이오. 그분은 미래가 유일한 희망이라고 생각하셨소." 그레이는 몇 번 눈을 깜박거리고 단안경을 고쳐 썼다. "자, 이제 본론으로 들어가겠소."

"좋은 생각입니다." 블라디미르가 말했다.

그레이는 캐비닛 앞으로 가더니 주머니에서 열쇠 뭉치를 꺼내 한참이나 끼워보고서 겨우 맞는 열쇠를 찾았다. 열쇠를 돌리자 서랍이 덜컥 열렸다. "어디 보자. 아, 그래! 여기 있군. 바로 이거야." 그는 서류를 뒤적여 수많은 이름이 길게 나열된 페이지를 찾았다. "형식적인 절차요. 하지만 록펠러 여사께서는 이 목록에 이름이 있는 사람 또는 그 사람의 후손만이 물건을 찾아갈 수 있다고 특별히 일러두셨소. 선생님 이름이나 부모님 또는 조부모님, 그 위 조상님 이름이라도 이 목록에 있소?"

블라디미르는 목록을 훑어보았다. 20세기에 활동한 주요 천사학자들의 이름은 모두 있었다. 그리고 자신의 이름을 마지막 줄 가운데, 셀레스틴 클로세트 옆에서 찾았다.

"괜찮다면 여기와 여기에 서명을 해주시오. 그리고 여기 아래도."

블라디미르는 서류를 대충 훑어보았다. 긴 법률 문서로, 그레이가 물건 전달을 완수했음을 증명한다는 내용이었다.

"나는 물건을 제대로 전달하고 서명을 받은 다음에야 보수를 받을 수 있소." 그레이가 미안하다는 듯 말했다. "계약서 조건이 구체적인데다 변호사 양반들은 융통성이라곤 없으니까 말이오. 아시겠지만 일한 대가를 못 받고 마냥 기다리긴 쉽지 않았소. 근근이 먹고살면서 여러분이 어서 와주길, 그래서 이 지저분한 사무실을 떠나게 되기만을 고대했소. 그런데 드디어 오셨군." 그레이는 블라디미르에게 펜을 내밀었다. "다시 한번 말하지만 형식적인 절차요."

"서명하기 전에 갖고 계신 물건을 확인해야겠습니다." 블라디미르는 서류를 밀어내며 말했다.

그레이의 얼굴에 알아차리기 어려울 만큼 살짝 두려움이 비쳤다. "물론 그러셔야지." 그는 딱딱하게 대답하고 계약서를 옆구리에 낀 채 펜을 다시 회색 양복 주머니에 넣었다. "이쪽으로." 그는 두 사람을 데리고 사무실을 나와 계단을 올라갔다.

다시 교회 위층으로 와서 어두운 복도 한쪽에 선 블라디미르는 왠지 망설여졌다. 그는 젊은 시절을 다 바쳐 천상의 음악을 공부하면서 비밀스러운 천사학의 세계에 점점 더 빠져들었다. 그런 그가 천사학계를 떠난 건 2차 세계대전이 끝난 후였다. 그러고 나서는 작은 빵집을 열고 과자와 케이크를 만들어 팔며 단순한 일에서 위안을 얻었다. 그때는 천사학자들이 아무리 연구해봐야 소용없고 인간의 힘으로는 네피림을 막을 수 없다고 생각했다. 그는 가브리엘라가 직접 찾아와 힘을 보태달라고 애원하고 나서야 다시 천사학자로 돌아왔다. 가브리엘라는 그가 필요하다고 했다. 그는 확신이 서지 않았지만 가브리엘라는 상당히 설득력이 있었다. 게다가 그도 어두운 변화가 일기 시작하는 걸 알아챘다. 어떻게 알았는지 말할 수는 없었지만—어쩌면 젊은 시절 철저하게 훈련

받은 덕분일 수도, 단순한 직관일 수도 있었다—블라디미르는 그레이가 신뢰할 만한 사람이 아니라는 것도 알았다.

그레이는 머뭇거리며 신도석 사이 복도를 지나 블라디미르와 사이토를 서늘하고 어둠침침한 교회 안쪽으로 안내했다. 블라디미르는 단번에 실내에 가득찬 익숙한 냄새를 감지했다. 이끼 냄새와도 비슷한 향 냄새였다. 스테인드글라스가 셀 수 없이 많은데도 교회 안은 거의 앞이 분간되지 않을 만큼 어두웠다. 화려한 조각이 돋보이고 녹슨 철로 된 고딕 양식의 촛대가 두꺼운 밧줄로 천장에 매달려 있었다. 거대한 고딕식 설교단을 에워싼 수많은 조각상이 제단 위까지 솟아 있었다. 크리스마스를 맞아 선홍색 리본으로 묶은 포인세티아 화분들이 곳곳에 장식되어 있었다. 두꺼운 적갈색 벨벳 끈으로 신도석과 분리된 애프스*는 그늘 속에 묻혀 있었다.

그레이가 벨벳 끈을 풀어 바닥에 떨어뜨렸다. 끈에 달린 쇠고리가 쨍그랑하고 떨어지는 소리가 교회 안에 울렸다. 대리석 바닥에 색이 다른 돌을 박아넣어 만든 미로가 있었다. 긴장된 표정의 그레이가 발끝으로 정신없이 바닥을 두드렸다. "록펠러 여사가 물건을 숨긴 곳이 여기요. 바로 미로 한가운데."

블라디미르는 미로 위를 걸으며 돌을 자세히 살펴보았다. 그 아래 뭔가를 숨긴다는 건 도저히 불가능해 보였다. 물건을 꺼내려면 바닥을 깨야 하는데 그건 그나 록펠러 여사, 아니 예술품을 아끼고 보존하려는 사람이라면 누구도 용납할 수 없는 행위였다. "하지만 어떻게요? 전혀 틈이 없는데요." 블라디미르가 물었다.

---

* 벽면에 설치한 반원형 혹은 다각형의 돌출부.

"아, 그렇지." 그레이가 블라디미르 옆으로 다가오며 말했다. "착시 효과요. 한번 자세히 들여다봐요."

블라디미르는 바닥에 쪼그리고 앉아 대리석을 살펴보았다. 가운데 박힌 석판의 가장자리를 따라 아주 가는 틈이 보였다. "안 보이는 거나 마찬가지군요." 블라디미르가 말했다.

"물러나요." 그레이가 말했다. 그러고는 가운데 대리석 위에 서서 중앙을 발로 눌렀다. 그러자 석판이 용수철처럼 튀어올라왔다. 그레이는 손을 집어넣어 미로의 한가운데 석판을 들어냈다.

"놀랍군요." 그레이의 어깨 너머로 지켜보던 사이토가 말했다.

"훌륭한 석공과 부자가 만나면 못 할 일이 없지. 돌아가신 록펠러 여사하곤 친분이 있었소?" 그레이가 물었다.

"아닙니다. 개인적으로 알지는 못했어요." 블라디미르가 말했다.

"아, 거참 안타깝소." 그레이가 말했다. "여사님은 사회정의에 대한 날카로운 감각과 동시에 시적인 감수성을 지닌 분이었소. 저명인사가 그러기 쉽지 않은데. 여사님은 물건을 찾으러 온 천사학자들을 이 미로 앞에 데려와서 비밀번호를 물어보라고 지시하셨소. 누가 찾으러 오더라도 숫자는 알고 있을 거라고. 나야 물론 그 숫자를 알고 있지."

"숫자요?" 블라디미르는 생각지도 못했던 시험에 당황했다.

"그래요, 숫자." 그레이가 미로 중앙을 가리키며 말했다. 석판을 들어낸 자리에 네 개의 비밀번호 잠금장치가 달린 금고가 있었다. "이걸 열려면 비밀번호를 알아야 하오. 제 발로 미궁으로 들어가는 미노타우로스가 된 느낌이겠군." 그레이는 상대가 곤혹스러워하는 게 재밌는지 연신 벙글거렸다.

블라디미르는 금고를 뚫어져라 보았다. 금고 문은 바닥과 정확히 수

평을 이루고 있었다. 허리를 숙이고 금고를 살펴보던 사이토가 말했다. "몇 자리 숫자죠?"

"그건 말할 수 없소." 그레이가 말했다.

사이토가 다이얼을 하나하나 만져보며 말했다. "애비게일 록펠러는 이노센타 원장에게 암호를 알려주려고 카드를 보냈죠." 그녀는 머릿속에서 생각을 정리하는 듯 천천히 말을 이었다. "이노센타 원장이 답신을 보낸 걸 보면 리라의 현 수를 세어본 게 확실해요."

"그 숫자들은 28, 30, 38, 39였지." 블라디미르가 말했다.

사이토가 다이얼 네 개를 각각 블라디미르가 말한 숫자에 맞춘 다음 잡아당겨보았다. 금고는 열리지 않았다.

"우리가 가진 숫자라곤 그것뿐이잖아요. 어떤 조합이든 이 숫자들로 열어야 해요." 사이토가 말했다.

"숫자가 네 개고 다이얼도 네 개지. 그렇다면 스물네 가지 경우가 있을 수 있지. 지금 그 모든 걸 시험해보기엔 시간이 없어." 블라디미르가 말했다.

"숫자들에 원래 순서가 있지 않았나요? 혹시 카드가 도착한 순서 기억하세요? 베를렌이 순서대로 말해준 것 같았는데." 사이토가 말했다.

블라디미르는 잠시 기억을 더듬었다. "28, 38, 30, 마지막이 39였지."

사이토는 네 개의 다이얼을 조심스럽게 맞춘 다음 금속 손잡이를 감싸쥐고 잡아당겼다. 금고는 살짝 공기를 내뱉으며 가뿐히 열렸다. 사이토는 금고 안으로 손을 넣어 묵직한 녹색 벨벳 주머니를 꺼내 열었다. 돌로 만든 미로 위에서 리라의 울림통이 일렁이는 금빛 물결을 뿜어냈다.

"아름다워요." 사이토가 울림통을 이리저리 돌려보며 말했다. 아래쪽은 둥글었다. 그리고 똑같이 생긴 두 개의 팔이 튀어나와 황소의 뿔처럼 안쪽으로 휘어졌다. 표면은 매끄럽게 윤을 낸 듯 금빛으로 반짝거렸다. "그런데 현이 없네요."

"가로대도 없고." 블라디미르가 말했다. 그는 사이토 옆에 무릎을 꿇고 앉아 그녀가 들고 있는 악기를 바라보았다. "리라의 일부인 거야. 가장 중요한 부분이긴 하지만 이것만으로는 아무짝에도 쓸모가 없지. 그래서 찾아가야 할 장소가 네 군데였군. 리라는 분해되어 흩어져 있는 거야."

"다른 사람들에게도 말해줘야 해요." 사이토가 조심스럽게 울림통을 벨벳 주머니에 넣으며 말했다. "뭘 찾아야 하는지 알아야 하니까요."

블라디미르가 고개를 돌려보니 그레이가 두 사람 사이에 서서 덜덜 떨고 있었다. "당신은 비밀번호를 몰랐군. 우리가 와서 번호를 알려주기만을 기다리고 있었어. 알고 있었더라면 직접 꺼냈겠지." 블라디미르가 말했다.

"내가 뭘 알고 모르고는 상관없어." 그레이의 얼굴은 진땀이 흐르며 벌게졌다. "어차피 보물의 주인은 당신도 나도 아니니까."

"그게 무슨 말이에요?" 사이토가 깜짝 놀라 물었다.

"그 친구 말은 게임이 이미 오래전에 끝났다는 거야." 애프스 안쪽 구석에서 목소리가 들려왔다. 블라디미르는 익숙한 목소리에 등골이 오싹했다. "천사학자들이 진 거지."

겁에 질린 그레이의 단안경이 떨어졌다. 그는 잠시도 머뭇거리지 않고 허둥지둥 신도석 옆 통로로 달아났다. 벽에 달린 램프 밑을 지날 때마다 회색 양복이 보였다 안 보였다 했다. 도망치는 그레이를 좇던 블라디미르의 눈에 통로 곳곳에 숨은 기보림이 들어왔다. 놈들의 흰 머리칼과 빨간 날개가 희미한 불빛 속에서 또렷이 보였다. 기보림들은 달아나는 그레이를 보고만 있었다. 움직이는 해를 따라 고개를 돌리는 해바라기 같았다. 하지만 그레이가 밖으로 탈출하기 전에 기보림 하나가 붙잡았다. 그 모습을 보고 블라디미르는 무슨 일이 벌어진 건지 깨달았다. 덫에 걸린 것이었다. 퍼시벌 그리고리가 잠복하고 있었다.

블라디미르가 마지막으로 퍼시벌 그리고리를 만난 것은 수십 년 전 라파엘 발코의 문하생으로 있을 때였다. 그는 전쟁중 그리고리 가문이 저지르는 잔학한 행위를 직접 목격했다. 그들이 천사학자들에게 커다란 고통을 주는 것도 목격했다. 세라피나 발코는 퍼시벌 그리고리의 교묘한 술책에 목숨을 잃었고 가브리엘라는 죽을 뻔했다. 그때 퍼시벌 그리고리는 놀랍고도 무시무시한 존재였다. 하지만 지금은 병약한 돌연변이였다.

그리고리가 손짓하자 기보림이 그레이를 끌고 왔다.

그리고리는 말없이 지팡이의 상아 손잡이를 잡고 뽑았다. 속에 숨겨져 있던 날카로운 칼날이 모습을 드러냈다. 희미한 빛을 받은 칼이 순간 번쩍했다. 그리고리는 앞으로 한 걸음 나서 단 한 차례의 매끄러운 동작으로 그레이의 몸에 칼을 찔러넣었다. 그레이는 깜짝 놀랐다가 이내 믿을 수 없다는 표정을 짓더니 맥이 탁 풀어지며 고통스러워했다. 퍼시벌 그리고리가 칼을 빼자 그레이는 바닥에 고꾸라져 신음을 흘렸다. 그 주위로 피가 번지기 시작했다. 순식간에 죽음의 그림자가 그의 눈에 찾아들었다. 퍼시벌은 칼을 뽑을 때처럼 간결한 동작으로 칼날을 하얀 실크 손수건으로 닦고 다시 지팡이에 끼워넣었다.

블라디미르는 울림통을 손에 든 채 슬금슬금 뒷걸음질하는 사이토를 보았다. 퍼시벌이 눈치챘을 때 그녀는 문 가까이까지 가 있었다. 퍼시벌이 손을 들어 기보림에게 사이토를 잡으라고 지시했다. 기보림 절반이 사이토를 뒤쫓고 나머지 절반은 앞쪽으로 나왔다. 그들은 외투 자락을 바닥에 끌며 애프스 앞에 모였다. 퍼시벌이 또 한번 손짓해 블라디미르를 잡으라고 지시했다.

기보림들에게 꼼짝없이 붙잡힌 블라디미르는 그들의 피부에서 풍기는 냄새를 들이마셨다. 등으로는 녀석들이 뿜어내는 냉기가 전해졌다. 놈들이 천천히 날갯짓을 하자 목뒤로 서늘한 바람이 불어왔다.

"리라는 가브리엘라에게 갈 거야!" 블라디미르가 빠져나오려고 몸부림치며 소리쳤다.

퍼시벌은 경멸하는 눈으로 블라디미르를 보았다. "안 그래도 사랑스러운 가브리엘라가 보고 싶었어. 이 어쭙잖은 작전 뒤에 그 여자가 있다는 거 알아. 꽤 오랫동안 잘도 피해다녔지."

블라디미르는 눈을 감았다. 천사학계에 일대 파란을 일으켰던 가브리엘라의 그리고리 가문 침투 사건을 떠올렸다. 1940년대의 최대 비밀작전이었다. 가브리엘라는 현대 네피림 사회를 엿볼 수 있는 매우 유용한 정보를 많이 얻어냈다. 하지만 그 일은 천사학자와 네피림 모두에게 위험한 유산을 남겼다. 많은 시간이 흘렀음에도 퍼시벌 그리고리는 여전히 복수를 원했다.

지팡이에 몸을 잔뜩 기댄 그리고리가 절뚝거리며 블라디미르에게 다가왔다. "말해. 가브리엘라는 어디 있지?"

퍼시벌이 블라디미르에게 바짝 다가섰다. 퍼시벌의 눈 아래 거뭇거뭇한 살은 하얀 피부와 대비되어 멍처럼 보였다. 치아는 한 치의 어그러짐 없이 가지런하고 진주를 씌운 듯 희었다. 하지만 입가의 주름을 보니 퍼시벌도 나이를 먹고 있었다. 적어도 삼백 살은 되었을 터였다.

"기억나는군." 퍼시벌이 머릿속에 떠오른 인물과 눈앞의 블라디미르를 비교하는 듯 눈을 가늘게 뜨고 말했다. "파리에서 본 적이 있어. 세월이 흘러 알아보기 어려울 정도지만 기억나는 얼굴이야. 가브리엘라를 도와 날 속인 놈."

"넌 네가 믿는 모든 걸 배신했어." 블라디미르가 정신을 가다듬고 말했다. "네 가족, 조상들까지. 지금도 그녀를 못 잊는 거야. 말해봐. 가브리엘라 레비 프란체가 죽도록 그립지?"

"어디 있어?" 퍼시벌이 블라디미르의 눈을 노려보며 말했다.

"절대 말해줄 수 없다." 블라디미르 자신도 알고 있었다. 그렇게 말함으로써 죽음을 택했다는 걸.

퍼시벌이 지팡이를 손에서 놓았다. 지팡이가 바닥에 부딪히며 내는 날카로운 소리가 교회 안에 울려퍼졌다. 그는 길고 차가운 손가락을 블라디미르의 가슴에 댔다. 마치 심장박동을 느껴보려는 것 같았다. 블라디미르는 온몸에 전기가 흐르고 머릿속이 하얘졌다. 삶의 마지막 순간 블라디미르는 폐가 타들어가는 듯한 고통을 느끼며 반투명한 퍼시벌의 눈 속으로 빨려들어갔다. 눈동자는 희뿌옇고 가장자리가 빨갰다. 순간적으로 열린 불꽃 같았다.

블라디미르는 희미해지는 의식 속에서 손끝에 느껴지던 울림통의 감미로운 촉감을 기억해냈다. 손안의 리라는 묵직하고 서늘했다. 그 천상의 소리를 얼마나 들어보고 싶었던가.

뉴욕 시, 5번가, 록펠러센터 스케이트장

에반젤린은 스케이트장을 바라보았다. 그녀의 시선이 얼음을 지치며 둥그렇게 도는 사람들을 따라 움직였다. 매끈한 얼음판 위에 떨어진 색색의 조명이 스케이트 날 아래서 춤을 추다 그림자 속으로 사라졌다. 스케이트장 건너편에는 거대한 크리스마스트리가 잿빛 건물을 배경으로 솟아 있었다. 반짝거리는 빨간색과 은색 전구들이 마치 유리관에 갇힌 수백만 마리의 반딧불이처럼 보였다. 에반젤린 앞쪽에는 나팔을 부는 천사들이 파수꾼처럼 정렬해 있었다. 천사들의 날개는 백합 꽃잎처럼 섬세하고 희었다. 철사로 만든 몸이 반짝거렸고 길쭉한 나팔을 하늘을 향해 쳐든 채 찬양의 연주를 하고 있었다. 중앙 통로 양쪽의 서점과 옷가게, 기념품점, 제과점들은 막 문을 닫기 시작했다. 가게를 나서는 사람들은 저마다 선물 상자와 쇼핑백을 들고 있었다.

에반젤린은 외투 옷깃을 여며 온기를 보호했다. 그리고 차가운 금속 상자를 감싸쥐었다. 상자 안에는 리라의 가로대가 안전하게 들어 있었다. 그녀의 옆에서 브루노 벡슈타인과 앨리스터 캐럴은 스케이트장 너머의 사람들을 하나하나 훑어보았다. 수많은 사람이 록펠러센터 광장을 메우고 있었다. 머리 위 여기저기 달린 작은 스피커에서 흘러나오는 〈화이트 크리스마스〉 멜로디 사이사이에 스케이트장에서 들려오는 웃음소리가 섞였다. 만나기로 한 시간까지는 아직 십오 분이 남아 있었고 다른 이들은 보이지 않았다. 상쾌한 공기에서 눈 냄새가 났다. 에반젤린은 공기를 들이마시다가 별안간 기침을 하기 시작했다. 가슴이 조여들어 숨쉬기가 힘들었다. 몇 시간 전만 해도 가슴이 답답한 정도였는데 이젠 심한 기침이 좀처럼 멎지 않았다. 한 번 호흡하기도 힘든데다 숨을 들이마셔도 공기가 몸속으로 들어오지 않았다.

앨리스터 캐럴이 목도리를 풀어 에반젤린의 목에 부드럽게 둘러주었다. "많이 추운가보군. 바람을 좀 막아봐요."

"바람이 부는 줄도 몰랐어요." 에반젤린이 목도리를 꽉 끌어당기며 대답했다. "너무 걱정돼서 감각도 사라진 것 같아요. 지금쯤이면 다들 와야 하는 거 아닌가요?"

"우리가 리라의 네번째 조각을 들고 여기에 왔던 때도 이 시기쯤이었소." 앨리스터가 말했다. "1944년 크리스마스였소. 한밤중에 록펠러 여사를 차로 모시고 이리로 왔소. 정말 끔찍이도 바람이 불던 날이었지. 다행히 여사님이 미리 우리가 간다고 보안팀에 말씀을 해두셨소. 그러지 않았다면 일이 꽤 힘들 뻔했소." 앨리스터가 말했다.

"그럼 여기 뭐가 숨겨져 있는지 아십니까? 보셨어요?" 브루노가 물었다.

"물론이오. 내가 직접 리라의 줄감개들을 안전한 상자에 포장했는걸. 이곳에 둘 만한 상자를 찾느라 고생깨나 했소. 하지만 록펠러 여사는 여기가 최적의 장소라고 확신했소. 내가 직접 상자를 운반하고 록펠러 여사가 물건을 담아 잠그는 것도 지켜보았소. 줄감개는 작기 때문에 상자 무게는 줄을 뺀 회중시계 정도 된다고 보면 되오. 크기가 워낙 작아서 리라의 중요한 부품이 들어 있을 줄은 아무도 모를 정도요. 하지만 중요한 건 이거요. 리라는 줄감개 없이는 제대로 된 소리를 낼 수 없소."

에반젤린은 작은 줄감개를 떠올려보았다. 가로대에 어떻게 끼워야 할지도 상상해보았다. "다시 조립하는 방법을 아세요?" 에반젤린이 물었다.

"다른 것도 마찬가지지만 모든 일에는 반드시 따라야 할 순서가 있소. 일단 가로대를 울림통 양쪽 팔에 끼우고 현을 줄감개에 정해진 세기로 감아요. 아마 음을 조율하는 게 쉽지는 않을 거요. 훈련된 귀를 가진 자만이 할 수 있는 거요."

앨리스터가 크리스마스트리 아래 줄지어 선 천사 조형물들을 가리키며 말을 이었다. "분명히 말할 수 있는 건 저 천사들이 들고 있는 나팔처럼 뻔한 악기하고는 전혀 다르게 생겼다는 거요. 철사 천사들이 처음 이곳에 설치된 건 1954년이었소. 필립 존슨이 애비 앨드리치 록펠러 조각정원을 완성한 다음해였고, 우리가 이곳에 보물을 숨긴 지 십 년 후였소. 이 아름다운 천사 조형물이 여기 놓인 건 우연의 일치요. 그땐 이미 록펠러 여사는 돌아가신 후였고, 나를 제외하면 누구도 이곳에 뭐가 숨겨져 있는지 몰랐으니까. 하지만 정말 상징적이오. 나팔 부는 천사라니, 절묘하게 들어맞지 않소? 누구나 크리스마스에 이곳에 발을 들여놓는 순간 이런 생각을 할 거요, 이곳에는 누군가 찾아내길 기다리는 천사들의 보물이 있구나 하고."

"물건이 든 상자가 크리스마스트리 근처에 있는 건 아니죠?" 에반젤린이 물었다.

"아니." 앨리스터는 스케이트장 건너편에 높이 솟아 있는 프로메테우스 상을 가리켰다. 청동에 도금을 한 매끈한 겉면이 빛에 감싸여 있었다. "상자는 프로메테우스 조각상의 일부요. 금박 껍질 속에 갇혀 있지."

에반젤린은 조각상을 자세히 살펴보았다. 프로메테우스가 날아오르다가 허공에서 붙잡힌 듯한 모습이었다. 손에는 신들에게서 훔쳐낸 불씨가 이글거리고, 몸 아래쪽에는 황도 12궁을 나타내는 둥근 고리가 둘러쳐 있었다. 에반젤린은 프로메테우스 신화를 잘 알고 있었다. 신들의 불을 훔친 프로메테우스에게 제우스는 바위에 묶여 독수리에게 영원히 몸을 쪼아먹히는 벌을 내렸다. 그 형벌은 지은 죄의 크기에 합당했다. 불을 선물받은 인류는 기술 혁신을 이루었고 그로 인해 신의 의미가 퇴색했기 때문이다.

"이렇게 가까이서 프로메테우스 상을 보긴 처음이에요." 에반젤린이 말했다. 스케이트장에 켜놓은 조명을 받은 조각상은 표면이 녹아내리는 것처럼 보였다. 프로메테우스와 그가 훔친 불이 한몸이 되었다.

"걸작은 아니지. 그렇지만 록펠러센터와 완벽하게 어울려요. 폴 맨십은 록펠러 가문 사람들의 친구였소. 그래서 그의 작품 세계를 잘 알고 조각상 제작을 의뢰한 거지. 록펠러 가문의 사람들을 보면 프로메테우스 신화와 통하는 점이 한두 가지가 아니었소. 독창성과 무자비함, 책략, 권세 같은 것들 말이오. 맨십은 대공황 중에도 모든 역량을 동원해 록펠러센터를 세운 존 D. 록펠러 주니어라면 이런 유사성을 알아차릴 줄 알았던 거요."

"우리도 알아봤어요." 갑자기 가브리엘라가 베를렌과 함께 나타나 에반젤린은 깜짝 놀랐다. "프로메테우스는 손에 불씨를 들고 있지. 하지만 록펠러 여사 덕분에 더 중요한 것도 쥐고 있게 되었어."

"할머니." 에반젤린은 가브리엘라를 껴안으며 안도의 한숨을 내쉬었다. 그리고 그녀의 힘없는 포옹을 느끼는 순간에야 그동안 얼마나 걱정하고 있었는지 실감이 났다.

"리라의 다른 부분을 갖고 있지? 얼른 보여줘." 가브리엘라가 다급하게 말했다.

에반젤린은 상자를 열어 안에 든 물건을 보여주었다. 가브리엘라는 리라의 현과 픽, 천사학 노트가 들어 있던 가죽가방을 열고 에반젤린에게서 상자를 받아 집어넣었다. 그러고도 가방이 잘 닫혔는지 확인하고 나서야 앨리스터 캐럴의 존재를 깨달았다. 에반젤린이 앨리스터와 록펠러 여사의 관계를 전하고 그가 도움을 주러 왔다고 설명할 때까지 그녀는 경계의 눈빛을 풀지 않았다.

"줄감개를 조각상에서 어떻게 빼내는지 알아요?" 가브리엘라는 한 가지 목표 외에는 아무것도 보이지 않는 사람 같았다. 마치 평생의 연구를 이 한순간에 쏟아붓는 듯했다. "어디 숨겼는지 알아요?"

"정확한 위치는 오십 년 동안 내 마음속에 새겨져 있었소." 앨리스터 캐럴이 말했다.

"블라디미르랑 사이토는?" 문득 아직 오지 않은 두 사람이 떠올라 브루노가 물었다.

베를렌이 시계를 들여다보았다. 워낙 가까이 서 있어서 에반젤린도 그의 손목시계를 들여다볼 수 있었다. 여섯시 십삼분이었다.

"지금쯤이면 와야 하는데." 에반젤린이 말했다.

브루노는 스케이트장 건너편에서 반짝거리는 프로메테우스 상을 바라보았다. "더 기다릴 수는 없습니다."

"당장 움직여야 해요. 이런 식으로 노출돼 있는 건 너무 위험해요." 가브리엘라가 말했다.

"미행이 있었소?" 가브리엘라가 초조해하는 데 놀란 앨리스터가 물었다.

"가브리엘라는 그렇게 생각하는데요. 하지만 클로이스터스 미술관에서는 별일 없었습니다." 베를렌이 말했다.

"이게 놈들의 계획이에요." 가브리엘라가 쇼핑객들 사이에서 적을 찾아낼 기세로 주위를 두리번거리며 말했다. "우리가 클로이스터스에서 공격받지 않고 빠져나올 수 있었던 건 그게 그들의 계획이었기 때문이에요. 더는 기다릴 수 없어요. 블라디미르와 사이토도 금방 도착할 거예요."

"그럼 얼른 시작합시다." 앨리스터가 말했다. 차분한 그의 모습에 에반젤린은 감탄을 금치 못했다. 세인트로즈 수녀원에 남아 있는 씩씩한 수녀들이 떠올랐다.

앨리스터는 모두를 이끌고 광장 외곽의 콘크리트 계단을 따라서 스케이트장으로 내려갔다. 빙판을 막아놓은 플라스틱 벽 바깥쪽으로 돌아서 조각상에 접근했다. 눈앞에 우뚝 솟은 GE빌딩*이 보였다. 빌딩의 정면 출입구는 그 앞에 나란히 선 각국의 국기들 때문에 분할되어 보였다. 미국, 영국, 프랑스, 포르투갈, 독일, 네덜란드, 스페인, 일본, 이탈리아, 중국, 그리스, 브라질, 한국의 국기가 끊임없이 불어오는 바람에 펄럭이며 색의 소용돌이를 만들어냈다. 수녀원이라는 고립된 공간에서 생활해와서인지 에반젤린은 주변의 수많은 인파에 신경이 쓰였다. 자

* 복합 건물 단지인 록펠러센터에서 가장 높은 건물.

기도 모르게 스케이트장에 모인 사람들을 살피고 있었다. 꽉 끼는 청바지에 스키 재킷을 입은 십대들, 아이들을 데리고 나온 부부, 젊은 연인들과 중년의 부부가 어우러져 스케이트를 타고 있었다. 붐비는 인파를 보니 자신이 살던 곳에서 얼마나 멀리 떠나왔는지 알 것 같았다.

문득 1.5미터도 떨어지지 않은 곳에 시커먼 망토를 쓴 남자가 눈에 띄었다. 키가 크고 얼굴이 창백하고 눈이 빨간 남자가 위협적인 표정으로 그녀를 뚫어져라 보고 있었다. 에반젤린은 주위를 두리번거렸다. 극심한 공포가 밀려들었다. 기보림들은 사람들 사이에 섞여 조용히 이쪽을 보고 있었다. 하나같이 키가 크고 시커먼 차림이었다.

에반젤린은 베를렌의 손을 잡고 자기 쪽으로 끌어당겨 속삭이듯 말했다. "봐요. 그들이 와 있어요."

"당신부터 달아나야 해요. 당장, 우리 다 잡히기 전에." 베를렌이 그녀의 눈을 보며 말했다.

"이미 늦은 것 같아요." 에반젤린이 주위를 둘러보며 말했다. 두려움은 점점 더 커졌다. 그새 기보림의 수가 몇 배로 늘어났다. "완전히 포위됐어요."

"나를 따라와요." 베를렌이 에반젤린을 천사학자들에게서 떼어놓으며 말했다. "함께 달아나면 돼요."

"지금은 안 돼요." 에반젤린은 몸을 기울여 베를렌만 들을 수 있게 속삭였다. "할머니를 도와야 해요."

"하지만 실패하면요? 당신한테 무슨 일이 생기면 어떡해요?" 베를렌이 말했다.

에반젤린은 희미하게 미소지으며 말했다. "있잖아요, 내가 제일 좋아하는 장소가 어딘지 아는 사람은 당신뿐이에요. 언젠가 당신과 함께 그곳에 가고 싶어요."

누군가 에반젤린을 부르는 소리에 두 사람 모두 고개를 돌렸다. 가브리엘라였다.

두 사람이 천사학자들과 합류하는 사이 앨리스터는 주변 사람들을 주의깊게 살펴보았다. 그의 얼굴이 두려움으로 굳어갔다. 에반젤린이 그의 시선을 따라 스케이트장 끝을 보니 길고 검은 망토 속에 날개를 감춘 하얀 얼굴의 남자들이 프로메테우스 상 근처에 잔뜩 모여 있었다. 그리고 그들 한가운데 키가 크고 우아한 남자 하나가 지팡이에 몸을 맡긴 채 겨우 서 있었다.

"누구죠?" 에반젤린이 남자를 가리키며 물었다.

"저자가 바로 퍼시벌 그리고리야." 가브리엘라가 말했다.

에반젤린은 즉시 알아들었다. 베를렌에게 일을 맡긴 사람, 악명 높은 그리고리 가문의 퍼시벌 그리고리. 어머니를 죽인 바로 그자. 멀리서도 확연히 느껴지는 끔찍한 모습에 온몸이 얼어붙었다. 에반젤린과는 첫 대면이었지만 퍼시벌 그리고리는 그녀의 가족을 파멸로 이끈 자였다.

가브리엘라가 말했다. "네 엄마는 저자를 아주 많이 닮았지. 키, 얼굴색, 크고 파란 눈까지. 너무 닮아서 늘 걱정스러웠단다." 가브리엘라의 목소리는 너무 작아서 에반젤린만 겨우 들을 수 있었다. "내 딸 안젤라가 네피림을 닮은 것 같아서 두려웠지. 그 가운데서도 가장 무서웠던 건 안젤라가 커서 저자처럼 될지도 모른다는 거였어."

할머니의 아리송한 말, 그리고 그 말이 암시하는 소름 끼치는 예언에 에반젤린이 뭐라고 대꾸하기도 전에 그리고리가 한 손을 들어올렸다. 그러자 인파 속에 섞여 있던 기보림들이 다가오기 시작했다. 에반젤린이 처음 생각한 것보다 수가 훨씬 많았다. 검은 망토를 뒤집어쓴 창백한 얼굴의 뼈밖에 없는 남자들이 어디서 나타나는지도 모르게 증식했다. 꼭 차갑고 건조한 저녁 공기 속에서 생겨나는 것 같았다. 에반젤린은 넋이 나가 점점 다가오는 그들을 보고만 있었다. 금세 얼음판 둘레를 기보림들이 에워쌌다. 스케이트를 타던 사람들이 어리둥절해하며 움직임을 멈추었다. 최면에 걸린 듯 원을 그리며 얼음판을 돌던 사람들은 멈춰 서서 주위를 둘러싼 채 다가오는 기분 나쁘게 생긴 자들을 의아한 눈빛으로 보았다. 하지만 사람들은 두렵기보다는 궁금한 모양이었다. 아이들은 신기하다며 손가락질을 했고, 도시에서 벌어지는 온갖 괴상한 일에 단련된 어른들은 기이한 이벤트를 애써 무시했다. 그때 갑자기 기보림들이 광장 난간마다 빼곡히 올라섰다. 꼼짝 못하던 얼음판 위의 사람들은 순식간에 최면이 풀린 듯 우왕좌왕했다. 하지만 기보림이 사방을 둘러싸고 있었다. 천사학자들은 정교한 그물 한가운데 갇히고 말았다.

에반젤린은 누군가 할머니의 이름을 부르는 소리를 들었다. 돌아보니 사이토가 사람들 사이를 뚫고 다가오고 있었다. 에반젤린은 리버사이드 교회에서 끔찍한 일이 벌어졌음을 직감했다. 사이토는 부상을 입은 채로 나타났다. 온 얼굴이 베인 상처인데다 재킷은 찢어졌다. 무엇보다 혼자라는 것이 최악이었다.

"블라디미르는?" 가브리엘라가 걱정스러운 눈으로 사이토를 보며 말했다.

"여기 안 왔어요?" 사이토가 숨을 헐떡거리며 물었다. "우린 리버사이드 교회에서 헤어졌어요. 교회에 기보림이 있었어요. 그리고리도요. 저들이 어떻게 여길 알았는지 모르겠네요. 블라디미르가 말했을 리 없는데."

"블라디미르를 버리고 온 거야?" 가브리엘라가 물었다.

"저 먼저 달아났어요. 어쩔 수가 없었어요." 사이토는 외투 속에 숨겨두었던 벨벳 주머니를 꺼내 아기를 안듯 감싸안았다. "이걸 갖고 빠져나오려면 달리 방법이 없었어요."

"리라의 울림통이군. 찾아냈어." 가브리엘라가 사이토에게서 울림통을 건네받으며 말했다.

"네. 다른 부분은요?" 사이토가 물었다.

"이제 줄감개만 남았어요. 저기 기보림들 한가운데 있어요." 에반젤린이 말했다.

사이토와 가브리엘라는 기보림으로 가득찬 스케이트장을 바라보았다.

가브리엘라가 브루노를 불러 낮은 목소리로 뭔가 지시했다. 에반젤린은 애를 써봤지만 할머니의 말을 도통 알아들을 수가 없었다. 매우 급박한 분위기만 느껴질 뿐이었다. 말을 마친 가브리엘라가 에반젤린의 팔을 잡았다. "브루노를 따라가." 가브리엘라가 악기 조각들이 든 가방을 에반젤린에게 넘겨주며 말했다. "브루노가 시키는 대로만 해. 이걸 여기서 가능한 한 먼 곳으로 가져가야 해. 일이 잘되면 곧 너를 찾아가마."

에반젤린의 눈에 눈물이 차올라 스케이트장이 일렁이는 것처럼 보였다. 할머니의 단언과는 달리 왠지 영영 못 만날 것 같았다. 가브리엘라도 그녀의 마음을 다 아는 것 같았다. 양팔을 벌려 에반젤린을 꼭 안았다. 그리고 뺨에 키스하며 속삭였다. "천사학은 그냥 하는 일이 아니야. 부름을 받는 거란다. 에반젤린, 이제 넌 시작이야. 넌 이미 이 할머니가 바라던 대로 잘 자랐어."

가브리엘라는 더는 아무 말도 하지 않고 앨리스터를 따라 사람들 사이를 헤치고 나아갔다. 두 사람은 스케이트장 바깥쪽으로 빠져나가 우왕좌왕하며 소리를 질러대는 사람들 사이로 모습을 감추었다.

브루노는 베를렌과 에반젤린의 팔을 잡고 콘크리트 계단을 올라 메인 광장으로 갔다. 사이토가 바로 뒤따랐다. 그들은 계속 움직여 프로메테우스 상 뒤 국기들 사이에 섰다. 위에서 보니 가브리엘라와 앨리스터가 얼마나 위험한 상황에 처했는지 알 것 같았다. 기보림들이 스케이트장을 가득 메우고 있었다. 에반젤린은 무시무시한 광경에 숨이 멎는 것 같았다.

"어떻게 하려는 거지?" 베를렌이 물었다.

"기보림들 한가운데로 걸어가고 있어." 사이토가 말했다.

"도와야 해요." 에반젤린이 말했다.

"우리에겐 가브리엘라가 지시한 일이 있어." 말은 그렇게 했지만 걱정 섞인 목소리와 찌푸린 얼굴로 보아 진심이 아니었다. 브루노도 가브리엘라의 돌발 행동에 놀란 것이 분명했다. "무슨 생각이 있겠지."

"그럴지도 모르죠. 하지만 저런 상황에서 어떻게 빠져나올 수 있다는 겁니까?" 베를렌이 말했다.

아래쪽에서는 기보림들이 양쪽으로 갈라져 가브리엘라와 앨리스터가 방해받지 않고 프로메테우스 상 근처에 서 있는 그리고리에게 갈 수 있도록 길을 터주고 있었다. 기보림들 사이에서 가브리엘라는 더욱 작고 연약해 보였다. 눈앞에서 벌어지는 상황이 마침내 현실로 다가왔다. 가경자 클레마티스 신부로 하여금 깊은 땅속으로 내려가 미지의 존재를 만나게 했던 열정과 헌신, 그리고 딸 안젤라의 죽음에 감춰진 비밀을 알아내고자 하는 욕망이 바로 가브리엘라가 퍼시벌 그리고리와 맞서 싸우는 원동력이었다.

마음 한구석에서 에반젤린은 할머니의 계획을 알 것 같았다. 가브리엘라는 그리고리와 언쟁을 벌이며 프로메테우스 상을 향해 돌진하는 앨리스터에게서 주의를 돌리고 있었다. 에반젤린은 앨리스터의 과감한 움직임에 깜짝 놀랐다. 조각상 아래 분수대로 걸어들어간 앨리스터는 물을 헤치며 기단에 다가갔다. 프로메테우스의 몸을 감싼 고리 위로 기어오르는 앨리스터의 몸과 머리에서 김이 솟았다. 얼음 때문에 조각상이 미끄러울 터였다. 그는 더 올라가지 않고 고리 안쪽으로 손을 뻗더니 뭔가를 붙잡았다. 에반젤린은 조각상 바로 위에 있어서 앨리스터가 뭘 하는지 확실히 볼 수 없었다. 어쨌든 고리 안쪽에 묶여 있던 뭔가를 끄르는 것 같았다. 나중에 손에 쥔 것을 들어올리는 걸 보니 조그만 구리 상자를 조각상에서 떼어낸 모양이었다.

"에반젤린!" 앨리스터의 목소리는 분수의 물소리에 묻혀 겨우 들렸다. "받아요!"

앨리스터가 상자를 던졌다. 상자는 프로메테우스 상 위를 날고 스케이트장 둘레의 투명한 플라스틱 벽을 넘어 에반젤린의 발치에 떨어졌다. 에반젤린은 얼른 상자를 주워들었다. 금으로 만든 달걀처럼 타원형의 묵직한 상자였다.

가죽가방을 가슴에 끌어안고 에반젤린은 다시 한번 광장을 둘러보았다. 스케이트장 한쪽 입구는 짐짓 아무렇지도 않은 척 스케이트를 벗는 사람들로 꽉 막혀 있었다. 기보림들은 서서히 앨리스터를 둘러싸기 시작했다. 기보림과 비교하면 앨리스터는 금방이라도 쓰러질 듯 약해 보였다. 기보림들이 그를 덮치는 순간 에반젤린은 그가 준 목도리를 어루만졌다. 어떻게든 돕고 싶었다. 하지만 그에게 다가갈 수조차 없었다. 채 몇 분도 지나지 않아 기보림들은 앨리스터 캐럴에게 끔찍한 짓을 저지르고 다른 천사학자들을 향해 돌아섰다.

이제 자기들이 위험해졌음을 알아챈 브루노는 주위를 둘러보며 달아날 길을 찾았다. 한참 만에 그가 결론을 내렸다. "갑시다." 그가 베를렌과 에반젤린에게 따라오라고 손짓했다.

그리고리가 브루노 일행을 향해 뭐라고 소리를 지르더니 주머니에서 권총을 꺼내 가브리엘라의 머리에 겨누었다.

"빨리 와, 에반젤린." 브루노가 다급한 목소리로 말했다. "얼른."

하지만 에반젤린은 브루노를 따라갈 수 없었다. 그녀는 브루노와 얼음판 한가운데 잡혀 있는 할머니를 번갈아 바라보았다. 어느 쪽으로든 빨리 움직여야 했다. 할머니는 그녀가 브루노를 따라가길 바라고 있었다. 리라가 어느 누구의 목숨보다 소중하다는 것은 의심의 여지가 없었다. 그럼에도 에반젤린은 할머니를 죽게 내버려두고 그냥 돌아설 수 없었다.

에반젤린은 베를렌의 손을 한 번 꽉 잡았다가 놓고 할머니를 향해 뛰었다. 계단을 내려가 스케이트장 안으로 달려들었다. 자신의 행동이 모두의 목숨과 어쩌면 그보다 더 큰 것을 위험에 빠뜨릴 수 있다는 걸 모르지 않았다. 그렇다 해도 할머니를 버리고 갈 수는 없었다. 그녀에게는 아무도 없었다. 할머니뿐이었다.

가브리엘라의 양쪽에 기보림이 한 놈씩 붙어 팔을 붙잡은 채 그리고리 옆에 서 있었다. 기보림 하나가 얼음판을 가로지르는 에반젤린을 뒤따라오며 달아날 길을 차단했다. 이제 돌아갈 수도 없었다.

"이리 와." 그리고리가 지팡이를 흔들며 말했다. 그는 앨리스터가 에반젤린에게 던져준 상자에서 눈을 떼지 않았다. "그걸 이리 가져와. 내게 넘겨."

에반젤린은 더 다가가 그리고리 앞에 섰다. 가까이서 그리고리의 몰골을 보고 깜짝 놀랐다. 상상하던 모습이 아니었다. 등을 펴지도 못하는데다 허약하고 수척했다. 그리고리는 비쩍 마른 손을 내밀었고 에반젤린은 프로메테우스 상에서 꺼낸 구리 상자를 그의 손바닥 위에 올려놓았다. 그리고리는 이렇게 작은 상자에 뭐가 들었는지 모르겠다는 표정으로 조명에 비춰 자세히 살펴보더니 웃으면서 주머니에 넣었다. 그러고는 손을 휙 뻗어 에반젤린이 메고 있던 가죽가방을 채갔다.

뉴욕 시, 5번가, 록펠러센터 스케이트장

베를렌은 기보림들이 검은색 망토 속에 날개를 감추고 있다는 걸 알고 있었다. 그들이 날개를 펼치면 어떤 끔찍한 짓을 할 수 있는지도. 하지만 보통 사람에게는 그저 얼음판 위에서 괴이한 의식을 치르려는 이상한 차림새의 무리로만 보일 터였다. 그들은 그리고리의 지시에 따라 스케이트장 한가운데 선 그를 둘러싸고서 뚫을 수 없는 벽 역할을 하고 있었다. 기보림들의 일사불란한 움직임은 에반젤린이 그 안에 잡혀 있지만 않았더라면 베를렌조차 넋을 잃고 바라볼 정도로 훌륭했다.

"여기서 기다려요." 브루노가 베를렌에게 손짓하며 말했다. "사이토, 계단으로 내려가요. 내가 스케이트장 반대편으로 가서 그리고리의 주의를 돌려볼 테니까."

"불가능해요. 저들의 수가 얼마나 많은지 보세요." 사이토가 말했다.

브루노는 멈춰 서서 스케이트장을 바라보았다. "그래도 저대로 둘 수는 없어. 뭐라도 해봐야지." 그는 괴로워서 견딜 수가 없었다.

브루노와 사이토는 무기력하게 서 있는 베를렌을 남겨두고 달려갔다. 마음 같아서는 베를렌도 벽을 뛰어넘어 얼음판 위로 달려들고 싶었다. 위험에 처한 에반젤린을 보고 있자니 속이 뒤틀렸다. 하지만 그녀를 구하기 위해 할 수 있는 일은 아무것도 없었다. 만난 지 하루밖에 되지 않았지만 그녀와 함께할 수 있는 미래를 잃는다는 생각만으로도 견딜 수 없이 두려웠다. 베를렌은 에반젤린의 이름을 크게 불렀다. 주위에 기보림이 우글대는 가운데서도 그녀가 베를렌을 쳐다보았다. 그리고리에게 떠밀려 가브리엘라와 함께 스케이트장 밖으로 내몰리는 와중에도 베를렌이 부르는 소리를 들은 것이다.

베를렌은 잠시 영혼이 몸에서 빠져나가 자신이 처한 비참한 상황을 멀리서 지켜보는 듯한 느낌을 받았다. 아이러니한 상황이었다. 그는 악랄한 악당에게 사랑하는 여자를 빼앗기면서도 그저 지켜볼 수밖에 없는 가난한 남자 주인공이었다. 사랑이라는 건 정말이지 놀라웠다. 진부한 할리우드 영화 같은 일이 자신에게만 일어나는 특별한 일처럼 느껴졌다. 베를렌이 확실히 아는 건 에반젤린을 사랑한다는 것이었다. 그녀를 위해서라면 무슨 짓이든 할 수 있었다.

스케이트장 반대편에서 브루노가 기보림들을 보고 있었다. 그가 아수라장이 된 얼음판에 뛰어든다 해도 머릿수로 도저히 당해낼 수 없을 게 뻔했다. 사이토와 베를렌까지 셋이서 동시에 달려들어도 가브리엘라와 에반젤린에게는 손끝 하나 닿지 못할 터였다. 계단에 선 사이토는 브루노의 신호를 기다리고 있었다. 하지만 브루노도 베를렌과 마찬가지로 도저히 가망이 없다는 걸 알고 있었다. 그들은 그저 지켜볼 수밖에 없었다.

어디선가 시끄러운 소리가 들려와 시내의 소음을 집어삼켰다. 처음에는 베를렌도 무슨 소리인지 몰랐다. 멀리서 시작된 소리는 곧 자동차 엔진 소리임이 분명해졌다. 광장을 둘러보니 세인트로즈 수녀원 밖에서 있던 것과 똑같은 검은색 밴 한 대가 북적대는 사람들 사이를 뚫고 스케이트장 앞까지 달려갔다.

밴이 다가오자 그리고리는 총을 흔들어 계단을 올라가도록 가브리엘라와 에반젤린을 밀어붙였다. 베를렌은 어떻게든 에반젤린을 시야에서 놓치지 않으려고 애썼지만 기보림들이 양쪽에 서 있어서 여의치 않았다. 놈들이 사이토 옆을 지날 때 보니 그녀 역시 어떻게 할까 망설이는 눈치였다. 순간적으로 기보림들 사이를 뚫고 그리고리에게 달려들 생각을 하는 것 같기도 했다. 하지만 상대가 되지 않는다는 것을 아는 그녀는 속수무책이었다.

그리고리는 에반젤린과 가브리엘라를 총으로 위협해 차에 밀어넣고는 재빨리 문을 닫았다. 베를렌은 필사적으로 에반젤린을 불렀다. 아무것도 할 수 없는 자신에게 화가 났다. 그는 밴을 뒤쫓아 달렸다. 크리스마스 조명을 지나고 까만 밤하늘을 향해 금빛 나팔을 들어올린 천사 조형물을 지나고 크리스마스 전구를 두른 소나무를 지날 때까지 뛰었다. 자동차들 사이로 끼어든 밴은 곧 모습을 감추었다. 에반젤린을 놓쳤다.

기보림들은 뿔뿔이 흩어져 계단을 올라가거나 혼란스러워하는 사람들 틈으로 사라졌다. 마치 아무 일도 없었던 것처럼 어디론가 숨어버린 것이다. 베를렌은 계단을 뛰어내려가 아무도 없는 얼음판 위, 에반젤린이 서 있던 곳으로 향했다. 운동화를 신은 터라 발밑이 미끄러워 자꾸만 넘어질 것 같았다. 금색, 파란색, 오렌지색 조명이 빙글빙글 돌아가는 얼음판은 오팔 보석 같았다. 스케이트장 한가운데서 무언가가 그의 눈길을 사로잡았다. 허리를 굽히고 살펴보았다. 베를렌이 차가운 바닥에서 집어올린 것은 반짝이는 금 목걸이 줄이었다. 리라 모양의 펜던트는 얼음 속에 박혀 있었다.

뉴욕 시, 이스트 48번가와 파크 애비뉴 교차점

퍼시벌 그리고리는 운전사에게 파크 애비뉴에 진입해 북쪽으로 가라고 지시했다. 거기에 어머니와 아버지가 기다리는 집이 있었다. 넓은 도로지만 차가 막혀 가다 서다를 반복해야 했다. 겨울나무들의 검은 가지마다 오색 전구 수천 개가 달려 빛을 뿌리고 있었다. 인간들은 여전히 휴일 기분을 내며 즐거워하고 있었다. 퍼시벌은 낡아빠져 거칠거칠한 가죽가방을 만지작거리며 처음으로 기뻐하는 어머니의 모습을 볼 수 있겠다고 생각했다. 리라와 가브리엘라 프란체 발코를 발치에 갖다 바치면 어머니가 얼마나 기뻐할지 머릿속에 그려졌다. 오털리가 죽었으니 이제 그가 스네자의 유일한 희망이었다. 이번에는 분명 명예를 회복할 수 있을 터였다.

맞은편에 앉은 가브리엘라는 경멸스럽다는 표정으로 그를 노려보고 있었다. 두 사람이 마지막으로 만난 지 오십 년도 더 지났건만, 가브리엘라에 대한 퍼시벌의 감정은 그가 그녀를 잡아오라고 지시하던 날만큼이나 강렬하고 혼란스러운 것이었다. 가브리엘라는 이제 그를 증오했다. 그건 너무나 분명했다. 그는 늘 그녀가 뿜어내는 강렬한 감정에 감탄했다. 그것이 열정이든 증오든 두려움이든 그녀는 온몸으로 느꼈다. 퍼시벌은 자신을 압도하던 가브리엘라의 힘은 이제 사라졌다고 생각했다. 그럼에도 그녀를 보고 있으면 자꾸만 약해지는 느낌을 지울 수 없었다. 가브리엘라는 젊음과 아름다움을 잃었지만 위험한 흡인력만큼은 여전했다. 그가 단번에 목숨을 빼앗을 수 있는데도 두려워하는 기색이라곤 없었다. 하지만 스네자 앞에 가면 달라질 것이다. 스네자는 단 한 번도 가브리엘라를 두려워한 적이 없으니까.

밴이 속도를 늦춰 신호등 앞에 섰다. 퍼시벌은 가브리엘라 옆에 앉은 젊은 여자를 살펴보았다. 그럴 리 없는데도 그가 아는 오십 년 전 가브리엘라와 너무 닮아서 으스스할 정도였다. 크림색 피부에 녹색 눈동자까지 똑같았다. 머릿속에서 늘 그리던 가브리엘라가 눈앞에 나타난 것 같았다. 젊은 여자는 파리에서 살 때 가브리엘라가 했던 것과 똑같은 리라 모양의 금 목걸이까지 하고 있었다. 퍼시벌은 가브리엘라가 그 목걸이를 절대 다른 사람에게 줄 리 없다는 것을 잘 알고 있었다.

퍼시벌이 미처 어떻게 할 수 없을 만큼 순식간에 가브리엘라가 차문을 열고 퍼시벌의 무릎에 놓인 가죽가방을 채서 도로로 뛰어내렸다. 젊은 여자도 곧장 뒤따랐다.

퍼시벌은 운전사에게 쫓아가라고 소리쳤다. 밴은 신호를 무시하고 51번가로 우회전해 일방통행로를 역주행했다. 하지만 여자들은 쫓아오는 밴을 아랑곳하지 않고 렉싱턴 애비뉴를 가로질러 지하철역 계단으로 사라졌다. 퍼시벌은 지팡이를 들고 여전히 열려 있던 차문으로 뛰어내려 있는 힘껏 달렸다. 사람들 사이를 뚫고 한 걸음씩 내디딜 때마다 고통이 온몸을 덮쳤다.

퍼시벌은 단 한 번도 뉴욕의 지하철역에 들어가본 적이 없었다. 승차권 판매기나 노선도, 회전식 개찰구 모두 기이하고 이해할 수 없는 것들이었다. 그는 모든 것이 어떻게 작동하는지 몰라 쩔쩔맸다. 아주 오래전 파리에서는 지하철을 타본 적이 있었다. 20세기에 들어서면서 처음 개통한 지하철이 궁금했고 당시 유행을 따라 여러 번 타보기도 했지만 금세 싫증나 그만두었다. 그러니 뉴욕에서 그런 대중교통을 굳이 이용할 이유가 없었다. 우글거리는 사람들 틈에 끼어 있는 생각만 해도 구역질이 날 것 같았다.

회전식 개찰구 앞에서 그는 잠깐 숨을 돌린 다음 금속 막대를 밀어보았다. 막대는 잠겨 있었다. 다시 밀어보았지만 여전히 꼼짝도 하지 않았다. 퍼시벌은 지팡이로 개찰구를 두들기며 욕지거리를 늘어놓았다. 지나가는 사람들이 그를 정신병자 보듯 보았다. 한때는 이런 개찰구쯤 쉽게 뛰어넘을 수 있었다. 오십 년 전이었다면 달아난 가브리엘라와 젊은 여자를 몇 초 만에 따라잡았을 것이다. 게다가 이제는 가브리엘라도 늙어서 빨리 뛰지 못했다. 하지만 지금 그는 아무것도 할 수 없었다. 이 우습게 생긴 금속 막대를 통과할 방법을 찾는 수밖에 없었다.

운동복을 입은 젊은 남자 한 명이 다가오더니 주머니에서 플라스틱 카드를 꺼냈다. 퍼시벌은 남자가 개찰구 앞까지 오길 기다렸다가 막 카드를 갖다대려는 순간 지팡이의 상아 손잡이를 뽑아 그 끝으로 남자의 등을 있는 힘껏 찔렀다. 남자의 몸이 앞으로 구부러졌다 개찰구에 부딪혀 뒤로 널브러졌다. 퍼시벌은 고통스러워하며 신음을 흘리는 남자의 손에서 카드를 빼앗아 개찰구에 대고 안으로 들어갔다. 멀리서 플랫폼으로 들어오는 열차 소리가 요란하게 울렸다.

뉴욕 시, 6호선 보통열차, 51번가/렉싱턴 애비뉴 역

열차가 역으로 들어오자 뜨거운 바람이 에반젤린의 얼굴에 훅 끼쳤다. 깊이 숨을 들이마시자 뜨거운 열기를 머금은 쇳내와 함께 퀴퀴한 냄새가 났다. 문이 열리고 사람들이 우르르 플랫폼에 내렸다. 지하철역까지 뛴 거리는 채 한 블록도 되지 않았지만, 가브리엘라는 숨이 턱까지 차올랐다. 열차 안으로 들어선 에반젤린은 할머니를 부축해 플라스틱 좌석에 앉히며 그녀가 얼마나 쇠약해졌는지 새삼 느꼈다. 가브리엘라가 등받이에 몸을 기대고 기운을 차리려 애쓰는 동안 에반젤린은 만일 퍼시벌 그리고리가 뒤쫓아온다면 얼마나 더 달아날 수 있을까 고민에 빠졌다.

멀찌감치 떨어진 좌석에 길게 드러누운 술 취한 남자 말고는 열차 안은 텅 비어 있었다. 몇 번 킁킁거려보고 에반젤린은 왜 이 칸에만 승객이 없는지 알아챘다. 술 취한 남자가 좌석에까지 잔뜩 토해놓는 바람에 악취가 진동했다. 냄새 때문에 속이 뒤집히는 것 같았지만 그렇다고 다시 플랫폼으로 나갈 수는 없었다. 에반젤린은 자신이 탄 열차가 몇 호선인지 확인하고 노선도에서 현재 위치를 파악했다. 그들이 탄 노선은 녹색 6호선이었다. 노선을 따라 남쪽으로 내려가면 종점이 브루클린브리지/시청 역이었다. 다리 근처의 지리라면 그녀도 상세히 알고 있었다. 거기까지만 가면 숨을 곳을 찾는 건 어렵지 않을 것이다. 두 사람은 당장 출발해야 했다. 하지만 닫힐 때가 한참 지났는데도 열차 출입문은 열린 채로 꼼짝하지 않았다.

갑자기 시끄러운 안내방송이 흘러나왔다. 워낙 다급한 목소리라 잘 못 알아들었지만 아마도 정차가 길어지는 이유를 설명하는 듯했다. 출입문이 열린 열차에서 두 사람은 속수무책으로 앉아 있었다. 이러다간 꼼짝없이 붙잡히고 말 거라는 생각에 에반젤린은 겁에 질렸지만 갑자기 불안해하는 가브리엘라 때문에 그 두려움도 무색해졌다.

"왜 그러세요?" 에반젤린이 물었다.

"없어. 내 행운의 목걸이가 떨어졌나봐." 얼마나 놀랐는지 가브리엘라의 목소리가 갈라졌다.

에반젤린은 본능적으로 목으로 손이 올라갔다. 차가운 리라 목걸이가 만져졌다. 그녀는 할머니에게 주려고 얼른 목걸이를 풀었다. 하지만 가브리엘라가 만류했다. "너도 이제 그 목걸이가 필요할 거야. 그 어느 때보다 더."

목걸이가 있든 없든 그 자리에서 멍하니 기다리기엔 너무 위험했다. 에반젤린은 플랫폼을 내다보고 출구까지 거리가 얼마나 될지 가늠해 보았다. 그녀가 할머니의 팔을 부축해 열차에서 내리려는 찰나, 낙서로 지저분해진 창문 너머로 그들을 뒤쫓는 자가 보였다. 절뚝거리며 계단을 내려온 퍼시벌은 플랫폼에서 차 안을 살피기 시작했다. 에반젤린은 얼른 가브리엘라를 잡아당기며 창문 아래로 몸을 숙였다. 다행히 벨이 울리고 출입문이 닫혔다. 열차가 철컹거리며 역을 빠져나와 속도를 높이기 시작했다.

하지만 에반젤린은 고개를 들다가 가슴이 철렁 내려앉았다. 피로 물든 지팡이가 눈앞에 있었다. 그녀를 노려보고 있던 퍼시벌 그리고리의 얼굴은 피로와 분노로 온통 일그러져 있었다. 어찌나 숨을 가쁘게 몰아쉬는지 다음 역까지만 무사히 도착하면 달아날 수 있을 것 같았다. 뛰다가 몇 개 안 되는 계단만 나타나도 퍼시벌은 두 사람을 따라잡을 수 없을 듯했다. 하지만 퍼시벌이 주머니에서 권총을 꺼내 두 사람을 일으켜 세웠고 에반젤린은 꼼짝없이 붙잡혔다는 걸 깨달았다. 열차 손잡이를 움켜쥐고 균형을 잡은 에반젤린은 할머니를 가까이 당겨 안았다.

"다시 만났군." 퍼시벌은 속삭이듯 작은 목소리로 말하고 몸을 숙여 가브리엘라가 든 가죽가방을 빼앗았다. "하지만 이번에는 확실하게 끝날 거야."

열차가 어둡고 휘어진 지하 터널 안을 흔들거리며 달리는 사이 퍼시벌은 가죽가방을 플라스틱 좌석에 올려놓고 열었다. 열차가 다음 역에 멈췄고 문이 열렸다. 사람들이 올라탔지만 모두 술 취한 남자가 풍기는 악취를 피해 다른 칸으로 가버렸다. 퍼시벌은 전혀 신경쓰지 않는 것 같았다. 그는 녹색 벨벳 천 주머니에서 울림통을 꺼내고 픽, 가로대, 현을 차례로 꺼냈다. 그리고 앨리스터 캐럴이 록펠러센터에서 찾아낸 작은 구리 상자를 주머니에서 꺼내 뚜껑을 열고 발카인으로 만든 줄감개를 자세히 들여다보았다. 리라의 부품들이 좌석 위에서 열차의 움직임에 맞춰 흔들리며 다시 합쳐지길 기다리고 있었다.

퍼시벌은 가방을 뒤적거려 노트도 찾아냈다. 가죽 표지와 천사 모양

걸쇠가 빛을 받아 반짝거렸다. 퍼시벌은 천사학의 역사나 마방진, 인장이 있는 익숙한 부분은 빨리 넘겨버리고 안젤라가 수학 공식을 기록해놓은 부분에서 멈췄다.

"이 숫자들은 뭐지?" 그가 주의깊게 들여다보며 물었다.

"잘 봐. 당신이 아는 것들이니까." 가브리엘라가 말했다.

숫자를 읽어내려가는 동안 퍼시벌의 표정은 놀라움에서 기쁨으로 바뀌었다. "이게 숨기고 내놓지 않던 공식이군." 그가 말했다.

"바로 그게 당신이 우리 딸을 죽이고 알아내려던 정보야." 가브리엘라가 말했다.

에반젤린은 숨이 멎는 것 같았다. 할머니가 스케이트장에서 한 수수께끼 같은 말의 의미를 마침내 깨달았다. 퍼시벌 그리고리는 그녀의 할아버지였다. 깨달음과 함께 공포가 밀려왔다. 그리고리도 놀라긴 마찬가지였다. 무슨 말을 하려고 했지만 발작적인 기침이 막아버렸다. 한참 괴로워하다가 그가 말했다. "네 말은 못 믿어."

"안젤라는 아버지가 누군지 몰랐어. 고통스러울까봐 진실을 알려주지 않았지. 하지만 에반젤린은 지켜주지 못했군. 할아버지의 사악함을 직접 목격했으니 말이야."

가브리엘라를 보고 있던 퍼시벌은 에반젤린에게로 시선을 돌렸다. 가브리엘라의 말을 모두 이해한 순간 수척한 그의 얼굴은 더욱 굳어졌다.

"당신이 후손을 남긴 걸 알면 스네자가 꽤나 기뻐하겠군." 가브리엘라가 말했다.

"인간 후손은 쓸모없어. 어머니는 오직 천사의 핏줄만 인정하지." 퍼시벌이 쏘아붙였다.

열차가 다음 역에 들어섰다. 플랫폼의 밝은 불빛이 흘러들어오는가 싶더니 열차가 유니언스퀘어 역에 멈췄다. 출입문이 열리고 사람들이 우르르 올라탔다. 모두 휴일 분위기에 들떠 있었다. 사람들은 퍼시벌이나 기분 나쁜 냄새를 눈치채지 못한 채 근처 좌석에 앉아 큰 소리로 웃고 떠들었다. 가브리엘라가 깜짝 놀라 가죽가방을 가렸다. “이렇게 리라를 노출시키면 안 돼. 위험하다고.” 그녀가 말했다.

퍼시벌은 에반젤린을 향해 총구를 흔들어 보였다. 에반젤린은 리라의 부품을 차례로 챙겨 유심히 살펴보고 도로 가방에 넣었다. 손가락이 울림통의 금속 부분에 닿자 묘한 감정이 일었다. 처음에는 퍼시벌 그리고리 때문에 두려운 거라고 생각하며 무시했다. 하지만 이내 이 세상 것이 아닌 듯한 감미롭고 완벽한 음악이 그녀의 마음을 채우기 시작했다. 높고 낮은 한 음 한 음이 온몸에 전율을 일으켰다. 더없는 행복과 흥분을 자아내는 음악을 어떻게든 더 선명하게 듣고 싶었다. 그녀는 그리고리와 언쟁을 벌이기 시작한 할머니를 흘깃 바라보았다. 음악 소리 때문에 할머니의 말이 들리지 않았다. 두꺼운 유리로 된 돔에 덮여 세상과 분리된 느낌이었다. 눈앞의 악기 말고는 아무것도 중요하지 않았다. 머리가 아찔해지는 이 음악이 자기에게만 들리는 것 같았지만 상상의 산물은 분명 아니었다. 리라가 그녀를 부르고 있었다.

갑자기 퍼시벌이 가방을 탁 닫고는 에반젤린에게서 채가자 악기가 그녀에게 걸었던 주문이 풀렸다. 손에 쥐고 있던 악기를 빼앗기자 절망감이 거세게 밀려왔다. 에반젤린은 자신이 무슨 짓을 하는지도 모른 채로 퍼시벌에게 달려들어 가죽가방을 빼앗았다. 놀랍게도 쉽게 악기를 되찾을 수 있었다. 온몸에서 새로운 힘이 생겨나고 조금 전만 해도 전혀 알지 못했던 활기가 느껴졌다. 시야도 또렷해졌다. 그녀는 가방을 꼭 끌어안았다.

열차가 또다시 다음 역에 멈춰 섰고 사람들은 눈길 한 번 주지 않고 내렸다. 벨소리가 나고 출입문이 닫혔다. 또다시 세 사람과 술 취해 구석에서 악취를 풍기는 남자만 남았다.

에반젤린은 가브리엘라와 퍼시벌을 등지고 서서 가죽가방을 열었다. 모든 부품이 합쳐지길 기다리고 있었다. 그녀는 재빨리 가로대와 울림통을 맞추고 줄감개들을 가로대에 끼워넣었다. 그리고 현을 걸고 팽팽해질 때까지 천천히 줄감개를 돌렸다. 에반젤린은 리라 조립이 꽤 복잡할 거라 생각했지만 하나씩 차례대로 끼우니 아주 간단했다. 현을 더 팽팽하게 감자 손끝에서 그 떨림이 느껴졌다.

그녀는 리라를 한번 쓰다듬어보았다. 금속 부분은 차갑고 매끄러웠다. 실크 현도 가만히 쓸어보고 줄감개를 조절하며 음의 변화에 귀기울였다. 픽을 꺼내들었다. 픽이 열차 안의 쨍한 조명을 반사해 반짝거렸다. 픽으로 현을 튕겼다. 한순간에 세상의 질감이 변했다. 지하철의 소음, 퍼시벌 그리고리의 위협, 주체할 수 없을 만큼 쿵쾅거리던 자신의 심장. 모든 것이 잠잠해지더니 경쾌하고 달콤한 떨림이 다시 한번 온 감각을 채웠다. 아까보다 몇 배는 더 강력해진 것 같았다. 깨어 있으면서 동시에 잠든 느낌이었다. 또렷하고 생생한 현실 세계의 감각도 여전히 느껴졌다. 흔들리는 열차, 퍼시벌이 손에 쥔 지팡이의 상아 손잡이. 하지만 동시에 꿈을 꾸는 듯했다. 더할 나위 없이 순수하고 강력한 리라 소리는 그녀를 무장해제시켰다.

"그만." 가브리엘라가 말했다. 바로 옆에 붙어 서 있는데도 할머니의 목소리는 멀리 떨어진 다른 방에서 들려오는 것 같았다. "에반젤린, 지금 네가 무슨 짓을 하고 있는 줄 알아?"

할머니의 모습은 마치 프리즘을 통해 보는 것 같았다. 바로 옆에 서 있는 할머니가 제대로 보이지 않았다.

"리라의 연주법은 아직 알려지지 않았어. 네 행동이 세상에 어떤 공포를 몰고 올지 상상도 할 수 없단다. 제발 그만하렴." 가브리엘라가 말했다.

퍼시벌은 고맙고 즐겁다는 표정으로 에반젤린을 응시했다. 리라 소리가 그에게도 주문을 걸기 시작한 것이다. 앞으로 다가선 그는 욕망으로 떨리는 손을 뻗어 리라를 만졌다. 별안간 퍼시벌의 표정이 바뀌었다. 한곳에 시선을 고정한 그의 얼굴에는 두려움과 경외심, 공포와 감탄이 교차했다.

가브리엘라의 눈에 두려움이 차올랐다. "세상에, 에반젤린. 이게 무슨 일이니?"

에반젤린은 할머니가 무슨 말을 하는지 알 수 없었다. 자신의 몸을 살펴봤지만 변한 것은 없었다. 그러다 뒤로 돌아서 넓고 시커먼 창문에 비친 자신을 발견하고는 숨이 턱 막혔다. 어깨 뒤에 금빛 후광을 만들어내는 우아한 날개 한 쌍이 달려 있었다. 날개가 어찌나 아름다운지 그녀는 최면에 걸린 사람처럼 한참 동안 그 모습을 바라보았다. 근육에 살짝 힘을 주자 날개가 활짝 펼쳐졌다. 날개는 무게가 느껴지지 않을 만큼 너무도 가벼워 혹시 빛에 의한 착각은 아닐까 의심스러울 지경이었다. 에반젤린은 날개를 두 눈으로 직접 볼까 해서 한쪽 어깨를 앞으로 당겼다. 깃털은 투명한 보라색에 가느다란 은색 줄무늬가 섞여 있었다. 심호흡을 했더니 날개도 움직였다. 그리고 금세 그녀가 숨쉬는 박자에 맞춰 퍼덕이기 시작했다.

"어떻게 된 거죠?" 에반젤린이 말했다. 자신이 변신했다는 사실을 퍼뜩 깨달았다. "내가 뭐가 된 거죠?"

퍼시벌 그리고리가 에반젤린에게 다가왔다. 리라의 음악 때문인지 아니면 에반젤린에게 관심이 생겨서인지 퍼시벌은 허리가 굽은 채 말라 죽어가는 존재에서 옆에 있는 가브리엘라가 왜소해 보일 만큼 위풍당당한 모습으로 탈바꿈했다. 퍼시벌의 몸속에서 불이 차올라 피부에서 빛이 뿜어져나오는 듯하고 파란 눈은 번쩍거리고 등이 곧게 펴졌다. 그가 바닥에 지팡이를 내던지며 말했다. "네 날개는 네 할머니의 할머니 날개를 닮았구나. 아버지가 들려주신 말씀으로만 알고 있는데 이런 날개는 우리 가운데서도 가장 순종이라는 걸 보여주지. 너도 우리 종족이 됐구나. 너도 그리고리 가문이었어."

퍼시벌이 에반젤린의 팔에 손을 얹었다. 얼음장처럼 차가운 손가락에 에반젤린은 온몸이 떨렸지만 기분이 좋아지고 힘이 솟았다. 평생을 꽉 죄는 껍데기 속에서 살다가 단번에 빠져나온 것만 같았다. 스스로가 강해지고 살아 있는 느낌이 들었다.

"나와 함께 가자." 퍼시벌의 목소리는 부드러웠다. "가서 내 어머니 스네자를 만나는 거야. 네 가족이 있는 집으로 가자. 네가 원하는 모든 걸 주마. 네가 꿈꾸는 모든 걸 줄 수 있어. 갖고 싶어하던 모든 걸. 다시는 뭔가 바라는 일이 없을 거야. 넌 지금 여기 존재하는 것이 모두 사라진 뒤까지 살 수 있어. 내가 방법을 가르쳐주지. 내가 아는 걸 모두 알려주마. 우리만이 네게 미래를 줄 수 있어."

퍼시벌의 눈을 들여다보던 에반젤린은 그가 무엇을 줄 수 있는지 이해했다. 그리고리의 가문과 권력이 그녀의 것이 될 수 있었다. 그동안 잃어버린 모든 것을 가질 수 있었다. 집과 가족을 되찾을 수 있었다. 가브리엘라는 절대 줄 수 없는 것들이었다.

돌아선 에반젤린은 너무나도 변해버린 할머니의 모습에 깜짝 놀랐다. 가브리엘라가 갑자기 힘없고 시시한 여인, 눈물을 글썽거리는 약해빠진 인간으로 보였다. 에반젤린이 말했다. "할머니는 내가 이렇게 될 줄 알고 있었죠?"

가브리엘라가 말했다. "네 아버지와 나는 네가 아주 어릴 때 검사를 했다. 네 폐가 네피림 아이들과 같은 형태로 발달했다는 걸 알았지. 하지만 우리가 연구한 바로는, 안젤라가 네피림의 쇠퇴를 연구하며 밝혀냈듯이 네피림들 중에도 날개가 아예 생기지 않는 경우가 꽤 많았어. 다 유전되는 건 아닌 거지. 다른 요인이 있을 거야."

가브리엘라가 빛나는 아름다움에 매료된 듯 에반젤린의 날개를 만졌다. 하지만 에반젤린은 몸을 빼며 물러섰다.

"날 속이려고 했군요. 내가 리라를 파괴해주길 바란 거예요. 내가 이렇게 변할 줄 알고 있었어." 에반젤린이 말했다.

"난 안젤라가 지금의 너처럼 될까봐 늘 두려웠다. 퍼시벌을 워낙 많이 닮았으니까. 하지만 최악의 경우 안젤라가 신체적으로 퍼시벌과 같아졌다 해도 정신적으로는 다를 거라 믿었어."

"하지만 어머니는 나와 달랐어요. 어머니는 인간이었으니까." 에반젤린이 말했다.

에반젤린의 머릿속이 여러 가지 생각으로 복잡하다는 걸 눈치챘는지 가브리엘라가 말했다. "그래, 네 엄마는 모든 면에서 인간이었어. 다정하고 인정이 많았지. 인간의 심장으로 네 아버지를 사랑했어. 내 딸이라서 이렇게 생각하는지 몰라도 안젤라는 타고난 핏줄을 뛰어넘었던 거야. 네 엄마의 연구 결과로 우리는 네피림이 사라져간다는 것을 믿게 됐어. 우리는 인간적인 특징이 더 강해진 새로운 네피림 종족이 출현하길 바랐지. 네 엄마가 생물학적으로 네피림이라면 그 새로운 종족의 시조가 될 거라고 생각했어. 하지만 그건 안젤라의 운명이 아니었어. 네 운명이었지."

열차가 덜컹대며 멈추고 다시 문이 열리자 가브리엘라는 에반젤린을 가까이 끌어당겼다. 에반젤린은 가브리엘라의 말을 간신히 알아들을 수 있었다. "도망가, 에반젤린." 가브리엘라가 다급하게 속삭였다. "리라를 가져가서 파괴해. 유혹에 굴하지 마. 옳은 일을 하느냐 마느냐는 너한테 달렸어. 뛰어, 얘야. 절대 뒤돌아보지 마."

에반젤린은 잠시 가브리엘라의 품에서 마음을 가라앉혔다. 할머니에게서 전해지는 온기와 안정감은 엄마 품에 안겼을 때 느꼈던 안전한 느낌을 상기시켰다. 가브리엘라는 에반젤린을 다시 한번 꽉 끌어안았다가 살며시 힘주어 떼어냈다.

뉴욕 시, 브루클린브리지/시청 역

퍼시벌은 가브리엘라의 팔을 붙잡고 열차 밖으로 끌어냈다. 그의 손아귀에 잡힌 가브리엘라는 너무 가벼웠다. 손목은 나뭇가지처럼 가늘어 부러질 것 같았다. 그녀가 퍼시벌의 적수가 된 적은 단 한 번도 없었지만 그래도 파리에서 살 때는 제법 맞서 싸울 만한 힘이 있었다. 그런데 이제는 너무 쇠약해져 도무지 반항할 수 없는 상태라 그녀 하나쯤 해치우기란 식은 죽 먹기였다. 가브리엘라가 좀더 강했으면 좋겠다는 생각까지 들었다. 그녀가 저항하며 죽어가는 모습을 보고 싶었다.

플랫폼을 따라 끌고 가는 동안 그녀의 눈동자에 두려움이 비친다면 충분하리라. 퍼시벌이 가브리엘라의 멱살을 움켜쥐자 그녀가 입은 검은 재킷에서 작은 단추들이 떨어져나가 빛을 피해 달아나는 딱정벌레들처럼 콘크리트 바닥으로 흩어졌다. 드러난 속살은 가슴 윗부분의 불그스름하고 넓은 흉터를 제외하면 온통 창백하고 주름투성이였다. 플랫폼 끄트머리 어두운 계단에 이르러 퍼시벌은 가브리엘라를 아래로 내동댕이치고는 따라 내려갔다. 가브리엘라가 일어나 달아나려 했지만 퍼시벌은 그녀가 차가운 콘크리트 바닥에서 꼼짝 못하게 무릎으로 찍어눌렀다. 이번에는 빠져나가게 놔두지 않을 것이다.

퍼시벌은 양손을 가브리엘라의 심장 위에 모았다. 손바닥 아래 그녀의 심장이 작은 동물의 그것처럼 빠르고 강하게 팔딱거렸다. "가브리엘라, 나의 천사." 퍼시벌이 말했다. 하지만 가브리엘라는 그를 쳐다보지도 대답을 하지도 않았다. 그런데 양손을 갈비뼈로 옮기려는 찰나 그녀의 두려움이 느껴졌다. 그녀가 흘린 땀에 퍼시벌의 양손이 젖은 것이다. 그는 눈을 감았다. 지난 수십 년 동안 그녀에게 굶주려 있었다. 기쁘게도 그녀가 몸을 뒤틀며 몸부림쳤다. 하지만 소용없는 일이었다. 그녀의 목숨은 이제 그의 것이었다.

눈을 떠 다시 보았을 때 가브리엘라는 숨이 끊어져 있었다. 감기지 않은 녹색 눈은 처음 만났던 날처럼 맑고 아름다웠다. 순간 뭐라 설명할 수 없는 애틋한 감정에 휩싸였다. 퍼시벌은 가브리엘라의 뺨과 검은 머리칼, 가죽장갑을 낀 작은 손을 만져보았다. 그녀를 죽여서 더할 나위 없이 만족스러웠지만 동시에 마음이 아팠다.

퍼시벌은 기척을 느끼고 플랫폼을 올려다보았다. 에반젤린이 화려한 날개를 활짝 펼친 채 계단 위에서 지켜보고 있었다. 그런 날개는 한 번도 본 적이 없었다. 에반젤린의 등에 솟아난 날개는 완벽한 대칭을 이루며 그녀의 숨소리에 맞춰 떨렸다. 퍼시벌이 전성기일 때의 날개도 그만큼 위엄이 넘치지는 않았다. 하지만 그도 조금씩 강해지고 있었다. 리라의 음악을 듣고 새로운 힘이 솟아났다. 만약 리라를 손에 넣는다면 과거 그 어느 때보다 더욱 강해질 수 있을 터였다.

퍼시벌은 에반젤린에게 다가갔다. 근육의 경련은 이제 멈추었다. 몸을 파고드는 가죽끈 때문에 걸음이 느려지지도 않았다. 리라는 에반젤린의 손안에서 빛을 뿜어내고 있었다. 리라를 잡아채고 싶은 충동을 억누르며 퍼시벌은 어떻게 할지 곰곰이 생각했다. 차분하게 행동해야 한다. 에반젤린이 겁을 먹고 달아나면 안 된다.

"날 기다렸구나." 퍼시벌이 에반젤린을 내려다보고 웃으며 말했다. 날개가 생기면서 힘을 얻었지만 그녀는 왠지 아이 같았다. 에반젤린은 머뭇거리며 퍼시벌의 눈을 똑바로 보지 못했다.

"떠날 수 없었어요. 어떻게 될지 내 눈으로 직접 보고 싶어서요." 그녀가 말했다.

"네피림이 된다는 게 어떤 건지 궁금했지? 배울 게 무척 많아. 내가 가르쳐줄 것이 아주 많다." 퍼시벌이 말했다.

몸을 꼿꼿이 세우고 선 퍼시벌이 에반젤린의 등에 손을 올리고 날갯죽지 부분의 민감한 피부를 어루만졌다. 날개와 척추가 만나는 부분에 그의 손가락이 닿자 에반젤린은 숨은 약점을 들킨 듯 불안했다.

"날개를 접어. 누가 볼 수도 있잖아. 날개는 혼자 있을 때만 펼치도록 해." 퍼시벌이 말했다.

퍼시벌이 시키는 대로 에반젤린은 날개를 접었다. 날개는 가볍게 접혀 눈앞에서 사라졌다.

"좋아." 퍼시벌은 앞장서서 플랫폼을 걷기 시작했다. "아주 잘했어. 금방 배우겠구나."

퍼시벌과 에반젤린은 함께 계단을 올라갔다. 지하철역을 뒤로하고 차갑고 깨끗한 밤공기 속으로 나섰다. 바로 앞에 브루클린브리지가 솟아 있었다. 다리 중간중간의 거대한 탑들이 조명을 받아 반짝였다. 퍼시벌이 택시를 잡으려 했지만 도로는 텅 비어 있었다. 집으로 돌아갈 방법을 찾아야 했다. 틀림없이 스네자가 기다리고 있을 터였다. 퍼시벌은 도저히 더는 참을 수가 없어서 에반젤린의 손에서 슬그머니 리라를 빼냈다. 리라를 가슴에 품은 퍼시벌은 정복감에 도취되었다. 손녀가 그에게 리라를 가져다주었다. 이제 곧 힘을 되찾을 것이다. 이 순간 어머니가 옆에 있어서 그리고리 가문의 영광을 함께했으면 얼마나 좋았을까. 그러면 그의 승리는 더욱 완벽해졌으리라.

뉴욕 시, 브루클린브리지/시청 역

리라가 손을 떠나자 에반젤린은 이성을 되찾았다. 그리고 그동안 리라의 주문에 걸려 있었다는 걸 깨달았다. 리라를 빼앗기고 나서야 주문에 사로잡혀 최면에 걸린 사람처럼 굴었다는 걸 안 것이다. 에반젤린은 퍼시벌이 가브리엘라를 죽이는 동안 멍하니 서서 보고만 있었던 자신을 떠올리며 공포에 휩싸였다. 할머니는 퍼시벌의 손아귀에서 죽어가며 몸부림쳤다. 그녀는 할머니의 마지막 숨소리를 들을 수 있을 만큼 가까이 있었으면서도 괴로워하는 그 모습을 보고만 있었다. 아무 느낌도 없었고, 심지어 실험 장면처럼 흥미로워하며 관찰했다. 퍼시벌이 할머니의 가슴에 손을 얹었고, 할머니는 반항하며 몸부림치다가 곧 영혼이 빨려나간 것처럼 꼼짝하지 않았다. 퍼시벌은 분명 사람을 죽이는 데서 쾌락을 느꼈다. 끔찍하게도 그때는 그녀 역시 그 기분을 맛보고 싶었다.

눈물이 흘렀다. 어머니처럼 할머니도 죽었단 말인가? 어머니도 퍼시벌의 손에 고통받으며 몸부림치다 죽었을까? 에반젤린은 몸서리를 치며 자신의 어깨와 등을 더듬어보았다. 날개는 사라지고 없었다. 퍼시벌이 날개를 접으라고 했던 게 떠올랐다. 날개가 옷 속에서 가볍게 살갗에 붙어 있는 느낌도 기억났다. 그런데도 날개가 있기는 한지 확신이 서지 않았다. 어쩌면 이게 다 끔찍한 악몽일 수도 있었다. 하지만 퍼시벌이 들고 있는 리라는 모든 것이 그녀가 기억하는 그대로임을 증명해 주었다.

"이리 와서 도와줘." 퍼시벌이 말했다. 그는 외투와 실크 셔츠 단추를 풀고 몸에 감은 검은색 가죽끈을 보여주었다. "이걸 풀어봐. 내 몸을 봐야겠어."

버클이 작아서 풀기 쉽지 않았지만 에반젤린은 재빨리 손을 놀렸다. 퍼시벌의 차갑고 하얀 살에 손가락이 닿을 때마다 욕지기가 치밀었다. 퍼시벌은 셔츠를 벗어버리고 가죽끈을 바닥에 내던졌다. 갈비뼈 부근에는 가죽끈에 쓸려 상처가 나고 군데군데 멍도 들어 있었다. 에반젤린은 다가가 퍼시벌의 체취를 맡았다. 가까이 있고 싶지 않았다.

"잘 봐." 퍼시벌이 의기양양하게 말하고 뒤돌아섰다. 어깨에 분홍색 새살이 돋는 작은 혹 두 개가 생겼고 거기서 금빛 깃털이 나고 있었다. "날개가 다시 생기고 있어. 내 이럴 줄 알았지. 네가 우리 가족이 되니 모든 게 변하기 시작하는구나."

에반젤린은 퍼시벌의 말을 들으며 그를 지켜보았다. 자신이 어떤 선택을 해야 하는지 저울질하고 있었다. 그리고리를 따라가 그의 가족이 되는 건 쉬웠다. 어쩌면 그녀가 그리고리 가문의 일원이라는 퍼시벌의 말이 옳을 수도 있었다. 하지만 그녀의 마음속에 할머니의 말이 메아리쳤다. '유혹에 굴하지 마. 옳은 일을 하느냐 마느냐는 너한테 달렸어.' 이제 에반젤린은 그리고리를 바라보고 있지 않았다. 저 너머 밤하늘 높이 브루클린브리지가 솟아 있었다. 다리를 보니 베를렌 생각이 났다. 자신이 얼마나 그를 믿었던가 새삼 떠올랐다.

"틀렸어요." 에반젤린은 분노를 억누를 수 없었다. "난 당신 가족이 아니야. 당신이나 당신의 살인자 가족과는 절대 함께할 수 없어."

에반젤린은 앞으로 달려들었다. 퍼시벌의 손가락이 날갯죽지에 닿았을 때 느낀 불안함이 다시 떠올랐다. 그녀는 퍼시벌이 자랑스러워하며 보여준 혹을 움켜쥔 채 그를 바닥으로 밀어뜨렸다. 에반젤린은 자신의 힘에 깜짝 놀랐다. 퍼시벌이 콘크리트 바닥에 쿵하고 쓰러진 것이었다. 그는 고통에 몸부림쳤다. 몸을 뒤집어보니 날개 하나가 부러져 있었다. 살점이 뜯겨나간 상처에서 걸쭉한 파란색 체액이 흘러나왔다. 입을 딱 벌린 커다란 상처를 통해 그녀는 그의 폐가 망가지는 모습을 생생히 볼 수 있었다.

그리고리가 죽자 그의 몸이 변했다. 으스스한 느낌이 들 만큼 희던 피부는 칙칙해졌고 금발은 빛을 잃었고 텅 빈 눈동자는 까매졌다. 그리고 작은 날개는 부서져 고운 금속성 가루가 되었다. 에반젤린은 몸을 숙이고 손가락에 가루를 찍어 들어올렸다. 손끝에서 반짝거리는 가루를 한번 더 보고 차가운 바람 속에 날려보냈다.

리라는 퍼시벌의 팔 아래 깔려 있었다. 에반젤린은 리라를 집어들었다. 다시 최면에 걸릴까봐 두려웠지만 리라를 되찾으니 마음이 놓였다. 시체를 보니 속이 메스꺼워져서 그녀는 멀리 달아났다. 더 있다간 시체에 오염될 것 같았다. 저멀리 얼기설기 엮인 브루클린브리지의 케이블들이 시야에 들어왔다. 조명이 쌀쌀한 밤하늘을 향해 솟은 화강암 탑들을 비추고 있었다. 다리만 건너면 집에서 그녀가 돌아오길 기다리는 아버지를 만날 수 있을 것 같았다.

콘크리트 경사로를 따라 올라가 다리 한가운데 난 보행로에 들어섰다. 그녀는 리라를 꼭 안고 달렸다. 거센 바람이 불어닥쳤지만 브루클린의 불빛에 시선을 고정한 채 앞으로 나아갔다. 다리 위에는 아무도 없었다. 그러나 양쪽 도로에는 자동차들이 쌩쌩 지나가며 보행로 난간 사이에 전조등 빛을 뿌렸다.

에반젤린은 첫번째 탑에 도착해 멈춰 섰다. 눈이 내리기 시작했다. 다리의 케이블 사이로 떨어진 함박눈이 그녀가 든 리라 위에도, 보행로 위에도, 저 아래 시커먼 강물 위에도 내려앉았다. 눈앞에 펼쳐진 도시의 반짝이는 불빛이 이스트 강의 새까만 수면에 비쳐 마치 그 작은 부분만이 끝없이 펼쳐진 빈 공간에서 생명이 살아가는 유일한 구역처럼 보였다. 다리 반대편까지 훑어보던 그녀는 마음이 찢어지는 것 같았다. 그녀를 기다리는 사람은 아무도 없었다. 아버지는 죽었다. 어머니, 할머니 그리고 많은 시간을 함께 보내며 사랑하게 된 수녀원 자매들도 모두 사라졌다. 에반젤린은 철저히 혼자였다.

그녀는 근육을 움직여 날개를 최대한 크게 펼쳤다. 마음먹은 대로 날개가 움직이는 게 놀라웠다. 평생 날개를 달고 산 것처럼 느껴졌다. 그녀는 보행로의 난간 위에 올라서서 바람을 맞았다. 멀리서 반짝이는 별에 정신을 집중하고 균형을 잡았다. 세찬 바람이 불어와 넘어뜨리려 했지만 우아한 동작으로 날개를 움직여 균형을 잡았다. 날개를 멀리 뻗으며 단단한 땅을 박차고 올랐다. 바람이 그녀를 공중으로 들어올렸다. 두꺼운 강철 케이블 위를 지나 밤하늘의 심연으로 올려주었다.

에반젤린은 방향을 아래로 바꾸어 탑 꼭대기에 내려앉았다. 멀리 아래 보이는 도로는 이미 순백의 눈에 덮여 있었다. 이상하게도 찬바람이 전혀 매섭지 않았다. 아무 감각이 없는 것 같았다. 사실 에반젤린은 더는 아무것도 느낄 수 없었다. 강물을 내려다보던 그녀는 이제 자기가 뭘 해야 하는지 깨달았다.

에반젤린은 리라를 양손으로 잡았다. 차가운 울림통을 양 손바닥으로 감싸고 힘을 주자 금속 부분이 점점 부드러워지고 따뜻해졌다. 더 세게 힘을 주자 발카인과 피부가 화학반응을 일으키기라도 한 것처럼 천천히 녹아내리기 시작했다. 그리고 이내 용암처럼 끓어오르며 밝은 빛을 냈다. 그녀의 손안에서 리라는 밤하늘에 빛나는 그 어떤 별보다 밝은 불덩어리로 변했다. 순간 리라를 그대로 간직했으면 하는 유혹을 느꼈다. 하지만 할머니의 말을 기억해내고는 불덩어리를 앞으로 던졌다. 불덩어리는 유성처럼 강으로 떨어졌다. 불빛이 새까만 어둠 속으로 사라졌다.

맨해튼, 어퍼웨스트사이드,
가브리엘라 레비 프란체 발코의 아파트

베를렌은 천사학자들을 돕고 싶었지만 교육도 받지 않았고 경험도 없어서 별 도움이 되지 않을 게 빤했다. 결국은 뒤로 물러서서 가브리엘라와 에반젤린의 소재를 찾으려고 애쓰는 사람들을 지켜볼 수밖에 없었다. 두 사람이 잡혀가던 상황이 자꾸만 떠올랐다. 기보림들이 스케이트장으로 몰려들고 가브리엘라가 앨리스터와 함께 얼음판으로 내려가고 그리고리가 달아나던 모습. 하지만 집중하면 할수록 생각은 제자리를 맴돌았다. 최근에 벌어진 상황들이 머릿속을 마비시켰다. 어쩌면 충격에서 벗어나지 못한 것인지도 몰랐다. 어제까지 자신이 살던 세상과 지금 사는 세상이 전혀 다르게 보였다. 그는 소파 깊숙이 몸을 묻고 앉아 창밖의 어둠을 응시했다. 몇 시간 전만 해도 에반젤린이 바로 이 소파, 바로 옆자리에 앉아 있었다. 서로 몸을 조금만 움직여도 느낄 수 있을 만큼 아주 가까이. 그녀를 향한 그리움이 너무 커서 당황스러울 정도였다. 그녀를 만난 지 겨우 하루밖에 안 되었던가? 겨우 하루 사이에 그녀는 그의 머릿속을 가득 채웠다. 그녀를 찾아내고 싶어 미칠 것 같았다. 하지만 에반젤린을 찾아내려면 우선 네피림의 위치를 파악해야 했다. 그건 그림자를 붙잡는 일처럼 불가능해 보였다. 놈들은 스케이트장에서 말 그대로 어디론가 사라져버렸고, 그리고리가 떠나는 순간 사람들 틈으로 숨어버렸다. 베를렌이 보기에 그 능력이야말로 그들의 가장 큰 힘이었다. 어디선가 나타났다가 밤 속으로 증발해버리는, 눈에 보이지도 않고 만질 수도 없는 치명적인 존재였다.

그리고리가 록펠러센터를 떠난 뒤 베를렌은 브루노, 사이토와 합류해 그곳을 벗어났다. 브루노가 택시를 잡았고 그들은 곧 가브리엘라의 아파트에 도착해 밴을 타고 온 다른 현장 요원들과 합류했다. 가브리엘라를 대신해 수장 역할을 맡은 브루노가 꼭대기 층의 천사학자 회의실을 열었다. 베를렌은 금방이라도 가브리엘라가 돌아올 것 같아 자꾸만 창밖을 내다보았다.

자정이 조금 지나서 블라디미르의 죽음을 알게 되었다. 베를렌은 리버사이드 교회에 급파한 천사학자에게서 그 소식을 듣고도 침착을 잃지 않는 자신이 소름 끼쳤다. 마치 네피림의 폭력에 놀라는 능력을 상실한 것 같았다. 블라디미르와 그레이가 살해된 건 사이토가 울림통을 갖고 빠져나온 뒤 얼마 지나지 않아서임이 밝혀졌다. 블라디미르의 시체는 형체를 알아볼 수 없을 만큼 불에 탔고 앨리스터 캐럴의 시체도 크게 다르지 않아 베를렌은 이것을 네피림의 서명이라고 받아들였다. 다음날 아침이면 이 기이한 시체에 대해 온 언론이 크게 떠들어댈 터였다. 천사학자 한 명이 사망하고 두 명이 실종되었으니 그들의 임무도 처참하게 끝난 것이 틀림없었다.

브루노는 블라디미르가 죽었다는 걸 알고 더욱 투지에 불타올랐다.

그는 다른 요원들에게 소리를 지르며 명령을 내렸고 책상 의자에 앉은 사이토는 여기저기 파견되어 있는 요원들에게 전화를 걸어 지원 요청을 하고 정보를 얻었다. 브루노는 방 한가운데 지도를 걸고 시내를 네 구역으로 나눈 다음 요원들을 각 지역으로 보내 그리고리의 행방을 알 수 있는 단서라면 무엇이든 찾아내도록 했다. 베를렌도 이제 맨해튼에만 수백 명, 많으면 수천 명의 네피림이 존재한다는 것을 알고 있었다. 그리고리는 쉽게 몸을 숨길 수 있었다. 그가 사는 5번가의 아파트는 이미 감시하고 있었지만 브루노는 공원 건너편에 추가로 요원을 배치했다. 그리고리가 그곳에 없다는 것이 확인되자 브루노는 다시 지도 앞으로 돌아와 성과 없는 수색을 계속했다.

브루노와 사이토가 각자의 추측을 말했지만 어느 쪽도 그럴싸하게 들리지 않았다. 그들은 한순간도 포기하지 않았지만 베를렌은 전혀 진척이 없다는 것을 알 수 있었다. 문득 그리고리를 찾아내려는 천사학자들의 노력이 무의미하다는 생각이 들었다. 리라를 찾아내지 못할 경우 벌어질 불상사는 예측이 불가능할 정도였다. 그래서 천사학자들은 리라의 행방을 찾느라 에반젤린에게는 거의 신경쓰지 못했다. 베를렌은 전날 오후 에반젤린과 함께 앉았던 소파에 앉은 지금에서야 상황이 어떻게 돌아가는지 깨달았다. 에반젤린을 살리고 싶다면 자신이 나서서 뭐든 해야 했다.

다른 사람들에게는 아무 말도 하지 않고 베를렌은 외투를 입고 계단을 두 개씩 내려가 현관을 빠져나왔다. 얼음처럼 차가운 공기를 들이마시고 시계를 보았다. 크리스마스 새벽 두시가 지난 시간이었다. 도로는 텅 비었고 도시 전체가 잠들어 있었다. 장갑이 없어서 양손을 주머니에 찔러넣고 센트럴파크 웨스트를 따라 남쪽으로 걷기 시작했다. 골똘히 생각에 잠겨 살을 에는 듯한 추위도 느끼지 못했다. 미로와도 같은 황량한 도시 어딘가에서 에반젤린이 그를 기다리고 있었다.

시내를 통과해 이스트 강을 향해 걷던 베를렌은 점점 더 화가 났다. 그는 걸음을 재촉해 불 꺼진 상점들이 즐비한 거리를 여러 블록 지났다. 머릿속으로 여러 가지 대책을 짜보았다. 아무리 애써봐도 에반젤린을 잃은 현실을 받아들일 수 없었다. 가브리엘라와 에반젤린을 어떻게 하면 찾아낼 수 있을지 별의별 생각을 다 해봤지만, 브루노나 사이토와 마찬가지로 딱히 좋은 수가 떠오르지 않았다. 물론 천사학자들도 못 한 일을 그가 성공한다는 건 말이 되지 않았다. 뿌연 안개와도 같은 절망 속에서 가브리엘라의 온몸을 휘감은 흉터가 떠올랐고 갑자기 매서운 한기가 느껴져 몸을 부르르 떨었다. 에반젤린이 그런 고통을 당하고 있을지 모른다는 생각은 하고 싶지 않았다.

멀리 브루클린브리지가 거대한 조명을 받아 빛났다. 브루클린브리지는 고향 같은 곳이라고 했던 에반젤린의 말이 떠올랐다. 수녀원에서 뉴욕으로 차를 몰고 오는 동안 어렸을 때 아버지와 산책하던 기억을 들려주던 에반젤린이 눈에 선했다. 순수하기 이를 데 없는 그녀의 생각, 목소리에 스며 있던 슬픔이 그의 가슴을 아프게 했었다. 물론 그전에 수백 번도 더 본 다리였지만 이 순간부터는 개인적인 슬픔을 간직한 장소가 되었다.

베를렌은 시계를 보았다. 거의 새벽 다섯시가 다 되어 다리 너머에서 희붐한 빛이 하늘을 밝히기 시작했다. 아무런 움직임도 없는 도시는 적막하고 괴기스럽기까지 했다. 가끔 다리 위를 지나는 택시의 전조등 불빛이 깜박거리며 엷은 어둠을 깨뜨렸다. 도랑에서 수증기가 피어올라 쨍하게 얼어붙은 대기중으로 섞여들었다. 강 건너 건물들을 배경으로 우뚝 선 다리는 황량하고 강해 보였다. 베를렌은 한동안 멍하니 철골과 콘크리트, 화강암으로 이루어진 거대한 구조물을 바라보았다.

미리 정해놓은 건 아니었지만 왠지 목적지에 도착한 기분이 들어 베를렌은 돌아서서 가브리엘라의 아파트로 가려 했다. 바로 그때 높은 곳에서 뭔가 움직이는 게 보였다. 그는 고개를 들었다. 서쪽 탑 위에 날개를 펼친 네피림 하나가 앉아 있었다. 아직 어둑한 새벽이라 끝으로 갈수록 뾰족해지는 날개의 윤곽만 알아볼 수 있었다. 네피림이 도시를 굽어보려는 듯 탑 끄트머리에서 일어섰다. 이 세상의 존재가 아닌 듯한 장엄한 모습을 좀더 자세히 보려고 눈을 가늘게 뜬 베를렌은 뭔가 이상한 점을 발견했다. 다른 네피림들은 덩치가 컸다. 보통 사람보다 키가 크고 힘이 셌다. 하지만 다리 위에 있는 놈은 작았다. 거대한 날개를 감당하지 못하는 듯 아슬아슬해 보이기까지 했다. 베를렌은 날아오르려는 듯 날개를 뻗는 놈의 모습을 놀란 눈으로 지켜보았다. 놈이 허공으로 발을 내딛는 순간 숨이 멎는 듯했다. 저 괴물 같은 천사는 그의 에반젤린이었다.

처음에는 그녀를 소리쳐 부르려고 했다. 하지만 목소리가 나오지 않았다. 그는 두려움과 끔찍한 배신감에 사로잡혔다. 에반젤린은 그를 속였다. 아니, 모두에게 거짓말을 했다. 혐오감을 느끼며 그는 돌아서서 뛰었다. 귓속에서 핏줄이 팔딱거리고 심장이 마구 뛰었다. 차가운 공기가 가득찬 폐는 숨쉴 때마다 타들어가는 것 같았다. 가슴속의 고통이 추위 때문인지 아니면 에반젤린을 잃었다는 상실감 때문인지 알 수 없었다.

자신의 감정이야 어떻든 먼저 천사학자들에게 알려야 한다고 생각했다. 가브리엘라가 말했었다—그게 고작 전날 아침이었던가? 만일 그가 천사학자가 된다면 다시는 예전으로 돌아갈 수 없을 거라고. 베를렌은 이제야 그녀의 말이 옳았다는 생각이 들었다.

뉴욕 시,
맨해튼과 브루클린을 잇는 브루클린브리지, 서쪽 탑

에반젤린은 해가 뜨기 전에 잠에서 깼다. 그녀는 부드러운 날개를 베고 잠들어 있었다. 잠이 덜 깬 비몽사몽간에 세인트로즈 수녀원에 있는 자기 방의 익숙한 풍경이 보일 것 같았다. 빳빳하게 다린 하얀 시트, 작은 나무 옷장, 창문 구석으로 보이는 허드슨 강. 하지만 몸을 일으켜 어두운 도시를 내려다보는 그녀의 등에는 커다란 보라색 망토 같은 날개가 달려 있었다. 그동안 벌어진 일이 모두 사실이었다고 생각하니 충격이 밀려왔다. 자신이 어떤 사람인지 알았고, 다시는 예전으로 돌아갈 수 없다는 걸 알았다. 과거의 그녀도, 그때 생각했던 미래의 가능성도 영원히 사라져버렸다.

에반젤린은 지켜보는 사람이 없는지 확인하려고 아래를 내려다보면서 화강암 탑의 끄트머리에 올라섰다. 바람이 쉭 소리를 내며 날개를 들어올려 부력을 불어넣었다. 온 세상이 발아래 있는 어마어마한 높이여서 순간 두려움에 휩싸였다. 하늘을 나는 건 전혀 새로운 경험이었다. 하강할 때는 끝없이 아래로 떨어질 것 같았다. 하지만 깊이 숨을 들이마시고 탑 끝에서 한 걸음 내디디면 심장이 목구멍까지 올라오는 것 같은데도 날개가 있으니 추락하지 않으리라는 걸 알고 있었다. 그녀는 잠깐의 무중력상태를 느끼다가 차가운 바람 속으로 날아올랐다.

옮긴이 **남명성**
한양대학교를 졸업하고 방송국 PD와 인터넷 기획자로 일했다. 현재 전문번역가로 활동하고 있다. 옮긴 책으로 『본 슈프리머시』 『높은 성의 사내』 『스노크래시』 『파이트』 『남겨진 자들』 『열세번째 시간』 『밤의 기억들』 『셜록 홈즈: 주홍색 연구』 『셜록 홈즈: 바스커빌 가문의 개』 등이 있다.

문학동네 블랙펜 클럽
천사학 2

1판 1쇄 2013년 11월 15일 | 1판 2쇄 2014년 1월 6일

지은이 대니얼 트루소니 | 옮긴이 남명성 | 펴낸이 강병선
책임편집 황문정 | 편집 양수현 김선희 | 독자모니터 김은희
디자인 윤종윤 이원경 | 저작권 한문숙 박혜연 김지영
마케팅 정민호 이미진 박보람 양서연 | 온라인마케팅 김희숙 김상만 한수진
제작 강신은 김동욱 임현식 | 제작처 영신사

펴낸곳 (주)문학동네
출판등록 1993년 10월 22일 제406-2003-000045호
주소 413-120 경기도 파주시 회동길 210
전자우편 editor@munhak.com | 대표전화 031) 955-8888 | 팩스 031) 955-8855
문의전화 031) 955-1927(마케팅) 031) 955-2659(편집)
문학동네카페 http://cafe.naver.com/mhdn | 트위터 @munhakdongne

ISBN 978-89-546-2281-3 04840
978-89-546-2279-0 (세트)

www.munhak.com